在河之洲

王凌琴／著

陕西新华出版
陕西人民出版社

图书在版编目(CIP)数据

在河之洲 / 王凌琴著. —西安：陕西人民出版社，
2022.2(2025.1重印)
ISBN 978-7-224-14403-1

Ⅰ.①在… Ⅱ.①王… Ⅲ.①散文集—中国—当代
Ⅳ.①I267

中国版本图书馆 CIP 数据核字(2022)第 028306 号

策划编辑：张孔明
责任编辑：王彦龙
整体设计：赵文君

在河之洲
ZAI HE ZHI ZHOU

作　　者　王凌琴
出版发行　陕西人民出版社
　　　　　（西安市北大街 147 号　邮编：710003）
印　　刷　三河市众誉天成印务有限公司
开　　本　787 毫米×1092 毫米　1/16
印　　张　26.75 印张
字　　数　358 千字
版　　次　2022 年 2 月第 1 版
印　　次　2025 年 1 月第 2 次印刷
书　　号　ISBN 978-7-224-14403-1
定　　价　99.00 元

─────────────────────

如有印装质量问题，请与本社联系调换。电话：029-87205094

绿叶对根的情意

人在少年时，往往对远方充满憧憬和向往，仿佛那是无比美妙的伊甸园。而对故乡，对脚下的土地，对周围熟视无睹的山川景物，则只有深深的厌恶。仿佛它们都是牢笼、枷锁，千方百计地梦想有一日逃离它们，离得远远的，越远越好。

不经意间，许多同学欣欣然振翅高飞了。而我正稀里糊涂陶醉在"猛志逸四海，骞翮思远翥"的远大理想里，不承想却从梦的云端重重摔了下来，懵懵懂懂睁开眼睛发现，自己已被牢牢拴在这片土地上，犹如折翅的大雁，任你怎么挣扎，却永远飞不起来了，这就是个人命运的社会定位。

我终于成了故乡屋檐下的家雀，"燕雀安知鸿鹄之志"？我曾自命不凡，以鸿鹄自喻，焉知成了土里刨食自惭形秽沉默寡言再也无颜叽叽喳喳的家雀，我愤怒委屈而无奈。

既成家雀，日子还是要过，责任还是要担，这是作为人的义务而不问意愿。祖训、社会道德向来强调儒家学说，至于自我，除牺牲奉献外无可选择，否则就是大逆不道。在如此思想框架内，你没有退路，只能义无反顾，一路向前。

故乡就这样接纳了这个充满反叛一心想要逃离的逆子，给她以累死累活的劳动改造，给她以柔情蜜意的亲情慰藉，给她以深沉辽远的历史故事，给她以本土本地纯粹传统的美好品格。给她风给她雨，给她以霓虹和闪电，给她难以承受的生活折磨。这个叛逆者终于扎扎实实变成一只土拨鼠，每天只关心粮食关心秋收，关心天气关心河流，用心把握四季变换的脉搏律动、耕耘或者收割；深切感受老镇村庄的生老病死、痛哭或者欢歌。

我溶化在土地上，如一滴水溶进江河。我不再嫌弃土地，不再讨厌故乡那永远没有尽头的土路；不再嫌弃那散发着恶臭污泥深深的猪圈；不再嫌弃土屋火炕上孩子乱爬弥漫着浓烈的尿骚味；我不再鄙夷父老乡亲谦卑无知孤陋寡闻的温和和满是善意的愚昧；不再蔑视大婶大娘做家务时永远也唠叨不完的抱怨，买菜时的斤斤计较，为几分钱和小贩讨价还价个没完，我理解她们生存的不易和艰难。"儿不嫌母丑，狗不嫌家贫"，几十年里，我在这块土地上摔摔打打，已然成为这个族群中普普通通的一员。

后来我有幸成为一名乡镇干部，骑着自行车，风里雨里奔波在乡间坑坑洼洼的土路上，熬煎要征收的"皇粮国税"，要落实的"计生国策"；

大雪纷飞时坐在乡亲低矮的火炕上，品尝他们的窝窝头和酸菜，感受他们慷慨的温暖、无奈的叹息和贫困的折磨。我不自觉地在这块土地上浸润着，不再自恃清高、好高骛远，也不再自暴自弃、妄自菲薄。我以平视的目光打量探寻审视着这片生我养我的土地。终于，在平凡中发现了伟大，在腐朽中发现了神奇，多少年来，我是误会她了。

我凝视着家门前滔滔东去的雨河，原来她就是孕育中华文明的渭河，姜尚曾在渭滨垂钓等待识者，周平王东迁曾从我家门前路过；我仰望着镰山上的汉村、泥井村，这里的人们都是汉武帝时修龙首渠的后人；我徜徉在皇家牧场的沙苑，这里曾春风浩荡马蹄嘚嘚、让杜甫得意忘形留诗千古；我寻觅黄河蒲津关，它曾经有铁牛把守，连接秦晋天堑变通途；我抚摸着同州城文殊塔沧桑斑驳的块块古砖，曾经的三辅重镇关中屏藩雄踞西河，有多少英雄在这里建功立业开疆拓土；我远眺烟波浩渺的三河口，有多少文人墨客在这儿流连忘返纵情高歌。我漫步脚下的土地，宇文泰在这儿征战，隋文帝在这儿出生，尉迟恭在这儿养马，元稹在这儿新政，白居易在这儿送别，姚合、郑谷、贾岛在这儿登高望岳……

我骤然发现，我的故乡她不一般，她深邃的历史一如海洋，她广袤的河川一如胸膛，她温和的性格一如母亲，她不屈不挠的精神一如刑天、精卫。她是名门闺秀，她有大家风范。

因为工作，我踏遍了故乡的角角落落。多少个雨天、午后，我流连在村镇老槐树下的农家院落，竹桌清茶，听白发老人讲前朝古代村镇逸事，感受祖先跃动的脉搏；星光满天的夜晚，草丛里虫子音乐会正此起彼伏酣畅淋漓，听婆婆大娘们唱民谣或童曲、谚语还有情歌。接受传统文化的熏陶、交接与传承，知道了人该怎么活、事该怎么做。在这点点滴滴的耳濡目染中，我终于发现，我的故乡是个饱经沧桑依然美丽的母亲，是一卷浩繁而耐读的精深经典。在依恋中，翻读中，我听到她千年的诉说与训诫、意愿与寄托，需要后人们去解读，去挖掘。

我终于发现，这个一心想要逃离的叛逆者孜孜以求的理想、爱恋，不在天边，而在眼前。今天我守着她，我应该守着她，因为我是她的孩子，我对她百看不厌。我老了，我的故乡我的母亲却年轻靓丽，朝气蓬勃。我虽卑微如脚下的小草，"谁言寸草心，报得三春晖"，我有责任，也愿意为我的大地、我的故土付出哪怕是一丁点的爱，都算是一个孩子的报答。于是，在兴奋和惊诧之中，感慨和激动之余，我把星星点点的发现和感受敲成文字，记写她散落在城镇酒肆乡间树下发黄典籍里的故事，伟人或是平民，成功或是失败；记录大变革时代现代文明迅速崛起，农耕文明悄然没落时令人怀恋的最后一缕乡愁、最后的田园牧歌。我把我的眷恋、爱恨都敲进键盘里，每一个字都是一颗泪珠，每一句话都是一份深情。我知道我的文章非常稚嫩，甚至拙劣。但这是一个笨小孩的作业和爱心，这，就够了。

为什么我的眼里常含泪水，因为我对这土地爱得深沉。

目 录

CONTENTS

第三辑 / **老村时光**

第四辑 / **沙苑故事**

后记 / **记写乡土**

第一辑　星耀长河

三河浸润的平川，皇家牧场的沙苑，沟壑纵横的镰山，构成了美丽的同州大地。

山川以文字增辉，地灵以人杰见重。仰望历史的天空，鸟瞰汹涌不息的长河，那滚滚浪花可曾淘尽英雄？

在泛黄的史册里，在乡间的茅屋下，在城镇的酒肆中，他们的故事，仍然在千年的风声里传扬……

西河学派

一

关中平原东部，黄河西岸广袤的河滩上，有一座千年古城叫"朝邑"，春秋时隶属芮国，秦置临晋县。西魏大统六年（540）定名朝邑县。朝邑西依朝坂崖，东临黄河滩，太阳初升时满城霞光，因而得名"朝邑"，意为"朝着太阳的城市"。

老朝邑城东南角有座文庙，西侧就是有名的"西河书院"。朝邑人说："先有西河院，后有朝邑县。"哈，西河书院的历史比朝邑县还早。

是的，两千四百多年前的战国时期，这里被称为"西河"。河东为晋，河西为秦。两国今天联姻结盟，明天又打仗厮杀，总没个完。三国分晋后，魏文侯励精图治，他任用李悝、翟璜为相，改革政治；任用吴起为将，镇守西河；后来又听从李悝的建议，广招天下贤才。

招什么人呢？当时孔子已经去世。他瞅准了孔子的学生子夏。

子夏原名卜商，孔子为他取字"子夏"。"子"为尊称，"夏"为大，可见孔子对他的重视。子夏小孔子四十四岁，是"孔门十哲"之一。他和颜回、曾参不同，颜回、曾参侧重于"忠、孝"思想，他却不再关注"克己复礼"，而是与时俱进，创造性地提出"经世济用"的学说。《论语》中保留了他许多格言，如"博学而笃志，切问而近思，仁在其中矣"，"仕而优则学，学而优则仕"等等，对当时纷乱的思想界很有指导性和实用性。

魏文侯看到了这一点，魏国必须得到子夏。他怎样屈尊到子夏门前，我们已不得而知了。但西汉刘向记载了魏文侯礼请子夏的学生段干木，很有意思。据说魏成子向哥哥文侯推荐段干木，文侯迫不及待地月夜去拜访他，段干木却越墙而逃。后来文侯每过段干木的巷口，都要"出过其闾而轼"，也就是扶着车上的横木致礼。仆人不解，文侯说："段干木光于德，寡人光于势；段干木富于义，寡人富于财，子何以轻之哉？""干木富义"的成语由此而来。段干木被魏文侯求贤若渴、礼贤下士的做法所感动，终于为他所用。

那么，子夏除知识渊博之外，还有什么过人之处呢？荀子说，子夏年轻时"衣若悬鹑"，很贫穷。有人就劝他出去做官，他却不屑一顾地说："诸侯之骄我者，吾不为臣；大夫之骄我者，吾不复见。"可见他性格的孤傲和坚强。他有一句名言："君子渐于饥寒，而志不僻；鈇于五兵，而辞不慑；临大事，不忘昔席之言。"若干年后，亚圣孟子在此基础上做了高度的概括与拓展："富贵不能淫，贫贱不能移，威武不能屈，此之谓大丈夫。"可以看出，儒家强健的思想、人格一脉相承，成为历代中国文人的精神栋梁。

他当时年事已高，魏文侯居然请到了他，还拜他为师。"帝王师"啊，孔子一辈子也没享受到，而子夏得到了。战国史上，因此有了浓墨重彩的一笔。西河史上，也因此记录了一个气象万千的时代。

二

其实，魏国的国土大都在黄河东岸的山西一带，黄河西岸只有很小一部分。魏文侯采纳了李悝的意见，诚心诚意把子夏聘到西河。其用心是颇具意味、显而易见的。

子夏来到了西河。魏文侯首先"师事之以咨国政"，"问乐于子夏"，李悝、吴起等名流也到子夏门下学习。若干年的时光里，大批名流老师与名流学生因此会聚西河。子夏的学生公羊高、谷梁赤、段干木、禽滑厘，还有子贡的弟子田子方，纷纷来这里任教，英才云集。华夏文明的重点由鲁国转到魏国，转到西河，形成了著名的"西河学派"。《史记》因此写下了："孔子没，子夏居西河，教弟子三百人，为魏文侯师。"

相比于孔子的学说，子夏的思想显得有点另类，但符合当时历史发展的潮流。此后的荀子、商鞅、李斯、韩非等也都受到子夏的影响，形成"法家"一派，在当时百家争鸣的思想领域树起了一面猎猎大旗。

西河学派教授的内容是很丰富的。公羊高和谷梁赤主要教授《春秋》，以服务国君思想为主要内容，魏文侯非常赞赏，给予了很多支持。所以就有了后世弟子编撰的《公羊传》《穀梁传》。

田子方恃才倨傲，轻富贵而傲王侯。他的教学思想主要是纵横术与经商学说。纵横术培养外交家的才能与风度，经商培养官员富国富民的本领。魏文侯的儿子击就是他的学生。一次，击与田子方路遇，下车行礼，田子方不还礼。击很生气地说："富贵的人骄傲呢，还是贫贱的人骄傲？"田子方说："贫贱的人才骄傲，富贵的人怎敢骄傲？"理由是，国君骄傲会失去国家，大夫骄傲会失去封地，贫贱的人言不用行不合，则纳履而去。击折服了，文侯也愈加敬佩他。

魏文侯很看重段干木。段的思想理论、精髓主要培养高级官员，魏文侯担心培养的人不为魏国出力，反为他国所用。他于是留了心眼，让段干木只教授本国的公室贵族。像魏成子、公叔痤、公子昂等出身高贵的人都从学于段干木，成为魏国高级官员的主要群体。据说后来秦国想攻打魏国，司马唐助说，段干木是个贤人，天下都知道，不能对魏用兵。秦王于是作罢。其实秦王不是怕段干木，而是慑于段的国际影响及人心所向。可见人才对一个国家的影响之大。易中天先生说，春秋战国时的"士"很"牛"，由此可见一斑。

子夏在西河没多少年就去世了，但在西河的影响却长期存在。在近百年的时光里，西河吸引了大批士人纷纷前来求学。学成之后，自然而然首选为魏国做事，在魏国发展，由此形成了一种强大的向心力，魏国取代鲁国成为中原的文化中心和新一代霸主。

千百年来，江山代谢，世道轮回，但子夏在西河、在关中的影响、光芒依然存在。北宋时期，关中人张载提出新的儒家思想，被称为"关学"。他的"为天地立心，为生民立命，为往圣继绝学，为万世开太平"的名句至今仍光芒四射。明代的冯从吾、明清之际的李颙，这些关中汉子，创造性地发展了"关学"思想。在西河朝邑、在同州大荔，涌现了韩邦奇、韩邦靖、马自强、白焕彩、李元春、闫敬铭等一大批"关学"名人。近代，也涌现了张奚若等新一代风流人物。《朝邑县志》曰："朝邑代有英贤，卜子夏设教之地也。"

河山不老，文化永存。中国传统文化就像河水渗透在泥土里，渗透在当地的河流山川之中。千百年来同州人尊师重教，历代政府专门设有教育机构，"扶持风教，表率士林"。除西河书院外，还有丰登书院、冯翊书院、华原书院、友仁书院、文介书院、镰阳书院等等，以及各种私学，民国时改为学堂。如今，这里已经成为一个教育大县、文化大县。西河的文脉在延续，传统的文化在弘扬，就像滔滔黄河，奔流不息。

西河郡守

一

说起吴起，中国人是非常熟悉的。他是战国初期天才的军事家、政治家、改革家，与孙武齐名，著有《吴子兵法》。他的军事思想，就是在今天也不落后，可谓光耀古今。

这么一位大名鼎鼎的人物，竟然当过我们这里的地方官。这是真的，两千四百多年前的战国初期，他就在这黄河西岸当"西河郡守"，我们同州人的祖先，也许就在他的麾下干事呢。

说来话长。得先从三国分晋、魏文侯上台说起。

公元前446年，魏桓子之孙魏斯继承祖业，是为魏文侯。魏文侯上台后，他独具战略眼光，广泛招揽天下贤士，于是吴起就来到魏国。

吴起是个什么样的人呢？太史公司马迁认真地为他立传，说吴起是卫国人，家庭富有，他从小志向远大，立志要干一番事业，出将入相，光耀门庭。几年下来，花光了钱财也没能如意。乡人讥笑他，他一怒杀了三十多人，就逃跑了。临别对母亲发誓，不当卿相，绝不回卫。此后他到曾子门下学习儒术。恰好此时母亲去世，他没按照儒家礼节奔丧，被曾子开除，于是改学兵法。这年齐国攻打鲁国，鲁君想重用吴起，却碍于他的妻子是齐国人。吴起就杀掉妻子，结果被鲁君重用，大败齐国。后来鲁君又怀疑他，他就离开鲁国投奔魏国。

魏文侯就向大臣李悝询问。李悝据实以告说："起贪而好色，然用兵，司马穰苴不能过也。"的确，这时吴起名声很不好。母死不归，不孝；杀妻求将，不义。这个污点伴他一生，几千年来一直受史家诟病。但魏文侯不管这些，他要的是人才，所以毅然决然地任用了他。果然，英雄有了用武之地。"于是魏文侯以为将，击秦，拔五城。"厉害！

吴起在西河干了二十多年，从开疆拓土到守卫建设，把一个军事家的天才运用得出神入化。早先，魏国在西河只有最北边的少梁（韩城），再是公子击三年前拿下的"繁庞"。起用吴起后，吴起就以这里为桥头堡，沿着黄河向南推进。公元前 409 年攻克元里（澄城县南）和中心城镇临晋（朝邑），并完成了战后重建。第二年南下渭河，攻克郑的都城"武城"（华州），又北上到沙苑边的洛河南，筑"洛阴"，再继续北上，在黄河边筑"合阳"。

至此，吴起把黄河西岸尽收囊中。秦简公急忙动用"地利"阻挡魏国继续西进。"秦简公六年，堑洛，城重泉，始导洛水东流。"

原来盘古开天，洛河在这里冲出两条河道。一条自镰山西端南下直入渭河；一条则拐向东南斜穿入渭。秦简公为了拒魏，就开凿斜穿入渭的洛河古道，并在洛河边建立"重泉城"，以阻挡魏国继续西侵。

吴起不管这些，他在洛河岸筑起洛阴城，与对角线西北的重泉城遥遥相望。《史记》载，"（吴起）败秦于武城，涉沙筑洛阴、合阳"。这个格局维持了好多年。西河一带，处处留下了吴起的足迹和故事。

《朝邑县志·王志》记载："吴起宅，县前有一石狮，高五尺许，身有金星，传自沙中雍出，为起宅前物。按：魏文侯以起守西河，秦人不敢东向，当是朝邑此地有宅宜矣。霸城有吴起庙。"

二

民间传说，吴起镇守西河时，就驻扎在洛阴、霸城一带。当时秦国在边境设了好些哨所，时刻威胁魏国安全。吴起非常恼火，必欲除之而后快。

这天，衙门贴出布告说，北城门口有根辕木，谁要把辕木搬到南门，就赏他好地五亩、好宅一座。百姓看了迅速行动，很快把辕木搬到南门。吴起兑现承诺，赏赐不误。过了些日子，衙门又贴出布告说，东城门有一石磴，谁把磴子搬到西门，就赐他好地五亩、好宅一座。人们迅速行动，把磴子搬了。衙门照赏不误。

百姓兴奋了，个个摩拳擦掌准备干事。吴起看时机成熟，又贴出布告说，谁能拔了秦国哨所，除赐他好地豪宅外，并封他做国大夫。重赏之下必有勇夫，哨所终于被全部拔掉。吴起按照承诺兑现赏赐，取得了当地百姓的信任拥戴，威望日增，巩固了国防。

广为流传的是吴起"吸脓"故事。一个士兵得了疽疮，疼痛难忍，吴起就为他吸脓包。士兵果然好了，士兵母亲却哭了。原来她丈夫当兵时，吴起就为他吸过脓包。后来，她丈夫"战不旋踵"，死于沙场。现在吴起又为儿子吸脓包，儿子将来定然也会知恩图报，她因此哭泣。吴起的爱士兵得人心，可见一斑。

三

吴起首创的"武卒制"，也就是"精兵制"。所有士兵必须经严格考核方可入伍。战时身穿三层护甲，头戴铁盔，腰佩剑肩长矛，操十石弓，携五十支箭，背三天干粮，半天行军百里。再按特长分成大刀队、弓箭队、攀城队等。只要士兵入了伍，便免除家庭徭役，战死给荣誉，给家庭以抚恤等等人性化政策。这样配备的军队，"居有礼，动有威，进不可挡，退不可追"，可谓铁军。

公元前 389 年，秦国起兵五十万，大举进攻"阴晋"，要拔掉东进路上的障碍。秦军兵临城下。吴起不慌不忙，调集精兵五万与秦对决，竟把秦兵打得落花流水，溃退败逃。彻底颠覆了我们的惯性认知！

到底怎么回事？原来，吴起在实施"武卒制"的同时，按时举行庆功宴会，使立上功者坐前排，用金银铜等贵重餐具，猪牛羊三牲皆全；立次功者坐中排，贵重餐具适当减少；无功者坐后排，不得用贵重餐具。宴罢，还大张旗鼓论功赏赐，抚恤死难将士父母亲人，以示不忘。

这次秦军进攻阴晋，魏军立即有数万士兵不待命令，便自行穿戴甲胄，拿起武器请战。有意思的是，吴起只用未立功者，扬言把机会让给他们。就这样，高昂的士气被激发出来。吴起亲自带队，如同猛虎下山，势不可挡，所向披靡，彻底取得了阴晋之战的胜利。这就是吴起，这就是吴起兵法。

阴晋城，就在我的老家华阴城东一二里处。

四

吴起不光是军事家，他还是一位政治家。

魏文侯去世，魏武侯主政。一次，魏武侯和吴起在黄河乘舟而下。只见河水滔滔，中条、华岳耸立，两岸景色秀丽。魏武侯心旷神怡，感叹曰："美哉乎，山河之固，此魏之宝也。"吴起却正色道："在德不在险。若君不修德，舟中之人尽为敌国也。"并举了上古三苗、夏桀、殷纣为例，来说明"不修德政，必遭覆灭"的道理，魏武侯连连称是。

可惜的是，阴晋之战后，吴起声誉鹊起，引起了相国公叔痤的嫉恨。他想方设法要害吴起，就请吴起到家里喝酒，故意让妻子（公主）轻慢鄙视自己。然后对武侯说，吴起有了异心，让武侯把公主嫁给吴起，如果吴起答应就好，否则就是心生离意。

计划如期而行。吴起看到公主高傲心中惧怕，果然拒绝了武侯的提亲。于是武侯疑心大起，就召回了吴起。

吴起上岸时回望西河，泪下数行。舟人说："我私下观察，你视天下、富贵如敝屣，今何泣之？"吴起叹道："君王用我，我尽力治理西河，西河得以稳固；如今君王怀疑我，魏国丢失西河就不远了。"

吴起到楚国继续实施他的治国方略，取得了显著成绩。李贽评价他"用之魏则魏兴，用之楚则楚伯"。可惜的是，他在楚国的改革触动了公卿贵族的利益，最后惨死。这个故事大家都知道，不说也罢。

西河还流传着"沙捺吴起"的故事。其实，这也是对他当年"杀妻求将"的指责。

史籍记载，吴起和秦国在沙苑打仗，秦国挖空沙山，中间支上木料，再盖上木板，再用沙恢复原状，魏兵走近欲爬沙山，沙山突然倒塌，埋了魏兵。后来衍化成故事说，九天玄女路过齐国，看见年轻的吴起与田氏美女结婚，非常恩爱。后来知道吴起为求功名，杀害了妻子，九天玄女就要为齐女复仇。在沙苑魏、秦两军对垒、千钧一发之际，狂风突起，沙山排空而降，埋了魏兵。同州梆子有一句戏词，"沙捺了吴起将一命归天"。天理昭昭，任你大名震天，任她贱如草芥，生命是平等的。同州人的爱憎依然如此。

千秋功罪，自有后人评说。

宇文遗迹

宇文泰与同州宫

玉烛调秋气，金舆历旧宫。
还如过白水，更似入新丰。
秋潭渍晚菊，寒井落疏桐。
举杯延故老，今闻歌大风。

这首诗是北周第二位皇帝宇文毓所写，那么诗中的"旧宫"在哪里呢？《周书》说得很清楚，就是同州府的"同州宫"，宇文泰所建的宇文家老宅。那么，同州宫还在吗？老人说，同州老城紧北边的东长城村，过去有一土岭，人称"梅花岭"，里面尽是破砖碎瓦，这就是古时宇文家的宫殿，明帝宇文毓诗中所写的"同州宫"。《大荔县志》记载："泰以同州抱关河之要，即专政，犹时居州（天成宫），后孝闵帝受魏禅，改同州宫。"

话说北魏后期，皇帝软弱，武臣高欢把持朝政，掌握了北魏的半壁江山。这时西北方崛起一路人马，以宇文泰为首，占领了黄河西岸大部分地区，宇文泰的前沿阵地、指挥中心就是同州。他在同州府建立"大行台"，继承贺拔岳的位置，在这里聚拢关中、陇西一带的门阀军事势力，以河为界与高欢抗衡。同州遂成为当时的政治中心，他又在这里建起自己的行宫"天成"（同州宫）。

北魏永熙三年（534）七月，孝武帝元修忍受不了岳丈高欢专权，他慌慌张张率领一班人马，越过黄河来投奔宇文泰。宇文泰喜出望外，以长安为都城接纳他们。元修为了拉拢宇文泰，把自己的妹妹冯翊公主嫁给了宇文泰。但时间不长，君臣就产生了矛盾。到年底，宇文泰便以元修淫及从姊妹元明月为由，毒死了他。另立元宝矩为帝，是为西魏文帝，年号"大统"，西魏政权从此开始，宇文泰也专制西魏朝政达二十二年之久。

西魏大统三年（537）九月，气焰正炽的高欢率领二十万军队，越过黄河进犯西魏。宇文泰深知不敌，就避其锋芒藏了起来。高欢攻华州城（同州）不下，又找不到宇文泰主力，怏怏地没了脾气，只得退到镰山脚下的许原驻扎。到了十月，高欢已经人困马乏，粮草不济，宇文泰这时候在沙苑露面，引高欢上钩。高欢果然急了，仗着人多势众，奔赴沙苑寻宇文泰决战。宇文泰只有三万人，他们巧布疑阵，把东魏兵引入沙苑深处，打得落花流水，高欢只骑逃过了黄河。

因东魏军队身着黑色军装，西魏着黄色军装，沙苑民谣就说得蛮有趣："黄狗逐黑狗，急走出筋斗，一过出筋斗，黑狗夹尾走。"从此西魏国力大振，沙苑之战也成为历史上以少胜多的战例之一。

西魏大统八年（542），冯翊公主在同州宫生了孝闵帝宇文觉。大统九年，叱奴氏又在这里生了周武帝宇文邕。宇文邕长子周宣帝宇文赟也出生于同州宫。同州宫连生三位帝王，因而闻名于世。

宇文泰掌权期间，对内团结各方，澄清政治，建立府兵制，扩大兵源；对外立足关陇，征战东魏，蚕食南梁，奠定了关陇集团一统天下的基础，为后面的隋、唐强盛做好了前期准备。

西魏恭帝三年（556）四月，宇文泰北巡，九月染疾归至泾州，即招侄儿宇文护托孤，把身后事和儿子们交给侄子后即去世。时年五十岁。

宇文护与长春宫

同州朝邑有个长春宫，位于今朝邑镇北寨子村，为北周武帝五年（565）大冢宰晋国公宇文护所建。长春宫初名"晋城"，占地三百余亩，雄踞朝坂崖上，三面悬绝，远望太华、中条二山，俯视黄、渭、洛三河，实为一军事要地。

据说北周初年，宇文护在黄河岸边巡视，见祥云从华山徐徐飘到朝坂崖上，他认为是祥兆，便在这儿大兴土木，修建宫殿，这就是后来的"长春宫"。从此这里成为宇文护的宫室。

那么，宇文护是个什么样的人呢？

《周书》记载，宇文护是宇文泰长兄宇文颢的儿子。他精明强悍，英勇善战，随宇文泰南征北讨，征侯莫陈悦，擒窦泰、复弘农，破沙苑、战河桥，战功赫赫，被封为镇东将军、大都督等职。

西魏恭帝三年（556），宇文泰病死，儿子们还小，他临终留下遗言，任命四十三岁的宇文护掌握大权，辅佐诸子。第二年宇文护强令西魏恭帝让位，扶持宇文泰的三子宇文觉登上王位，定国号为"周"，称"天王"。不久宇文护即命人毒死了恭帝元廓。

宇文觉是宇文泰第三子，因其母为北魏孝武帝之妹冯翊公主，被恭帝任命为"世子"。宇文觉生性刚毅果敢，登基时只有十五岁。他对堂兄宇文护专权十分不满，朝中老臣赵贵、独孤信等对宇文护也不满，其他大臣李植、孙恒、乙弗凤、贺拔提等也对宇文护忌恨，私下商量除掉他，得到了宇文觉同意。

这些人又找宫伯张光洛一起行事，张光洛却向宇文护告了密。宇文护先诛赵贵，又令独孤信自杀，再贬李植为梁州刺史、孙恒为潼州刺史。

之后，宇文觉总想借机召回李植与孙恒，宇文护很是不满，就向宇文觉哭谏，说明自己受叔父之托扶持宇文觉的忠心，宇文觉这才作罢。后来乙弗凤又设计想除掉宇文护，又被张光洛密告。于是宇文护设计诛杀乙弗凤，使宇文觉失去警卫。接着派贺兰祥进宫逼宇文觉逊位，贬为略阳公，并幽禁他，不久将他毒死。后世评价宇文觉"刚毅果敢、至孝纯粹、天德秀杰"。不幸的是，他太年轻不解世事，在错综复杂的朝廷内，怎能斗过南征北战老谋深算的宇文护？时人徐钧叹曰："生长朱门十五春，废兴无奈属权臣。当时枉作开基主，翻被虚名误却身。"

随后，宇文护又拥立宇文泰的庶长子宇文毓继位。宇文毓的妻子是当朝重臣独孤信的女儿，当初宇文泰不肯立宇文毓为世子，是怕将来宇文毓一旦继位，独孤氏作为外戚专权，夺了宇文家江山。但山不转水转，好事终于轮到宇文毓头上。他继了位，为表示尊荣，称皇帝号。

宇文毓表面文弱，内心实明敏且有主见，他也不愿意当傀儡，急于亲政。宇文护试探他，于武成元年（559）正月二十一日上表归政。宇文毓毫不客气照单全收，随后即亲自处理政事。他是个节俭的人，反对奢侈铺张浪费，严禁官吏贪污，吏治清明。又召公卿以下有文学修养的人八十余名，在麟趾殿校刊经史，从伏羲神农到魏末，编成《世谱》五百卷。他自己则博览群书，又善写文章，著有文集十卷，流传于世。还写了《过旧宫》等诗，人称斯文皇帝。

宇文毓早年娶独孤信大女儿独孤般若，二人非常恩爱。他继位后，为保护妻子，坚持册封独孤氏为皇后。独孤氏性情刚烈，与宇文护有杀父之仇，又忧丈夫在其控制之下，因而郁闷得病，当了两个月皇后便郁郁而终。宇文毓大悲，不再立后，把心思放在治理朝政上，自然影响了宇文护的专权。

宇文毓在治理朝政、整修文史方面取得显著成绩，显示了他的才能与潜力，又问政军队。宇文护觉得危险在逼近自己，顿起杀心。一个阴谋在暗中酝酿。

宇文护有个亲信厨师李安，以厨艺被提升为膳部下大夫。他与李安密谋设计毒害宇文毓。

武成二年（560），宇文护命令李安在宇文毓饭菜中下毒。四月十九日宇文毓病危，他心中明白，所以临终并不传位给幼子，而是口授遗诏，传给四弟鲁国公宇文邕，就是有名的周武帝，可见宇文毓的明智。

宇文邕是北周皇帝里最有作为、最厉害的一位。他雄才大略，吸取哥哥们的惨痛教训，韬光养晦十三年，取得宇文护的信任。建德元年（572），宇文护从同州回到长安，宇文邕就向他叙家常说："母后年事已高，却颇好饮酒，我们屡次劝谏都没有效果，希望兄长能劝谏母后。"说着便把一卷《酒诰》递给宇文护。宇文护答应了，两人就一起进宫，见到太后。宇文护就向太后读起《酒诰》。这时，宇文邕拿起玉挺，从后面出其不意地砸他头部，躲在暗处的他的同母弟宇文直和一众宦官都来帮忙，杀死了宇文护。

此后宇文邕亲政，兴利除弊，使北周渐渐强大起来，灭了北齐，统一了黄河流域和长江上游地区，为隋朝的大统一奠定基础，可谓一代雄主。

宣政元年（578），宇文邕在亲征突厥途中病倒。六月里病情加重，回到洛阳当天就病逝了，时年三十六岁。临终遗诏皇太子宇文赟继位，是为周宣帝。

然而天道轮回，宿命难违，雄才大略的宇文邕却生了个暴虐无能的儿子。他一心想要儿子成才，管教极严动辄责罚，甚至派人监视他。这位皇子恨极了父亲，登基后胡作非为，酗酒杀人无度。才二十一岁就退位，让六岁儿子宇文阐继位，最后因荒淫无度暴死。小小宇文阐当不了皇帝，最后被宇文赟的皇后杨丽华之父杨坚取而代之，杨坚建立隋朝，统一了南北。

屠龙高手、旷代奸雄宇文护就这样结束了他强悍霸气的一生，留下了一座城池"长春宫"。多年后，这座宫殿成为隋唐帝王的行宫，时时闪烁在史籍的缝隙中。特别是唐代，它不仅是一座宫殿，而且作为皇权的象征被赋予新的使命，特制官衔"长春宫使"，赐予主政同州的刺史们。长春宫在"安史之乱"时被安庆绪焚烧，唐德宗时又被叛将徐庭光占据，上演了一出"马燧招降"的历史剧。

《县志》记载："晋公庙旧址初在西街，基甚宏阔，神像服衮冕，有侍臣。明初易西关外，万历年间遂废，今乡村犹有存者。"在同州的"四百八十寺"中，羌白镇唯一的一座"暴神庙"，估计应该是晋公庙。由此可见，自北周至明代近千年的时光里，宇文护以其丰功伟绩和强悍霸气，获得世人的推崇与敬畏，因而在同州立庙祭祀。

苏绰父子

沙苑南麓、渭河北岸有个苏村，村庄依沙面水土地肥沃，村舍俨然，树木葱茏。北边沙坡上有个清凉寺，占地七十多亩，庙宇宏伟，古木参天。有前殿中殿后殿，有钟楼鼓楼石碑，古钟可容四人在内打扑克；钟声洪亮，能传到渭河南岸的华山千尺幢、玉泉院。

《大荔县志》记载："清凉寺为北魏所建。"清代华山五里关道长王义明所著《因果报应》一书说，清凉寺是北魏名臣苏绰家族的祖庙。

一

传说北魏时，苏家曾在渭河北岸沙苑务农，建立苏村。到苏协父亲时便把自产粮食运到同州，在仁厚巷开了一家烧饼铺。苏协后来在武功当郡守，罢官后又回同州，他有个堂弟苏老诚，就在这儿继续开烧饼铺做生意。他家烧饼又酥又香，况是老字号，所以在同州很有名气。苏协有个儿子叫苏绰，苏绰自小聪明好学，随父亲在这里生活。

这年冬天，烧饼铺门前来了个妇女，带着小女孩，孩子冻得瑟瑟发抖。苏老诚见状，连忙取了刚出炉的热烧饼给孩子说："这位夫人，大冷的天，你一大早要去哪儿？"

妇女流泪说自己叫姚翠花，本是河东太原府人，因高欢专权，占了她在太原的老宅，遂与丈夫带孩子来河西投亲，不料没找见亲戚，丈夫反倒染疾丧命。母女没了依靠，就去城里般若寺出家，可寺院不收孩子。闻听苏家为人善良，所以前来求助。苏老诚动了恻隐之心，收下孩子，姚翠花就到般若寺出了家。

十多年后，姚女在苏家长大成人，她出脱得美丽漂亮又温柔善良，苏绰与姚女一起长大。读书时姚女为他伴读，有不解的地方两人分析商榷，有时读到深夜，姚女便去厨房为他做汤，二人可谓青梅竹马，情投意合。苏协看在眼里，便做主为他俩成婚。婚后生有一子，取名"苏威"。

再说宇文泰自陇西来关中后，就在同州设立大行台，据同州扼黄河与东魏对抗。苏绰在堂兄苏让推荐下被宇文泰重用，拜为大行台左丞。苏绰才华出众学识渊博，撰写了著名的"六条诏书"，他还创制记账、户籍等法，提出设置屯田、乡官，增加国家赋税收入。后来累升大行台度支尚书兼司农卿，封美阳伯，成为宇文泰治国理政的左膀右臂。

世间流传的"宇苏对话"很有意思。宇文泰向苏绰问治国之策，苏绰侃侃而谈，层层递进，有理有据地论述了"用贪官、杀贪官"的道理，宇文泰非常佩服，奉他为自己的诸葛、王猛。可惜苏绰五十岁时因积劳成疾，英年早逝。史书记载，苏绰棺椁运出同州城门的时候，宇文泰率百官送行，抚棺痛哭说："舍我而去，奈何？"可见二人的感情至深。后来宇文泰就提拔苏绰的儿子苏威到朝里做官，这是后话。

二

宇文泰迎北魏皇帝元修西迁的时候，随元修同来的有个武将名叫杨忠。杨忠本是弘农杨氏"四知先生"杨震的后人，他生得身体魁梧面貌俊朗，且有智有谋武艺高强。在"沙苑之战"中为宇文泰出了大力，随后被任命为同州刺史，赐姓"普六茹氏"。

这年同州龙窝巷杨忠夫人生下一子，取名"杨坚"，是时"紫气充庭"。般若寺住持智仙得知，说此儿非凡，宜养寺院。杨忠便送儿子到般若寺寄养，以求佛祖保佑。抚养杨坚的智仙正是般若寺住持姚翠花。姚翠花由此成为杨坚养母，被后人称为"神尼"。

苏威比杨坚年长几岁，常到庵中走动，两人由此相识，常常讨论天下大事。以苏绰"六条诏书"为题，谈古论今，甚是投缘，可谓英雄所见略同。早年的相处，为日后两人共事、成为君臣打下了基础。

苏威在朝为官，和父亲一样才华横溢，智谋非凡，深受宇文护看重，被选做自己的女婿。宇文泰死后宇文护专权，接连毒死三位帝王。苏威料到宇文护不会有好下场，就借故辞官，隐居苏村侍奉祖庙。直到宇文护覆灭才出山。可以看出，明智救了苏威，使他规避了天大的风险。

后来杨坚做了皇帝，便任命苏威为太子少保，并追赠他的父亲苏绰为"邳国公"。杨坚为感谢养母智仙养育之恩，大修般若寺和塔，同时大修苏村清凉寺，以表示对苏威的看重。杨坚说："苏威不值我，无一措其言；我不得苏威，何以行其道？"苏威也不负皇恩，全力为朝廷做事，成为杨坚的开国重臣之一。

后隋炀帝登基仍重用苏威，苏威也忠心辅佐。只是隋炀帝后来听不进忠言，致使朝政日非，最后落个身首异处的下场。

隋朝覆灭，苏威依附农民起义军李密；李密兵败，他又投靠王世充；王败，他又投东都越王杨侗；最后投奔李世民。由于他屡易其主，李世民恶其所为而不用。他便回到苏村老家再度隐居，终老乡间。

如今，苏村和清凉寺历经千年风雨依然健在，只是没了姓苏的人。而近村却有姓鱼、姓曹、姓何的，疑为"苏"姓后人。仁厚里龙窝巷还在，一派热闹繁华。熙熙攘攘，人来人往。当年苏绰苏威、杨坚杨广们的故事，还流传在一条条古巷中，活在一代代同州人的叙说中。

门神敬德

同州，在唐代属于"三辅重镇"。三辅者，左冯翊、右扶风、京兆尹。时人记载说"左郡之大，三辅推雄，控压关河，连属宫苑"，可见同州位置之重要。于是历史上许多名臣勋将，或因功被委以重任驻守同州，或以罪被贬职到此思过。总之，同州在历史上是热闹的，不时有各朝代的名人进进出出，来来往往。像汉代倪宽、萧望之，唐代尉迟恭、姚崇、褚遂良、颜真卿、元稹，五代的朱温、冯道，宋代的寇准等都在同州干过事。他们以各自独特的人格和渊博的知识，给同州留下光耀史册的故事和辞章，以及民间许许多多带有神话浪漫色彩的传说。

这里要说的是尉迟恭，那个威猛善战、纯朴忠厚、黑脸长髯的门神敬德在同州的故事。

尉迟恭，字敬德，唐太宗的得力干将，从李世民打江山到玄武门兵变，都少不了尉迟恭。所以他便骄傲起来，把房玄龄、杜如晦、长孙无忌等朝廷重臣都不放在眼里。

贞观六年（632），尉迟恭为同州刺史。九月二十六日，李世民在皇宫大摆宴席，尉迟恭从同州至长安赴宴。席上发现有人坐在他上首，便怒不可遏，吼道："你有什么功劳，竟敢坐在我的上席？"任城王李道宗劝了几句，他便一拳捅去，差点打瞎任城王的眼睛。唐太宗很生气，私下对他道："我读汉书，发现汉高祖的功臣能够保全自己的很少，心里常常责怪高祖。现在我才明白，韩信彭越遭到杀戮，不是汉高祖的过失。功臣也要加强修养，好自为之。"尉迟恭听懂了唐太宗的意思。他回到同州自我反省，决心要当个好官。

　　回来以后，他不愿在官邸里享清福，而是走遍同州详察民情。他特喜养马，县城南沙苑中的石槽、官池、太白池都是他当年驯马养马的地方，都留下许多有趣的故事。其中就有他荣获"门神"的传说。这个传说有许多版本，同州的版本是这样的：

　　上古时候，四海龙王闻听关中富饶，景色秀丽，便约定到关中浪游。来到这里，发现果然是人间仙境。四龙高兴，便在秦岭桃林坪上饮酒作乐，不多时便醉了。言语不和起了拳脚，弟兄几个腾云驾雾大战起来。顿时天昏地暗大雨滂沱，一直下了三天三夜，可怜关中成为泽国，一片汪洋。龙王们见状，纷纷回了属地，只留下东海龙王的九太子，在华山脚下沙苑边开辟了九龙池，住了下来（城南九龙村）。

　　时有大禹，领了治水使命，派巨灵神前来关中治水。巨灵神上临天宇下观地理，看出乃是华山挡住水路，于是他脚蹬中条，手推华山，那中条和华山纷纷后退，让出一条道来，水顺势而下直奔东海，关中霎时裸露出来。

　　却说九太子小白龙年幼贪玩，常常去东海探亲，久久不归，忘了自身职责，导致关中乃至整个陕西旱象严重，庄稼干枯。

　　尉迟恭主政同州，遇上大旱，连九龙池都干了，人们四处逃难。尉迟恭心里焦急，听说九龙神非常灵验，就到九龙庙求神。却发现神位空虚，只剩一座空庙。

　　尉迟恭好不气恼，回到府衙，便在院子设坛祈雨，一连跪了三天三夜，要玉皇大帝行云布雨。这时天庭灵霄殿上玉帝临朝，早有太白金星上奏，说是关中大旱，尉迟恭求雨。玉帝听后，便宣九太子小白龙领旨布雨。

小白龙这回又和哥哥喝得酩酊大醉，听到玉帝传唤，吓得酒醒了大半。他赶紧来到灵霄殿上跪下接旨。太白金星宣读完毕，小白龙稀里糊涂没太听清，又不敢问，只得赶紧回去布雨。

地面上尉迟恭祈雨三个月，关中大地旱了三个月。尉迟恭怒了，魂回天庭，面见玉帝诉说旱情。玉帝要太白金星处理这事，太白金星就提了小白龙前来问罪。

谁知小白龙理直气壮，说他尽职尽责，早下雨了。尉迟恭怒问："雨下到哪儿？"小白龙道："圣旨说下到山西和四川，我就下到山西和四川了。"

太白金星非常生气说："你不守纪律不尽职责，圣上叫你三天一下，四天一下，你却听成山西一下，四川一下，把关中帝王之地剩下了！推出问斩，午时行刑。"

小白龙吓得魂飞魄散，行刑官是尉迟恭和秦叔宝，他知道这二位是大唐皇上的重臣，晚上就来到皇宫求救。李世民听后，动了恻隐之心，答应了小白龙。他心生一计，第二天一早，宣尉迟恭和秦叔宝喝酒。

于是三人饮酒行令十分热闹，酒过三巡，秦叔宝和尉迟恭都醉了，李世民坐在旁边陪着他俩。几个时辰后两人醒了，尉迟恭道："哎呀，累死我了。"李世民问道："你俩睡了一大觉，还乏？"尉迟恭、秦叔宝都道："我做了个梦，梦见斩了一条小白龙。"

皇上傻眼了。从此小白龙的魂魄，晚上就来皇宫，指责皇上言而无信，要索他命去。皇上吓得心惊胆战，整夜合不上眼。皇后看圣上一天天消瘦，便叫尉迟恭从同州回来，和秦叔宝晚上守卫皇宫，皇上睡觉果然安稳了。后来皇上看尉迟恭和秦叔宝太累，便着画匠画了他俩画像，贴在门上，挡住了鬼魂。

从此，同州人把秦叔宝和尉迟恭奉为门神，每年春节，家家户户都要贴门神，保佑家庭安宁兴旺。

颜真卿碑

一生肝胆卫长城，至死图回色不惊。

世俗不知忠义大，百年空有好书名。

这是宋代诗人李行中写的《读颜鲁公碑》。

颜鲁公是谁？他就是唐代名臣、大名鼎鼎的书法家颜真卿，向来为世人所推崇。上面这首诗一语惊人，明确指出颜真卿最大的功绩不在书法，而在忠义。他忠肝义胆、铁骨铮铮、死不易节的精神，才是他最伟大的地方。

那么，颜鲁公碑是怎样一块碑？都有什么内容？以至于令李诗人那么动容、那么激动不已？另外，这块碑现在哪里？让我们循着这个线索去寻觅他、了解他。

一

八百九十多年前的北宋末年。

靖康元年七月八日，位于关中东部黄河西岸的同州城里鼓乐喧天，南大街文庙院内，一块碑石上披红绸，院中站满各级官员、各界名流以及全城百姓，这里正在举行揭碑仪式。主持仪式的是前不久从京城汴梁被贬到同州的知州唐重。此刻，唐重神色凝重、铿锵有力地说道；"诸位，当此国难深重之际，时局日艰，金人正在磨刀霍霍，意欲卷土重来，我们或引颈就戮，或奋起杀敌，怎么办？"

大院中的人们群情激昂，振臂齐呼："守土抗战，保家卫国。"

唐重挥了挥手，让大家静下来。他激动地说道："同州历来是忠勇之地，历史上出现了多少忠诚刚烈之士，他们就是我们的榜样，我们的旗帜。"他转过身来，轻轻揭去红绸，一通石碑露了出来。众皆惊呼："颜鲁公碑！"

唐重缓缓说道："是颜鲁公碑。"随即读起来：

> 真卿奉命来此，事期未竟，止（只）缘忠勤，无有旋意。然中心恨恨，始终不改，游于波涛，宜得斯报。千百年间，察真卿心者，见此一事，知我是行，亦足达于时命耳。人心无路见，时事只天知。

读到这里，唐重停顿了一下说："这段文字，想来大家都熟悉，这就是唐代名臣颜鲁公手书。他曾于唐至德二年（756）出任冯翊太守，有惠政，史书多有记载，再听下边。"

> 观此笔迹，不显岁月，以事实考之，盖使李希烈时也。希烈以建中元年（780）陷汝州，卢杞建议遣公奉使，至贞元元年（785）八月丙戌，公不幸遇害，困踬贼庭者逾二年，刃加于颈而色不变。度无还期，誓不易节，盖书此以自表云。重即摹公之像于蒲，绘而祠之。又访得此石本，状貌老矣。公以乾元元年（758）自同徙蒲，至奉使时垂三十年，气节不衰，而状貌非昔也。乃刻石而寔于祠室，俾观者有考焉。靖康元年（1126）七月壬申，朝散郎秘阁修撰知同州军州事唐重书。

唐重读完碑文，大家都把目光放到下面的画像上。画像乃是颜鲁公就义前三十年在蒲州任刺史时的相貌，四十来岁，方额阔眉，目光睿智，甚是威武。唐重访得此像后，就把他描摹下来供奉。这次又把颜鲁公手书和画像刻在石上，中间加上解说，这就是碑的全部内容。

一般人都知道"靖康之耻"。那是一段国破家亡君王被掳生灵涂炭的惨烈历史。靖康元年七月，正是国难当头之际，唐重以颜鲁公为榜样，在同州竖起了抗敌大旗。

二

《大荔县志》记载："颜真卿，字清臣，至德二载（757），自宪部尚书御史大夫出为冯翊太守，时郡当破亡之余，真卿悉力抚循，雅有惠政。徙蒲，州民图像事之，后以宣慰使遇害于蔡州，人立祠祀焉。"

颜真卿（709—784）是唐代京兆万年（今西安）人，《颜氏家训》的作者颜之推五世孙。开元二十二年（734）中进士步入仕途。他从县尉内史做起，使"浇风莫竞，文政大行"。后任监察御史等职。他忠心耿耿，直言不讳，令杨国忠十分厌恶。天宝十二年（753）被调离京师，出任平原太守。

平原郡在安禄山辖区（今河北）。颜真卿早就看出安禄山的野心，暗加防范。天宝十四年（755），安禄山果然起兵，河北郡县大都被攻陷，只有平原郡防守严密。颜真卿派快马报告京师，并招兵买马鼓舞士气。堂兄颜杲卿任常山太守，颜真卿被任命为河北招讨使。

由于叛军非常强大，河北还是陷落了。颜杲卿和儿子季明都被叛军杀害。颜真卿悲愤难忍，写下有名的《祭侄季明文稿》。后来他回到凤翔拜见肃宗李亨，被任命为宪部尚书，后又任命为御史大夫。

当时朝廷混乱，他仍像平时一样，按照法律治事，一些不称职的官员被弹劾罢官。广平王李俶（唐代宗李豫）统率二十万大军收复长安那天，都虞候管崇嗣先于李俶上马，他即弹劾他。此后群臣都严肃守礼起来。李俶即位时，颜真卿请他先参拜陵墓宗庙，再在正殿即位。宰相元载认为他太迂腐，颜真卿驳斥他，得罪了元载。

他耿直认真、刚正遭忌的事还有许多，招致了包括皇帝宰相在内许多人的厌恶嫉恨。肃宗至德二年被调出京城，到冯翊（同州）任太守。

元载结党营私，怕群臣奏报皇帝，就设关卡，所有奏文都要经他审查。颜真卿上奏批驳，元载又记恨他，他又被贬黜，任吉州司马、抚州刺史、湖州刺史等职。在抚州五年中，他关心民众疾苦，注重农业生产，筑石坝、修水利以解除水患。离任后，百姓把石坝命名为"千金陂"，还为他建立祠庙，四时致祭。

建中四年，李希烈反叛，宰相卢杞建议派颜真卿去劝降，当时颜已经七十五岁。君命难违，颜真卿"度无还期"，抱定必死的决心去了。大荔的碑文，就是他出使叛营前写的绝命书，抒发了以死报国的信念。

白发苍苍的颜真卿，在敌营受到种种迫害。挖土坑活埋，燃大火焚烧，刺刀架于颈等等威胁利诱，都不能动摇他的意志。他要用血肉之躯来捍卫尊严、气节。第二年被害，时年七十六岁。

三

本文所描述的就是靖康元年（1126）七月的同州，国难当头时，知州唐重率州民对颜鲁公的祭祀纪念。

早在前一年八月，金人就以"张觉事件"为由，发起全面攻宋战争。他们兵分两路，东路军由河北直下开封；西路军则侧击山西，牵制大宋精锐部队。浓烈的血腥味在中原上空飘荡，嘚嘚的马蹄声敲击着每个人的耳膜。大战前夕，时局危急，山雨欲来风满楼！

昏庸的宋徽宗吓破了胆。十二月，他一面诏令各路军马勤王，一面急急忙忙传位给儿子赵桓。同样无能的赵桓战战兢兢登基了，这就是宋钦宗，年号"靖康"。靖康元年一月底，金人就兵临城下，开始第一次围城。太常少卿李纲临危受命，组织民壮，守城抵抗。山西被罢官的老将种师道组织起十万精锐西军，弃太原于不顾，奔赴开封救难。

二月，金人提出苛刻的退兵条件，索要无数金银财宝，还提出割让河间、太原、中山三镇的要求。当时太原守将王禀正进行顽强抵抗，宋徽宗不顾主战派大臣们反对，答应了金人的条件。

金兵撤了。宋徽宗下死令，严禁各路军队向金兵发起攻击。而前来勤王的种师道和李纲则以不听命令被罢免，数十万勤王兵被就地解散，也不给补给，自己想办法回去。

战局出现了片刻宁静，唐重就是在这间隙被贬到同州的。

唐重，眉州彭山人，著名书法家，大观三年（1109）进士。当过蜀州参军、吏部员外郎、起居舍人等。他耿直不畏权贵，弹劾童贯、蔡京等权臣。《宋史》以简约的笔墨记载了他的事迹：

> 金人要求金帛，中书侍郎王孝迪下令，有匿金银者死，许人告。重曰："如此，则子得以告父，弟得以告兄，奴得以告主矣，岂初政所宜？"即于御史抗论，乃止。……又言："近世不次（不按常规）用人，其间致身宰辅，有未尝一日出国门者，乞先补外，以为之倡。"明日，台谏皆得罪，重落职知同州。

唐重的耿直由此可见，他指出王孝迪的无耻与荒谬，还指出当宰辅首先要有担当，大敌当前应挺身而出。这一提议惹恼宰相，第二天就遭到贬黜，到同州任知州。

四

唐重来到黄河西岸的关中门户同州。他深知时局，已然坚定了守土抗战的决心。军政一肩挑，统一思想，秣马厉兵，准备同金兵决一死战。怎样使涣散的人心统一起来，坚定抗战决心？他想到也曾任职于此，他最敬仰的忠烈之士、鲠骨之臣颜真卿。

唐重在蒲州访到颜真卿画像，又寻到一块好碑石，他决定为颜鲁公立碑，为守土抗战树立榜样和楷模，以壮声威。于是，这块碑石便成为同州城的抗金宣言而铿锵作响、激励人心；也成为同州人的抗金旗帜猎猎飘扬，召唤勇士。

就这样，一块碑石把"安史之乱"和"靖康之变"两个时隔数百年的历史事件联系在一起。国难需要忠臣，需要良将，需要为国家社稷出生入死的人。无疑，颜鲁公碑起到了激励人心的作用。

《宋史》记载，就在唐重同州立碑后二十几天的八月，金太宗发动了第二次攻宋之战。九月初攻破太原，十月初攻下真定（今河北正定），十一月二十五日到达开封外城，闰十一月初开始攻城。

不必说宋钦宗这时穿盔戴甲上城巡视已经迟了，三万禁卫军逃亡了一半；不必说女真人的和谈阴谋徽、钦二帝信以为真，俯首听命以求苟生；不必说大宋官吏为满足金人要求，卑躬屈膝阿谀逢迎，疯狂搜刮金银和妇女；不必说北风怒吼风雪不止，百姓以树叶猫狗饿殍为食，疫病流行死伤无数！当时境况之惨烈，非笔墨所能形容。

但不管大宋君臣如何遵从，如何奴颜婢膝，也换不来金人怜悯！城终归是拱手相让了。金人把所有的金银财宝、廊庙祭器、图书典籍搜刮一空，临走还掳掠皇帝大臣平民十万余人，烧毁开封周围广大地区，"杀人如刈麻，臭闻数百里"，这就是亡国的下场。

远在西北的同州城也岌岌可危。《宋史》记载："金人已陷晋（临汾）、绛（新绛），将及同，重度不能守，乃开门纵州人使出，自以残兵数百守城，以示必死。金人疑有备，不复渡河而返。"

读史使人叹息！之前唐重上书，提议朝廷大元帅府到关中建立根据地，拒敌于黄河之东，朝廷未采纳，后任命他为京兆府（西安）经略制置使，掌管西安府军政大权。

后来金兵渡过黄河攻陷韩城。京兆府的兵已被调赴行在所（天子所在）。唐重修书对父亲说："忠孝不两立，义不苟生，以辱吾父。"其父回信说："汝能以身殉国，吾含笑入地矣。"

《宋史》记载：金兵围困西安，唐重的守城士兵不满千人，坚持守了半月多，没有外援。经略副使傅亮带了精锐数百人，打开城门，投降金人。唐重率领亲兵与金兵血战，诸将要扶他逃走，唐重说："战死，是我的职责。"于是继续和敌人战斗。战败，众人溃散，唐重中流矢牺牲。

"靖康之难"落下了帷幕，唐重的人生也随之谢幕。他生于宋神宗元丰六年（1083），死于宋高宗建炎二年（1128），享年四十六岁。像颜真卿一样，他用自己的生命践行立碑的初衷和誓言，在宋史、同州史上写下光辉的一章。

五

历史的车轮驶入民国。1931年日寇侵占东三省。1937年"卢沟桥事变"，全面抗战爆发。1938年，三万陕军东渡黄河，开赴山西抗日最前线，中条山战役开始。这正是：

> 抗日怕流血，何必出潼关？
>
> 铮铮男子汉，血染中条山！

记述此次战役的文章连篇累牍，永济保卫战、"六六"战役、望原会战等等，境况之惨烈，过程之曲折，每每令人或义愤填膺、或潸然泪下，不忍卒读。

有一个故事，就折射出一脉相承的民族气节与视死如归的英雄气概。

1938 年 7 月，中条山抗击日寇的陕军中，有大荔县安仁镇伏坡村的马勤动，他当时二十岁，刚刚结婚。之前他是一名教师，参加过共产党举办的"安吴青训班"，成为共产党员，被分配到 17 师教导大队任排长，随后转移到山西平陆县的茅津镇。1940 年 4 月，参加了著名的中条山战役，在望原会战中英勇牺牲。

消息传到家乡，全家人都悲痛不已。父亲马吉甫强压着心头的悲愤，给军长赵寿山写了一封信，表达他想搬回儿子遗骨的心愿。他在信中写道："勤动为国捐躯，人皆以为忧，我独以为喜，我喜死得其所。"赵军长大受感动，马上给老人回信，高度赞扬他的深明大义和爱国精神。但遗憾的是，烈士遗骸已无法搬回，他劝老人达观处之。随后，这两封信都刊登在 38 军《新军人》杂志上，极大地鼓舞了部队的斗志。

第二年中秋节，马吉甫写诗怀念儿子："可怜一样中秋月，清辉那得到九泉？"慈父的舐犊深情、呜咽之声力透纸背。可为了国家为了民族，他献出了爱子！这就是同州人的民族大义。

六

从公元 755 年唐"安史之乱"，到公元 1126 年北宋"靖康之难"，再到 1931 年抗日战争，历史有着惊人的相似之处，国家倾覆，人民罹难。在国破家亡之际，总有热血之士挺身而出，他们以崇高的献身精神、忠烈之情来捍卫国家，保护人民，以血肉之躯谱写了一曲民族之魂的英雄赞歌。它像一面旗帜，召唤着同胞们勇士们抛头颅洒热血，前赴后继，共赴国难，也将成为同州人的精神楷模，世世代代传承下去。

刺史禹锡

一

唐大和九年（835）十月，东都洛阳已是黄叶满街，残菊瑟瑟。城西一所酒肆中，几个朋友正在宴饮。一个中等身材、相貌清奇的人端起一杯酒，一饮而尽。朗声道："感谢裴公和诸位盛情，我就以诗答谢了。"随之来到书案前，铺纸挥毫，顷刻立就。接着吟诵起来：

> 一东一西别，别何如？
> 终期大冶再熔炼，愿托扶摇翔碧虚。

众人听了，齐声叫好。这个吟诗之人就是刘禹锡。他走过来与大家一一碰杯。在座是谁？中书令裴度、太子少傅白居易、河南尹李绅，个个大咖。他们都是刘禹锡的好友。

不久前，朝廷调原同州刺史杨汝士到户部任职，命白居易为同州刺史，白托病辞去，被任命为太子少傅，分司东都洛阳，做了闲官。随后朝廷就任命刘禹锡为同州刺史。于是，刘辞去汝州刺史职，将赴同州。上任前，特来这里与朋友相聚。

刘禹锡早年曾经参与王叔文的"永贞改革",是"八司马"之一,被远谪多年,元和十年(815)才召回任用。他写下"种桃道士归何处,前度刘郎今又来"的诗句,可谓坦荡磊落、气势夺人,不屈的个性显露无遗。二十年过去了,年过花甲的他仍痴心不改,"以天下为己任","道之所在,虽千万人,吾往矣"的儒士气质仍在闪光。所以他提笔言志,依然是锋芒毕露。

在座的其他三人中,裴度最长,七十岁。他以卓越的才能出将入相,久经官场洞察时局,具有丰富的政治眼光。他可能已经觉察到朝廷云谲波诡、杀机四伏,就非常冷静地写诗作答:

> 不归丹掖去,铜竹漫云云。
> 唯喜因过我,须知未贺君。

意思说,我不会去朝廷了,地方官慢慢做吧,很高兴你来,我还未祝贺你呢。裴度的忧虑不好说出,只能对刘禹锡的热情泼点冷水。一个多月后,朝廷就发生了"甘露之变"。唐文宗被架空,宦官滥杀朝臣,血溅庙堂,印证了裴度的远见卓识。

白居易的辞官不赴,也说明了他对世事的洞见。他对妻兄杨汝士说:"西户最荣君好去,左冯(同州)虽稳我慵来。秋风一箸鲈鱼脍,张翰摇头唤不回。"很明确地表达了自己的志向。这时见好友信心满满,也写诗抒发自己的情怀:

> 紫绶白髭须,同年二老夫。
> 论心共牢落,见面且欢娱。
> 酒好携来否,诗多记得无?
> 应须为春草,五马少踟蹰。

白居易与刘禹锡同岁,自己辞职不往,也劝刘禹锡退隐江湖,放浪山水。但刘禹锡就是刘禹锡，宦海的风风雨雨，仍未能浇灭他从政报国、以抒抱负的热情，此刻他豪情满怀，要去同州实现自己的远大理想。至于归隐田园，那是将来的事。他于是挥笔作答：

> 旧托松心契，新交竹使符。
>
> 行年同甲子，筋力羡丁夫。
>
> 别后诗成帙，携来酒满壶。
>
> 今朝停五马，不独为罗敷。

只有李绅没表态，也许是史籍遗漏，总之是没有看到。送别宴罢，竟是满天乌云，朔风阵阵，山雨欲来风满楼。别情离意压在诗人心头，他们各自散去。

二

大和九年十二月，朝廷一派刀光剑影、腥风血雨，你死我活的争斗此起彼伏。刘禹锡到达同州任上。

他第一次出巡，就倒吸了一口凉气，冬季的田野麦苗半死。州吏告诉说，同州连续四年干旱，收成不好，好些人家都出门逃难了。他心情非常沉重，到各处巡查灾情。东至黄河岸边，南到渭水沙苑，北临仓颉故里，西到乾坑之前。所到之处，但见"闾阎凋瘵"，一片荒蔽景象，远不是他早年来过的样子。

有一年，他和朋友到同州的皇家沙苑游玩，当时国家还没有如此衰败。沙苑里白河旁，还有不少的马匹在吃草，敬德牧马的官池碧波荡漾，有农人在田里烧荒、耕作。他们在白楼登高望远，欣赏墙壁上令狐楚的赋，论今怀古。

但现在，沙苑已不太能见到马匹，白河水涸，水池见底，茅屋无人，一片荒凉。经过一段时间的访查，第二年（开成元年）春天，刘禹锡决定，要把灾情上报朝廷。他在《同州谢上表》中云：

> 伏以本州四年以来，连遭旱损，闾阎凋瘵，远近共知。臣顷任苏州之年，亦遭大水之后……今本部灾荒，物力困凋，忝为长吏，敢不竭诚？即须条疏，续具闻奏。

当时惊心动魄的"甘露之变"已过，朝堂肃杀，但依然照常运作。《谢上表》送达后，朝廷终于有了行动，即发放六万石救灾粮应急。并应刘禹锡要求，免收开成元年（836）夏青苗钱和其他征敛。当时救灾粮一到，群情顿安，人们生活基本进入正常状态。

刘禹锡非常感激，他接着又写了条疏《谢恩赐粟麦表》感谢朝廷。

但这一年注定是风雨飘摇。"甘露之变"所引起的恶果在延续，天子名存实亡，宦官当道，大臣人人自危。刘禹锡这时终于惊醒，如此恶劣的政治环境，是他始料未及的。他理智地退却了，以脚疾为由，上书辞掉同州刺史重任。朝廷拜他为太子宾客，他退居二线。

风尘仆仆的刘禹锡回到洛阳。好在他在同州还干了一点实事，回来会见诸友，也不至于羞赧。在为他洗尘的诗酒会上，他一改前风，要学陶渊明，学"商山四皓"，写下了"闲尝黄菊酒，醉唱紫芝谣"的诗句。看上去好像已经忘情世事，优哉游哉。但读他的"更接东山文酒会，始知江左未风流"句，仍会感觉到他深藏内心的无尽遗憾，他终未能像风流丞相东山谢安一样，大展宏图，只能叹息：惜哉我志！

谋事在人，成事在天。世上少了一个励精图治的官吏，多了一个达观的山水诗人。但毕竟，同州刺史不须憾，官名诗名留人间。

元稹新政

一

唐穆宗长庆二年（822）六月五日，赤日炎炎，整个关中平原都被骄阳烤得喘不过气来，大地一片焦枯。在长安通往同州的驿道上，尘土飞扬，几乘马车正在土路上颠簸着。其中一人，就是元稹，他刚刚由宰相被贬为同州刺史，正在上任途中。

一年前，长安发生了一起震惊朝野的"科考案"，史称"长庆科案"。起因是这一年的科举，有走后门现象。牵扯到朝廷重要官员如宰相裴度、科考官李宗闵、户部侍郎杨汝士（白居易妻弟）等，致使"寒门俊造，十弃六七"。

说来很有意思，自科举制度实行以来，除考试之外，还有不成文的举荐，许多人就是被名人赏识、推荐而走上仕途的。但毕竟不成文，还是要以考试成绩为准。这次考试，官员段文昌因其所托落空，首先发难。唐德宗就让大臣们表态，许多人唯唯诺诺，不敢明言，谁不害怕得罪人啊。只有元稹和李绅态度明朗，朝廷最后决定复考，遂任命白居易、王起为重试主考官。结果是十四人只有三人及格，权臣子弟大都落选。包括宰相裴度的儿子，白居易的妻弟，李宗闵的熟人，等等。许多官员因此受到降职贬官的惩罚，他们的恼怒可想而知了。

元稹戳了马蜂窝，裴度攒足了劲告他，结果他被贬往同州。

在此之前，他因直言死谏遭十年贬谪，回到朝廷才两年多，受到穆宗重用。如果圆滑点，他可以对段文昌、李绅的提议不作回应，也可以模棱两可、首鼠两端，总之他有许多选择可以保全自己。可惜他不是那样的人，只选择做直臣、忠臣，主持正义反腐倡廉。唐穆宗明白元稹无私，但为压下裴度他们的满腔怒火，不得已贬了他。

此刻车中的元稹满腹委屈，但"修身不言命，谋道不择时"，这是他的一贯风格。决不同流合污，决不随波逐流。他要坚守良知和正义，他愤怒委屈而不后悔。

窗外大太阳下，焦黄的原野上没有青苗，时有挑着担子背着包袱的逃难人从路上经过。他这才意识到旱灾严重，骤然从悲愤中清醒过来，马上焦虑不安起来。"民生大于天"。他振奋精神，督促车子急速向州城驶去。

二

元稹到任，马上升堂议事，着手抗旱救灾，采纳当地官员的建议，到九龙池祈雨。九龙池在同州城南十里许，池周围有九个泉眼。平时九泉同流，池水沛流溅滟，颇为壮观。池边有九龙庙，据说非常灵验。

下堂后，元稹彻夜不眠，他满怀虔诚，郑重地写下了《祈雨九龙神文》：

> 稹始以长庆二年夏六月，相天子无状，降居于同，愁惭焦劳……冬不时雪，夏不时雨。越二月，宿麦不滋，秉耜不利……大凡天降疵厉，必因于人，神怒天谴，降灾于我身，我不

敢让……愿以小子稹为千万，请命于龙，龙其鉴之……伏惟尚飨。

民间传说更富于浪漫色彩。

传说元刺史写好祈雨文，天已大亮。一行人敲锣打鼓，抬了三牲猪牛羊、香炉烛台种种祭品，元稹带领全体官员步行，以示虔诚。去九龙池只有十里地，半晌功夫便到庙前。祈雨人等在庙前停下，摆好祭品，锣鼓停歇，人马肃静。元刺史来到香案前，上香跪拜，所有官员、乡绅、平民随之行礼。礼毕，他便宣读《祈雨九龙神文》，虔诚之至。随后，司仪领祈雨人等诵读祈雨诀："九龙真神，司雨在天，愿启神佑，降雨赐甘……"

祈雨进行了半个多月，天上依然晴空万里，旱云如火。这天晚上，元刺史回到衙门，坐在书房里思索。他想祈雨并非不诚，为何九龙神就是不领情？看来官府要自我反省，是否为官不廉、为官不忠？这不想则已，一想思绪如平原走马，不可收拾。于是他信笔写下长达三百八十字的《旱灾自咎贻七县宰》："吾闻上帝心，降命明且仁。臣稹苟有罪，胡不灾我身？……"要求各县作自我检查：是否为官不忠不良，得罪上苍？提出既然天道已远，只有团结一致，做人事努力，再想办法。第二天，元稹又去九龙池，到村中借口水喝。只见柳下井边，主人正在打水，"嗖嗖"几下，一桶水打了上来。

元稹见状恍然大悟，他和冯翊县令商议，既然沙苑水浅，何不掘井浇地？冯翊县令一听主意不错。赶紧召集各村里正，安排打井事宜。很快沙苑一带村庄挖井成风（涝池）。九龙池边的人，也车拉肩挑，把九龙池往深里挖。

一天晚上，元稹在院中望着月亮发愁，不觉渐渐睡着。梦见一条白龙自天而降，到他面前请罪，说自己懒惰忘了行雨，众人在九龙池挖土，他的宫殿摇晃不止，恳求赶快停工。元稹道："你只要尽快行雨，挖池马上停止。"那龙点了点头，随即腾空而起乘云雾去。一声霹雳，元稹惊醒，只见电闪雷鸣，顷刻之间大雨倾盆，一直下了半夜。

这年秋天，百姓收了些秋粮，种上了麦子。人们说这是元刺史的忠诚感动天地，老天爷对同州的恩赐。《大荔县志》记载：唐穆宗长庆二年，元稹任同州刺史，时同州大旱，元刺史祈雨九龙庙，后遂雨。

三

随后元稹着手了解州情。

同州南部是沙苑，狂风一起，黄沙飞扬，土地沙化，逐渐荒芜，百姓外逃，人口流失。但仍按原来的田亩收取税赋，致使农户流失更加严重。元稹经过详细调查，决心革除这些弊端，向朝廷写下《同州奏均田状》，说明当地存在的问题以及解决方法，提出有名的"均田平赋"主张。《状》后分析说：

> 当州两税地，……至今已是三十六年。其间人户逃移，田地荒废，又近河诸县每年河路吞侵，沙苑侧近日有沙砾填埋，百姓额税已定，皆是虚额征率，其间亦有富豪兼并，广占阡陌，十分之地，才税二三。致使穷独逋亡，赋税不办，州县转破，实在于斯……

他随后提出解决办法，即后来为人称道的"手实法"。所谓"手实法"，就是农民各人据实填写自己的田亩，乡村管理人员过手，上面不派官吏参与，除去逃户荒地及河侵沙掩等地，其余见确定亩数，收取两税。全州七县均按好地瘠地分别摊税，自此贫富强弱一切均平。

元稹这个政策，公平公正、切切实实、实事求是地解决了均田平赋问题，以今天的眼光看，都是非常先进的。接着他大刀阔斧地改革弊政，共计四条：

一、对摊派在百姓头上不合理的赋税进行改革，达到公平合理；

二、将因夏阳、韩城两县残破转嫁到朝邑、澄城、合阳三县百姓头上的赋税免去；

三、发现同州担负税麻一万多亩，属两税以外税中税，他以"无条敕可凭"为由，下达"放免不税"的通知；

四、在征收赋税过程中，发现属下奸吏巧立名目，利用尾数进位巧取整数，从中渔利。他明确规定，"斛斗并清成合、草并清成分、钱并清成文"，杜绝奸吏"隐欺之赃"，除去百姓"重敛之围"。

除了这些，他还大胆挑战自中唐以来的弊政"羡余"。中唐惯例，地方官吏每年要向皇帝交送相当数目的现钱，美其名曰"羡余"。"羡余"的本意是盈余，自唐以后地方官员都以赋税盈余的名义，向皇上进贡。针对"羡余"这个约定俗成的恶弊，元稹却大胆、机智地向它挑战了。他将同州官员进贡朝廷的千万银钱，充作逃亡户、死亡户的税赋，以此减轻百姓负担，又保证了国家财政收入。

元稹的这些举措，受到他手下奸吏的强烈反对，他们或想方设法捣乱，或消极怠工应付差事；或散布谣言蛊惑人心，和当地富豪们沆瀣一气，对抗新政。

这些后果元稹早有预见，但为了同州百姓，为了朝廷安宁，他不得不这样做，且义无反顾。

四

长庆三年春天，元稹的改革收到一定成效。欣慰之余，他深深感到来自各方的压力。在这期间他把得到的好马、双鸡都进献给穆宗，并写了《进马状》《进双鸡状》，表示对穆宗的忠诚。但他的新政并不为朝廷看好，元稹内心世界始终笼罩在重重阴影之中。

这时他的朋友杨巨源来看他。元稹欣喜异常，和他饮酒赋诗，畅谈心事。杨巨源小住几天要走，周围残酷的现实使元稹很是伤感，他写诗抒怀：

> 朱紫衣裳浮世重，苍黄岁序长年悲。
> 白头后会知何日？一盏烦君不用辞。

从这首诗可以体会到元稹推行改革承担的压力，他常常处于忧虑和悲哀中。他对自己的未来有所预料，所以劝杨巨源，喝吧请不要推辞，以后可能没有机会了。

明知山有虎，偏向虎山行。历史上有多少像元稹这样的仁人志士，为了心中的理想，前赴后继，勇赴"虎山"。正是他们的良知和奉献，成就了民族的脊梁，铸就了民族精神史上的丰碑。

元稹六月被贬同州后，白居易明哲保身急流勇退，七月自请贬官杭州。元稹在同州写下《寄乐天二首》，其一曰：

> 荣辱升沉影与身，世情谁是旧雷陈？
> 唯应鲍叔犹怜我，自保曾参不杀人。
> 山入白楼沙苑暮，潮生沧海野塘春。
> 老逢佳景唯惆怅，两地各伤何限神。

诗人自喻曾参，白居易为鲍叔，又以汉代雷义、陈重的典范情谊为比，道出对老朋友的感激以及受冤的不平与愤懑。

元稹的同州改革，果然触动了皇帝、权贵们的神经，他们的恼火可想而知。

长庆三年（823）八月，朝廷又一次调动他的职务，给了他一个比同州刺史还要大的官——越州刺史兼浙东观察使。这个职位远离京都，皇帝和权贵们再不想听元稹"聒噪"了。

元稹要走了，他把春天写的"杏花"诗贴在墙上，表示自己不虚同州此行的豪迈和坚韧：

> 常年出入右银台，每怪春光例早回。
>
> 惭愧杏园行在景，同州园里也先开。

一代贤臣远去了，他的事迹却永垂青史。他的"均田平赋"主张，打击了豪强特权，于国于民皆有利。五代周世宗柴荣赞扬说："此制治之本也，王者之政自此始。"柴荣颁布诏令，实施"均田平赋法"，为后人留下良好的印象。近代著名史学家范文澜对元稹的做法充分肯定，他说："唐穆宗时元稹在同州均田，应该是较为切实可行的办法。"

因种种原因，对元稹的指责、批判至今不绝于耳，但苛刻的同州史官有自己的直觉，坚持把他列入了"名宦祠"。这是应该的。

马燧招降

在古代，地方上为加强行政力度，搞好地方管理，提倡官员廉洁奉公，有所作为，就在各地建立了名宦祠，用以表彰政绩突出的历届官员，把他们像神一样供奉在祠庙里，受当地百姓世世代代祭祀，为后世官员树立榜样。

大荔的名宦祠设在文庙仪门东边，西边是乡贤祠（今天学门前小学），乡贤祠祭祀本土在外地做出贡献的文武官员。《大荔县志·熊志》记载，从西汉到清朝两千多年岁月里，名列名宦祠者有三十三人，乡贤祠二十一人。可见入选条件相当严格。

名宦祠里许多人非常有名，如汉代倪宽、萧望之，唐代尉迟恭、颜真卿、元稹、姜师度，宋代寇准、钱若水等，这些人都在同州当过刺史或知州，且政绩卓著，他们名列名宦祠，实在是实至名归。

这三十三人中有一人非常特殊，他并没有在同州当过地方官，却以副元帅职务名列名宦祠，他就是中唐人物马燧。

唐德宗兴元元年（784）二月上巳日，武将李怀光据河中（今山西蒲州）发动叛乱，他派兵占领黄河西岸的长春宫（今朝邑北寨子），伺机进攻长安。

李怀光本是靺鞨族人，他父亲因战功被唐王朝赐李姓。但他本人却叛变朝廷。李怀光性情勇猛，六亲不认敢于诛杀，即使涉及自己亲友也决不手软。这样一个火气特旺性格暴躁的军人，一旦有不满情绪，即可激成叛变。

先一年朱泚叛乱，占领长安，唐德宗如丧家之犬，逃到"奉天"（今陕西乾县），朱泚迅即包围奉天。李怀光与李晟效"围魏救赵"之计，急攻长安，解围"奉天"。后德宗加封李怀光为太尉并赐铁券，以示信任。

李怀光平时口无遮拦，公开指责奸臣卢杞、赵赞、白志贞的行为，这些人就怀恨在心，设法阻止他跟皇帝见面。李怀光对皇帝起了疑心，皇帝加封并赐铁券时，他把铁券扔到地上，并出言不逊。后来又因军队待遇问题，直接质问皇上。皇上苦于财力不足，无法满足其要求，派翰林学士陆贽、李晟调解。三人见面后，陆不说话，只示意李晟，李晟会意说："你是大元帅，有权处理一切问题。"李怀光被问住，恨恨而返。

回去后，他咽不下这口气，一个叛将趁机挑拨，他就在山西蒲州发动叛乱。叛军一路猛进越过黄河，占领同州长春宫。

朝廷急派李元谅、浑瑊、马燧领兵平叛，进军同州。驻扎长春宫的叛将徐庭光奋起抵抗，长春宫地处朝坂崖上，三面悬绝易守难攻，唐军打了一年多，也没攻下。

唐军急了，李元谅亲临城下，招降徐庭光。徐庭光根本看不起这个胡人，就在城上演出胡戏，羞辱李元谅先祖，扬言"我只降汉将"，李元谅愤愤无功而返。李怀光乘机西进占领同州，唐军退到乾坑，以此为屏障驻扎下来。

叛军乘胜西进，在乾坑遇到李部阻击，激烈的战斗打了一天，直杀得天地变色日月无光。唐军战败，南退沙苑。朝廷急忙调来韩游瑰部队六千人，联合李元谅部，终于打败叛军，李怀光退守蒲城。

马燧趁机攻打长春宫，《大荔县志·贺志》记载了这一战事，描述得有声有色：

> 马燧，郏城人，贞元元年（785），李怀光反，诏为河东保宁奉诚军行营副元帅，与浑瑊、李元谅合兵讨之。李怀光遣其将徐庭光据长春宫，百计攻之不下。燧恐固守久攻，所伤必众，乃挺身城下见庭光。燧曰："公等朔方士，自禄山以来，功高天下，奈何弃之为灭族计？早从吾言，可转祸为福，如以吾为欺，可射我。"披而示之心。庭光感泣，即率众降。燧以数骑入城，一军皆欢呼。

多么精彩的场面，多么精彩的描述，兵不血刃大功告成。你看马燧只身来到城下，与徐庭光面对面，有理有据地说服徐庭光。他怕徐庭光怀疑有诈，就在城上虎视眈眈的弓箭手下面袒露胸膛，感动了徐庭光。徐终于率众投降，马燧只带数骑入城，引起所有军民的欢呼。

马燧把"不战而屈人之兵"运用到最佳，他用一颗向善的心和智谋胆魄，避免了生灵涂炭，为史家所赞叹。这也是令同州人最为感动的地方。

马燧"片言休兵"，免除了一场杀戮，被同州人记入《县志》并名列"名宦祠"，受到世世代代同州人的爱戴与祭祀。

若水断案

宋朝时，有一个人叫钱若水，在同州府任推官。有一天，一个富人家的小丫鬟不见了。小丫鬟父母告到州里，知州命衙里的录事参军（掌管文书的官）审问这件案子。

录事曾向这个富人借过钱没有借到，虽然非常生气却没法治他。这下机会来了，录事趁机报复，诬他杀死了丫鬟。富人不招，录事就给他上刑具，富人忍受不了只好屈招。录事审完将此事呈报知州。知州又令人复审，复审后没有发现疑点，就认为此案审理妥当。

那时审案要通过推官才能定罪，钱若水怀疑此事有疑，他就拖着案子，不给最后定刑。十多天了还不见动静。录事着了急，私下里告诉知州说："钱若水故意拖延不办，是对知州不信任，不恭敬。"

知州很不高兴，多次督促钱若水，钱只找借口搪塞。这时，州里的众官员都不理解，纷纷责怪钱若水，说他目无知州有令不行；指责他办事拖沓没有效率；嘲笑他不知天高地厚，借着案子想露一手。朋友劝他赶紧结案，说要是知州恼了，对你的前途不利。钱若水只是打哈哈说："马上，马上。"但就是不动手宣判。

二十多天过去了，钱若水去见知州。摒去他人后对知州说："若水拖延此案不办的原因，是在秘密寻找这个丫鬟，现在找到了。"知州大吃一惊，随即夸钱若水办了一件好事。

知州亲自升堂断案，当场从牢里提出富民父子，除去枷锁释放他们。富民父子哭着不肯走，跪下叩头说："多谢知州，如果没有您的明断，我们一家人全完了。"知州听完捻须微笑道："你们不要谢我，这全是钱若水的功劳。"

富民父子又赶到钱若水的办事厅，要当面谢他。钱若水闭门不见，令手下人说："这全是知州的明断，我其实没有做什么。"知州听了非常感动。

在钱若水的努力工作下，州里替几个被判死罪的人洗清了冤屈。知州要为钱若水上奏请功，不料钱若水却坚决拒绝。知州感叹说："真奇士也。"

推官钱若水，因此成为同州人心目中的清官、好官，同州人把他列入了"名宦祠"，和为同州做出贡献的许多历代官员一并祭祀，永远纪念。

双忠之祠

明朝洪武年间，同州朝邑的东王寨有一名士叫高翔。高翔自幼爱好读书，尤其精通四书五经等儒家经典。距东王寨十多里路的蔡家堡（今紫阳村）也出了一位奇士，名叫程济。程济学识渊博，精通奇术，他俩声名远播，是当时同州一带的优秀人才。

朱元璋开国之初，立儒家学说为国学，特设"明经"为科举考试内容，求贤纳士。

这一年，高翔和程济两人上京考试，双方通过"明经"科考被朝廷录用。这件事轰动同州各地，人皆称赞。

入朝后，高翔擅长文辞，为人稳重，矜名节而重品德。皇帝很看重他，任命他为监察御史。高翔不负帝望，就朝廷政事提出许多合理建议，皇帝对他的奏章总是仔细批阅，予以采纳。

后来建文帝主政，他一扫洪武朝暴戾之气，广开言路，大胆改革，受到朝廷有识之臣拥戴，高翔就是其中一员。他们忠心耿耿，以自己的一腔热血支持新政，四年时间，朝政改革取得很大成绩。其中一项新政就是削藩，逐步削减藩王权力。这一项引发诸王不满，燕王朱棣即以"清君侧"为名，发兵进攻南京。

1402 年六月，朱棣攻破南京，登上皇位。

朱棣闻听高翔名气，就召见他，高翔竟穿丧服觐见。当时传说建文帝被烧死，他穿丧服以示忠心，并大哭建文帝，且指责朱棣篡权。朱棣大怒，杀了他并诛其九族，抄没全部家产，还派人挖了他家祖坟，将骨殖与牛羊骨混合焚烧，使他祖坟成为"漏泽园"（乱葬坟）。凡租种他家土地者皆加税，"使人世世代代骂高翔"，可见朱棣对他之恨。

程济初入朝时，被派到四川岳池县任教谕（掌管祭祀和教育的学官）。程济追求做智士，特好钻研《易经》《鬼谷子》《道德经》等。通过钻研这些学说，拓宽视野增长见识，发现事物的内在规律，以预测世事人生，实现自己治世理想。但他从来不因为这些爱好而误公事。

史载，洪武三十一年（1398），程济在岳池县夜观天象，预测北方可能会发生叛乱，于是上书朝廷，皇帝震怒要置他于死地。程济临危不惧，请皇上先囚禁他，如果预测不灵，再杀不迟。

第二年，朱元璋死，皇孙朱允炆继位。四年后燕王朱棣发动叛乱。朱允炆赶紧把程济放出来，先委任他为翰林院编修，后委以监军重任。开头几仗朝廷军胜利，在徐州刻石立碑表彰将士。后来朝廷军失利，朱棣军胜，到徐州见此碑，朱棣大怒，命人砸石碑，刚砸几下又命停止，要求把碑上人名抄下来，以便秋后算账。

程济名字刚好在被砸处，幸免于难，朱棣后来攻破国都南京。建文帝欲自杀，程济劝他逃走。传说朱元璋临死留一密箱，程济等人打开，内有度牒袈裟剃刀及金锭等物，建文帝遂落发为僧，程济扮作道士，率三十二人从宫中密道逃走，幸免于难。后程济著有《从亡随笔》一书，记载他们的逃亡经过。

《朝邑县志·烈女传》记载了一个故事：说程济夜观天象，发现"荧惑守心"（火星出现），就上疏给朝廷说，"可能有兵事"。程妻劝他："天道渺茫，不可尽信，你不要越职言事。"程济不听，后果然被逮捕下狱。后来朱棣发动叛乱，他才被放出，协助皇帝。叛军攻破宫门，程济跟随皇上逃亡，程妻自缢而死。

"烈女传"中的故事，大多宣扬女性殉夫、守寡事迹，令人悲催，我基本是不看的，而程妻的故事却明慧、悲壮，让人赞叹不已。

朝邑乡间传说，程济家人害怕受牵连，遂举家从蔡家堡程家卓子迁到连家村，并改"程"为"成"。至今紫阳村仍有姓程的人，他们和连家村成姓是本家。

又传说，当年武当派祖师张三丰曾来过紫阳村，寻访建文帝和程济。朝邑八景之一"紫阳夜月"即咏这件事：

> 渡桥谁去访三丰？古殿空明月色浓。
> 夜半钟声惊客梦，前身悟到紫阳峰。

时景飘风过。时隔一百多年后，嘉靖元年（1522），山西泽州人郜相到朝邑当县令，他敬佩高御史的气节，于是咨询当地士人，查阅文献，为高御史在朝邑通达地方建立祠庙，以弘扬忠烈气节，韩邦奇亲写碑文，祠堂门前悬挂"表忠"匾额。郜相、韩邦奇也算是有担当、敢直言的勇士了。

六十多年后的万历朝，皇帝下诏，为建文朝忠臣平反，时直隶人郭实任县令，奉诏表彰立祠纪念。于是在高御史祠堂内添了程济神位，高御史在左，程编修在右，合而祀之。又把"表忠"匾额改为"双忠祠"。从此朝邑县多了一道风景，高御史和程编修名重天下，他们的忠烈之举将永远彪炳千秋。

阁老上疏

同州南边沙苑北麓有个村叫马坊渡，明代嘉靖年间，出了一个大人物马自强，老百姓都亲切地称他为"马阁老"。

马自强自幼刻苦好学，陕西乡试榜列第一。后来入京赶考，于明嘉靖癸丑（1553）年中进士，入翰林院，任检讨、修撰等职，后来升为左侍郎兼翰林院侍读学士。当时神宗朱翊钧还是太子，皇上看上马阁老的学识，让马阁老担任日讲，教太子读书。他学识渊博，讲起课来深入浅出，陈切明白见解独到，很受太子尊重。明神宗朱翊钧登上皇位，第三年便提拔他任礼部尚书兼翰林院大学士。

当时神宗年幼，张居正与秉笔太监冯保专政，朝里大臣都得看他俩脸色行事。马自强刚正不阿，不畏权势，罢免张居正幕僚郎中章礼官职，并上疏弹劾冯保、张国祥等，深受朝野尊敬。

马阁老任职礼部，以分封皇族的事务最多。朝廷颁布的有关条例，因年代久远渐不适用，有些条例自相抵触，狡诈官吏常常钻空子，从中牟取私利。马阁老上任后，首先把多年的条例规矩逐条分析，择其正确的予以实施，不可用已过时的条例规矩全部摈弃。这些举措，受到皇上的支持和群臣的赞许。

藩府发来疏文，他样样按时裁决，明确该办与不该办的，使不法官员无法乘机谋利。道教龙虎山的正一真人，在隆庆时已被剥夺印敕，神宗即位后，宠幸道教天师张国祥，张重贿太监冯保，要求恢复正一真人封号。马阁老极力反对不予上报。

当时北方蒙古首领俺答与明朝通贸，朝廷为鼓励他们，就有所赏赐。后来边臣无原则无节制地满足俺答要求，赏金不断增加，超过定额。马阁老明令礼部，坚持按最初协定办理。随便索取赏金决不允许。就此一项，每年为国库节约不少开支。

最受家乡人称道的是马阁老上疏救乡民。

原来沙苑位于渭水与洛河之间，由流沙堆积而成，沙无定形随风迁移，地瘠民穷。明初就将沙苑钦赐郭驸马，到马阁老时已有二百余年。抚院决定收回早时赐令，令郭氏自择田地二十顷，剩余归官家，再用于提供朝廷禄粮。

郭驸马时，每亩收租银一分，现在收归国有，理应按郭氏时地租收取。可有司制定地租时，却将荒沙地按平原地分成上、中、下三等，分别增粮至七升、五升、三升，还多增了地亩数。

如此苛刻的政策，使穷民没了活路，求诉无门。

马阁老知道后不胜愤怒，夜不能寐，奋笔疾书，为沙苑穷民喊冤诉苦，写下《沙苑虚赋议》。那份奏折今天读来，依然振聋发聩，令人动容。奏文说，当年郭驸马收租，家丁气焰嚣张，横行州间，要是沙中真的出产好，就不会一亩地只收一分银，往往还要拖欠。而现在收赋税，不减反而加重。他怒斥这种现象"非熙洽之世所宜有也，非凋敝之民之所能堪也"，"夫平原地，且不可加赋，而沙荒恶地反加之耶"？

对沙民疾苦，他有贴身体会："独不见沙中之苦乎，居室无垣，四面环堵皆沙也；冬春多风，出门满目皆沙也；门户不能蔽，饮食杯棬皆沙也。况沙随风转，地以沙迁，朝更夕改，月异而岁不同也……此辈穷民，不幸生于沙中至苦也，今不怜其苦，而又凿空增加顷亩，加赋税以益其苦耶？……"

嘉靖朝参政王凤泉从同州到华阴，经过沙苑，写下一首有名的诗：

> 百里人烟绝，平沙入望遥。
>
> 春深无寸草，风劲有惊涛。
>
> 两税终年纳，千家计日逃。
>
> 穷民何以答？遮马诉嗷嗷！

马阁老早年读过这首诗，深受感动。他把这首诗引用到奏文中。严肃指出：为沙苑加赋"其计左，其害深"。整篇《虚赋议》，铿然有声，其情切切感人至深。闻其声，感其人，一个铁骨铮铮、乡情眷眷的马阁老，仿佛就在我们面前。

乡间传说非常浪漫：朝廷见了马阁老奏章，便派官员到沙苑调查，马阁老在乡间接待他。正是秋季，沙苑红枣成熟，家家户户都用红枣黏些面粉，捏成窝窝头食用，他们缺粮啊。为使调查官员相信，这一顿窝窝头蒸了两种，一种去了核，一种没去核。同桌吃饭，给官员吃的是没去核的，马阁老吃的是去了核的。官员看见马阁老吃得很香，自己却没法下咽。结论是，这儿人太穷，确如马阁老所言，奏请朝廷，免了沙苑虚税。

马阁老六十六岁时患时疫去世，他的墓在镰山之下，墓碑上简略叙述了马阁老生平及死因。他永远活在同州人心里。

县令鲍珊

一

大荔县西南有个爹村。爹村确实"大"，沿着沙苑南麓渭河北岸，东起崖下村，西到高家寨共八个自然村，足有十多里路，故称"十里烂爹村"。

清朝嘉庆二十五年，朱家村商人朱锡林从四川回乡。早年他曾在渭南县孝义镇财东柳全壁的店铺当过伙计，这次回来，念起旧情，便去柳全壁店里走访。

柳全壁一见朱锡林，怒火中烧。因为当年朱锡林非常能干，曾是店里骨干，可他却要去四川自己干，柳全壁很恼火，但也无可奈何，只得任他去了。

这次朱锡林归来走访，是念当初柳全壁一再挽留的情分。谁知见面后，柳竟怒气冲冲，追要欠他的几两银子。

朱锡林非常尴尬，连忙赔笑："来时忘了带钱，容我取来奉上。"但柳全壁怒气难消出言不逊，一来二去言语不合，仆人们一拥而上，群殴朱锡林，竟失手将朱打死了。

一看出了人命，柳家赶紧报官，并重金贿赂渭南县令徐润，徐润即认定朱锡林自跌身死，通知朱妻领尸。朱妻不答应，柳家便将死人装了薄棺，送回朱家村。朱家族人非常气愤，在村西路口挡住，拒绝这样处理。送棺人把棺木扔下走了，族人无法，只得暂把棺木厝在村外。

朱锡林的妻子不服，上告到抚院，抚院令另一县令姚洽重审。柳全壁赶紧向姚洽行贿，姚洽示意柳全壁买通抚院，柳赶紧照办。姚洽即传唤朱妻，赴案重审。

此时朱妻因夫暴死受了惊吓，未足月便产下遗腹子，还没有满月。差役威逼赴案，朱妻苦苦哀求，容她满月再去赴审。不料差役如狼似虎，硬拉朱妻，朱妻产后虚弱，又兼丈夫暴死，心中郁愤连惊带吓，得了惊风，很快死了。婴儿本不足月，加之无奶，也很快死去。

朱妻娘家人悲愤异常，便着朱妻弟马某上告。姚洽丧了良心，嫌马某不服判决，便给马某施压，将他收监。不料马某是个硬汉，就是不在判决书上画押签字。姚洽气恼，不给吃喝，马某最后瘦成柴棒，贫病交加死于监中。

一时连毙四命，"弥天冤愤，无路哀告"。村人长叹，天理何存？

朱锡林有个侄儿朱先宁，也在四川经商，听到叔父遭此横祸，怒不可遏，放下生意回朱村老家。恰逢嘉庆帝薨，宣宗继位。朱氏族人认为新皇即位，政令一新，现在报仇正当其时。就凑钱支持朱先宁赴京喊冤，朱先宁决然告别族人，辗转来到京城。

到京后，朱却苦于没有门路见到高官。于是他请人写了诉状，跪大街哭诉冤情，好些日子没有效果，而盘缠快完，他处于极度绝望之中。

京城有一喇嘛，见朱先宁一直跪在大街，心生怜悯，一日召朱先宁到寺里，问明冤情。出主意说，皇上每隔一段时间要来寺里上香，你把状子埋在香炉里，皇上发现，冤情就会昭雪，朱先宁听了叩头谢过。

一天宣宗（道光）皇上果然来寺里上香，发现状子，搜出藏在香案下的朱先宁，皇上生气，定罪"犯驾"，当诛死。先宁早将生死置之度外，直喊冤枉毫无惧色。皇上诧异，便着他申诉，询问完后，交于刑部，刑部将他解回原籍候审。

这时有个渭南籍御史王松年，刚好从故乡回到京城，皇上便召王松年询问此案。王松年不敢隐瞒，据实以告，皇帝即钦命那铎堂赴陕查案。

那铎堂来到渭南，照会当地官员验尸。打开棺后，尸体经数年竟没腐烂，殴伤点点如新。那铎堂据实上告朝廷，刑部定柳全壁死罪，处绞刑。

以前审案，柳全壁从不出面，只派遣家人上堂对质。这次终于把柳全壁带到大堂，审理完毕，下令行刑。监刑官是大荔县令鲍珊。柳曾向他行贿，鲍珊为官清正，拒绝受贿。这时刑毕，鲍珊上前验刑，看出柳全壁未死，命人启验，果然有金箔附于颈上，行刑时竟没绝命。鲍珊上报，钦使令人踏柳胸腹，柳全壁毙命。

钦使最后宣读朝廷诏书，徐润、姚洽被充军，巡抚二司被革职降职。巡抚朱勋，人称"双料曹操"，他原来是个县丞，设计休了前妻，又骗某按察使甥女为婚，借关系升到巡抚，这次因朱柳案丢官，人心大快。

朱先宁申冤后回到村里，村里人借皇上说法，送他"朱大胆"的绰号。

二十世纪六十年代，大荔县剧团把此事编成同州梆子《朱告柳》上演，引起轰动，风靡一时。

二

知道"朱告柳"案件，源于二十世纪六十年代初看戏。戏情早没了印象，只记得爷爷说是爹村的事，就记在心里。

后来偶然在县志中发现这个故事，勾起多年前看戏的回忆，兴趣大增，就跟踪下去。

案件的确传奇，柳殴打朱致死，几个贪官沆瀣一气，连毙四命，胆子之大、手段之辣，令人发指。

故事结尾，虽然正义得以伸张，但四条人命的代价，五名官员的堕落终究是太沉重了，昭显着官场的畸形，社会的黑暗，不能不令人为之黯然，为之感叹。社会水深火热，人性被金钱泯灭，哪里还有百姓的活路？还好，暗无天日的官场因一个鲍珊亮起一星光芒，尽管它很微弱，但足以刺破黑暗，给人以生的力量和希望。

这是个窝案，牵扯到渭南县令徐润、另一县令姚洽、陕西巡抚朱勋、大荔县令鲍珊，没写姓名的布政使、按察使，三名县级官员、三名省级官员。嫌疑人为了逃避责任，上下打点花钱消灾，把银子送到有关部门上述六名官员手中。有钱能使鬼推磨，银子的力量比大炮还厉害，六个官员五个应声落马，集体贪赃，其恶果是四人毙命。

只有鲍珊，以人格与银子对峙，与黑暗对峙，让人看到官场残存的一点正义之光。

县志写道："大荔县令鲍珊者，清正绝贿。"本来死者朱锡林家在大荔，柳全壁家在渭南。初审在渭南，二审可到大荔，可是没有。因为抚院了解鲍珊，认定鲍珊不会为邪恶张目，所以他们选了姚洽。正是姚洽不顾朱妻坐月子，逼死她母子，又将朱妻弟马某投放牢中致死。这样穷凶极恶的家伙，恰恰是抚院官吏愿意使用的，这就是问题的关键所在。

巡抚朱勋，原本是个县丞，为人阴险狡诈，为升官休妻另娶，靠裙带关系升到巡抚。这样一个本质渣男，周围如蝇逐臭般会聚了官场败类，他们眼中只有利益，哪里还有王法国法、社稷百姓？

柳全壁也真"伟大"，他用金钱轻而易举地玩弄上至抚院、下至县衙的五官员于股掌之中，五官员见利忘义，国家法令、官员职责、仁义廉耻、天地良心全然不顾。可悲也夫！

最后，这帮祸国殃民的家伙集体暴露，鲍珊才作为监刑官出场。柳全壁不惜代价垂死挣扎，栽在鲍珊手里。恶人终究逃脱不了恢恢法网，被送上断头台。

终于可以长吁一口气了，不禁为鲍珊喝彩。他是腐败官场、金钱社会一点微弱的公义之光，一点残存的人性之光。

三

一边叹息，一边着手在县志中再查鲍珊。一位刚正廉明的县令，他一定在历史上留下自己的印痕。可惜几年来一无所获。

几天前，网友发来失传的《大荔县乡土志》，信手翻阅，一条记录赫然映入眼帘：

> 鲍珊，安徽歙县进士，嘉庆十七年（1812）官大荔。时南乡回民恒与汉民械斗，巨案山积，前任率用武健而不能胜，珊遇斗即亲往讽喻，各解散去，在任十年无械斗案。民有托释道施符药以谋生山西者，被晋抚以邪教入秦奉旨，交陕抚查办，委员来县密侦，欲尽缚，所居村民与大狱民大惊扰，珊辨民冤，极力保全。卒以薄惩一二人了结，民聚金为建生祠。珊知之，极禁而止。

可喜可贺，终于有了鲍县令的信息。

此文记写了鲍珊两件政绩。一是平息境内汉、回民族纷争。南乡汉、回民争多年，前任武力不能解决，鲍亲赴现场，以理服人，民众自散，十年无械斗。二是为贫民说话，免去百姓一场牢狱之灾。《陕西通志》《歙县志》描写得尤为精彩：县属贺家洼有游民扮成道士，在山西施符药行骗，山西送到陕西，巡抚交给一个属官办案。此人为邀功，将村民尽缚归案，村民"大惊扰"。鲍极力为村民辩冤，属官愤怒指责他包庇罪恶，"珊笑不为动"。属官严加搜查一无所获，转而好言交鲍珊办理。鲍县令这才亲自审案，轻惩一二人，其他村民无罪释放。

村民很是感激，要集资为鲍县令建生祠，鲍极力阻止方免。

政绩人去后，官声民意中。鲍珊在大荔任职距今已经过去二百多年，他以自己的言行树立了一座丰碑，矗立在大荔县历史上，矗立在整个中华民族的精神史上。证实了正义必定战胜邪恶，证实了天地有正气。因为有一大批像鲍珊这样主持正义的人，有一大批为正义立传、为正义呐喊奔走的人。

漫说冯道

一

中国历史人物定性，戏曲舞台表现得最为清楚。黑脸白脸，红脸花脸，一看便知"忠""奸"。就像岳飞、秦桧、魏徵、李林甫等等，不胜枚举，泾渭分明。但有一个人，却是"四不像"。欧阳修骂他"无廉耻者"，司马光骂他"奸臣之尤"，王安石则说他"如诸菩萨行"，赵翼也说他"以拯时救物为念"。众说纷纭，千百年来无有定论，可谓"另类"之极。

这样一个备受争议的人物，却当过我们家乡同州的节度使，惊讶之余，就关注起这个人物来。

史书记载，冯道，五代瀛洲景城（今河北沧州西北）人，中国大规模官刻儒家经典的开创者。历仕后唐、后晋、后汉、后周四朝十君，拜相二十余年，人称"官场不倒翁"。好学能文，主持校订《九经》雕版印书，世称五代蓝本，为我国官府正式刻印书籍之始。

哇，这么高的评价。千百年来却骂声不绝，这是为什么？

二

公元 907 年，黄巢起义失败，朱温灭唐称帝，建立后梁政权，为五代之始。此后的四十五年里，地方藩镇互相征伐，轮流称帝，走马灯似的相继再出现了四个王朝。李存勖的"后唐"，石敬瑭的"后晋"，刘知远的"后汉"，郭威的"后周"。最长的十四年，最短的四年。在如此刀光剑影、险象环生的世道中，出现一个冯道，他却"任凭朝堂更换，好官我自为之"，而落下千古骂名。

单单看这履历，稍有常识的人，都会马上做出判断，这是个大奸臣。没错，中国历来的为臣之道是："好女不事二夫，忠臣不事二君。"所谓"忠贞不二"。像历史上"不食周粟"而饿死首阳山的伯夷、叔齐，死不易节的文天祥，背帝蹈海的陆秀夫等等，他们的故事光芒万丈、流芳百世。

可是话又说回来。春秋名臣管仲，齐桓公靠他成就了霸业，可他曾是公子纠的臣子；唐代魏徵，他直言敢谏，是唐太宗"明得失"的"镜子"，可他也曾在李建成帐下效劳。如此看来，"忠贞"不一定"不二"，关键在"忠贞"的对象是谁。在五代乱世，王朝兴替此起彼伏，暴风骤雨般使人不知所措、无所适从，既无所适从也就无不是从。冯道其实就是这个特定历史时期的产物。

《五代史》有这么一段描写：后唐潞王李从珂叛乱，杀到京城洛阳，唐闵帝出逃。冯道就率百官迎接李从珂，而且要中书舍人卢导上表劝进。卢导说："哪有天子在外，臣子就劝别人当皇帝的道理？"另一宰相李愚也支持说："舍人之言很对。"冯道则表示"事当务实"，就做了。三天后唐闵帝被杀。仔细分析，卢导和李愚的思想符合传统思维定式，而冯道则表现得太过于势利，当是最恶劣的。

可是回头一想，冯道做与不做，李从珂称帝、唐闵帝倒台已成必然，与后来的后晋、后汉覆灭时一样。当黑云压城大厦将倾，扭转不了乾坤时，如果冯道们都像文天祥、卢秀夫一样殉君殉国，那么这五个浅薄的王朝只怕承担不了、也不配承受这么忠烈、沉重的鲜血。看看后唐郭崇韬、任圜：郭崇韬刚打完胜仗就被陷害，杖毙而死，五子全部遇难；大臣任圜被安重诲之流诬陷，全家饮药而死。后汉隐帝刘承祐猜疑郭威，杀他全家，逼得他举起反旗。如此伦理纲常丧失殆尽的混乱时期，苛求冯道"从一而终"，只怕太勉为其难。试看这个时期哪有一个文天祥、陆秀夫式的忠臣？世道使然也。

再看冯道为人，他出身耕读之家，年轻时勤奋好学，品行淳厚，善写文章，且安于清贫。梁、晋争霸时随军出征，晚上就睡在马草上，和仆役同锅吃饭。将领掳来美女送他，他把她们另置别室，然后寻访她们亲人送还。父亲去世，他回乡丁忧，当时正逢灾荒，就将家财赈救乡邻。自己亲自上山砍柴，却悄悄地帮助邻居耕种。

耶律德光攻入汴梁，问他"天下百姓，如何救得"？冯道回答："此时的百姓，就是佛祖在世也救不了，只有皇帝您救得了。"此后中原百姓果然没有受到侵害。

以上冯道的作为，不失君子之风。可是司马光却认为"惟小善耳"，他没有为君尽忠，"大节已亏"，至于"小善"，不值一提。还有人责备说，冯道侍君阿谀逢迎，未见劝谏，是其失职。在"劝谏"君王上，商代比干当属第一，他"死谏"纣王被挖心，由此成为忠君爱国的偶像而光耀千年。同时，也给后人留下暗示：能谏则谏，否则闭嘴。

冯道是熟读史书的。他察言观色，决不像比干一样做无谓的"死谏"，他是看对象的。

后唐庄宗李存勖沉湎声色，宠信伶人，未见冯道劝谏。何也？李存勖刚愎自用，有建国之才而无治国之谋。他死于非命，乃是咎由自取。但对后唐明宗，他则以骑马为例婉言劝说，太平年间也要小心谨慎。并告诫君主"谷贱伤农、谷贵饿农"，吟诵"伤田家"诗来劝谏。后来冯道提议官方刻印《九经》，得到明宗支持，就说明了他们之间良好的君臣关系。

至于他因劝谏刘守光而入狱，劝谏郭威不要讨伐北汉而被斥责，虽无成效，但他还是做了。可见，他的劝谏是看对象的，是以不做无谓牺牲、不损害个人利益为前提的。

冯道还有一件事，是他违背"信誉、承诺、盟誓"的"丑行"之一。

后晋高祖石敬瑭病危时，命幼子石重睿叩拜冯道，并让宦官把他抱到冯道怀中，希望冯道能辅佐儿子登位。石敬瑭死后，冯道却与景延广商议，以"国家多难，宜立长君"为由，拥立石敬瑭的侄子石重贵为帝，是为后晋出帝。

冯道骗了石敬瑭，不过倒是没见有人以此发难。窃以为，石敬瑭当是五朝皇帝里最无耻的一位，他的叛变虽事出有因，但他为了当皇帝，认小他十来岁的辽太宗为父，又出卖燕云十六州给契丹，无耻至极，人人痛恨。何况石重睿只有四岁，在虎狼环伺的情况下，冯道一介文臣，实在没有实力辅佐他。因而冯道的选择也是顺应形势、无可奈何的。

三

再说说冯道在同州的事儿。

后唐清泰元年（934），冯道被唐末帝李从珂贬官，发到同州任节度使。他不知怎的轻慢了副使胡饶，胡饶就借着喝了酒到衙门辱骂他。他不但不生气，还给他弄了水果食品醒酒。胡饶酒醒后，拍拍屁股走了。众人不平，冯道却说："恶人自有报应，我有什么可怒的？"由此可见冯道的理智、度量。

时隔十年，后晋开运元年（944），晋出帝石重贵听信谗言，又罢免冯道相位，他再次任职同州。到同州后，管酒务的小吏上文说，孔庙已经破败，他愿意拿出自己的私财来维修。冯道看后，即令下属判官处理。可这判官很不满意冯长官的安排，就在行文上写了一首讽喻诗：

> 荆棘森森绕杏坛，儒官高贵尽偷闲。
>
> 若教酒务修夫子，觉我惭惶也大难。

冯道看后颇觉羞惭，就叫来酒务，拿出自己的俸金交给他，并亲自带领一干官员现场勘查。最后决定把孔庙从南街搬到北街，建立新庙，他还亲自写了碑文。

《大荔县志·贺志》郑重记录："五代节度使冯道，移文宣王庙，记石在文庙内壁。"并在"职官"一栏很客观地记载他。而对武则天朝在同州任过"参军"的来俊臣，则揭露他的罪恶。《县志》还记载了奸臣卢杞的"微善"。说唐时虢州有三千官豕为患。德宗说，把它迁到沙苑算了。卢杞却说，同州也是您的臣民，不如把它杀了。德宗就把官豕赐给了贫民。由此可见写《县志》官员的客观。

四

作为文臣，冯道诗词文章写得都不错。人说文为心声，他的操行、人品就很自然地流露在诗词文章中。

他在《荣枯鉴》一书中说："俗礼，不拘者非伪；事恶，守诺者非信，物异而情易矣。"意思是说，俗礼俗套，不去遵守反而是真诚的；事情恶化，还守着承诺不放，这不叫诚信。应该根据事情的变化而采取行动。这反映出冯道非常现实、不受礼法束缚的思想。他也因此触犯了儒家关于"忠贞不二"的定义而大受挞伐。但细细分析，他说的都是实实在在的真话。

至于他的《长乐老自叙》，则洋洋自得，炫耀他在各朝历任的官职、爵位及荣华富贵。而对五朝乱象、丧君亡国、百姓流离则毫无痛惜之心。这一点，违背了常理常情，人们痛骂他"无耻""奸臣之尤"，也在情理之中。他有一首诗，倒是很好的：

> 穷达皆由命，何劳发叹声。
> 但知行好事，莫要问前程。
> 冬去冰须泮，春来草自生。
> 请君观此理，天道甚分明。

冯道究竟该如何评价？孟子说过："社稷为重，君为轻。""社者安民也，稷者养民也。"他做的只要对"安民""养民"有好处，就是对的。人无完人，金无足赤，功是功，过是过，一分为二地评价一个人，这是对他个人的尊重，也是对历史的负责。

上官皇后

　　同州黄河岸边有个上官村，有两千多年历史。村里有汉武帝庙，有娘娘庙，娘娘庙纪念的就是上官皇后。《朝邑县志》记载，汉代孝昭皇后上官氏就是上官村人。

　　上官皇后是武帝朝右将军上官桀的孙女，大司马霍光的外孙女。可谓出身显赫。可是显赫的出身并没给她带来幸福，反而带来无尽的痛苦和忧伤。

　　这得从汉武帝后元二年（前88）说起。

　　一天晚上，长安城内大司马霍府门前灯笼惨淡，街上急匆匆走过来两人，轻轻叩响了门环。开门后家院认出，这是姑爷上官安、右将军上官桀的儿子。上官安留仆人在门房坐，自己匆匆走进大院客厅。

　　原来，前段时间武帝驾崩，幼子刘弗陵在霍光、桑弘羊、金日磾三大臣的辅佐下登上皇位。满脑子升官梦的上官安突发一念，想借岳父霍光的权势，把女儿送进皇宫当皇后。此刻，他诚惶诚恐，等着岳父大人的大驾光临。

　　霍光接到通报，心中颇为不爽，他知道女婿的为人，来找他，不是求官，就是求利。此刻他进来沉脸坐下，待到女婿说完，霍光就恼了：

"孩子太小，万万使不得。"上官安碰了一鼻子灰。灰溜溜地打道回府。

但凡人瞅准了一个利市，不达目的是不会罢休的。上官安再三思忖，转投鄂邑长公主门下。鄂邑长公主是昭帝的长姐，只因昭帝母亲钩弋夫人被武帝赐死，老姐姐就成了昭帝的监护人而被升为"长公主"。上官安使尽浑身解数，奉承巴结送礼，买通了长公主。随后又找长公主的情人丁外人帮助，并许诺事成之后，帮助丁外人封侯。

昭帝始元四年（前83），六岁的上官氏终于顺利进入皇宫，当了皇后。

一天退朝，上官桀悄悄地拉了拉霍光的衣襟，霍光的脚步慢了下来，俩人落在了后边。上官桀悄悄地对霍光说："丁外人很有才能，他应该得到侯爵的职位。"霍光听了，断然说道："先皇规定，任何人无功不得封侯，这事以后再说吧。"说完，大踏步地走了。

上官桀铁青着脸回到家里，与儿子商议，决定联合桑弘羊、燕王刘旦、鄂邑长公主联合上书，弹劾霍光。十四岁的昭帝识破阴谋，不予采纳。他们一计不成再生一计，决定暗杀霍光，然后拥戴刘旦继位。下人问上官安"皇后咋办"，上官安回答："追逐麋鹿的猎狗，还顾得上小兔子吗？"他本身就是个吃喝玩乐的纨绔子弟，根本不考虑女儿的死活。就在他们磨刀霍霍的时候，阴谋泄露了。霍光奏请昭帝，捕杀了刘旦、丁外人，灭了上官全族。鄂邑长公主自杀。

未央宫内，八岁的上官氏不知道发生了什么，只见汉昭帝脸色阴沉，刀一样的目光掠过了她。此后七年，尽管霍光以健康为名，使得昭帝不得接近其他妃嫔，渐渐长大懂事的上官氏，终归是没有得到汉昭帝的宠幸。

少年英明的汉昭帝，二十一岁就因病去世了。上官氏十五岁，没有生育就做了寡妇。守着冰窟一样的未央宫，听寒雨敲窗，看冷月西沉。这天，外祖父霍光以朝臣身份、拿了奏章和写好的诏书来见她，告诉她应立汉武帝的孙子昌邑王为帝，要她以皇后名义颁布诏书。她看过奏章、诏书，拿起了皇后印玺，盖在诏书上面。她只是一枚印章，印章而已。不久，昌邑王刘贺登上皇位，小小上官氏当上了"皇太后"。不料刘贺太不成器，当皇帝二十七天就干了无数的荒唐事。又该她这枚印章发挥作用了，皇太后下诏，废黜了刘贺。据说废黜昌邑王时，皇太后盛装危坐，斥责刘贺说："你就这样当儿子吗？"看来，近十年的宫廷生活，她已经适应了皇后、皇太后的角色。

随后，霍光又上奏议给太后，再通过她下诏，立原太子刘据的孙子刘询为帝，汉宣帝登基了。尊她为太皇太后，十五六岁的上官氏又升了奶奶的辈分，从未央宫移居长乐宫。

汉宣帝九月即位，应册立皇后，朝中群臣大都倾向于霍光的女儿霍成君。汉宣帝下了一道奇怪的诏书，要求寻访他贫贱时的一把宝剑。群正明白了皇上"糟糠之妻不下堂"的苦心，随即拥立宣帝的原配妻子许平君当了皇后。

汉宣帝同时做了一个决策，尊曾祖父汉武帝的庙号为"世宗庙"，并在武帝生前巡行过的四十九个郡国建立"武帝庙"，这步棋走得确实高，一则宣扬武帝的功德，表现自己的孝心；二则确立自己天经地义的嫡系血脉；三则借此树立新君威望。

一次次的宫廷恶斗，使霍光成为权臣，他也犯了同样错误。家人飞扬跋扈，为所欲为，本始三年（前71），许皇后将要临产，霍妻为了让女儿霍成君当上皇后，即买通女医，毒死了许皇后，女儿霍成君当上了皇后。长乐宫又出现了滑稽的一幕。霍成君作为上官氏的小姨，在皇宫中却沦为孙媳妇，每五天就来长乐宫觐见皇太后并侍膳，这是许皇后立的规矩，表现下辈对上辈的孝心。据说当霍氏面对外甥女称"太皇太后"（奶奶）、恭恭敬敬地站立一边为她奉茶时，上官氏必定会礼貌地站起来，点头谢礼。她是个多么温和厚德的女人啊。

　　但霍成君却不是个善良贤德的女人，她受母亲教唆，几次给太子刘奭下毒，都未得逞。地节二年（前68），霍光病逝，东窗事发。霍家担心皇帝清算，继而发动叛乱。汉宣帝盛怒之下，将霍家全部灭门，受牵连的多达两千多家。

　　上官氏又一次遭受亲人灭绝的惨祸。这年她二十四岁。不能想象，她是如何承受这个打击的。此后近三十年的光阴里，她孤苦伶仃，居于深宫，只是一个至高无上的象征。好在汉宣帝宽仁纯孝，她得以颐养天年，于建昭二年（前37）寿终正寝，时年五十二岁，和昭帝合葬于平陵。比起陈阿娇、卫子夫、霍成君等人，她还算是幸运的。

　　《朝邑县志》记载："洛河边有沙桥寺，因汉孝昭皇后作桥渡洛而得名。"《县志》言之凿凿，也许，当年侥幸逃脱的上官族人流落乡间，繁衍成上官村。他们遵照朝廷旨意，在村上建了"汉武帝庙"，上官皇后曾来此省亲，"作桥渡洛"。不管真相如何，"上官皇后有娘家"，史籍还是把这个真诚的愿望留下了。

田氏贵妃

　　明代崇祯初年，端午节前夕，田贵妃在承乾宫中做香袋。几天前，皇上的珠冠掉了一颗珍珠，她拿了针线，重新编织珍珠图案，再缀上鸦青石。皇上看后连说："好看、好看，比原来更别致。"她看皇上终日劳累，就说："端午节到了，我给你做个香包，带上避避邪，提提神。"她弄了香料、碎绸缎之类，做起了香包。

　　端午节一大早，崇祯帝带了众妃嫔在后花园庆贺。田妃呈上香包，皇上闻了，连说"好香、好香"。田妃又有香包赠送皇后和袁贵妃，众人纷纷称赞田妃手巧。皇上高兴，就要田妃奏乐助兴。早有宫女取了乐器一旁伺候，田妃说声"是"，就拿了古琴弹奏起《梧桐吟》《烂柯游》等古曲，琴声悠远缠绵，皇上听得沉醉，就问周皇后"为何不谙此道"。周皇后侃侃答曰："妾是儒家出身，只知养蚕纺织，贵妃从哪里学的这些本领？"皇上狐疑的目光盯住了田妃，田妃从容自若："儿时得蒙母亲传授。"皇上当即下旨请田母进宫。好在田妃父亲早早将家从扬州搬来北京，不大工夫，田母就进宫见驾，她一派大家风范，演奏出手不凡，众人疑虑顿消。皇上兴致愈高，便要田妃吹笛，她就演奏了一曲《鹧鸪飞》，笛声悠扬，响遏行云，皇上赞叹"有穿云裂石之效"。整个气氛更加热闹起来。

原来田妃小名秀英，籍贯陕西同州府朝邑县鲎驾村（今连家村），由于父亲田弘遇早年经商扬州，所以她便生在扬州。秀英五六岁时，母亲不幸去世。她聪明伶俐，天赋极高。父亲非常疼爱，请了宿儒教她读书识字，又请扬州著名琴师教她音乐，琴师后来就成了她的继母。年稍长，她即吟诗作赋、琴棋书画样样精通。在父母亲的调教下，她出落得落落大方，颇具大家闺秀风范。崇祯还是信王时，秀英就被选为侧妃，后来随崇祯进宫，被封为"贵妃"，很得宠爱。

崇祯当政时，明王朝已经风雨飘摇、岌岌可危。为挽救国家，他的勤勉超过历史上任何皇帝，接见群臣，处理朝政，批阅奏章，有时连续几天不休不眠。内向少语的田妃心疼不已，尽可能地照顾他的生活。当时宫中甬道并无遮盖，皇上上朝汗水淋漓。她就想办法在夹道上搭起青竹棚，上覆棕叶遮阳；园中的花草长得盖住了路径，她又别出心裁，让人做起造型别致的青竹护栏，一番江南风情，皇上十分满意。

崇祯皇帝提倡节俭，反对奢侈浪费，尽量减少皇室开支，宫中金银器皿不用，拿出化为银两充了军饷。他当政十七年，宫中没进行任何营建，许多宫女也被遣送出宫，整个后宫形成俭朴的风气。

周皇后主持后宫，自是通力配合皇上，由是妃嫔平时皆着旧衣。田妃的响应却是别开生面，她"轻剪薄罗笼蜀锦，着来新样旧衣裳"，用一个江南女子对美的理解，把清新、雅致、简洁的南派服饰带入宫中，人称"苏样"。过节时她的宫女衣着服饰风格清奇，令人称羡，由是宫中众皆效之。皇上的衣服皆由她缝补改制。可见她聪明剔透，心智之巧。

田妃的生日到了，皇上就要为她做生日庆典，田妃赶紧上书，要皇上以国家大事为重，切莫为她枉费财力。皇上又是一番感动。

一段时间，崇祯沉迷苏州女乐，田妃上书直谏："当今国中多事，非皇上娱乐之秋。"皇上看后沉吟片刻，便提笔批道："久不见卿，学问大进。但先朝有之，既非朕始，卿何虑焉。"皇上的不满流露无遗。但不久他便明白田妃一片苦心，急忙来到永乾宫向田妃认错。

田妃的书法也非常了得，写字宗法钟繇、王羲之，凡宫中书画卷轴，皇上都要田妃题字。她还善画花卉，画风幽逸冷艳，凌然独绝。她画了一本《群芳图》，皇上叫人装潢，亲自题诗，再按上"永乾宫""南熏秘玩"的钤印，闲时浏览，陶然忘机。她还善骑马，"型既妙回策如萦，名骑无一过之"。宫眷蹴鞠之戏，她亦风度安雅，众莫能及。

"木秀于林，风必摧之"，周皇后出手了。

崇祯十三年元旦，田妃按常规朝见周皇后，这天特别冷，田妃怀有身孕，周皇后却迟迟不予召见，她在外殿冻得发抖。回去后就很委屈，崇祯遂恼怒周皇后，质问并推搡了她。周皇后就绝食。崇祯为平息事端，命令田妃自行修省。

据说大学士周延儒早年被罢官，他贿赂田妃才得以被重新起用。后来崇祯发现田妃的绣花鞋竟有"周延儒恭进"字样，大怒，罚田妃三个月不得见君。以田妃沉默温婉、不擅交际的性格，此说似不可信，至于绣鞋字迹更是荒唐，再笨的人，也不会这样做。

田妃太优秀，遭忌是必然的，皇上的宠爱也未必能为她遮风挡雨。她的三个幼子陆续早夭，作为母亲，她悲伤过度得了重症，不治而亡。时年三十一岁。

两年后，李自成攻克京城，崇祯帝在煤山自缢身亡，周皇后亦自杀。田妃早死两年，逃脱了这个悲惨结局。诗人吴梅村写诗说："幸免玉环遭离乱，何须铜雀怨兴亡。"道出了人们对她深深的同情与怜惜。

潮起潮落，古往今来。在历史的河岸边，在同州，有过一个异禀神秀的女子，被后人叙说、怀念。

二曲与焕彩

一

大荔县西、洛河岸边有个户军村，村子南傍老崖北临洛河，坐落在富饶的洛河滩上。明末清初，村上出了个文化名人——白焕彩（1607—1684），是当时有名的校勘家、藏书家。《白氏宗谱》记载，白氏先祖是山西洪洞人，元代迁到陕西华州罗文桥，再迁到大荔户军村安居。自元代至康熙十年（1671）已有十余代。

《同州府续志》记载：

> 白焕彩，字含真，号泊如，贡生，孝亲恭兄，居丧尽礼。从兄希彩，尝受学于冯少墟（冯从吾），时以其所闻，与语焕彩，私窃向往，遂绝意进取，肆力经学，多所自得。家蓄书甚富。康熙丁未（1667）春，盩厔李中孚（李颙）东来，过白氏轩，携所未见书以西。次年夏，偕同里党湛、马稷土、李士璜诸人，迎中孚至，同讲学于广成观，四人皆年倍中孚，而忘年折节，执经问道，序二曲所著《学髓》诸书刊之。又与张珥、

李子燮等二十余人立讲会，互相切砥。府丞郝斌摄州事，式庐听讲，颜其居曰：尊德乐道。及殁，李中孚为志其墓。著述多散失。道光中，邑人梁甸山、王文炯梓其杂作二卷，曰《仅存集》。

这段文字对白焕彩做了较为全面的介绍。说时值明末，时局岌岌可危，知识分子常感前途迷茫。白焕彩有个从兄叫白希彩，受学于当时的"关学"大家冯从吾。白焕彩受他的影响，决意放弃科举仕途，走上学术研究道路。

继冯从吾之后，清代周至县又出了名动一时的学者李颙。李颙到同州就住白家，他带来新书籍新思想。经过深入交谈研读学习，白深受感染，认定这就是他所追求的思想。随后他与同人迎接李颙到同州讲学，互相切磋，再把所学精髓整理出书，广为发行。

在这里，我们看到当时以白焕彩为首的同州文化人对真理、对学术的不懈追求。那么，他们追求的到底是什么样的哲学理论，做什么样的学术研究，值得他们为此摒弃功名，穷其一生去追随、去献身呢？

二

让我们走近"关学"。

"关学"是北宋庆历之际儒学家申颜、侯可至张载而创立的理学学派，因张载是关中人，故称"关学"。"关学"提出以气为本的宇宙论和本体论的哲学思想，成为儒学史上承前启后的重要学派。最通俗最为人津津乐道的是张载的"横渠四句"："为天地立心，为生民立命，为往圣继绝学，为万世开太平。"他的学说从北宋到明清延续了八百多年，冯从吾、李颙即是"关学"在明清两代贡献最大的思想家，他们继承和发展了"关学"思想。

冯从吾是明朝人，当时人称"关西夫子"，是明代"关学"把程朱理学和陆王心学融合的集大成者，也是东林党人在西北的领袖。他被罢官后居家二十五年潜心修学，讲学于西安南门里宝庆寺，宣传他的学术观点与政治主张，追随者甚众。万历三十七年（1609）创办关中书院，他有一副对联：

> 做个好人，心正、身安、梦魂稳；
>
> 行些善事，天知、地鉴、鬼神钦。

当时魏忠贤当道，天下逢迎，为他立生祠，唯陕西独无。因为陕西有一大批冯从吾这样的知识分子，他们不畏强权，只信真理。广大读书人为之倾倒、为之膜拜，白希彩就是他的追随者之一。

白焕彩跟随堂兄希彩认真研读"关学"后，认为这是天下至理，值得倾其一生去探讨，去追随。此后白焕彩"绝意进取"，不再在功名仕途上下功夫，潜心致力经学的研究。

"关学"大家李颙，把关学推到一个新阶段。李颙字中孚，号二曲，世称"二曲先生"。

李二曲小时父亲死于征战，他和母亲相依为命。家贫，他借书苦读。及长，遍阅经史及诸子百家，连释、道之书也读得津津有味。为学主兼朱（熹）、陆（九渊）两派，兼取其长，融会贯通后提出自己的哲学主张："明道存心以为体，经世载物以为用。"他的思想强调重实行不尚空谈，不因人废言，强调真理不唯圣人出，凡人也出，只要肯用心钻研，就能达到。在当时与孙奇逢、黄宗羲被称为"三大儒"。几次赴江南讲学，名气之大惊动朝廷。朝廷惜才，以博学鸿词征召，而李颙拒不应召。皇帝生气，再次征召，李老夫子以绝食抗争，得以幸免。

白焕彩、党湛、李士宾、张珥、马礜土等成为李颙的忠实同道和朋友。

康熙丁未年（1667），李颙来到白家住下，同白焕彩谈经论道。其实这年白焕彩六十岁，李颙四十岁，其他学者都比李颙年长。但他们崇尚李颙学说，心甘情愿拜年轻人为师，虚心学习，遂与李颙成为忘年之交。

后来他们又迎李颙到同州广成观讲学，他们成立讲会，学习讨论切磋学术，求同存异，深入研究，编撰书刊，广泛传播李颙的思想。

《同州府续志》除白焕彩外，还记叙了党湛、马穙土、张珂、李士宾等人的生平事迹和学术活动。在那个年代，冯从吾、李二曲的理学观点和人格魅力，在同州产生了深刻的影响。

三

清廷入关后，关中地区大批以二曲先生为首的知识分子，势不与清廷同流合污，不做清官不食清禄，朝邑渭野先生王建常写诗说："清风岂能吹动我？明月何尝不照人。"展现了"贫贱不能移，富贵不能淫，威武不能屈"的民族气节。

白焕彩也一样。《白氏宗谱》记载："国家定鼎以来，一时从龙之士莫不欢欣鼓舞，踊跃以会风云。祖（焕彩）独闭门潜修，不干荣宠。"

有文章说，白焕彩终日独坐一室，手不释卷，学术贯通，校雠尤为精详。陕西同知郝斌听他议论后叹道："乃关中文献也。"

他还有个兄长白耀彩，是陶渊明式的人物。他很有学识，却不愿意为清廷做事，就隐居乡间，晴耕雨读，养花是娱。还写了一本《花隐集》。白焕彩就"倾其财板"，帮助兄长出版。李二曲在题序中，赞赏白耀彩抱才不仕、白焕彩助兄出书的孝悌之风。

白焕彩有个儿子叫白继贤，他继承了父亲遗风。父亲去世后，他痛悼不已，写了《永思录》一书纪念父亲，李二曲也为其写了序言。可见他们之间的情谊是多么深厚。

由此可以看出，从白希彩到白耀彩，到白焕彩、白继贤，他们追求真理淡泊名利的精神，是那样的真、纯，"天葩焕彩"正是对这种精神的赞美。民国时白焕彩墓犹存，村民们记得，白公墓就在村南崖下，坐南向北，有石刻，墓碑上刻：宿儒泊如白公字含章之墓。落款：二曲土室病夫李颙题。

白家衰落了，儒学国风却影响深远。村民把读书看作人生第一要义而孜孜以求。二十世纪四十年代，村上出了两个大学生，白自友毕业于南京金陵政治大学，白之欣毕业于西安师院外语系。这在周围村庄是不多见的。

如今户军村已迁移到村南高坡上，新村整齐漂亮，农业兴旺发达，文化教育更是走在前列，成为美丽的文明村。

盐商纪泰

　　说到盐商，不得不说陕西省大荔县下寨镇清池村的温记泰。最近由李丹主编的《千年秦商列传（清代篇）》中，把陕西盐商巨擘温记泰收编入内，可见其在陕西的影响之大。

　　史料记载，清代陕西商人大量奔赴四川开盐井，获得巨大财富。这些成功商人在当时被称为"川客"。一时"川客"几乎成了财富的代名词。人们提到"川客"就肃然起敬，羡慕不已。四川有句民谣，"盐井陕帮开，曲酒陕西来"，足以证明陕西人在四川的影响。而陕西大荔清池的温记泰，就是盐商巨擘之一。

　　清池村那时是个回民村，温记泰本人就是回民中的佼佼者。他才智过人，目光敏锐，不满足在土地上刨食吃，就出外四处闯荡，后来到四川投资盐井，靠做盐生意美美赚了一把。回陕后大量购置土地，从清池周围，一直往西延伸到渭南县官路镇，方圆二十多里都有他的土地，有一年，一片地上的麦子熟了没人收，后来才知道这是温家的，原来是土地多得主人都忘记了。

　　这一带相传，有个卖牛笼头的，转村来到清池叫卖。温家管家出来见了，说道："客人，你的牛笼头太少。"

卖牛笼头的走南闯北，见多识广，从没见过嫌牛笼头拿得少的。于是笑道："老人家，你口气也太大了！说个笑话，你别见怪。你要是把我的牛笼头买完，我今天就不要钱。"

老管家认真说道："我能买完，信不信？"

卖笼头客人又笑："我知道你能买完，不掏钱买回去，给你左邻右舍、亲戚朋友散发，肯定能买完。"

老管家看客人不信，说道："你怕我给别人，你跟我来，怕你笼头不够戴。"

这时长工正从牛圈拉牛晒太阳，客人就给这些牛戴，结果圈里牛全拉出后，牛笼头没了。买牛笼头的傻了眼，觉得理亏，连连道歉。管家说："客人，你小本生意不容易，算钱吧，算多少给多少。"

卖笼头客人也是好汉，他连连摇头说："不要了，我是井底蛤蟆没见过天。"说完就跑了。

温记泰听说此事，叫管家数了钱，打发个年轻长工追上去，塞给客人。这个故事在当地成为笑谈美谈，流传开来。

每年春天温家耕地时，牛马成群结队出行，红牛对红牛，白马对白马，黑驴对黑驴，棕骡对棕骡，颜色搭配从不乱套，很是好看。那时官路街逢二逢七有集市，赶集人来来往往，走到这里就停住了，只顾看温家耕地，忘了上会。也有人是专门来看温家耕地的，那场面成为当地一景。

温家耕牛多，但他家只能用一半，另一半牛拴在村边，任村中人去用。只要给他家干活，先让吃饭再做活。村上谁家没了钱粮，就慷慨借给，大家都称温记泰为"温善人"。

温家田地自己种点，其余租出。老母亲没见收回的租金，心里老大不高兴。温记泰一听就把母亲领到地窖里，温母看到成千上万颗银锭，整齐堆在那里，高兴得哈哈大笑起来，笑得止不住，竟然背过气去，笑死了，一时引起轰动。

陕西回民起义失败西迁，温记泰一百个不愿意也没办法，被胁迫离开了自己故土。有人说他前往四川盐井他的发迹处，在成都杜甫草堂附近建了住宅，颐养天年，无病而终。据说，今天成都四川民俗博物馆就用的是温家老房子。

另一说法，据马长寿先生五十年代写的《陕西同治年间回民起义调查》，温记泰来到平凉泾源县，住在平凉北原清池村。姓温族人迁到泾源县马村、水沟、惠家台，但人数不多，调查组到水沟去找温家后人，没有结果。

泾源县群众说，温记泰父子一直牵挂老家的银子，后来派人装成擀毡的，回清池村挖银子，大部分运到泾源县。因为他家特别有钱，就买农具耕牛，除自己用外，让大家都用。帮助别人，就是他家的传统。

温记泰已成为清池村的代名词。一提清池，不能不提起温记泰，因他的富有，更多的是他的善良、慷慨、仁义。

民国英烈

上寨村在下寨镇西北角五里处。孙中山先生好友、民主革命斗士尚镇圭，就是这村人。

尚镇圭，字殿特，又字天德，1875 年出生于上寨村一个小地主家庭。他幼时发愤读书，志向远大，常诵"天将降大任于斯人也"激励自己。后走出村子到同州、西安求学，寻求报国之路。

当时内忧外患，国家处于风雨飘摇之中。年轻的尚镇圭认识到科举已无任何出路，他奔走于西安、北京、上海等地寻找真理，巧遇郭蕴生先生。郭先生是华县人，他倾向维新。乡党之谊使先生喜欢上这个思想深邃、朝气蓬勃的年轻人。在郭的影响下，尚镇圭接触到一批有识之士的文章，如《盛世危言》等有关时务的书籍，视野日益开阔，思想日益进步。

光绪三十年（1904）春天，他而立之年东渡日本，出洋留学，就读于早稻田大学。在这里结识正在创立"同盟会"的孙中山先生。两人志同道合，他毅然加入"同盟会"。从这时起，他就以"驱除鞑虏，恢复中华"为己任，立志推翻清王朝，建立没有君主制的国家。志向既定，他置个人安危于不顾，投入到救国图强中去。

"同盟会"在日本，急需了解国内时局，尚先生慨然应答"某愿往"，就回国了。时张之洞创办汉阳兵工厂，以黎元洪为提调，郭蕴生为收支委员。尚镇圭借与郭先生师生之谊，侦查了解国内时局与朝廷动向，为发动革命武装起义做前期准备工作。

这一年，他毕业了，孙先生命他回国组织西北革命。回国后，他在同州府任督学，联合志同道合者，辅助县上成立中学堂、女子学堂、农业学校、简易师范（后来的省立第二师范），等等。他在同州府中学堂任教期间，秘密联系宋元恺、寇胜浮、井勿幕等同盟会员，成立同州学堂同盟会，联络组织各种进步力量，和周围县市相呼应，形成一股强大的革命洪流，促使陕西首先响应辛亥革命，西安很快光复。

民国建立，他当选为第一届国会议员。民国二年（1913），袁世凯窃取革命成果。二次革命失败后，尚镇圭奔走川滇，与蔡锷、唐继尧等将领一起商讨讨袁事宜。袁世凯最终在全国人民的反对声中黯然下台，悄然死去。

民国六年，张勋在北京复辟，"国会"被迫解散，尚镇圭和焦易堂、田梓琴等国会议员南下广州。张勋失败后，段祺瑞又担任北京政府国务总理，他拒绝恢复《中华民国临时约法》和国会，孙中山再赴广州，重组护法军政府，都遭到军阀阻挠而失败。在这个过程中，尚镇圭为护法事业出使西北，后来又再度出使川滇，宣传护法及孙中山的主张，揭露北洋军阀的种种阴谋，备尝艰辛。

民国十年（1921），徐世昌任总统。他另行一套，不接受孙中山的主张。尚镇圭和国会中主持正义的议员，南下来到广州，向舆论界揭露北洋军阀向五国银行贷款、搞假和议的阴谋。4月7日，国会召开参、众两院会议，由林森主持，当时在粤参、众两院议员不足法定人数，会议面临搁浅，众人非常焦虑，没了主意。

这时，尚镇圭站了起来，声音洪亮若钟，大声说道："这是非常时期，不能以正常时相要求。我提议，在非常时期，召开非常会议，选举非常总统，此乃合法之举。本次会议应称为非常会议！"此话一出，大厅里猛然一静，随之响起"哗啦啦"的掌声。

选举结果，孙中山先生以二百一十八票当选为"大总统"。陈炯明仅得三票，作废一票。

会后，各地报刊纷纷评论，称赞尚镇圭先生此举为"惊天春雷"。

民国十一年 6 月（1922），陈炯明叛变。广州城黑云滚滚，两院议员仓皇出走，护法事业于此中断，尚镇圭随孙先生到上海避难。

7 月，国会再度恢复，众议院吴景濂成为议长。吴景濂在北洋军阀的枪炮面前，不但不敢主持正义，还以国会名义向北洋军阀献媚，甚至助纣为虐。尚镇圭大为愤慨，他与彭养光上书弹劾，当面怒斥吴的种种恶劣行为，义正词严，"其謇谔之风，凛不可侵犯"。吴景濂满面羞愧，唯唯诺诺，无言以对。

民国十二年（1923）2 月 7 日，长辛店、郑州、武汉等地工人为维护自身权益，要求增加工资，发动罢工运动，遭到军阀吴佩孚的残酷镇压，共产党员林祥谦、律师施洋等五十三人被杀，三百多人受伤，造成骇人听闻的"二七"惨案。

这时，国会仍在吴景濂手中。两院议员碍于武力，态度暧昧，噤若寒蝉。没人敢主持公道，伸张正义，公理正义在强权面前黯然失声。

尚镇圭大为愤慨。他顶着压力，把个人生死置之度外，要对这黑暗的罪恶发声，要给受害的工人讨个说法。

这天晚上，他夜不能眠，怒火在胸中燃烧。迅速铺开纸张，写下一行大字，"查办镇压屠杀工人合法罢工的罪魁祸首吴佩孚案"，第二天一早就提交国会，要求国会发声主持正义。一时间，全国各地报纸纷纷刊登，评论如潮，赫然震惊全国。尚先生不畏强权的凛然正气，被舆论界誉为再度"惊天春雷"。

这年6月，北平再次陷入混乱之中。直系军阀首领曹锟，指使手下用各种手段"逼宫"，把总统黎元洪逼出北京，为自己上台当总统扫清道路。他给国会议员每人送巨款五千银圆，同时给议长送去四十万元银票。以钱开道，贿赂选票，为自己登极披上"合法"的外衣。

尚镇圭家也来了送钱的说客。在白花花的银圆面前，他毫不动心，喝令来人拿走臭钱，说客灰溜溜地走了。第二天，他相约志同道合的议员，迅速离开北京，南下上海，彻底摆脱曹锟的纠缠。

到了10月，曹锟的精心运作仍在继续，许多议员在强权和金钱面前，彻底丧失立场，当了俘虏。消息传来，先生精神受到极大刺激。他独自悲愤呼号，怒目叱咤，不能自已。

不久，曹锟通过国会选举，当上民国大总统。先生俄闻，愤极不语，猝发肝病，殁于上海寓所，终年四十九岁。

在他的追悼会上，孙中山先生写下情真意切的悼文，并题挽词"正气浩然"四字；于右任先生作为他的好友与同乡，题挽词"为民国死，有人格存"；中华民国政府追认尚镇圭先生为"革命先烈"。

附：孙中山《祭尚镇圭文》

维中华民国十有二年十一月十日，孙文以同志众议院议员尚君之丧，谨致名花清酒祭于尚君之灵前，而告知曰：夫为哲人，邦国之宝，虑其不寿，以颂以祷。然而国人所欲杀者，每如荆棘之蔓；所欲生者，每见芝兰之夭折。倘非人力易穷，不应诉诸天道。几年以来，又以国步之艰，责任之重，死伤者之而多，离叛者之可痛，将欲简练同仁，奋策义勇，作庶民之朝气，登治理于极峰。而君逝矣，呜呼！文所痛哭者不始于君，文所期望者不止于君，而君昔为文所期望，今为文所痛哭之一人。呜呼哀哉，尚飨！

民国范儿

一

近年来，"民国范儿"一词屡屡出现在学术界。大概意思是，民国虽是动荡的乱世，却是人文精神的蓬勃盛世，大师辈出，精英频现。他们具有独特的人格魅力、自由的生活方式和高昂的精神气质，把这些民国时代的节操、风骨归纳起来，就是"民国范儿"。

今年夏天，有机会走进洛惠渠，在探访她的历史进程中，发现了令人动容、令人敬仰的工程学人才。在他们身上，体现了"以天下为己任"的博大胸怀，体现了为事业献身的中华风骨，堪称国家水利事业的栋梁，水利工程史上的"民国范儿"。

人们知道，洛惠渠前身就是汉武帝时修建的龙首渠，司马迁曾在《史记·河渠书》中有过记载。两千多年来，历代政府屡次重修，均未成功。直到二十世纪三十年代初，关中大饥馑，杨虎城主政陕西，复又扛起修渠大旗。从 1933 年开始，至 1947 年建成，历时十三年。整个修建过程中所折射出的精神光芒、所体现的铮铮风骨，岂是一部《洛惠渠志》能概括得了的？今天，我们饮水思源，追溯回顾，用一炷心香、一纸陋文来纪念他们，祭奠他们，慰藉他们的在天之灵。同时让人们知道，同州的"民国范儿"，究竟"范"在什么地方？

二

让我们从民国十八年（1929）关中大饥馑说起。

1928 年前后，关中大地三年未雨，六料未收，成千上万的人被冻饿而死，可谓哀鸿遍野。《大荔县志》记载：朝邑县 212 村，冻饿而死 9479 人；《蒲城县志》记载，蒲城县饿死 21000 余人；《华阴县志》记载，此灾荒中华阴共减少 18036 人……整个关中道一片萧瑟。

1930 年，杨虎城主陕。目睹故乡悲惨景象，心灵为之颤抖。他认识到，必须以水利救关中。遂邀蒲城乡党李仪祉回陕，担任陕西省水利局局长，主持修建关中"八惠"工程，由此拉开重修龙首渠（洛惠渠）的序幕。

这里不再重复杨虎城、李仪祉的故事，他们的英名早已煌煌于史册。要说的是孙绍宗、陆士基、李奎顺。如果说洛惠渠是一座大厦，他们就是撑起大厦的栋梁。

先从孙绍宗说起。他是河北省河间县王口村人，1920 年考入南京河海工程专科学校，受到当时主持学校工作的李仪祉先生的器重。1930 年，李仪祉任陕西省水利局局长，遂邀孙绍宗来陕工作，孙绍宗于 1933 年出任陕西省水利局总工程师。他亲率测量队，在铁镰山中勘测地形，历时半年多，确定了渠线。1934 年，他奉命组建泾洛工程局，并担任局长，全面负责引洛工程的兴修。

工程开始后，他亲自编制引洛工程规划，亲赴唐山订购德国桶装水泥，亲自上工地指挥前期挖渠修建工程，直到 1939 年 6 月卸职。可以说，洛惠渠前期工程，他立下了汗马功劳。他还精心设计泾惠、渭惠、梅惠、织女等渠，又主持黑惠、沣惠、涝惠等水利工程的修建，继而又在陕南修建汉惠、褒惠、清惠等渠，为当时陕西省农业生产的发展做出了巨大贡献。除完成水利工程外，他还主持修建长（西安）坪（西坪）公路，打通秦岭通往河南南阳、湖北武汉的通道，结束自古以来两地交通阻塞的局面。1948 年，他去了台湾，仍从事工业及水利工作，1957年因病去世。在病中，他念念不忘故土。1986 年，由其子将他的骨灰运回大陆，安葬在北京万安公墓，了却了他魂归故里的遗愿。

再说陆士基。他是江苏苏州人，同济大学毕业，精通俄文、德文。1934 年调大荔泾洛工程局任副总工程师，1939 年接任孙绍宗任局长兼总工程师。至 1947 年，他始终主持洛惠渠工程建设。义井村八十七岁的万坤生和八十六岁的夏国顺，至今记忆犹新。当时他们七八岁，在工地帮忙拉滑车。经常见一个被称为"陆局长"的人来检查工作。陆士基中等个儿，面孔白皙，长袍礼帽墨镜，儒雅而庄重。

大荔坊间故事，称陆士基为"三不畏"局长。

一不畏陶峙岳和他的抗战部队。1938 年抗战开始，黄河东岸炮声轰隆，国民党军队云集大荔，沿黄河布防，山雨欲来风满楼啊。洛惠工程在陆士基带领下，依然有条不紊地进行。这时，驻军看到工地上的各种器材，想用作河防材料，开来汽车要拉。紧急时刻，陆士基亲赴驻军司令部交涉。他义正词严，面陈洛惠渠工程重大意义，感动了陶峙岳军长，陶亲自下手谕，不到非常关头，不准擅拉修渠器材。陆士基局长片言休兵，化解了危难，稳定了人心，修渠工程得以继续。

二不畏胡宗南和他的剿共部队。1947 年，胡宗南奉命围剿延安。他把指挥部设在大荔南街泾洛工程局大院。当时陆士基回西安汇报工作，等他回来后，门口竟有士兵把守，不让他进门。陆士基气愤异常，对士兵说："叫你们长官出来。"胡宗南出来了，陆士基指责他强占局所，要拉他去南京，面见蒋委员长。话不投机，两人大吵起来。胡宗南自知理亏，最后设宴招待陆士基，向他道歉了事。在当时，只有拿枪的才是老大，况且胡宗南正在"朝中"得宠，被称为"西北王"。陆士基一介书生，竟敢对他叫板！同州人服了，称赞"陆局长，骨头硬"。

三不畏日寇和他们的飞机大炮。1937 年 10 月，民国政府迁都重庆。考虑到大荔在黄河西岸，离前线太近，便示意泾洛工程局可迁往陕南。时局非常危急，五洞经费也不能正常拨付。整个工地人心惶惶，工程几乎无法正常进行。在这紧急关头，陆士基亲赴重庆，到经济部陈述利害，说如果工程局离开大荔，不但五洞工程不能进行，洛惠渠已成工程也势将全部损毁，前功尽弃。经济部被陆士基的精神所折服、感动，支持了他的工作。他又匆匆赶回大荔，速将工程局由县城迁到五洞南口义井村，亲自坐镇，慌乱的民工平静下来，工程得以正常进行。

第二年，日寇的飞机常常越过黄河，轰炸河西的大荔县城、西安城及周边各县城。黄河东岸的中条山也炮声隆隆，中日部队正在这里决一死战。几十里外的铁镰山上，陆士基临危不惧，照样在工地上来回巡查，谈笑自若。员工们被他的精神所感染，该干吗干吗。正是在他领导下，洛惠工程终于在 1947 年秋顺利竣工。1949 年，陆士基没有去台湾，被安排到西北农学院任教，后来在安徽治淮委员会工作，任过安徽水利厅工程管理局局长。他是一个博学多才的人，爱好古文物研究和收藏。新中国成立后，他把自己珍藏多年的一百二十五件古瓷无偿捐给西北军政委员会文化部，受到嘉奖。"文革"中，陆士基受到冲击。1968 年，洛惠局派任西荣等人外调，几经周折，才在苏州找到他。那时，他正挂着牌子扫大街。得知是洛惠局的人，他激动得热泪盈眶。和任西荣谈起洛惠渠的往事，他黯淡的眼睛顿时放出光来。任西荣走时，陆老拿出一本陈旧的《洛惠渠工程计划图》，郑重交给任，说其他资料书籍都被红卫兵烧光了。任西荣珍藏箱底五十二年，今年交给洛惠渠文物处。

纵观陆士基一生，你会发现，中华民族"以天下为己任"的儒家思想在他身上熠熠发光。他是那样准确地诠释了卜子夏的"君子渐于饥寒而志不僻，铸于五兵而辞不慑，临大事不忘昔席之言"，孟子的"道之所在，虽千万人吾往矣"的大无畏英雄气概；诠释了"疾风知劲草，板荡识诚臣"的含义。原来，中国传统文化精神、气质、风骨一直都在，在像陆士基这样的知识分子血液里流淌着。

再说李奎顺。《洛惠渠志》的记载是理性的。他于1903年生于河北省黄骅县一个普通家庭，1927年毕业于唐山交通大学。1933年2月泾洛工程处成立，他即主持设计工作，1939年全面负责洛惠渠技术工作。渠首滚水坝、曲里、夺村渡槽，所有的渠道、隧洞、分水闸，全都出自他的手笔。

义井村老人万坤生和夏国顺的叙述则是感性的：李师平时就骑个破自行车，在工地上来回穿梭。他娶了一位河南逃难民工的女儿，把家安在离五洞北不远的王武村，家里养着几只羊，他俩无事时就给他放羊。他坚守工地十三年，美好的青春岁月就在这荒山野岭中度过。

关于李奎顺的一切，似乎太平淡太单调，没有浪花没有传奇。但来到洛惠渠，你会被眼前景象所震撼：银涛飞泻、水声轰鸣的滚水坝；气宇轩昂、倜傥潇洒的曲里、夺村渡槽；长蛇一般在地下蜿蜒的隧道；胸襟疏朗、大气磅礴的总干渠，你会发自内心地惊叹："美啊！"然后你被告知，这"大美"的设计者就是沉默、平凡的李奎顺。

合上《渠志》，结束采访。默默地徘徊在"五洞"（平之洞）前，眼前浮现出当年修建五洞时的艰辛，流沙潜泉，泥水外涌，洞土塌方，举步维艰。王武村小屋的煤油灯下，李师拧紧眉头，毫不理会黄河东岸隆隆的炮火声、天上日寇敌机的轰炸声，继续修改方案。压气工作法、钢板洞壳推进法、大改道大开挖法，十八般武艺用尽了，却还是寸步难行，屡战屡败。1943年，连坐镇重庆的蒋委员长也着急了，下手谕说："陕西洛惠渠仅差一公里尚未打通，何以留此一公里未通，致使全渠无法利用，务希继续加工，限期完工。"我们无法想象，洛惠渠一班人特别是李工所承受的压力，所有的眼光、问号都指向他。他寝食难安，反复测量，比照计算，总结得失，终于在 1946 年 11 月底贯通，1947 年 8 月完成洞身砌石，12 月 12 日，在义井村举行了盛大的放水典礼。

新中国成立后，他曾任陕西省水利局局长、西北水利部总工程师等职，西北地区水利工程大都有他的心血。像黄河盐锅峡、八盘峡、青铜峡等水利枢纽的勘察设计，都有他参与。他当过劳模、全国人大代表、全国政协委员，可谓德高望重，功成名就。1980 年因病逝世，享年七十七岁。

令人感慨的是，他的骨灰没有回归故里河北，孩子们遵照他的遗愿，把骨灰运回铁镰山上的义井村，埋在离五洞不远的高坡上。他要回到当年战斗过的地方，看五洞旁芳草萋萋、日升日落；听洛惠渠水声潺潺、鸟鸣婉转，他会在薄暮里做梦，梦回当年热血澎湃的峥嵘岁月。也许，会有后人理解他，来这里看望他，与他的魂魄交流。然后，吟诵一曲短歌，来表达他的心声，抒发他的情怀：

　　男儿立志出乡关，学不成名死不还。
　　埋骨何须桑梓地，人生无处不青山。

尾声：我的故事讲完了，关于同州的"民国范儿"就是如此。他们全是理、工科生，没有著作等身，没有宏言高论，只有硬扎扎的水坝和潺潺的水渠。在乱世，他们做到"以己之力，为民谋利"，矢志不渝，善始善终。他们的"范"，难道不值得我们推崇并学习吗？

殊勋早入《河渠志》，遗愿今已化宏图。

雨润剿匪

同州大荔流传着书生县长聂雨润剿匪的故事。

聂雨润是陕西省三原县人，民建党员，毕业于北京汇文大学。1934年任大荔县长。当时，关中大瘟疫刚过去，社会经济非常薄弱。加之抗战开始，时局动荡不安。县内外多股土匪流窜作案，他们抢劫拉票，杀人放火，人民生活在水深火热之中。

聂雨润到任后，各地报案不断，他深感消灭匪患是当务之急。但他不急着剿匪，而是大刀阔斧地改革县衙陋习，建立一系列投文、传讯、接见、查访等制度，把涣散的县衙班子先整顿好，以保证剿匪工作令出必行。大荔人一看，这个书生不寻常。县衙人员也从当初的看热闹到积极配合工作，政府班子出现前所未有的蓬勃景象。

他接着实施第二步，开始剿匪工作。

沙苑南边渭河北岸"缠沙"一带，非常偏僻，北有沙苑阻隔，南有渭河当道，是个天高皇帝远的地方。渭河南岸的"二华潼"一带，是有名的土匪窝。这伙土匪在这里犯了案，常常越过渭河，到北岸来躲避；在北岸犯了案，就过河到南山躲避，官府无可奈何，百姓叫苦连天。

聂雨润把全盘工作安排妥当以后，就下乡仔细了解各地匪患情况，采取"剿灭"和"招安"两种办法，对症下药。爹村的土匪头目叫李生岐，他有能力讲义气，为生活所逼当了土匪。聂县长就委任他担任华至乡民团团长，要求他约束部下，不再为匪，回归正道。李上任后雷厉风行兑现诺言，保证了爹村一带的安宁。

当时，华阴县有个土匪叫安留保，常常来往于渭河两岸，伺机作案。华阴、大荔都想捉拿他，但安留保武艺高强且诡计多端，多次逃脱官府的包围。

地方上报聂雨润后，聂县长要求阳村区限期破案。安的护兵有娃是三里村人，区长买通有娃，要他暗中动手。

这天安留保带领亲信护兵、华阴老七和有娃从华阴过河到溢渡村，照常住在溢渡村潘家祠堂，还要潘财主好吃好喝伺候着。在这一带，他像到自家后花园一样逍遥自在，没谁敢惹他。没想到这次钻进了聂县长的法囊中。

吃过早饭，安留保吩咐有娃备马，他要到陈村打牌。老七提醒说风声很紧，安留保大大咧咧地骂道："我就知道你会害怕！一个书生县长，他能指挥动县保安团、警察局？看把你吓的，孬种。"

老七不敢吭声了。这些天他听说大荔新县长很厉害，那些手握枪把子的保安团长、警察局长，以及各民团团长，提起聂县长都竖大拇指，没有人不服的。他还听说聂县长已经联合各县配合剿匪，风声很紧，老七心惊胆战。

安留保骂骂咧咧，有娃开了腔："啥还没见着，老七吓成这样，干脆回家给你老婆抱娃去。"

老七回击有娃道："你这货就会掀下坡碌碡。"他被奚落得心里窝火，气呼呼出了房门走在前面。老谋深算的安留保习惯性地跟在老七身后，有娃押后，出了祠堂，直奔大柳树下，去牵拴的马匹。

这时，"砰砰"两声枪响，前面老七应声倒地。好个安留保，他

"唰"地回头掏枪射向有娃，有娃从后面开枪，比他快几秒钟。

名震渭河两岸的安留保被剿灭了。

另一股土匪在城北黄家村作案，绑架了一个男孩将其杀害。聂县长派人四处打探，得知四名土匪早已过河，藏在华阴五方村。他随即派人抓捕。在华阴方面配合下，很快将四名匪徒缉拿归案。

聂雨润还任命县西罗何村罗孝先当羌白镇民团团长。镇西白家寨有个女匪叫月娃，她手下有不少匪徒，常在这一带作案。这次她绑架了羌白街一个男孩。聂雨润将剿灭这股匪徒的任务交给罗孝先，罗孝先安排人弄清了情况后，去白家寨救人，很快把匪徒剿灭，救出了小孩。

后来，一伙土匪盗窃了马阁老墓、同堤村墓。聂雨润迅速布置，安排一名熟悉盗墓贼情况的常备队员当卧底，打入盗墓者内部，在作案现场，将六个盗墓贼一网打尽。

同州驻军四十二师留守处杨副官，是个爱财如命无法无天的家伙。他竟出马在官道上抢劫过往汽车、铁轮大车等，还在抢劫时杀了人。接到报案，聂雨润掌握了确凿证据，并告知四十二师后，即派县保安队在九龙会上将他抓获，就地正法。

由于聂雨润的努力，两年过后，大荔境内逐渐安宁。

1938 年聂县长离任时，万人空巷，鸣鞭送行，其盛况为民国所未有。直到现在，人们提起聂县长还念念不忘。

拜家童麟

一

戏台之上，灯光闪烁，鼓乐暂停，只有梆子声急切短促，把人心绷得像弓弦一样紧。一个身着紧身衣的武丑蹑手蹑脚进入人们的视野。台下观众屏住呼吸，万目所瞩，集中在台上演员的身上。

东府知名演员拜童麟，正在表演他的拿手戏——水浒故事"时迁偷鸡"。

这时，只见时迁在戏台上转身亮相、翻跟斗，他动作轻盈似燕，落地无声，演绎着一个盗者飞檐走壁的高超本领。经过一系列铺垫，"偷鸡"的高潮就要到来。他突然跃起，头上那根辫子向上甩出，牢牢挂在舞台中象征树枝的木杆上。然后他又"嗖嗖"出手，打起小红拳，足有十秒钟，再一个"鹞子翻身"，悄然落下，怀里抱一只道具公鸡。台下骤然冷场，片刻爆发出雷鸣般的掌声。一时只见银币、钞票如雪片般抛向舞台。

这就是拜童麟有名的绝活绝技——"吊帽盖"。

二

拜童麟艺名"拜家红",二十世纪初期陕西秦腔界著名艺术家之一。他出生于大荔县沙苑拜家村普通农户家庭。因家境贫寒,幼时即学习同州梆子,演须生。因爱好武术能打拳,又偏重武功,除本门角色外兼演花脸,如《盗扇》中的孙悟空,演得异常精彩。他最驰名的绝活就是"吊帽盖",表演前洗头,把头上一片头发编成小辫,届时辫子悬于空中表演。把时迁偷鸡表现得活灵活现,惊险刺激,成为关中人津津乐道、家喻户晓的经典。

据传有个风水先生走过他家坟地,见风水旺盛,遂惊叹说:"这家坟园有帝王之气!"后来得知这是"拜家红"家坟后,才恍然大悟说:"没错,是'过荆州'之刘备、'下河东'之赵匡胤、'走南阳'之刘秀家坟也。"

同州梆子鼎盛时一千余本,当时流传二百余本戏文,他大都能倒背如流。而且生丑净旦,每个角色都能演得出神入化。

三

那时社会上流行唱对台戏,艺人们都怕拜家红出场。只要他在对面戏台上,观众就会闻风而去,弄得其他戏台冷冷清清,十分尴尬。拜家红为此很不安,他知道戏班艺人生活艰辛,谋生不易,往往不愿意演对台戏。

民国初年,他随戏班到兰州演出。当地有个名艺人叫"十二红",演技高超,非同一般,很受兰州观众的青睐,拥有大量"粉丝"。

拜家红来了之后,一经演出便技压群芳,受到兰州观众的热情追捧，使其他戏班黯然失色。一时红遍兰州角角落落。

"十二红"在兰州打拼多年，这时见拜家红得势，就妒火中烧，唆使纠集一些地痞流氓，欺负新来戏班，设法寻衅滋事。他们在戏散时常采用扔石子、吹口哨、"碰瓷"等手段，欺侮同州戏班。拜家红一再忍让，他们远道而来只为谋生，不想与人斗气。

谁知"十二红"一班人不肯善罢甘休，他们把同州戏班委曲求全看作是软弱可欺。一个新的阴谋开始了。

这天，同州戏班演出回来，要过必经之路兰州大铁桥。当他们快走出铁桥时，一伙流氓挡在路中，喝道："不准过，滚回去。"同州戏班不理不睬，想要闯过去。这伙流氓看同州戏班不敢和他们较真，于是骂骂咧咧拳脚并上，打倒了前面几个人，把他们堵在桥上，逼迫他们退回桥去。

拜家红一看，此时若不再争，休想在兰州站稳脚跟。他深深吸了口气，拉出藏在怀中的铁把拂尘，迎着流氓抢了出去。只见拂尘过处呼呼生风，几个流氓后退一大截。拜家红已过桥头，同州戏班随即冲过桥。那边流氓迅速包抄过来，把戏班围在中间，一边喊"打死拜家红"。他们拉开架式齐扑上来，要拿下拜家红。

拜家红见状，明白这伙人想要他的性命。他私下听说，"十二红"的班主是当地一霸，外来戏班都不敢与之抗衡。拜家红不认这理，大路朝天各走一边。这会儿，他满腔怒火，抢起铁拂尘开路。听到背后"嗖"的一声，似有暗镖飞来。他低头躲过，匐然兴起，抢起铁拂尘朝后边放冷箭者冲去。只见那放暗镖者来不及躲避，头部中拂尘铁弹粒，顿时血流满面，倒下去死了。

拜家红被拘捕收监。

这件事迅速传遍兰州大街小巷，人们议论纷纷，指责当地戏班欺客，酿成此祸。同州戏班四处奔走营救，在兰州有正义感的人干涉下，拜家红终于平安归来。

四

戏剧大师马健翎高度赞扬拜童麟，说他是陕西秦腔武丑第一人，后来邀他到西北戏曲研究院搞研究工作。

他的保留剧目有《时迁偷鸡》《孙猴盗扇》《秦琼表功》《老爷观春秋》《马义滚钉板》《下河东》，等等。他在三秦演艺界名声越来越大，每演一场《吊帽盖》，观众赠礼都在三四百元。他常和旦角名艺人"迷三县"朱林逢配戏，合演《渔家乐》《麦籽罐》《马飞霞刺梁翼》等戏，那一招一式，插科打诨，非常精彩，给观众留下了深刻的印象。

1953年，拜童麟因病逝世。西北戏曲研究院举行了隆重的追悼仪式，参加追悼会的不仅囊括演艺界名流，还有陕西日报社、陕西省委宣传部、文化局等单位及政界名流参加。可见一个著名艺术家对社会的影响之大。

第二辑　月迷津渡

一方山川，宫苑属连，就是绘在大地上的画卷；城镇逸事，古风盈篇，就是流传在风中、雕刻在心里的经典。

三河大地上，镰山龙首渠，古渡蒲津关，朝坂长春宫，洛岸沙苑监……诗意盎然的村落散布其间。

这是同州人祖祖辈辈所经营、所描绘的愿景。读吧，读这三河大地上的山山峁峁、村庄城镇；听吧，听这千年岁月里的风声涛语、梆子铿然……

同州故事

我是同州人，自然爱同州。每当用拼音在键盘上输入"同州"二字，跳出来的总是"通州"，不禁哑然失笑。周秦汉唐等十三朝古都的东大门，赫赫有名的"冯翊""左辅"，在岁月的大浪淘沙中，早被"通州"偷偷置换了。心中不觉有点悲哀，有点遗憾，还有点愤愤然。看那一次次不断蹦出的"通州"，它正在暗笑，一副"我就喜欢你看不惯我又打不败我的样子"。我无可奈何，只得认了。

其实，心里还是蛮不服的。阿Q精神上来了："以前，我比你阔多了。"这是真的，历史上同州是很风光的，很诗情画意的。且听我慢慢道来。

二十万年以前，这里黄、渭、洛三河竞流，水草丰茂。古人类就在这里活动，他们采摘野果，围猎野兽，正在完成从爬行到直立的过程，又在漫漫岁月中老去。1978年，他们的头骨化石在铁镰山甜水沟的土崖上显现了，被命名为"大荔人"。古老吧?

夏商时代，这里属古雍州。到了西周，这里有两个小国，同国和芮国。前几年，韩城梁带村出土的芮国墓名噪一时，其实芮国国都却在黄河岸边的大荔赵渡镇。我不是瞎说。放段视频吧。

　　1929 年的一天，赵渡镇几个村民在田里取土。正挖间，镢头忽然"当啷"一声，像碰到了什么金属。他们停下来用手刨，一件铜绿斑斑的三脚器皿露了出来。就赶紧叫来知识渊博的徐少南先生辨认。徐少南轻轻拂去浮土认真查看后，大喜过望，告诉大家这是"芮公鼎"，当年芮国的镇国之宝。他说春秋时期，这儿的芮国和东岸的虞国为了土地经常闹事，就去找西伯（周文王）评理。到周地后，见到周人"耕者皆让畔，民俗皆让长"，很惭愧，就回去和睦相处了。这就是成语"虞芮让田"的由来。

　　1936 年，"芮国鼎"被送去参加英国伦敦古物博览会，一去不回。让人心疼得直咬牙。

　　同州府就设在大荔县。"大荔"名字非常可爱，让人联想起鲜艳欲滴的大荔枝。谁知不然，"大荔"竟是一个马背上的民族，英勇善战，剽悍粗犷。周平王末年（前 720），他们沿洛河南下，很短时间里就消灭了同国和芮国，在朝坂崖下建"王城"，称"大荔戎国"。兴盛了二百多年。

　　到了公元前 461 年，西边的秦国突然发兵二万，一举攻破王城，消灭了大荔戎国。秦人"筑高垒，以临晋国，设临晋县"。"临晋"在春秋战国很有名，因为黄河两岸的晋国、秦国、韩国等，动不动就在这儿谈判、会盟。有名吧？

　　大家都知道"结草衔环"的成语，这两个故事的出处就在临晋。不过，那时还不叫临晋，叫"辅氏"。

　　公元前 594 年，秦国派大将杜回入侵河西辅氏地，晋国派大将魏颗迎战。杜回力大无穷，魏颗体力不支正要败走，却见杜回脚下趔趄，突然绊倒，魏颗上前生擒了杜回。这晚魏颗做梦，一白发老人自称祖姬父亲，说他为报魏颗救命之恩，特在青草坡挽结青草，绊倒杜回。原来魏颗父亲魏武子早先交代过，自己死后让宠妾祖姬改嫁。可他病后糊涂，又说让祖姬陪葬。父亲死后，魏颗遵照前言嫁了祖姬。祖父感恩，特来报答。《诗经·黄鸟》"子车三子"殉葬秦穆公，"如可赎兮，人百其身"的呼号响了几千年，至今还让人悲愤、战栗；而同时代的"结草"故事，则以"仁爱"展现了人性的曙光。温暖啊！

"衔环"则发生在不远处的渭河岸边，说华阴杨震的父亲杨宝，救了一只黄雀，后来黄雀衔来玉环报答，使其后代们都有成就，位列三公。因果报应虽属无稽，但其中朴素的自然和谐观却是值得肯定的。

到了东汉献帝五年（200），十九岁的汉献帝正在曹操手中受罪呢。枭雄曹操"挟天子以令诸侯"，整顿、重组郡县建制，把临晋县迁到大荔县城这个地方，同时把"冯翊郡"也设在这里，郡、县同城。我们这座县城，从那时候起才有了档案记载。

山不转水转。几十年后，司马懿的孙子晋武帝司马炎"依样画葫芦"，又夺了曹魏天下。晋武帝末年（290），把"临晋县"改成"大荔县"。从此，"大荔"一名渐渐响亮起来。

什么时候有了"同州"的名称呢？北魏时州治在镰山李润堡，称"华州"。后来把华州移到大荔城。西魏元钦三年（554），又把华州改成了"同州"。

为啥叫同州？说法有三。一说因为县南九龙池"九穴同流，同州所得名也"；二说"漆沮既从，沣水攸同，二水至斯，同流入渭，州以得名也"；三说这儿原是"古同国"地盘，现在还有"同里村""同家洼"遗存，这个说法比较靠谱。

唐代，这儿又发生了一个好听的故事。

唐天宝十三年（754）九月九日，玄宗率领一干人来同州沙苑打猎。是时玄宗箭射一鹤，鹤竟带箭朝西南飞去。第二年"安史之乱"发生，玄宗逃难蜀州。一日游明月观，竟然见到了自己的箭。墙上留言："留箭之日，天宝十三载九九重阳日，徐佐卿。"玄宗至此明白，那只鹤就是徐佐卿化身，徐有先见之明。可惜他已销声匿迹了。神话归神话，但道理很明白："安史之乱"绝非偶然，只是君王沉溺安乐，闭目塞听。如徐佐卿之明者众矣，惜乎难达圣听也。

宋朝，这里诞生了"寿昌寻母"的故事。

故事说，宋代有个扬州人叫朱寿昌，七岁时嫡母逼迫他的生母改嫁。此后他发愤读书，于熙宁初年考中状元，任安徽广德知府，政绩卓著。后来他想起母亲下落不明，决定弃官寻母。几经辗转来到秦地同州，在县东一个小村找到母亲，母子团聚。于是这村被命名为"婆合村"。如今，村委会在村头刻碑立石，以朱寿昌为榜样教育后代。

宋靖康元年（1126）七月，遍地烽火。朝臣唐重因得罪投降派宰相，被贬为同州知州。他在这里为颜真卿立石，举起了抗金大旗。后唐重战败身亡，这块颜真卿碑却流传下来，成为"以身报国，宁死不屈"的象征。

到了清代雍正十三年（1735），朝廷重新整顿地方建制。同州升府，统辖十城。据说，当时衙门广征城门对联。十城的文人雅士全体出动，人人动脑，要写出天下绝联来。这日知府大人高坐大堂，众士子堂下书写，他不断看，不断摇头。这时，一个文弱书生迟到了，在门外和衙役吵嚷。知府正自泄气，听见吵闹声就颇不耐烦，命他进来。书生进来后拿起笔，蘸饱墨，龙飞凤舞一般"唰唰"写就。知府看时，大叫"妙、妙、妙，太妙了"。然后读起来："二华关大水，三城朝合阳。"一时满座皆惊，齐声叫好。看官若是不懂，听我解释：二华指"华阴、华县"；三城指"蒲城、澄城、韩城"；"关大水"是"潼关""大荔""白水"；"朝合阳"是"朝邑""合阳"。可谓大气磅礴，文采四射。你说说，妙不妙？

同州故事太多太长，就像三河之水汤汤不尽，我这只秃笔是描绘不了的。一滴水可以映射太阳的光辉，以上故事，代表了我们老祖先的思想本真和睿智，那么同州形象是不是已经非常饱满、呼之欲出了？

只是宋以后，国家重心东移，同州有点冷落。但厚重的历史告诉我们，在喧嚣中认清道路，择其善者而从之。任世界光怪陆离，金银成山，我们不自卑，不盲从，不趋利，不艳羡。只守着初心，守着绿水青山。不要奢侈，只要简单。与大自然和睦相处，三河山川就不会老去，民族的血脉就会绵延，同州的明天才会霞光灿烂。

千年羌白

一

黄河远上白云间，一片孤城万仞山。

羌笛何须怨杨柳，春风不度玉门关。

许多人认识"羌"字，都是从这首唐诗开始的，这是小学时代的必修课。每每吟诵起它，便有一种远古的苍凉雄浑、空旷孤寂之感。还有羌笛哀怨的颤音，如泣如诉，缠绵悱恻，袅袅的余音穿越千年，在我们心头飘过。

说起羌族，我们就会想起遥远古代的遥远西域，"大漠孤烟直，长河落日圆"，夕阳里，一群群骑着马、赶着羊群的牧人，随水草到处迁徙，四方漂泊。这就是羌族，也称"西戎"。

然而，就在"自古帝王州"的关中平原，黄、渭、洛三角洲的古同州，却有一座千年古城，叫"羌白"。

《大荔县志》记载，羌白的起源，要追溯到东汉光武帝建武年间（25—56），羌族西来，就在这一带繁衍生息，首领叫白纳目希汗，故名"羌白"。

汉代羌族一百五十多个部落，汉武帝在西域设河西四郡，推行相对宽松的治国方略，羌人陆续内附。因而东汉前期，出现氐、羌、羯、鲜卑、匈奴散居关中，与汉人杂居的局面。

那时关中人口百万，羌、氐、羯、鲜卑、匈奴等约占半数。在这种情况下，羌白的产生就很自然了。

东汉后期，朝政腐败，地方官吏与豪强虐待羌人。在短短三十多年里（107—145）连续爆发了两次汉羌大战。公元169年，一位叫段炯的大将，突然出兵袭击降羌，"杀四万人，用钱四十四亿"。

西晋末年，西北方的少数民族又大规模进入中原。他们纷纷起兵，建立政权。东晋一百多年来，先后出现十六个政权，即"东晋十六国"，民间称"五胡乱华"。

羌族首领姚苌据北地（富平）称秦王，他趁机消灭从淝水之战大败而归的苻坚（前秦），在长安称帝，建立"后秦"政权。姚苌的儿子姚兴，是十六国时期少有的优秀帝王之一。他在位二十余年，使后秦成为西方强国。

南北朝后期，随着隋朝的建立，国家又一次统一，各民族之间逐渐融合、同化。羌白成了没有实质意义的名词，一座城镇而已，这是历史发展的必然。

二

千年时光一瞬间。到明清两代，羌白曾设过镇、乡、里。《县志》说："今县西羌白镇为皮货所萃，每岁春夏之交，万贾云集，陕西巡抚岁以珠毛羔皮八百张贡京师。"由此可见当年羌白商号林立、商贸繁荣的景象。

羌白紧傍沙苑。唐时，肃宗借回纥兵平叛安史之乱，安置他们于沙苑，建三十六村。清代，他们的后裔回民多从事牧业。羌白镇为"皮货所萃"，便不足为奇了。

羌白镇经历了清代关中回汉冲突战事，这一带广泛流传着关于这次冲突缘起的传说。

沙苑回民多从事畜牧业。他们的羊有时吃了汉民的庄稼，汉民成立"羊头会"抓羊护地，为此常闹纠纷。官司打到同州府，回民状子称："数九寒天，地冻如砖，猪拱不动，羊啃嘴酸。"汉民状子说："一冻一消，虚如马泡，羊蹄一刨，连根带梢。"州官不能断，问清此状为一人所写，说道："谁写让谁断案来。"故事是演义的，但还是能窥见当初的事情由来。

清同治元年（1862），汉回矛盾遽然升级，冲突爆发。以羌白为中心，古老的关中道又一次变成大屠场，到处刀光剑影，火光冲天，铁蹄踏平庄稼，村寨变成废墟，鲜血染红河水。这场战争打了八年才结束。

1918年，羌白镇又成为重兵争夺的据点。靖国军郭坚攻大荔不克，退到羌白，遭到陕西督军陈树藩包围。郭坚据城固守，陈部对壕作业，挖掘地道，爆破城垣未成功。靖国军杨虎城、张富奎、高凌、张泽等增援未果，郭坚在一个雨夜突围。这场对峙战打了五十七天，羌白危如累卵，而终于免除了一场刀兵之灾。

往事逐流水，岁月使一切是非恩怨都成为过去，成为陈迹。"断碣残碑，都付与苍烟落照。"如今，冲天火光早已熄灭，咚咚战鼓早已停歇，刀枪入库，马放南山。自1949年以来，在半个多世纪的安宁里，羌白镇迎来阳光灿烂的今天。

有道是：度尽劫波兄弟在，相逢一笑泯恩仇。

三

羌白古城是一座长约千米，宽约五六百米的长方形城池。过去墙厚壕深，夯土所建，上为砖砌城堞。分设东西北三门，东门上书"羌白古镇"，北门上书"威临玄武"，西门为重建，北门外一株古柏，人称"一柏单三门"。

羌白镇有八景：一柏单三门、三座大戏楼、文昌阁、皇城、老冢、会馆庙、老衙门、李家祠堂等。值得一提的是皇城，羌王府所在地，现为羌白中学。老人记忆，过去皇城地面上没有任何建筑，只是荒草瓦砾，坟堆累累。皇城西边紧挨老衙门，清代县丞公署所在地，衙门西边是有名的会馆庙。

会馆庙是山西商人建立的商会，羌白城内最具有规模的公众活动场所。内有戏楼粮仓、钟楼鼓楼、议事厅客房、关帝庙等建筑。关帝庙前殿有十二扇楠木雕花门，精雕细刻，巧夺天工，刻着桃园三结义到三国归晋的故事。民国时在这里设立学校，戏楼前有香炉，上写"敬惜字纸"四字，学生写过的废纸不得他用，一律入炉焚毁，表达对孔子对传统文化的敬重。陕西省主席邵力子及赵寿山将军曾来此一游，可见古镇文化底蕴的影响。

羌白有八鱼村李家祠堂及宅院，很气派，清一色水磨砖雕花墙，是镇上最好最高的建筑。上个世纪五十年代，李家祠堂成为公社所在地，七十年代被拆除。

老冢又叫冢疙瘩、老冢洼。硕大的圆土丘，在城西四五里处。《县志》记载，该墓是唐玄宗老丈人王仁皎之墓。过去陵北曾有石人、石马、石碑，陵南东西两侧有丈把高的方型土柱。可惜这些石刻土柱现在都没有了，只有西边石碑村证明老冢往昔的辉煌。

过去每年二月二，周围十多里的人都到这里踏青游玩，妇女们则是乞子。现在这些风俗已经废止了。

羌白地处通衢，古来就是晋陕通道，清代曾设县丞公署。到近代皮货生意萧条，粮食生意红火起来。山西商人大都经营粮食，四九集日，南车北驴，买卖粮食的客商络绎不绝，这里成为县西文化经济中心。

四

今日，羌白镇拓展了近二分之一，街面马路宽阔，楼房整齐。四九集上人头攒动，百货琳琅满目，显示着现世繁华。

然而，人们还是怀念那消失的羌白老街，怀念空旷辽阔的原野，一派寂静的塞外风光，像羌笛胡笳吹奏的古曲。

也许，古典与现代总是相悖，不朽的只有镇名。那是老祖先留给子孙后代的明信片，简约明了又情真意切。只有"羌白"二字，却像"二十四史"般，哗啦啦道尽历史沧桑。

羌白是不朽的，我们都是前来赶集的匆匆过客。

"缠沙"往事

　　"沙苑来天地，夹流渭洛分。"

　　关中东府一带，沙苑傍渭、洛二水东西横卧。黄河从北流来迎面拦截，形成富饶的黄、洛、渭三角洲，这便是古同州，今称大荔。

　　同州人称洛河以南的沙苑及周边为"河南里"，雅称南乡。沙苑南麓，渭河北岸，顺沙苑摆开十来个村庄，俗称"缠沙"。"缠"不读二声而读一声，其音之妙非常传神，形象地描绘出村庄与沙苑的距离。

　　"缠沙"西起十里爹村，东到阳村、拜家、帖家、马坊头。村庄北傍沙苑，南临渭水。村南河滩地疏松肥沃，渭河在这里汤汤流过。河中有白帆船，上可达西安，下可过潼关，进入黄河直到中原。河滩清晨，岚气如乳似纱。朝阳下的南岸村庄、华山，像传说中的海市蜃楼，缥缥缈缈，如梦似幻，当是河谷的独特风光了。

　　村北的沙苑，沙梁高耸，水却清浅。一片清粼粼的潜浒井，两间茅草屋，屋前凉棚上爬满葫芦金瓜。老树下，黄牛悠闲地反刍着，白沫从嘴角溢出来。草屋一边是黄花菜地，一边是小菜园。碧绿的菜园里，有山药、苤蓝、胡萝卜、辣椒、葱蒜，长得蓬蓬勃勃。菜园边上，几株刺玫，一架葡萄。地里拔草的妇女嘻嘻哈哈，吟唱好听的民谣：

　　正月闪上菠菜青，二月卖的羊角葱。

　　三月担的韭菜卖，四月闪上黄花菜。

　　五月金针交葫芦，六月西瓜水溜溜。

　　七月茄子乌冻青，八月辣子黑红红。

　　枣树是普遍的，漫沙梁沙坡都有；还有精心培育的桃园、李园、杏园。民谣说："阳村桃，拜家杏，三里村李子不上秤。"横竖成行的枣树下，是绿茵茵的花生、黄花菜，一派生机。

　　苏村寨子沙梁根儿有两眼泉，人称黑水泉、吃水泉，传说是二龙所变。泉旁修有龙王庙，供人们四时祭神祈福。泉边青石条女人可洗衣淘菜。莲池一个接一个，莲叶田田，一池碧绿。"沧浪之水清兮，可以濯我缨；沧浪之水浊兮，可以濯我足"，这里的水比沧浪之水还要好。

　　然而，这里最具特色、最堪入画的不止这些，还有秤杆井。北方传统井具是辘轳，这里却不然。古老的城墙边，水井青石锁边，一根巨木高耸，上边斜挂一木，木上一头缚着大青石，沉沉垂在下边，一头便是铁链带挂钩，高高扬起，远望极像渭河船的桅杆，这便是秤杆井。村人打水时，双腿叉开站井台上，麻利地拉住铁钩挂上桶，两手倒换着把桶放进井里，看着汲满水，再借用青石的重量提起来。如果说风车是荷兰的特色，那么秤杆井便是沙苑的特色了。

　　再说渭河南岸的华山，"缠沙"人叫南山。农闲之际，人们坐在门前，看西峰夕阳洒金，苍龙岭云起云飞。老叟们闲聊赵匡胤一棋输华山；孩子们抻长脖子，寻找张果老倒骑驴的山影；壮男们盼着"南山戴帽，长工睡觉"。串乡的货郎来了，拨浪鼓咚咚地响，为女人带来红红绿绿的喜悦；待到秋风乍起，黄叶满地，山里人挑了核桃担子串乡。"核桃换套子"的叫卖声从村东传到村西，小孩子纷纷扯上奶奶，拿旧棉套换核桃吃。

　　大雪纷飞时，热腾腾的火炕上，老人扯着没根没梢的故事，伴着纺线的嗡嗡声，犹如翻阅一部南乡的今古奇观。

故事说，有一年庄稼正旺，村人在河滩发现一只狼。于是合力追赶，及近一看，原来是只梅花鹿，随后又发现野猪。原来涨河时秦岭野兽被冲了下来。如此种种，不一而足。

"缠沙"美则美矣，却是苦焦地方。人说美丽的地方不一定富饶，富饶的地方不一定美丽，但美丽富饶的地方一定苦焦。穷山恶水不长庄稼，人倒是清闲，因为富裕是用苦干换来的。

"缠沙"男人苦。春种秋收，犁耩耙耱，忙了滩地忙沙地，活多活杂活重。那时，沙里浇水用"漕浐井"（涝池），水幽深清冽，周围水草茂盛，岸边桃李天天，波心投影。农人在水中立有木柱，从岸上搭架，人立架上，提水浇园。俗称"好汉桩"。此番景色堪诗堪画，只是诗人并不晓得，"好汉桩"是男儿擂台，体弱者莫近，胆小者莫上，一旦劳累过度，头晕目眩，便会坠入水中，故非好汉者不敢上架。沙地费水，只要天不下雨，就要不停地浇下去。沙苑人说：

> 好汉桩，好汉桩，十个就有九个伤。
>
> 手磨破，腰成锅，头上汗水淌到脚。
>
> 累得头昏腿打战，掉进井里见阎罗。

"缠沙"女人苦。纺线织布，点灯熬油，一家穿着全在女人手上。农忙还要下地干活，种菜除草收麦子，采黄花菜。采菜有三苦：烈日炎炎晒得苦，大雨倾盆淋得苦，晚上馏菜熬夜苦。采黄花菜要风雨无阻，一日不折，黄花绽开就成废物。晚上再累也要上锅馏菜，馏菜讲究技巧，火大、火小都不行，要恰到好处，不温不火，馏的菜金黄、肥硕，才能卖个好价钱。天明时还要晾出去，再下地摘新鲜的，要采摘一个多月。菜没采完，地里草荒了，杏子、李子该摘了，枣该打了，花生该出了。沙里活儿没完没了，沙里的人又瘦又黑。

正是由于太忙，"缠沙"人才兴起麦罢会。又叫"追往会"，戏称"赛女婿会"。

关中普遍通行看"麦罢"（忙罢）。麦收过后，该歇口气，亲戚间就你来我往了。"麦稍黄，女看娘"，"碌碡卸簸枷，妈妈看冤家"，推而广之，便成了亲戚互访，是一桩惬意而温暖的事。可"缠沙"人太忙，就约定一天待客。于是甲村六月六，乙村六月十五，丙村七月初五……依此类推，到七月底全部过完。

麦罢会上，日用百货、饮食布匹俱全，油糕锅儿、水煎包子香气四溢，吹糖人的身边围满儿童，耍猴的铜锣敲得山响，晚上则演"家戏"（村戏）。走亲戚的礼物是一包油糕、一兜黄杏，还有女人悉心蒸出的包子、馄饨、菜瓜（花馍）。特别是"菜瓜"，承担"追往"和不"追往"的重任。"菜瓜"形似黄瓜微弯，女儿和娘家，外甥和舅家，属"追往"亲戚，礼品少不了菜瓜。其他亲戚，只拿礼品不拿菜瓜，虽不断亲，到底有了层次，显了远近。哪个女人粗心忘了给舅家拿菜瓜，得特地向舅妈道歉。舅妈自是宽宏大量，朗声说："金刀割不断的亲亲，没拿菜瓜也不要紧。""缠沙"人亲情就是这么醇厚。以至于这儿亲戚多，婚丧嫁娶，宾客盈门，七八十席是平常，百十席不稀奇。

"缠沙"人苦得，生活却不讲究，吃饭穿衣都简单，攒了钱就盖房置地。这里盖房有好木，打墙有好土，村村都有城墙、城门、墩台，解放初才拆掉。人家依城墙而建。夏天热得很了，人上后墙睡觉乘凉，墙高风大没蚊子，图个清静安逸。房屋青砖青瓦，前房厦房上房，典型的关中四合院，一家挨着一家。人们的信念是盖房置地，兴家立业，读书求功名。学生读"天子重英豪，文章教尔曹。万般皆下品，唯有读书高"。读冰心的《寄小读者》，读郑振铎、鲁迅，知道了天外有天，山外有山。有了志向，有了理想，就走出家门，到同州、华阴，到西安、北京四处求学。

　　五十年代，三门峡库区兴建，打破了这里的宁静。人们恋恋不舍地离开故乡，一步三回头，迁往别处。七十年代，渭河严重淤积，危及"缠沙"，整个"缠沙"村庄全部北迁至沙坡上。

　　老村消失了。

　　新村很气派很新潮。远远望去，鳞次栉比，摩肩接踵，几个村庄连接在一起，分不清彼此，让人喜欢不起来。她理直气壮地占据了沙苑，打破了沙苑的纵深与宁静，给风韵天成的沙苑带来不和谐的败笔。

　　我再也没有站在沙坡上凭高远眺老村的机会与兴致了，我怎么也弄不清新村众多的巷道。我是如此强烈地怀念老村，怀念她的古色古香；又是如此地讨厌新村，讨厌她的霸道与逞强。

　　我那老树古井、风韵天成的"缠沙"老村啊！我那亲情款款、宜室宜家的"缠沙"老村啊！

　　"缠沙"老村远行了，她只留在老"缠沙"人的记忆里。若干年后，大概就没有人记得她可人的风姿、神奇的故事，领略她如诗的意境和如画的美丽了。

玄宗射鹘

《天宝遗事》里有个故事，发生地就在沙苑。

故事说，唐天宝十三年（754），宰相杨国忠专权，岭南一带形势不稳，朝廷命令剑南留侯李宓等人，率兵二十万征讨南诏。正值六月炎夏，南方酷热，北方将士到此，多有不服，热病流行，兵士病倒许多，战斗力锐减。南诏各部落趁机袭击，兵士死伤大半。部队到洱海后，又受重创，最后覆灭于龙尾关，李宓沉西河而死。

噩耗传来，杨国忠不敢告知玄宗，却谎称唐军打了胜仗。玄宗不知内情，以为天下太平，可以高枕无忧。他看宫中秋色渐浓，忽然兴起，想去冯翊郡沙苑中秋游打猎。

沙苑南傍渭河，北临洛水，东西长八十余里，南北宽二三十里。低洼处林木丛生，水草丰茂，沙梁沙洼交错，"聚来千嶂出，落去一川平"，是天然养马场。唐开国以来，良骥宝马都在这里放牧。

九月九日重阳节这天，玄宗一行浩浩荡荡东去，午饭时已至沙苑。苑吏招待野菜、南瓜、豇豆、红枣之类饭食。玄宗吃惯珍肴，偶尔吃回野味，甚觉满意。

饭毕，苑吏牵来几匹好马，玄宗等人骑上，带上弓箭纵马奔去。只觉耳旁生风,沙梁沙埠不断闪过。水洼处,獐子、麋鹿、玃狐等在此饮水。玄宗搭弓射箭,猎物应声倒地,随从们欢呼不绝。沙梁上,野兔飞奔,野鸡窜跑,猎者箭不虚发,不久就收获了不少猎物。

秋阳温暖,一片明丽。大家来到一平坦处休息。不远处有片树林,鸟鸣嘤嘤,上下唱和。听到动静,一只白鹤从树林"嗖"地振翅飞去。玄宗挽弓搭箭射去,正中鹤腹,白鹤哗然降落。人们大声欢呼,几个侍从策马奔去,准备拾取落地白鹤。他们来到跟前,却见白鹤突然振翅一飞,冲出包围,带箭向西南飞去。众人惋惜,玄宗却道:"是它命不该绝,由它去吧。"

地处西南边陲的益州(成都)城南,有座明月观,坐北朝南。观前溪流淙淙,鸟鸣山涧,云绕峰顶,幽静肃穆。明月观东廊第一院为待客之处,每年有个自称青城道士徐佐卿的人来此居住。此人长得清雅有致,谈吐不俗,一派仙风道骨,很得观中住持及众人敬慕。他每年云游各地,总要到明月观小住,和观中道士谈经论道,其乐融融。

这年重阳节,徐佐卿又来到观中,神色有些凄然。观主探问原委,徐佐卿道:今天我在京郊沙苑游历,偶然中矢。中箭不算什么,但这支箭不是普通人的,是当今皇上的。明年皇上会到观中来,你们把箭交给他,不能丢失。说完把那支箭挂在墙上,又在旁边题字:"留箭之日,天宝十三载九九重阳日,徐佐卿。"

题完后,徐佐卿在观中住下。几天后他要走了,观主送到小桥旁,两人依依惜别。此后他就销声匿迹了。

第二年(755年)十二月,渔阳鼙鼓动地来,"安史之乱"爆发。玄宗携杨贵妃、高力士,在大军保护下急急西逃。至马嵬坡,大军停止前进,诛杀了杨国忠,并要求皇上再诛罪魁祸首杨贵妃。玄宗无可奈何,只好令贵妃自缢。

此后,玄宗一行来到益州避难。但见蜀江水碧,蜀山青翠,别有一番景色。玄宗思念贵妃，痛悔以往，无心观看秀美山川。高力士见状，心中不安，怕圣上思虑过度伤了龙体，于是百般劝解，拉玄宗出去游玩。玄宗推脱不得，随高力士和侍卫，出城来到明月观。

玄宗一行进得观来，只见青松翠竹，老树蔽天，清风扑面而来。观主接驾，陪皇上在观中游玩。大家来到东廊，但见翠竹萧萧，似凤鸣龙吟。玄宗信步进来，忽见走廊墙上挂有一箭，侍从取得，递于玄宗。玄宗仔细观看，认得这是自己的御箭，心中正自纳闷。抬头又见墙上有一行字："留箭之日，天宝十三载九九重阳日，徐佐卿。"玄宗更加惊奇，便问观主徐佐卿何人？观主如实作了回答。

玄宗默然回想，这支箭是去年重阳节在沙苑围猎时射中白鹤，被白鹤带走的那支箭。如此，那白鹤就是徐佐卿了。看来徐并非凡人，他有先知先觉之明。玄宗说于观主，大家都感慨万分，一个神仙似的人物，可惜都错过了。

玄宗非常想见徐佐卿，便要观主留意。观主也很倾慕，希望他再来观中。但从此以后，徐佐卿却销声匿迹，再也没到明月观来过。

徐佐卿走了，在同州民间留下"佐卿化鹤"这一典故，流传千年。

龙池庵故事

大荔县下寨镇沙苑边，有个村庄叫龙池庵。说起龙池庵，据说有这样的来历。

远古时，禹王治水，渭河下游出现沙丘与河滩。有个罗匠（做磨面罗的人）在这里住下来，这儿开始有了人烟，有了村落。后来佛教传到这里，信佛的人越来越多，就有了尼姑庵，周围群众就把这里叫"庵里"。村子南边沙里有一涝池，清波荡漾。有一天，乌云遮日电闪雷鸣，从东南方飘来一团乌云，落入池中。雨过天晴，人们发现池中卧了条龙。村人认为龙王是神，就在池边烧香磕头，敬拜龙王。遂把涝池命名为"龙池"，"庵里"也叫成"龙池庵"了。

龙池庵得名后，很长时间这一带风调雨顺，物阜民丰，一派繁荣。华山神也派道士来这里，化缘传经，修建道观，敬奉"紫微大帝"。道士在观里广植紫薇，紫薇叶茂花繁。花盛时，道观像被罩在花海雾中，人们称这里为"紫微观"。

到了明朝，马坊村马自强上京赶考。路过紫微观，天降大雨。他到观里避雨，见紫微大帝端坐神龛，就想抽签，预知未来。并在神前许愿如能考中，他愿修庙还愿。结果抽了上上签，到京后果然一举成名，中了进士。

他当官后，步步高升，进入内阁任事，同州府人都叫他"马阁老"。

马阁老升任之后，为国家大事殚精竭虑，废寝忘食，伤了身体。他身染重病，卧床不起，病中回想自己平时都做错过什么事。夫人心细，想起他说过在紫微观避雨许愿一事。马阁老忆起当年，当即派人去同州龙池庵村重修紫微观。紫微观面貌焕然一新，村民于是立碑纪念。

紫微观传到二十四任道士时，因道士姓袁，人们也将紫微观叫袁庙。

熊兆麟《大荔县志》记载了清朝马朴先生写的《重修紫微观碑》，印证了这个故事。碑文云：

> 同州西南三十里大道之南有紫微观，传自宋元，屡经兵燹，兼为流沙所蚀，虽多修葺，不承权舆。然左右皆百家之居，前临沙苑，旧有巨池，龙兴云雨，茂林环之，今犹胜概存焉，故名"龙池庵"。明公胜旅，时多临访。自嘉靖乙卯震后，半栖砂砾，半属薪樵……
>
> 明代崇祯中，马坊头马观察醵众重修，并出己资，置香火地百亩，此碑文即记重修之事也。至国朝乾隆中，有本村人将马公之碑藏埋土中，另立一碑于庙，将香火地攘为己施。立碑之日，风雷大作，新碑折为三段。道士及村人等惊惧，复出马君之碑，立之此龙池庵村。耆老相传，各如此说。故录此篇入志，庶久而不至湮没也。

读此碑文，内容同民间传说相呼应。龙池庵村有巨池，有紫微观，马阁老曾修过紫微观，并捐资购得田地百亩，以供香火之用，并立碑记之。由此可见，传说非虚也。

　　乾隆年间，有村人把马阁老立的碑藏起来，另立新碑，欲贪天之功为己功。谁料立碑时，新碑折为三节，于是又赶紧刨出马公之碑立之。此事当地耆老口口相传，意在惩恶扬善，彰显天不可欺，马朴先生在重修紫微观时，写了这篇碑文，记叙此事。

　　如今，紫微观和石碑早已消失在历史长河中。但民间口口相传的故事还在，志书中言之凿凿的记载还在，告诉后人怎么做人，做什么样的人。这就是传统文化的力量。

观音渡河

大荔城西三里洛河边，有个观音渡。旧时是个渡口，后来有了村庄，这村被命名为"观音渡"。

观音渡村流传着"观音渡河"的故事。

明代村里有一户董姓人家，董家弟兄多，老大、老二种地，老三、老四经营渡口。那时，这渡口是从西安到山西蒲州的必经之路，渡口繁忙，生意好，董家靠经营渡口和土地赚了钱。后来，子弟又出外做生意，也赚了大钱，在大荔县城、西安市都买了门面和住宅，生意如日中天，董家主人成了远近闻名的大财东，人称"董财东"。

董财东虽然有钱，却济穷帮困，乐善好施。谁家只要有困难，他都会慷慨解囊，资助钱粮。还买了许多牲口，让村民无偿使用。人们送他绰号，叫"董善人"。

董家不仅在自家村上行善，他走到哪里，就把善事做到哪里。南方有人赠他红锦金字幛："菩提绿透观音渡，贝叶经弘董善人"，来表达对董家的崇敬之情。

这天，村上来了个衣衫褴褛的老妇人，提个破篮子在村中要饭。当时刚过年，春寒料峭，老妇人冻得瑟瑟发抖，瘫坐在巷道中。

这时，董财东刚好从家里出来，看见此情，心生怜悯。吩咐家人把老妇人挽回家中，给她热汤热饭吃，又给她换上新棉衣。老妇人说，她是北山人，要到华山脚下李家村去探亲，不料半途生病，多亏董家救了她。

老妇人住了几日，身体渐渐恢复，即告辞董家，渡河南去。董家派人套车送她，一直送到渭河岸上。

华山脚下的李家村，也有一户大财东，叫李凤仙。李凤仙有多少钱？她说："天旱我有七十二座连（连腰转，一种水井），天涝我有百顷长寿原，穿的绫罗缎，吃的飞罗面，还有小秦岭半架山！"

可是，李凤仙却非常吝啬，从来舍不得施舍穷人半分半毫。她家门口挂个匾，上书"万事不求人"。有人说她，不要太骄傲，她回答说："干了黄河塌了天，也饿不死我李凤仙。"就这么"牛"。

这日，门口来了个挎篮要饭的老妇人。李凤仙见了，讥讽说："不是懒就是奸，看把日子过成啥了。"然后关上门。

不一会儿，门开了，出来一个丫鬟。丫鬟一看是个又穷又老要饭的，心生恻隐，悄悄转回，偷了个馍，藏在袄襟下，拿来送给老妇人。

老妇人一看，还有好心人。对丫鬟说："姑娘，你看门口石狮子啥时红了眼，就赶紧跑，离开这儿。"说完老妇人就走了。

以后，丫鬟每天早晨扫地时，都要看看石狮子。这天清早，丫鬟出来，发现狮子眼睛红了，于是朝东就跑。人传说，过了"柳枝"（镇），才扣纽子；过了"台头"（村名），才敢抬头，是说她跑得急与慌。

她跑出潼关，听见身后山崩地裂，一声巨响，小秦岭塌了下来，把李凤仙的庄园田地全埋完了。消息传到洛河岸边董家渡口，董家人恍然大悟，原来那个要饭老妇人，竟是观音菩萨化身，她是下凡考察世间善恶的。

后来，人们为了纪念这件事，惩恶扬善，教育后人，就把董家渡口改成"观音渡"。

几百年过去了，世上人换了一茬又一茬，朝廷换了一代又一代，"观音渡"村依然叫"观音渡"。观音渡的故事依然流传，向世间昭示着善恶报应。

儒乡三里

沙苑南麓渭河北岸，"缠沙"一带有个三里村。村庄建于明初，说是有三个李姓人到此居住，因名"三李村"。后来又因村庄距渭河三里，得名"三里村"。

三里村是一个古风淳朴、人才济济的村庄。

《大荔县旧志稿》记载的有名有姓的三里村人就有十一位之多。他们以自己的行为思想，分别从"忠孝仁义"四方面，诠释了中华民族的传统美德，成为村民们学习的榜样。

忠 节

清朝乾隆九年（1744），三里村出了一位武状元，叫李廷轩。他武艺高强，后被朝廷派出，到漠北领兵，为保卫国家做出了贡献。

乾隆后期还出了一位武进士李中扬。李中扬忠勇善战，又有谋略，朝廷予以重用。当时台湾府政权极不稳定，倭寇海盗经常出没，骚扰民众，抢掠钱财。军情报到北京，朝廷遂派李中扬为台湾镇标右营游击，率领一干人赴台湾，抵御敌寇，保卫海疆。

李中扬到台湾，即参与了提督府练兵。他整肃军纪，大练水上作战、格斗擒拿等本领，后被派往诸罗县防御，时刻准备打击海上来犯之敌。

乾隆五十一年（1786），诸罗县遭到大批海盗袭击。他们乘着快艇迅速上岸，袭击诸罗县城，抢劫财物，掠夺妇女。守城的李中扬只有一百多人，与敌寇展开近距离的巷战肉搏，最后寡不敌众，李中扬战死。守备郝辉龙，千总苏明耀、魏大鹏，把总杨连彪，外委李国安，典史钟燕超，俱战死阵亡。倭寇遇到最顽强的抵抗，他们怕援兵到来，迅速撤退了。

消息传来，朝廷表彰他，特许他儿子李景云世袭骑都尉，任甘肃河州游击。《大荔县志》记载，李家"祖孙父子兄弟三世四人，同殉忠节"。并为他在衣冠冢树碑，上书"忠节"二字，让人们世代纪念。

孝 行

三里村有个青年叫李太平，他少年亡父，家贫如洗。寡母抚养他长大成人，后来他就为别人扛长工、做佣工。

太平生性纯孝善良，他感激母亲养育之恩，每把挣来的钱粮悉数交给母亲，母子相依为命，过得清贫安稳。

同治二年（1863），关中道上回、汉发生纷争，战事频频，村民到处逃亡，流离失所。

这天，村上得到消息，回军将至，村民纷纷四散逃跑躲避。有人套车子，有人家骑牲口，快跑光了。李太平没有牲口也没有车，母亲催他快跑，他不由分说，背母就跑，任母亲挣扎只不放手。母亲哭求："你快跑，不要管我！"太平说："儿知有母，不知有身，生死任由天命。"就这样一直跑。

正跑着，回兵来了，围住他们母子。母亲向回兵请求放过儿子，儿子也求情放过母亲。回兵受到感动，没人动手。好大功夫，带兵的扬扬手，领兵走了。

母子辗转流离，直到战事平息，回到村上。伯母孤寡无依，他将其接回家中，和母亲一同赡养，为她们养老送终。

村民李德清也是孝子。他俩的孝行感动了村民，村上上报，写进县志里。

仁 德

村民李道兴聪明勤劳能干，家道富裕，日子过得好。光绪丁丑年（1877），关中遭了旱灾。那时，生产环境非常薄弱，靠天吃饭。稍一遭灾，地里打不下粮，民众就没饭吃。这次旱灾非常严重，人们活不下去，纷纷逃荒要饭。

这时，李道兴做出决定，自家俭省，吃粗粮野菜，每天省一顿饭，拿出粮食周济村民，帮助大家共渡难关。一村人就这样熬着，终于熬过了灾荒。

一年后，地里有了收成。受他恩惠的村民，商量要以加倍粮食还他，感谢救助。谁知他哈哈笑道："还本就行，利息当成种子，还给各家。"

李道兴所为感动了大家，村民们送他一匾"仁德"。

李树棠，字芾延，岁贡生，教书先生。"聪明正直，寡言笑，慎交游，设教训徒功课"，经常用古人学说教导学生。他文章灵妙，待人和气，村人受他感染，学他温良恭俭让，吵架闹事减少。他逝世后，人们感念，立"德教碑"以表彰其功德。

义 行

民国十九年（1930），正值年馑，渭河两岸一片凋敝，盗匪横行，饿殍当道，人们在死亡线上挣扎。

这天，河滩里来了队伍，是渭河南岸土匪冯一安的人马，三里村东西大门迅速关上，把队伍挡在外面。

土匪找来梯子，要上城墙。可是，城墙上面村民居高临下，拿着枪朝下面打，土匪一时无法得逞。这时，曹三喜从沙里回来，被土匪发现捉住，要他朝城里喊话，动员村民开门。他弄清匪徒用意，就是不开腔。

土匪看小伙子不听话，就改变主意，让曹三喜先登梯子，为他们开路。小伙子怒道："你们凭啥打我村，我村又没惹你。"土匪怒道："你不听话就崩了你。"小伙子毫无惧色，死不配合。土匪再三恐吓，小伙子不为所动。最后土匪朝他开了枪，杀死了他。

过后，村人感念他的血性、大义，层层申报县政府。政府嘉其义行，表彰他，并把他写进《大荔县新志稿》里。

三里村好人义行不止这些。比如医家李逢清，家学渊源，为优贡生。他放弃功名，开一中医诊所，和儿子李连三为乡亲治病，悬壶济世，得到人们好评。他自题对联以述胸怀：

> 读圣书贵明义理；
> 行医道只重阴功。

村民托贡生张道棻表彰他，赠他一联：

> 清白传家樽开北海；
> 岐黄立业道演东园。

三里村人的事迹，被记载在县志里，广为流传，成为人们学习的榜样。

沙南百庙

一

沙苑西南万沙丛中，有个小村庄叫沙南村，只有二三十户人家，却有独特的民间文化——一百一十一间庙。

旧时，人们往往把平安幸福、生儿育女、富贵前程全寄托在神灵身上。所以村村镇镇到处都有神庙，什么玉皇宫、龙王庙、救郎庙、老爷庙，等等。人们为何要敬这么多神，目的就是保平安，期盼遇灾遇难时，有多路神仙相救。

可是，沙苑深处，方圆几十里几十个村，几乎见不到神庙。这是因为，黄沙中无土无砖无大路，建庙相当困难。

但在只有几十户人的沙南村，竟有一百一十一间庙？这是不是天方夜谭？受好奇心驱使去看，大吃一惊，真有庙，而且古色古香，建造不俗。

此庙在沙南村西。一座三间高大厅房，石条台阶，庙前右方有大柏树，在满是草房的沙南村中鹤立鸡群。这景观，村民觉得很了不起。

的确了不起。小小村子，家家茅草庵，没有一块砖瓦，却有这么宏伟壮观的庙宇。墙一砖到顶，飞禽走兽，黑漆大门，石铺台阶，门前雄狮，一搂粗的柏树。走进大门，右厢房是观音、普贤二菩萨神像，左厢房是牛王爷、马王爷神像，上殿两米半高的祖师爷端坐龛台。殿壁一边画着"菩萨救民""姜子牙捉七怪"，一边画着"罗通扫北""火烧西岐"故事。殿门顶端，画一震山卧虎，堪称雕梁画栋。如此宏伟壮观的建筑，沙南人怎能不自豪呢？因此叫"一柏一石一间庙"。

此庙建于何时？据耄耋之年的刘庆云、肖漳顺两位老人回忆，建于民国十年（1921），距今百年了。

二

说起建庙，还有一段心酸史。

清同治年间，这里原是回民住的地方。后来回民远走甘肃，这儿成了一片废墟。清光绪初，湖北汤姓四户，逃难来这里开荒种地。到光绪中期，又有三户山东人因遭水灾，逃来这里，在正村北边隔一道沙梁处，搭了庵子居住，开荒种田。湖北人以先入为主自居，不让山东人住，为此经常打架。可是无论如何，山东人就是不走，他们没有地方去嘛。

后来，山东又逃来三户，住正村南边。湖北人也不让住，说这里有条南北走向的沙梁，本是条龙，谁住在这儿，就会压住龙尾，必须挪走。山东人只好往东挪了一节。

这天，山东人从沙梁翻过，被湖北人挡住，又说这里是龙首不能走。为此吵闹，甚至大打出手。其他山东人都来了，打了个天翻地覆。湖北人没占上什么便宜，赶紧撤了。

以后，山东难民又来了几户，湖北人却没有增加。山东人有了底气，说这里官府并未批划给湖北人，他们也没有掏钱买下，都是难民，谁都有份，谁也无权干涉谁。就在沙里自己耕种开了。

自从打架过后，湖北人审时度势，再没找过山东人麻烦。

三

民国初，沙南村增加到二十四户，两省人也能和睦相处了。山东人好讲义气，与湖北人商量，为保平安，得修庙敬神，需要共同出资，湖北人一致赞同。就选了湖北汤志学和山东杜新元两位当会长，率领村民行动起来。

修庙要用砖瓦和大木料。这些材料当地根本没有，一切得从沙外购买往回运。可这里东西八十里，南北二三十里，只有一条沙路，一起风路就不见了。况且，村上连一辆车都没有，砖瓦、木料得靠人背。

要想请神保平安，就得豁出去。面对困难，人们痛下决心。九月农闲时，建庙开始了。只见沙梁上，一拨拨的大人小孩，背砖的，抬木料的，抬石条的，来来往往，人们一步一滑，在大沙梁上艰难行走。他们只有一个信念，请神保平安。村头的窝棚里是大灶，妇女们正在为人们做饭。

材料备齐后，请来沙外的木匠、泥匠开始动工。一个多月后，大庙终于盖成，该塑神像了。

汤志学和杜新元犯了难。塑像的白干土本地没有，要到一百多里外的白水县去弄。可是，村上穷得连根扁担都没有，而且往返就得几天，这可不是一般人都能干的活。两个会长召集全村人商量。这时，一个青年发了话："我愿意去背。"

一呼百应，所有青年都发了声："我们愿去。"两位会长高兴地宣布，明天就出发。

第二天，这支背着口袋的年轻队伍出发了。他们一路翻山，蹚河，越沟，饿了啃几口冷馍，渴了喝几口凉水，终于顺利到达白水县，弄了白干土返回。实在乏得走不动时，就躺在地上歇歇。他们心中只有一个信念，为了家人平安和村庄繁荣，豁出去了。就这样，赶上冻的时候，神像终于塑成。

这年春节，祖师庙香火旺盛，全村男人们都来上香磕头，就像同族同宗的家人一样。多年来，提起修庙背土，人们都感叹不已。这个说他爷背过土，那个说他姥背过土，都怕埋没了祖先功劳。庙宇把两个省份的人团结在了一起。

新中国成立后，祖师庙做了学校。后来盖起新学校，却没人拆除这座旧庙宇。直到现在，得以幸存下来。

今天的沙南村，已成为有名的旅游村。他们继往开来，以"善作魂、俭养德、诚立身、知礼仪、勤为本、和为贵、孝当先"作为村规家训。老人们不厌其烦，重复着当年的故事，激励着所有的后人。

南德故事

南德村的来历，传说是明朝洪武年间，有湖南常德吴姓人来此建村，故名南德。

南德村原有四姓，吴姓、李姓、张姓、马姓，四姓各自聚族而居，形成吴家、李家、张家、马家巷道。二十世纪五六十年代，有三门峡库区王家庄、洛河岸边霸城、沙底移民分两次迁入。六个村民小组，四五百户两千多口人，在原来基础上形成新的规模。

一

吴家巷有个吴玉麟，二十世纪二十年代出外经商，在三原县城八女井财东李家"万顺德"商号当学徒。后被派往湖南，经销茶叶和木材。他家里有大伯和父亲，弟兄俩经营骡马店，给人拉脚，同时耕种不多的土地艰辛度日。

这年冬天，临近除夕时，吴玉麟从湖南回到家中。他惊呆了，家中遭了变故，父亲、母亲和大伯相继逝世，只剩伯母带着他媳妇和俩弟妹生活。家中骡马大车都卖了，还赔了十多亩地，欠了一屁股债，家里吃了上顿没下顿。

看到家中惨景，吴玉麟擦干眼泪，挺直身子。此刻，二十来岁的他成为家中顶梁柱。他问明情况后，做出决定，在羌白街饭馆设席，宴请各位债主。债主到齐后，吴玉麟向各位敬酒，说明家庭变故，恳请高抬贵手，所欠债务，容他日后再还。说到动情处，他声泪俱下，感动了在座的人。马家巷财东李香亭率先表态："兄弟，你家的事，我们都清楚，借的钱啥时有了啥时还，你不用太在意，谁没个难处啊。"其他债主纷纷表示，永不逼账，啥时有了啥时还。吴玉麟非常感激，向大家打拱不已。宴毕人散，李香亭得知，他家中连年麦也没有，立即慷慨表示："吴老弟，你不用慌，到家我让人给你送年麦过去。"就这样，李香亭不但没有要账，还借给他几斗麦子过年。

两年后，吴玉麟再次回到家里。他信守承诺，连本带息，还清了所有债务，再次宴请大家，表示感谢。

吴玉麟要走了。他在羌白街饭馆放了二十块大洋，让所有债主们有空就来这里吃饭，以表示自己感恩的心。

二

南德村马家巷流传着一个古老的故事。

很早以前，一名马姓小伙外出，到四川开盐井，家里留了哥哥和父母。马姓小伙在四川几十年，积累了巨大的财富。年龄大了，便有叶落归根之意，决计回乡，把财富带回去。可山高路远，千里迢迢，巨额财富如何带回？马老汉苦思冥想多日，终于在入秋时成行，踏上回家的路。

初冬清晨，马家巷来了个叫花子，穿得破破烂烂，脚上鞋也开了花，背着个乌黑小铁锅，来到一家门前。主人是名二十来岁的年轻人。

见到叫花子，不耐烦地拿出半块馍，打发他走。叫花子不走，还说这是他的家。说着放下小铁锅，就要坐下。青年人急忙问道："你从哪儿来的？胡说八道，去去去。"叫花子道："娃，我是你二爸，在外做生意多年，现在回来了。"青年听了一惊，想起父亲生前讲过，他弟弟出门做生意，多年没音信。要是他啥时回来，一定要接纳他。青年想到这儿，心里发毛。糟了，敢情是二爸回来了？可眼下，他又老又穷，分明是个老害祸。不行，不敢接纳他。

青年想到这儿，板起脸说："我爸是独子，就没兄弟，你胡赖啥哩？走走走。"说着操起小铁锅扔出去，小铁锅当啷啷滚了好远。叫花子含着眼泪，拾起小铁锅离开了，来到村口水井旁树下抹眼泪。

这时，村头出来一个青年，挑着桶来担水。看见寒风中冻得直打哆嗦的老人，便问："你找谁？咋在这儿哭？"老汉这才说明，他就是本村人。只因离家太久，失去联系，到自己家中，年轻人不认识、不接纳，他没了去处，所以痛哭。

这个青年原来是老汉大侄儿。本应该老大住老屋，可是老二刁蛮，老大让他，分家后，自己另起新屋，搬了出来。一听老汉说话，看看老汉相貌，果然像自己父亲。想起父亲生前叮咛，他扔下扁担，赶紧搀起老人说："我就是你侄儿，你跟我回家。"把老汉扶回自己家中，让妻子快做饭，很快腾出一间屋子，让老汉安心居住。

此后，这个大侄儿尽心尽力，赡养二爸十来年。这年老汉病了，叫大侄儿说："你去寻个烂鞋。"大侄儿很纳闷，不知老人心意，就去找了双烂鞋拿来。老汉又说："把小铁锅拿来。"侄儿到柴房取来小铁锅。老汉又吩咐"使劲擦"，侄儿一头雾水，心想该不是二爸老糊涂了？老汉一看，侄儿磨磨蹭蹭，催道："叫你擦个锅，看你难为的样子。"侄儿无法，拿起烂鞋，使劲擦起锅来。

擦着擦着，乌黑的小铁锅竟发起亮光，越擦越亮，金光闪闪。等擦完，一口小金锅出现了。侄儿目瞪口呆。老汉说话了："这是我一辈子的积蓄，留给你，要学做好人。"老汉说完，溘然长逝。

再说老二没有收留老汉，开始挺得意。后来看到大哥在二爸指导下，日子越过越好，心生惭愧。于是，逢年过节拿点礼物，过来给二爸磕头，还算不错。二爸死后，老大思量，弟兄们还是要和为贵。于是，他买了土地，分给弟弟耕种。兄弟和好，日子越过越红火。

清朝时，这家出了个武举。武举练功用的石锁子，后来给生产队做了秤杆压石（碾场完毕上麦秸用）。村上人家门前的石条，都是他家古墓的遗存。

至今人们还津津乐道小铁锅的故事！

潘驿和美阳

一

大荔县城西四十里处，有个潘驿村，有一千四百多年的历史了。

早在秦朝，为方便朝廷政令传达，修建了通往全国各地的驿道。到唐朝时，这些驿道被再次拓展完善，每隔三十里，就建一座驿站。潘驿就是这条驿道上的驿站之一。潘驿什么时候建立的？《大荔县地名志》记载，唐贞观年间，此站驿丞官姓潘，得名潘驿。

县志记载，唐文宗开成五年（840），日本著名僧人圆仁来到中国，他撰写的《入唐求法巡礼札记》说："由同州西行十里渡洛河，再西行十里到安远村王明店，再西行十五里到潘驿店，再西行四十里到故市店。"

从圆仁的记载中，我们可以看出这条驿道的大致方位。它和今天从同州到故市的线路相差无几。只是方位略略偏南，擦着沙苑边儿经过。记载中有"安远村王明店"，说明这个驿站驿丞叫王明。今天已经找不到安远村了，可是这条路上有村名"王店"，东距大荔县城也就二十里路，西距潘驿村也约有十五六里，"王店"有可能就是圆仁记载的安远村王明店。

潘驿还出现在唐诗中。

白居易就是渭南下邽人，"下邽"在唐时属于同州府管辖，位置在潘驿西南二十里。白居易当是同州乡党。他的《别杨同州后却寄》诗云：

> 潘驿桥南醉中别，下邽村北醒时归。
>
> 春风怪我君知否？榆叶扬花扑面飞。

潘驿桥现在没有了。随着整个沙苑地下水位的下降，潘驿村早成旱地。可是，就在二十世纪九十年代初，人们还说："潘驿滩，潘驿滩，潘驿滩里蛤蟆乱叫唤"。那时，这里经常积水，淹没庄稼，滩里一片片水草，蛤蟆、水蛇出入其中。1991 年，县水文站经过考察论证，根据情况通过决议，开始在这里挖鱼塘，工期三年。谁知到 1994 年，鱼塘还没有全部挖成，地下水位却以惊人的速度下降，挖的鱼塘全部没有了水。最后，不得不凿井抽水，注入鱼塘，无形中增加了投入。因没有利润，后来停止抽水养鱼，全部种了庄稼。

由此可知，唐时这里水草丰茂。那么，潘驿有水有桥，是一定的。

明朝时，这里设立美阳乡，清代设立潘驿镇。九十年代末，"美阳首镇"的石匾额还在潘驿小学内，左下首有"道光××年"的小字，后来就消失了。

二

潘驿经过千百年发展，到明代，成为同州美阳乡首镇，渐渐繁荣起来。人口也越来越多，潘驿镇容纳不了，人们就迁出镇外居住。围绕古镇，形成"寨子""东堡子""西堡子""梁山寨"等小村落。后来，又有人迁出，到所置耕地的地方打墙建房，形成北潘驿和新堡村，共七个村落，人称"七潘驿"。

那时，潘驿镇四周，建有"关帝庙""汤王庙""娘娘庙""龙王庙""药王庙"等十来所庙宇。城东关帝庙最为辉煌，雕梁画栋，古树苍苍，四周有石刻，排列有序。城东北驿道旁，有石牌坊、古烽火台，历史遗存处处皆见。

正因傍着官道，潘驿成为这一带农副产品集散地。城内东门有好几家饭店、杂货铺；街中是几家干果行、药铺、肉铺、纸扎铺等；西门是骡马大店、骡马市。西安客人在干果店买好货物，就到骡马市雇车。客人若自带车马，就在骡马大店住下，买好货物运往远处。这是潘驿最兴盛的时期。

潘驿西边六七里，有村庄叫"庞家村"。民间传说，远在宋代，庞家村出了个庞贵妃。庞贵妃的父亲庞太师在朝专权，她在后宫很受皇上恩宠。一时庞家气势熏天，荫及家族。庞家庄邻近的樊家堡、赵家、潘家、郑家、郭家、范家及张家堡等八个村庄，人称"八庞家"，都是庞家人的天地。他们与开封府来往频繁，驿道也随之红火起来。做生意的，求功名的，外出闯荡的，车来车往。当地人很荣耀地称"七潘驿""八庞家"，又说"潘樊郑赵郭，庞家首一个，美阳镇的金钵钵"。

同治元年（1862），回汉冲突，潘驿镇首当其冲，遭到严重破坏，许多建筑被烧毁。战争过后，人们重建家园，并修石碑，记载这一历史事件，以警示后人。民国军阀混战，盘踞大荔城里的麻老九，为争夺地盘，一把火烧了潘驿镇。至此，潘驿彻底衰落了。

今天，潘驿分为南潘和北潘，虽普通，却也呈现出新的气象。

三里村告状

三里村临沙近河，尽得天时地利，以"阳村桃拜家杏，三里李子不上秤"名扬渭河两岸。

三里村最值得称道的是耕读传家、忠孝仁义的村风村德。入选《大荔县旧志稿》的三里村忠臣孝子、仁人志士有十一人之多。可谓村风淳朴，尽得儒家真传。

清乾隆九年（1744），朝廷开科取士，三里村年轻武举李廷选文韬武略，在云集京城的各路举子中脱颖而出，勇冠群雄，踞武科之首。乾隆帝当场钦点为"武状元"，赐"武魁"匾额。捷报传来，同州沸腾，"缠沙"人尤为扬眉吐气。

三里村人敲锣打鼓庆贺。李父慎初欣喜，便与乡约商议，此前曾在华山许愿，现在理当还愿。于是他们去了华山玉泉院，与道长商议，道长建议修建五里关，李慎初欣然应允。

五里关乃是峪口通往山上的咽喉要道，西边壁高万仞，东边濒临悬崖。李慎初与道长勘察地形，觉得在此建一关口意义深远。一则此乃进山要道，别无他路；二则建关应了李廷选入仕之好兆头，因而定了修关之事。

方案敲定不日开工。一时间五里关上下凿石之声，抬夯之声，人来人往，好不热闹。不长时间，一座雄关依崖而起，关楼上刻"第一关"三个大字。站在关前，上望云雾缭绕，下观尘界浑然。更兼那关墙森森，关路崎岖，关壑洞然，关门肃然。人站在这里，胸中自升腾起"万里关山就此始"之意。

五里关建成之后，玉泉院道长为答谢美意，特嘱石匠刻字，嵌于关口右下角，上书"乾隆九年秋三里村李慎初率村民建"。至此，三里村与华山关系更见亲密，年年朝拜。

也许是三里村魁星高照，时隔二三十年后，本村李中扬又高中武进士。三里村人兴奋不已，又对五里关进行了一番维修。此后，三里村视修葺五里关为本村义务，每隔几十年就要维修。

李中扬高中武进士后，朝廷提升他为台湾镇标左营游击，驻守宝岛。嘉庆初年，南海倭寇活动猖獗，李中扬在征战倭寇时阵亡。朝廷为表彰他，在村北建衣冠冢，立"忠节"碑，并特许儿子李景云世袭骑都尉，任甘肃河州游击。后李家祖孙父子兄弟三代四人，都殉忠节。事迹记入县志表彰。（陈村西北有忠节李景云墓）

山中才数日，世上已百年。斗转星移，时序变换，眨眼之间已是光绪年间，神州世事日异，清廷岌岌可危。五里关也历经几百年风雨，疮痍满目了。

光绪三十四年（1908）春三月，三里村乡约李生基一行人，又去华山朝拜。他们来到五里关，但见关楼摇摇欲坠，山路凹凸不平。李生基心中不免酸楚，对同行人道："五里关系我村先人修建，今破败若此，吾辈当尽力修复，维护先人声誉，也不枉门下那块基石。"

众乡绅点头称是，附和道："如若我们视而不见，一来先人地下怪罪，二来也显得我村无人，还是筹款修缮为好。"

李生基当下便领了众人到玉泉院见道长，说明要重修五里关的意见。谁知道长却面露难色，满怀歉意道："诸位是院中常客，自乾隆爷手里修了五里关，后世又几次修葺，众所周知。可不巧的是，前日华阴县令崔肇琳来游华山，提出修葺之事。昨日衙役来送话，说明天动工。因此诸位美意，也只好作罢了。"

李生基他们愕然。但事已至此，又能如何呢？众人心情黯然地下了山。一路上，李生基不无担心地说："崔肇琳重修五里关，他是在咱村里人的基础上修的，门楼下那块基石应该保留，也算是对咱先人修关的纪念。"

另一乡绅道："华阴县这次重修，给咱连招呼也不打，想把咱从帽梁子上抹过去，要是这样，咱该咋办？"

李生基神色凝重地站住了，说："如果真是这样，就和他打官司，咱先人修了五里关，不能这样不清不白被抹杀。"

三月天气转眼间阴了。虽然一路上桃红柳绿，百鸟争鸣，但这行人却因五里关变得心事重重。

果然不出所料，崔肇琳修五里关，五里关的整个格局没变，破败的门楼用青石砌起来，门上"第一关"仍是过去的匾额，路上的坑洼填平了，西边墙壁也换上新石。一切都按原来的样子复原，只是少了关门右下角那方乾隆年的石刻。砌上一块华阴县令崔肇琳重修的新石刻。李生基他们来了一看，肺都要气炸了。他们来到华阴县老爷大堂，要与崔县令当面论理，却被衙役挡在门外。如此几次，根本见不着崔县令。

三里村人怒了，一纸状子，把华阴县告到同州府。同州府道台断案，认定五里关先前系三里村修建，华阴县是在原来基础上修的，因而重建应保存原有刻石。华阴县自觉理亏，败下阵来。五里关出现一块"乾隆九年（1744）三里村人李慎初率村民修"的新刻石。

三里村人扬眉吐气，这个脸面终于争回来了。李生基踌躇满志，扬言："有理走遍天下，无理寸步难行，煌煌天朝，难道就没了王法？"

光绪三十四年（1908）十月，光绪帝、慈禧太后相继病逝。十一月，两岁的溥仪登上帝位。神州大地阴云密布，人心惶惶，山雨欲来风满楼啊。

到了腊月初三，李生基在家闲坐，想起今年种种事端，国家至此前途未卜。他突发一念，要去华山走走，一来透透胸中闷气，二来也好知晓天下大事。他是个决断之人，立即到厩中牵过红马，叫上好友李石山，胡乱吃了点，两人一同朝华山进发。

三里村距华山也就三十里路。早饭时刻，二人便来到玉泉院。道长招呼用早膳，李生基谢过。二人快步赶上了华山，顷刻来到五里关。眼前景象令他目瞪口呆，那块重砌刻石不见了踪影，只剩窠窝。他问旁边一位砍柴人。砍柴人说，自三里村和华阴县打完官司不久，那块石刻就不见了。

李生基火冒三丈，大呼"上当"。二人快步赶到玉泉院，责问道长，谁知道长也不知那块刻石啥时丢了。李生基也不在玉泉院歇足了，他与李石山来到华阴街上一家客栈，暂且歇息。第二天一早，去县衙找崔县令，却被告知崔肇琳已调走，新任知县崔骥远却以此案已结，不再追究而推脱。

李生基眼看此事无果，心中愈加愤愤不平。他二人快马赶回三里村，召集三老要人商议。

三里村人秉承了先祖性格，是非分明，认死理不怯事，眼里容不得沙子。见说华阴县如此无理，气不打一处来，定要与他再上老爷大堂，见见高低。只是大家觉得同州府奈何不了华阴县，他才敢这样胡来，最后决定，要到省上告状。只是年关将近，缓过春节再说。

宣统元年（1904）春三月，李生基一行五人，踏上去西安告状的路途。这日来到渭南县老城门前。只见一行仪仗队旗幡飘扬，后有一乘八抬绿呢大轿威风而来。李生基问路人这是何方官员？要到哪儿去？路人告知是陕甘巡抚升允，因灾难不断，要去华山祭山祈福。李生基一听是巡抚升允，心里顿时激动起来。原来七八年前庚子之难，慈禧、光绪逃难路过太华山下王宿镇。当时李生基正在街上酒店会友，听说皇上到此，便出了酒店观看。只见皇辇之前，齐刷刷地跪着前来迎驾的官员，听说领头的就是升允。

后来李生基听说，升允任陕甘巡抚期间，创办了陕西大学堂（西北大学前身），修建了兰州大铁桥，留下为人称道的政绩。他生性耿直不阿，当年慈禧逃难西安，他明示太监不得扰民。太后极不高兴，他却我行我素，后与朝廷意见相左被免官。宣统上台后又被起用，官复原职。辛亥革命后西安光复，他领几十万清兵从甘肃西来攻陕，替垂死的清廷效力，因回天无力失败。他曾写诗"老臣犹在此，幼主竟何如。倘射上林雁，或逢苏武书"，足见一个愚忠老臣的耿耿心迹。

这时，李生基一行远远跟了，从渭南一直跟到华山。第二日，升允坐轿上山，华阴县令崔骥远陪同，李生基他们早早在五里关恭候。当升允一行来到关前，忽然旁边闪出五个人来，跪倒在地，大呼冤枉，差役上前驱赶。正闹间，升允揭开轿帘，喝声"停"。旁边早有师爷上前喝问："何方刁民，敢在这里喧闹？"

李生基不慌不忙道："我们并非刁民，乃同州府大荔县三里村人氏，只因这五里关原是小人祖上所建，华阴县令略作修葺，竟贪天之功为己功，去掉我们的刻石，硬说五里关为他们所建，请老爷为我们主持公道。"师爷道："些碎小事，应去州衙告状，竟敢拦路于此，该当何罪？"

这时周围士兵怒目而视，轿内升允只是冷眼旁观，静待事情发展。李生基上过几次大堂，此番阵势虽然心中怯场，却告诫自己成败在此一举，绝不能前功尽弃，这样想着，胆量倍增。他此时挺直身段，不卑不亢道："同州府曾作公道判决，可华阴县拒不执行，请大人明察。"

升允听到这里心中明白了。多年前他曾来过华山，到五里关看到过那块刻石，记下了"三里村修五里关"，不想今日竟碰上此事。"这事我知道了，你们下去吧。"升允发话，李生基他们连连磕头谢恩，大呼"大人英明"，退在一旁。升允他们走了。

此时三月桃花正艳，桃林坪远远洇出些许粉意，就像早晨粉红色的轻云。玉泉院道长早备了笔墨，要请升允为华山题词。升允饱读经史，写诗赋词俱能尽抒抱负。更兼胸中韬略过人，此时他挥笔泼墨，写下"人间清钟"四字，后被刻石，嵌于五里关西边的三官洞上方。

升允回华阴县过问同州府尹，结果是此案审过，维持原判。三里村又赢了，一块"三里村修"的新刻石终于重新砌上。

时至今日，李生基的孙子、九十岁老翁李旭庚，提起当年爷爷打官司仍然眉飞色舞，骄傲地说："三里村打赢了。"然而他不知道，《华阴县志》记载："五里关…前人于此垒石筑城，据险设关…现存关墙为光绪戊申年（1908）华阴知县崔肇琳重修。"如今，五里关前的新刻石仍只强调崔县令重修，三里村历代修建五里关的功绩被湮没在历史的尘埃中。

没有人再能记得这件事了。

五豆古会

樊家堡，今天隶属于大荔县下寨镇赵家行政村。隔一条街道，和赵家、潘家连成一片。

樊家堡每年腊月初五都有古会，叫"五豆会"。每年这天，村上热闹非凡，十里八村的乡亲们都来此赶集，置办年货。

关于"五豆会"，还有一段离奇的传说。

宋朝时，庞家村出了个庞贵妃（庞家与樊家堡相距五百米），她父亲人称"庞太师"。庞太师势大，在村上修建了"太师府"。"太师府"四角修有堡楼，围墙有四个大门，每个门口都有石狮、铁旗杆各一对，其中西门最有名。每年腊月初五，庞太师家都张灯结彩，在西门外搭台，演出同州梆子，热闹非凡。后来就立了古会，盛行不衰，这就是五豆会的起源。

"五豆会"有个规矩。每年会上，都要派七个品行端庄、儿女双全的妇人，到西门石狮前，拿上铜盆和新毛巾，给石狮洗澡，祈求上天保佑明年风调雨顺，五谷丰登。七人分工协作，一个人吊水，三个人提水，三个人洗石狮。一边洗一遍念："洗洗狮子头，下得满街流；洗洗狮子腰，雨花满街飘；洗洗狮子尾，下的蒙蒙雨；全身洗个遍，胡基

（土块）全泡烂。""洗狮子"议程完毕，就放鞭炮，集会正式开始。

几年后，朝廷发生"狸猫换太子"事，包拯办案，处死庞氏父女和奸党五人，并派人到庞家村问罪。庞家村人一口咬定，姓任不姓庞，包拯怜悯无辜，就放过了。从此，庞家村再也没有姓庞的了。

同州府为警示天下百姓，腊月初五这天，把制作的庞贵妃、庞太师等五个人的头颅，象征性地挂在西门高杆上示众，四乡的人来看热闹。为纪念包公主持正义，铁面无私，就把腊月初五集会叫作"五头会"。

到了清朝，樊家堡出了位姓岑的武举。岑武举武艺高强，立有战功，被朝廷封为武官，衣锦还乡。回乡后，就把古会挪到樊家堡。并提议，把"五头会"改成"五豆会"，寓意风调雨顺，五谷丰登，图个吉祥。人们一致认可。

从那以后，古会那天，人们要吃五样豆子的饭，象征丰收。古会后来还衍生了个习俗："撵兔。"会上这天，各村的"好家们"（热爱撵兔的人）都牵上心爱的细狗，来到村头沙梁上，排好队伍，撵兔开始。一声尖利哨响，只见万狗奔腾，黄尘弥漫，口哨声、呐喊声连成一片，此起彼伏，就像"左牵黄，右擎苍，千骑卷平岗"的阵势一样。中午时分，猎手们带上战利品——野兔、野鸡等等，来到集会上炫耀，享受人们崇敬羡慕的目光。

每年五豆会，辛勤劳作了一年的农民，带上老婆孩子，在这里置办年货，犒劳家人，美美吃喝一顿。五豆会成为当地群众物资交流、促进经济的重要集会。它所包含的祈福、祝愿，已深深融入当地老百姓的生活里，成为赵家村的文化符号和古老亮丽的地方名片。

五豆会永远不老。

油篓奇闻

沙苑南麓、渭河北岸有个新建村，地处县道"东张路"北边。过去曾叫新兴村，因和县北新兴村同名，改为新建村。村庄以马姓、蔺姓、周姓为主，主产水枣、黄花菜、芦笋等，村上一片欣欣向荣的景象。

新建村流传着一个有趣的故事。

清代时，新建村叫周家庄。村庄沿河处有个码头，附近人们出门坐船方便，过往客人也在此歇脚解乏，吃饭避风，十分兴旺。

这年，有位晋商在西府做生意，赚了大钱，要运回山西故乡。为运输方便安全速度快，他不走陆路走水路，雇船经渭河顺流而下。晋商经商时间长，见识广，总怕银两丢失。他千思万想挖空心思，想出个好主意。

临行前的一天晚上，他与家人买了许多油篓子，把银子藏在油篓底下，再装满油。第二天，他雇了船，把油篓子搬到船上。只给船夫交代，把货物运回山西老家，并未说明油篓秘密。

船只经过几天航行，来到同州府大荔县地面。人困了，干粮也吃完了，就停在周家庄码头歇息，想办法解决干粮问题。

歇息中间，一个船夫说："主人给的干粮太少，不如用油到村里换点干粮。"另一个船夫随声附和，说道："咱没钱，船钱也没给，半路上没吃的，用油换点干粮，也不为过。"这样商量后，他们统一了认识，抬了一篓油来到周家庄，说明来意。周姓人这时正好没了油，粮食倒多的是。他们很爽快答应了，油换干粮一事很快成交，船夫拿了干粮走了。

周家人在称油时，就感觉很蹊跷，但没吭声。等送走船夫后，打开油篓子，发现了篓子底下的银子。白花花的银子耀得周家人起了歹意，他们随后来到船上，和船夫谝闲传，知道油篓要运往山西。就说："哎呀，还有一多半路呢。你们主人无非是为运回山西卖高价，与其那样，不如在这儿卖了。"

来人说得好听，船夫感到是个理，有点动心。来人又说："我们这儿去年油菜、花生歉收，缺油。你不如在这儿卖个高价，我出双倍价钱，你看咋样？"

船夫动了心说："主人把油拉回家，是为了卖钱。咱能卖高价就卖，送到山西，也未必能卖这价。咱给他把油卖了，把钱带回，未尝不可。"另一个想了想，见说得有理，就同意了。

一船油篓子被搬上岸，生意成交。船夫也非常高兴，不用跑长路，还给主人卖个好价钱，划算。油卖完后，他们就开船西去，周家发了一笔横财。

发财的周家盖了好多房子，装饰得富丽堂皇，还有大量的钱没处花，于是，就在光宗耀祖上做文章。他们花钱捐了官，并为自己修建豪华陵园，名曰"周家陵"。"周家陵"在方圆几十里出了名，陵前石人、石马、石狮子，石桌、石凳子、石牌楼一应俱全，风光一时。

就在周家极尽奢靡、大肆挥霍时，出了败家子，家道中落。再后来，又遭大火，一切尽焚，只留下一棵足有碌碡粗的皂角树。

几百年里，周家故事在这一带广为流传。人们唏嘘感叹之余，明白一个道理，"不义之财不可得""君子爱财，取之有道"。这个故事，已成为村民教育子孙后代的范例。

沙苑之战

大荔县城南三十里沙苑东边，有个"柳园村"。据文史记载和民间传说，此地是一千多年前东魏、西魏沙苑之战的古战场。

西魏大统三年（537），东魏高欢为打击西魏宇文泰的势力，亲自领兵奔袭西魏。当时东魏势力远远大于西魏，因而高欢踌躇满志，意在必得。

此时，宇文泰正在弘农（今河南灵宝）征收粮草。高欢兵分两路，一支由部将高敖曹率领，从山西南渡黄河，奔袭弘农；一支由他率领，西渡蒲津关，奔袭华州城（同州当时叫华州）。两支部队形成钳围，要一举歼灭西魏势力。

宇文泰听到消息，马上避其锋芒，撤军潼关，闭关自守，不与高敖曹正面交锋。高欢来到华州城下，刺史王罴早有准备，关了城门。

《北史》记载：西魏文帝大统元年（535），王罴镇华州，时关中大饥，征民间粟供军需，匿者递（传达）相告，民多惊散，惟罴诚信素孚，得粟不少。诸州而无怨议。筑华州城，"修城未毕，梯在城外，神武（高欢）遣韩轨、司马子如从河东宵济袭罴，罴不觉，比晓，轨众已乘梯入城。罴尚卧未起，闻阁外汹汹声，便坦身露髻，徒跣持一白棒，

大呼而出"，敌见之惊走，逐之东门，左右稍集合战破之，轨众遂投城
遁去。

这段记载很有意思，王罴镇华州时正闹饥荒，军粮需从民间筹措，
藏有粮食的人互相通气，民众都吓跑了。只有王罴平时能够取信于民，
素孚众望，筹到不少粮食，各州没有怨言。修建华州城还没有完毕，梯
子在城外。高欢派韩轨、司马子如领兵夜过黄河偷袭。王罴熟睡惊起，
他赤身露体，光着脚，手持"白挺"大呼而出，追偷袭者直到东门，其
他将领兵士闻声集合，一起打偷袭者，偷袭者急急跳城而逃。

单看这段记载，东魏、西魏气势昭然若揭，成败输赢，已见端倪。

这次高欢带领人马，团团包围了华州城。当时王罴年事已高，但他
忠心耿耿，执戟披甲，亲上城楼，指挥作战。宇文泰派使者慰劳王罴，
要他严加守备。王罴说："老罴当道，卧貉子安得过？"看看王罴这气
势，难怪宇文泰"闻而壮之"，底气更足了。

高欢带兵来到城下，王罴就在城上，两军对峙。高欢对王罴劝降
说："大军压境，你还不趁早投降？"王罴则大呼："这城就是我的坟
墓，想送死，你就来。"

高欢远道而来，早已人困马乏，士气不振，这会儿被王罴的气势镇
住了。也可能攻城器械匮乏，准备不足。总之，他们退兵十五里，到北
边的"许原"屯扎。

读史让人振奋，古人的神来之笔，精彩绝伦！把猛张飞一样的刺史
王罴写活了，而且不乏幽默。

实质上，西魏正是有王罴守城做后盾，沙苑之战才有胜利的可能。
高欢远道而来，几天攻城不下，锐气大减，只得退守许原（许庄）寻机
作战。一直拖到十月，高欢军队粮草匮乏，士气低迷。

宇文泰看时机成熟，乃率兵西出潼关，到渭南渡河，悄悄来到沙苑
东边。这一带渭河曲折，芦苇丛生，因称"渭曲"。他听从军师李弼建

议，在这一带布兵伏击。

高欢听说宇文泰兵临沙苑，以为决战机会来了。当时，高欢军号称二十万，宇文泰只有三万，兵力对比悬殊。高欢立刻领兵南下，渡过洛河，直逼沙苑，要与宇文泰决一高下。

东魏兵进了渭曲，只见秋风微微，天碧如洗，蒹葭金黄，鸟鸣啁啾，沙苑秋景安详宁静。哪有西魏兵的踪影？

东魏兵麻痹起来，他们顺着河边，争相向东跑去，一时乱了阵营。

正乱跑间，突然一声巨响，路两岸芦苇丛里，杀出一支骑兵，见人就砍，把东魏兵截成两段。接着冲出西魏步兵，与东魏兵展开白刃战，骑兵两面夹击。东魏兵这一惊非同小可，当时就乱了阵脚，纷纷逃命。可芦苇丛中逃跑也难，大都被西魏兵瓮中捉鳖，砍杀殆尽。剩下的失去战斗力，做了俘虏。高欢见败局已定，赶紧骑马趁夜幕逃过黄河。

战斗结束后，东魏兵被杀六千多，被俘八万人。此战也成为历史上以少胜多的战例之一。宇文泰非常高兴，在此地建"忠义祠"，并植柳七千棵，祭奠为国捐躯的烈士，纪念来之不易的胜利。刺史王罴也被历代同州人所铭记，写入县志，功垂千秋。

时至今日，民间还流传着当年关于沙苑之战的民谣：

> 黄狗逐黑狗，急走出筋斗。
> 一过出筋斗，黑狗夹尾走。

唐人胡曾到此一游，也留下了咏史诗：

> 冯翊南边宿雾天，行人一走一裴回。
> 谁知此地凋残柳，应是高欢败后栽。

郗家东宫

清朝道光年间，一天，同州城里锣鼓喧天，一队府衙人马抬着块红绸覆盖的大匾，后面跟着锣鼓队，直奔郗家巷而来。郗家巷全体出动，到巷口迎接。随后接匾挂匾，热闹非凡，全城人都来看热闹。只见郗府大门上红绸缓缓揭开，黑漆匾额赫然亮出"东宫第"三个镏金大字，所有看客都惊呆了。

"东宫第"可不是普通称谓，一般用来指太子住所。赐给郗府，咋回事？且听慢慢道来。

历史上有个王羲之"东床坦腹"的故事，被传为美谈。

东晋时，京口太傅郗鉴，派门客拿自己亲笔信，到王丞相王导家，为自己女儿选婿。王丞相说，孩子们都在东厢房，看着选吧。门客到东厢房，王家诸郎知有客来，都作矜持状。唯一人躺在床上，坦露肚皮，自顾自吃着东西，毫不在乎。门客回去报知郗太傅，郗太傅说，就是这个公子最好。原来这个"东床坦腹"的公子就是王羲之。郗太傅把女儿郗璇嫁给他，"东床"这个词就成为"女婿"的代名词。

这个故事因王羲之大名被广为流传。可是很少有人知道，为女选婿的郗太傅，却是大名鼎鼎、有治世之才的人物。

郗鉴是东晋高平金乡（今山东省金乡县）人。他少年孤贫，但博览群书，躬耕吟咏，以清洁儒雅著称。永嘉之乱，他聚集千余家避乱峄山，被称为"流民帅"。后镇守京口，辅佐晋元帝司马睿，平王敦、苏浚之乱，被朝廷封为"高平侯"。

当时，王导与谢安把持朝政，坊间说"王与马，共天下"。朝中，陶侃和庾亮各门阀势力联合起来，想要铲除王导，他们就来拉拢郗鉴。可郗鉴不为所动，因为他当过流民帅，深知天下大乱、生灵涂炭的痛苦，不愿意为了个人私利，置天下苍生于倒悬，坚决不答应。陶、庾遂不敢轻举妄动。后人评价郗鉴，赞扬他的济世胸怀和平衡能力，是他守住了国家，保证了国家稳定，受到历代人们的赞扬和敬仰。

到后世，郗家族人回到高平金乡老家，过起寻常日子。明初洪武年间，朝廷实施"大移民"政策，郗家后人来到山西洪洞移民点，再从那儿来到陕西同州府大荔县城安了家。这就是大荔县老城郗家巷，现在属于西关社区，有四百多年历史了。

郗家巷老人在茶余饭后，或是夏日午间，一把大蒲扇、一壶龙井茶，就谝开了。他们最津津乐道的是，自己是东晋郗鉴后人，最爱炫耀王羲之"东床坦腹"的故事，然后侃侃而谈家族迁徙的经过。

郗家从山东南部金乡县来到山西洪洞大槐树下，领头人叫郗能，是他带领大家餐风宿露、辗转流离来到这儿，在县城西南角聚族而居，渐渐形成一道巷，就叫"郗家巷"。郗家有流传几代的老家谱，上面记载着他们的祖先、籍贯以及辗转移民的经过，现存于郗家后人手中。

迁到大荔后，郗家人做小买卖。他们精明又诚实，得到巨商同里村赵家的信任，就职于赵家商号，日子渐渐风光起来。攒了钱就盖房置地，到各地去做更大的生意，家业兴盛起来。清代是郗家鼎盛时期，他们在甘肃平凉买了两架山，把木料扎成筏子，通过渭河顺流而下，直到大荔渭河边，再运到县城，在南城内木料市场出售，挑最好的为自己盖房。所以郗家巷建筑在县城数一数二，所用木料考究，砌的砖墙全是清一色水磨砖、香秆灰（砌墙灰缝香秆粗）。门口檐下都铺着青石，下雨时走巷道淋不着雨。

道光年间，因为家族在教育、儒学以及地方事业上的成就与贡献，也因为祖上荫庇，朝廷特赐郗府"东官第"称号，这是对郗家的认可，对他们是王羲之后人的认可，难怪观看挂匾的人络绎不绝。

郗家巷作为大荔县城建筑最好的街巷，二十世纪五十年代，人民公社就设在这儿。后来中医院也设在这儿，用的就是郗家祠堂，郗家巷因为中医医院红火起来。现在中医医院挪走了，这儿有点冷清，但楼房整齐，街道干净，仍是宜居的好地方。街上还有个别残留的旧房、旧柱子，旧房上面的砖雕、木雕，旧柱子下面的柱础石，都雕刻精美，令人叹为观止。

民国时，郗家族长叫郗惜斋，人称"儒学家"。他是个非常严谨的人，常用孔子学说做人行事，教育后人，凡事以家族利益为先。他有个弟弟长得帅气俊朗，在县学读书，学识很好，志向远大。到了婚配年龄，他为弟弟选了门当户对人家的女儿，弟弟不同意，但兄命难违，被迫结婚后，就离家出走，到南方求学游历。也许"东床坦腹"的传奇故事对他影响太深，也许他有自己心仪的心上人而银河两隔，也许世道险恶壮志难酬，他最后像李叔同、苏曼殊一样，看破红尘遁入空门，再也没有回来。

八十年代，郗惜斋的外孙从台湾归来。他小时在郗家巷长大，后来当兵，1948年去了台湾。两岸开通后，他专程回郗家巷看望亲人，了却多年的一桩心愿。

郗家巷现在几乎全是店铺、楼房，好些家庭因为分支搬了出去。只剩下一两所旧屋，还在述说旧日的故事。

（郗伯骞先生、郗永利先生讲述）

高义苏村

一条黄河分开秦晋，河东为晋，河西为秦。自古以来，在黄河两岸，发生了多少可歌可泣的故事，流传至今。"秦晋之好"成为婚姻代名词；"泛舟济晋"诉说患难与共、同舟共济的典范；"虞芮让田"见证了互让互谅的美好传说。

这儿说的是清代发生在河西同州与河东蒲州的故事。

同治元年（1862），关中发生了一场惨烈的回汉战争。同州成为主战场，处处刀光剑影，血流成河。人们为躲避战乱，纷纷逃往黄河东岸。

大荔县西南渭河岸边的苏村，有个读书人叫赵思孟，他伯父、堂兄都死于战乱，留下老老少少一大家人，由他带领，逃往河东蒲州（今山西永济）借住下来。他每天在街上拉开桌子，摆上笔墨，给人写字，诸如家信、状子、契约等等，靠微薄收入维持生计，其生存的艰难，可想而知。

赵思孟学业这时刚刚"入庠"，就是得到冯翊书院的读书资格，成为"庠生"，就遭遇这场战乱。恰好永济城里有个叫刁经邦的"贡生"，很赏识赵思孟的学识和为人，两人惺惺相惜，经常谈经论道，成了朋友。

人说祸不单行，屋漏偏遭连阴雨，船破又遇顶头风。赵家在此住了不长时间，永济就遭遇一场时疫，赵思孟和几个家人都染上了，发烧吐泻，浑身无力。正在举目无亲，叫天天不灵、叫地地不应的时候，刁经邦伸出援助之手，他不顾传染，到赵家问寒问暖，帮忙请医生，资助资金，解决生活中的困难。在刁先生帮助下，赵思孟一家转危为安，度过生死攸关的时期。赵的感激之情难以言表，他把这份情谊深深刻在心里。

几年后，局势平静下来，赵思孟一家回到河西苏村老家，开始战后重建，安居乐业地生活。他没有参加科举考试，就在家乡设馆授徒，当了教书先生。

这年丰收之后，他携金钱去河东答谢刁先生。不料到永济后，发现刁家一片破败。家人告知，刁先生被人诬告，摊上官司，押在大牢。

赵思孟倒吸一口凉气，心想摊上官司，事儿大了，他不能坐视不管。于是决定不走了，要帮他澄清是非，洗清冤屈。

他多方奔走，终于弄清了案情的来龙去脉，明白刁先生是被冤枉的。可是，他一个外乡人，没有人脉资源，撼不动永济衙门，一时没了主意。

此时，阎敬铭先生因不批准慈禧太后过生日的框外银两而被罢官，在当时永济县虞乡镇楼上村赋闲教书。赵思孟知道，他就是同州人尊称的"阎阁老"。可阎是当朝重臣，自己一介布衣，如何见得到他？赵思孟忧心忡忡，好长时间没有进展。

这天他又去探监，见刁先生瘦得只剩了一把骨头，若再拖延，只怕性命难保。赵思孟握着刁先生的手说，只要我还有一口气，就一定帮你打赢官司。刁先生勇气顿增，有了精神。

赵思孟思索着，无论如何，一定要见到阎阁老。

这日，他鼓足勇气来到楼上村，见一老头正在菜园摘黄瓜。经打听询问，这就是阎阁老。赵思孟跨上前去，跪倒在地，口称"同州草民赵思孟拜见阁老"。阎阁老一听是乡党，吩咐家人草棚下看茶。原来阎阁老没有一点架子，倒像邻家的和蔼老人。

刁先生的冤案在阎阁老干预下，得以澄清。他出狱后，感激涕零地说："当日济君小惠耳，不意获报至此，君真高义薄云。"

光绪元年（1875），刁经邦去世，赵思孟亲往为他送葬，刁的儿子庚辰尚在幼年。安葬完毕，赵怜惜孤儿无依，就携庚辰回到苏村，让他跟自己读书，当作自己的儿子抚养。每到过节或是刁先生忌日，他必设祭，虔诚祭奠刁先生亡灵。同时用这种方式，给庚辰以孝的教育。

几年后，庚辰到了婚配年龄，他又携庚辰到永济迎娶原定媳妇，回苏村为他举办热闹婚礼。"与己同爨（锅）十余年，无间言"，十多年来，庚辰和他同锅吃饭，从没有闲话。后来，他又安排庚辰回永济参加乡试。可惜两次，他成绩距离秀才都只差一点点，最终被录为"佾生"。庚辰生了子女后，看着他能自立门户，赵思孟才亲自送他回永济安家落户，继承祖业。

赵思孟的义行受到乡亲们高度赞扬，他生平教人不倦，门下弟子优秀者多矣。逝世后，弟子们集资为老师竖起"德教碑"，弘扬老师高风义举，县上对他予以表彰，并且将他的事迹写入《大荔县旧志稿》里。

千年龙首梦

一

在关中东部，有一条自北塬而南的汉渠——关中有名的水利工程之一"龙首渠"，即今天的洛惠渠。她历经两千多年岁月，屡建屡败，起起伏伏，终于成功，成为关中人改造自然、安排河山的精神象征。历经磨难、永不言败的民族魂魄，深深地渗透在人们的血脉之中。

关中古代有名的水利工程有三：秦代郑国渠、汉代白渠和龙首渠。这些关乎国计民生的工程，总是让人感到温暖。郑国渠诞生在战国，她那富于传奇性、戏剧性的故事，在血与火的纷争中，始终弥漫着一派温馨，让人们看到一个英雄辈出的战国，一个飞扬着智慧与魄力的战国。

白渠建于汉武帝太始二年（前95），她与郑国渠一脉相承，故又称为郑白渠。这两项水利工程，都在一定时期发挥了巨大的作用。而龙首渠，却是作为一项失败的工程而被太史公记录，充满了壮志未酬的悲壮色彩。

二

《史记·河渠书》记载:"其后庄熊罴言:临晋民愿穿洛以灌重泉东万余顷故卤地,诚得水,可令亩十石。"庄熊罴应是个非常关注民生并有远见卓识的同州官员,他代表临晋(大荔)百姓向皇帝上书,愿意修建一条穿越商颜山(铁镰山)的渠道,引洛河水灌溉当地万余顷盐碱地。如能实现,每亩地可产粮食十石。多么诱人的愿景啊。

汉武帝采纳了他的建议,征集万余名士兵修渠。渠道要从澄城县引洛河水,穿过商颜山。商颜山沟壑纵横,土层深厚疏松,经常塌方。在工程实践中,人们发明了"井渠法",即先在渠道线路打井,再把井下贯通相连,形成水渠。这样,渠道工程量非常浩大,整整修了十余年才通水。在修渠的过程中,挖出恐龙化石,渠道因此命名为"龙首渠"。

让我们再读读太史公的文章吧:"于是为发卒万余人穿渠,自徵(澄城县)引洛水至商颜山下。岸善崩,乃凿井,深者四十余丈,往往为井,井下相通行水,水颓以绝商颜,东至山岭十余里间,井渠之生自此始。穿渠得龙骨,故名曰龙首渠。作之十余岁,渠颇通,犹未得其饶。"

前面我们解读到"渠颇通",在后还有一句令人泄气沮丧并伤心的话,"犹未得其饶"!即最终没有看到"可令亩十石"的丰饶景象。洛水在穿越商颜山的过程中,遇到塌方,渠道废了,十多年、万余人的努力毁于一旦。

至今,铁镰山下有汉村、泥井村(今义井村)。据说,村民都是当年修渠者后人,村名就是纪念修渠的。

不知庄熊罴是否看到失败,出师未捷身先死,长使英雄泪满襟。中华民族的奋斗史上,这样的失败太多太多。正是这些用生命去探路、去实践的先行者，他们把生命燃成蜡烛、火把，照亮后来者前行的道路。这就是他们的价值。

到三国司马懿屯兵关中，为提升国力，浚修成国渠，灌溉临晋陂数千顷土地，收到"国以充实"的效果，最后击败蜀吴，一统天下。

历史的步履到了北周保定年间，雄才大略的周武帝宇文邕也非常重视水利，他重启龙首渠的浚通，派贺兰祥重修郑白渠、富平堰，并取得成绩。至今，富平有纪念贺兰祥的贺兰村。但龙首渠贯通与否，则没有了下文，估计又以失败告终了。

唐武德七年（624），治中云得臣自龙门引黄河水，灌田六十余顷；永徽六年（655），长史长孙祥和太尉长孙无忌欲引郑白渠水至同州，终未成功。至今，洛河西岸土地上，有一条东西走向的浅沟壑，估计就是前人修的渠道。唐开元年间，名臣姜师度"勤于为政，又好沟洫"，每到一处，总在兴修水利上下功夫，"时有不利，而成功亦多"。开元六年（718），他来到同州。当时他已年近七旬，积累了丰富的修渠经验。先是引洛水灌溉朝邑、夏阳（今韩城）二县农田。后来在同州，选择干兴铺古道（俗名干河，在大荔东），引洛河水，灌溉通灵陂四百顷盐碱地，获得丰收。唐玄宗亲临长春宫，加封他为金紫光禄大夫，升任他为"将作大匠"，并赐帛三百匹。有趣的是，他因修水利，"所到之处，徭役不绝，而后见利"，这种实干精神与当时官场急功近利的浮华之风相悖，受到聪明人嘲笑："傅孝忠两眼望天，姜师度一心穿地。"所幸他成功了。

宋代转运使薛颜，在黄河开挖渠道，一为旱时浇田，二为洪时排水，保护黄河浮桥，群众颇受其利。

清光绪年间，大荔县令周铭旂，注重农业，兴修水利。陈文灿到任又接着干，成立水利局，拨银四百两，修复坊舍镇渠，二百亩土地得到灌溉。

三

水利，水利，成了关中人世世代代的梦想。龙首渠则是一个梦魇，修建了两千多年，坍塌了两千多年，几经放弃，几经重修，几经失败。每一次梦醒都血迹斑斑，每一次悸动都白骨累累，就像一个弃之可惜、食之无味的鸡肋，诱惑着一代又一代人，为她流血流汗，前赴后继。

引水灌田的美梦会因此而泯灭吗？水到渠成的幻想会被大自然扼杀殆尽吗？

精卫衔微木，将以填东海。刑天舞干戚，猛志固常在。

这是一个有血性的族群，这是一个不屈不挠的族群，犹如精卫，犹如刑天。

四

民国十八年（1929），关中经历了特大年馑，三年不雨，六料未收。饥民载道，饿殍遍野，俗称"十八年年馑"。民国二十年（1930）10月，蒲城人杨虎城主政陕西。他痛惜故乡之难，认识到必以水利救之。因此，特邀同乡李仪祉回陕，主持水利工作，实施关中八惠（泾惠渠、洛惠渠、渭惠渠、梅惠渠等）计划。兴修水利、发展农业成为当务之急，势在必行。他们救国救民的抱负志向可谓大矣！

民国二十二年（1933），铁镰山来了几位风尘仆仆的客人，他们带着测量仪器，在铁镰山穿行，在龙首渠遗址徘徊，勘察设计新渠道——洛惠渠。

他们是谁？是当时陕西省主席杨虎城、水利专家李仪祉、水利局总工程师孙绍宗、陆士基、李奎顺和工作人员。镰山上，洛河边，到处留下他们的足迹。他们热血沸腾，壮志在胸，要重拾老祖先龙首渠旧梦，重绘龙首渠新蓝图。

洛惠渠于 1934 年 3 月破土动工，仍在原龙首渠基础上兴建。自澄城老状瀑跌处筑坝引水，总干渠沿洛河东岸，穿原越沟，架桥凿洞，修建长 3.07 千米的五号隧洞至铁镰山深处，从大荔义井村出铁镰山。其规模之宏伟、工程之艰险、耗资之巨大，为当时水利工程之仅有。由中央拨款，历时三年，引水枢纽、总干渠及干渠等工程相继建成。唯五号洞修建时，遇流沙潜泉，掘进受挫。由陆士基、李奎顺带领，他们锲而不舍，置个人安危于不顾，克服重重困难，与流沙潜泉搏斗，成功地将老先人的"井渠法"加以改进，在实践中创造出新"工作井工作法"，解决了工程难题。1946 年 11 月 26 日贯穿全洞，第二年 8 月完成洞身砌石和整修工程。至此，洛惠渠历经十三年艰辛，先后四十八人殉难（工程师张平之殉职），终于完成。

1947 年 12 月 12 日，镰山脚下的义井村彩旗飘飘，锣鼓喧天，洛惠渠放水典礼暨殉难职工追悼会在这里举行。水利部部长薛笃弼亲自主持，蒋介石、孙科、张群、于右任、陈立夫等都发来贺电，国民党中央政府主席林森题写"龙首坝"三个大字，并命名五号洞为"平之洞"，以纪念牺牲的工程师张平之和其他殉难者。

洛惠渠总干渠长 21.73 千米，建筑物 35 座，沿线引水隧洞 5 条，石拱滚水坝 1 座。夺村水槽名"水经桥"，曲里渡槽名"利济桥"，1—5 号隧洞依次命名为"澄源洞""蒲田洞""大有洞""朝川洞""平之洞"。曲里渡槽拱架两侧，有李仪祉亲撰、李奎顺书丹"大旱何须望云至，自有长虹带雨来"的巨幅标语，显示了国人战天斗地的豪情壮志。

随后，由于国内战争，洛惠渠的工程行进缓慢，几近停止。

五

雄关漫道真如铁，而今迈步从头越。1949 年 3 月大荔解放，百废待兴，百业待举。10 月即成立洛惠渠工程处，一系列工作有条不紊地展开。关中人铁了心，要把洛惠渠重建成功，再塑龙首魂，再圆龙首梦。年底，国家拨发小麦 750 万公斤，省政府拨款 8 亿元（旧币），地方政府动员 5000 多名民工，掀起以修复五号隧洞和干、支、斗渠道配套为重点工程的建设高潮。

自 1950 年到现在，重建洛惠渠就在不断进行中，新建夺村曲里渡槽，新建气势雄伟的拦河坝，扩建改造洛西倒虹、总干渠、干支渠、洛西排水沟，完成 14 个中低产田改造。洛惠渠的续建、扩建，一步一个脚印，一步一个重点，扎扎实实负重前行，只为把梦想尽情描绘在关中大地上，只为给老祖先一个满意的交代。

看吧，今天无数条蛛网似的干渠、支渠、斗渠，在原野上纵横蜿蜒，或滔滔东流，或潺潺西去。它们长度加起来达 1167.8 公里，可以在关中平原从东向西绕三圈。68 座抽水站、6590 座各类建筑物，星罗棋布，分布在原野上，控制水流，源源不断地为土地输送乳汁，输送营养。截至目前，灌溉面积达到 77.69 万亩。

洛惠灌区成了抢手金饽饽，令人羡慕不已。

关中人不会停下前进的脚步。二十世纪六七十年代，在没有大型机械操作的情况下，硬凭人力再建了两条比郑国渠、龙首渠还要宏伟的大型水利工程——东雷抽黄工程和交口抽渭工程，要把桀骜不驯的黄河水和渭河水，全部引进渠道，引上高原。

这里只说抽黄工程，难度远非龙首渠所比。湍急浩荡的黄河，也远非它的支流洛河所能比。关中人靠着愚公移山、精卫填海的精神，在党和国家的坚定支持下，凭着一双手，硬是拿下了这个工程。

人们清楚地记得：1975 年冬天，滴水成冰，抽黄工地大会战。大荔县委书记范云轩、副县长宴科运，同全县四万五千多名民工一道，风餐露宿，任怒吼的北风把手脸冻裂，任肆虐的黄尘灌进衣领，落进饭碗。工地上，到处都是飘扬的旗帜，到处是架子车的洪流，取土壕里铁锹飞舞，渠上渠下车子飞奔，总干渠在一寸一寸增高。

运石会战，出动 2645 辆各种车辆，汽车、拖拉机、胶轮车、手扶拖拉机齐上阵，历时 23 天，日夜兼程，共运片石 18000 多立方米，保障了工地用石。

渠首进水闸，位于合阳县东雷村塬下、黄河主流西侧。为拦阻黄河急流，保证挖基，技术人员翻阅资料，去外地学习，设计出"草土围堰"的办法，购买 140 多万斤麦草，拧成草绳，扎成草捆，投放河中。筑成长 2500 米、高 10 米、底宽 20 米、顶宽 7 米的"草土围堰"工程，既阻拦了急流，又作为施工公路，解决了排水挖基困难。

抽黄工程历时 5 年，大荔以牺牲 16 人的代价顺利完成（不包括其他县）。黄河滩里、铁镰山上，千年旱塬终于变成水浇田。

古人曾满怀激情地抒发他们的梦想：假使许塬阜上，西方美植榛苓；商洤滩边，南国歌培棫樸；黍沃黄堆之岭，周鴅婆娑棠繙……则永护德星于东井，长弥灾曜于北辰矣！

如今，他们的愿望已经变成现实。不管是北边澄城、西边蒲城，还是东边大荔，不管是铁镰山、黄河滩，还是沙苑、平川，到处都是纵横交错的渠道，良田美畴，风光旖旎。洛水、渭水、黄河水，曾在老祖先梦想的渠道里流淌两千多年，从秦汉一直流到今天，流向阳光照耀下的田野。

为有牺牲多壮志，敢教日月换新天。

这就是龙首渠的梦想所在，黄河魂魄所在，它流淌在祖先的血液中，遗传于后代的基因里，为了心中理想，百折不回，不屈不挠，勇往直前，自强不息。

沙苑之梦

出大荔城南十余里，有一条东西走向的沙丘地带，曰"沙苑"。

总是感叹大自然的神奇，怎么也想不透，平展展的八百里秦川东头，这片毫无来由的沙丘是如何堆积的？于是叩问村中老人，说是上古时候，江河横溢，西王母前来救灾，裙角的泥土洒了一撮，就成了这片沙漠，洪水遂顺流而下。老学究为此还查古书，书中记载，这撮神土叫"息壤"，是西王母对付洪水的"神器"。

神话，乃是人们对未知世界的想象，只能姑妄听之。但作为沙苑人，对故土之爱，如同爱一个人总想了解他的一切一样，便在历史记载中寻根问底了。

《大荔县志》记载："苑、囿之设始于秦汉，'沙苑'一名，最早见于北魏郦道元《水经注》，详见于唐代李吉甫《元和郡县志》。"至于地貌形式，志书上只简单一句："是在原始深湖区形成的风积沙地。"如此解释，总感觉太笼统。又查阅《陕西农业地理》，书中称"沙苑地处黄渭洛三角地带，冲积层随风飘扬，就地起沙，形成连绵起伏的沙丘与沙滩"。根据现在存留的地貌，洛河古道在羌白镇石碑村西与临渭区官路乡中间，隋唐时称"乾坑"，今人称"干河"。洛河从这里南入渭河，刚好在沙苑西端，二河汇流，形成沙丘，这片沙漠也就形成了。

沙苑的行政管理，据唐《元和郡县志》记载："沙苑多沙阜，西魏大统三年，周太祖为相国，与高欢战于沙苑，大破之，以其处宜牧，置沙苑监。"隋设羊监，至唐又设沙苑监，以牧军马及上供牛羊，筑有沙苑城，周约百里。当时盛况，诗圣杜甫《沙苑行》做了详细描述：

> 君不见左辅白沙如白水，缭以周墙百余里。……
> 苑中騋牝三千匹，丰草青青寒不死。……
> 角壮翻同麋鹿游，浮深簸荡鼋鼍窟。
> 泉出巨鱼长比人，丹砂作尾黄金麟。……

诗圣的作品是以纪实著称的。但这首诗，我们明显感到了诗人浪漫的夸张，由衷的赞叹，情不自禁的喜悦。诗中称"汗血今称献于此"，传说中的汗血宝马就是在这儿培育的，它们"食之豪健西域无"，在苑中东奔西突，纵横超越。苑中林木葱郁，麋鹿游荡，禽兽自乐。片片湖池是鼋鳖家乡，泉中巨鱼金鳞红尾，硕大如人。向来诗风沉郁的诗圣，被这片美景物华所陶醉，禁不住高歌赞美了，为我们留下一幅唐代沙苑美景。

今天，我们还能从一串串地名、村名中感受到当年盛况。白马营、王马村、马坊头、马坊渡、东马家、西马家、马家洼，这么多和马有关的村庄，令人想起苑中良马成群的盛景。马坊头，唐武德时在此设牧马监；王马村，明代朱樉养马的地方；马坊渡，因靠近洛河渡口得名；白马营，传说此地池中有白马出现；西马家的传说更有趣：很久以前，这儿住了户牧马人，他的马每天早上放出，晚上归槽时就多了几匹，后来发展成一群马，人们以为这儿是福地，遂来此定居。沙苑内的官池、龙池、青池、太白池、莲花池、麻子池等等这些以"池"命名的村庄，当年莫不是清水丰盈，"浮深簸荡"，鼋鼍家乡，鱼鳝乐土。九龙池"九穴同流"，苏村泉幽深莫测，草滩、十里滩"绿草青青寒不死"。水肥草美的沙苑，如同盛唐，也经历了自己的辉煌。到明代，朱元璋次子朱樉于沙苑北建兴盛堡。如今，"嘚嘚"的马蹄声早已消失在历史的隧道里，只留下这许许多多的传说和地名，供人们玩味和凭吊。

明代许孙荃诗曰：

> 百里周垣抱曲堤，青青丰草映回溪。
> 不知天厩今何处，惟见春风长蒺藜。

这些多愁善感的诗人来到沙苑，已难寻觅当年繁华，天厩何处，宫苑不再，深深的思古之情跃然纸上。明光禄大夫、马坊渡人马自强曾上书嘉靖皇帝，反映沙区人民疾苦，并建议为民减税。到清代同治年间，沙苑回民与汉民发生冲突，回民退走甘肃。现在沙苑内居民多为湖北、山东、河南等省移民，他们重新治理沙苑，在沙梁上栽上枣树，沙埠中种黄花菜，培植李子园、桃园、杏园。至解放初，沙苑人的果树栽植搞得很有名，所谓"杨村桃，拜家杏，三里村李子不上秤"，就说明了沙苑果品的优良。

新中国成立以后，沙苑成为省政府的重要治理目标。1956年成立省沙苑造林局。短短几年，就营造骨干防风林十四条，枣粮间作八万亩。1959年后，因三门峡库区移民，撤销了造林局，林带受到破坏，风沙又开始肆虐。为此，1964年县上成立国有林场，重新营造防沙林带，有刺槐、紫穗槐交替林，枣粮间作林，等等。风弱了，沙静了，一道道绿色屏障锁住狂暴沙龙。

沙苑变美了，到处是绿树。遍野的枣树下，是碧绿的花生。沙里的"潴浐井"（池）清水盈盈，波平如镜，岸边水草芦苇，水车代替了柳罐，人工提水浇园成为历史。井边是生产队菜园。井房前，凉棚上爬满丝瓜与葫芦。一声声蝉鸣，此起彼伏，沙苑更显得幽静。横穿沙苑的排碱渠，绿草如茵，清水盈盈，鳝鱼、泥鳅钻进泥里，小蝌蚪游来游去。村前树下的吃水井，人用水担挂上桶，放进井里，就可把水提上来。沙苑人说"牛蹄窝里都是水"，足见地下水的丰富。水的丰富更激发了这里的勃勃生机。六十年代的沙苑，因水丰而婉约，因树绿而美丽。

随着人口发展，二十万沙区人的吃饭问题又摆在县政府面前。群众人均收入不足百元，生产生活告急。1987 年，县上在石槽乡进行综合治理沙苑开发工程。平沙造田，打井上电、拉土盖沙，植树造林。当年平沙两千多亩。1990 年又相继在八鱼、下寨等乡平沙造田，农田面积扩大，经济效益有了一定提高，人民生活得到改善。红枣加工，花生加工，黄花菜、打瓜子丰产，沙苑经济曾一度突飞猛进。

沙苑变了，由起伏变平坦，由宁静变喧嚣，由湿润变干旱。经济效益凸现，生态效益却露出弊端。

2000 年，新世纪开局之年，在迎接西部大开发、调整产业结构、推进农业产业化的大潮中，县政府做出决定，发展沙苑生态农业，畜牧业、红枣业、杂果业三业并举，走可持续发展之路。西寨乡、官池镇畜牧业集约化经营正在兴起；下寨镇、八鱼乡梨枣、雪枣、冬枣栽植已成气候；苏村乡、张家乡芦笋业劫后逢生，雄风重振，新的产业模式初步形成。果园种草让沙地披上绿装，喷灌技术节约了农田用水。近期又有好消息传来，全国政协副主席钱正英率团考察我市渭河流域，听取关于渭河河势变化、河道萎缩淤积、形成悬河等情况汇报后，表示要以库区广大人民生命财产为重，重新考虑三门峡水库发电问题。渭河畅通已有希望，四十年的期盼就在一瞬！河道萎缩情况一旦得到解决，沙苑地下水补充就有希望，沙苑可持续发展、再次勃发生机就有希望。我们不但要发展沙苑生态农业，还要发展沙苑观光农业。八鱼乡清代古墓群的发掘，无疑给沙苑经济增加了新亮点。就在此稿成文之际，笔者又惊喜地获知，南水北调工程勘察组已来陕考察，并就汉江引水济黄方案与省上领导座谈。据悉,该方案实施后,渭河水环境就会得到充分改善,渭河下游用水问题就会解决。我们有理由相信,在我国加入 WTO 的今天,在开发大西北的浪潮中,沙苑会成为新的风水宝地。

物华天宝的沙苑,人杰地灵的沙苑,祝你好运!

（原载于 2001 年 11 月 28 日《大荔报》）

沙苑"小岗村"

沙苑深处,有个沙南村,她就是改革开放初期有名的"小岗村"典型。

一

三十多年前的沙窝里,左一道沙梁,右一道沙梁,如大海波浪,此起彼伏。沙梁与沙梁之间有块洼地,坐落着几十户人家,清一色的茅草房,从高处俯瞰,像一堆堆土黄色的蘑菇,这就是沙南村。沙南村有一首民歌:"沙窝苦来实在苦,衣服破了没啥补。房上无瓦茅草苫,屋外无墙枣刺堵。锅里南瓜加窝头,炕上打的是地铺。"

沙南村的地理位置,距苏村乡政府只有十来里,却隔着大大小小十多道沙梁。村上几十户人家,来自山东、湖北、安徽、河南、山西五省十三县,清代逃难来的。因为语言、生活习惯的差异,地理位置的偏僻,村民很少跟沙外人来往。直到新中国成立后,才把他们划归距离最近的苏村乡。平时,除乡镇干部外,很少有人到这里来。就连当年席卷全国的"文化大革命",对这里都没有多大影响。于是,外界戏称沙南村为"独立王国"，支书范银山自然而然成了"范总统"。

这天，苏村乡政府里，满头大汗的范银山风尘仆仆，推着破自行车走进来，会议已开了一半。范从后门悄悄溜进去，坐在角落里，还是被正在讲话的党委书记看见了，他没吭声，只接着刚才的话头继续讲。但范的到来还是引起了大家的注意，许多人不约而同地朝他一瞥，他低下了头。

会议结束，书记临走高声说："范支书，到我房子来一下。"范银山明白，这是要给他"补会"，即用浓浓的山东口音答了声"中"。村干部们站起来互相打招呼，几个喜欢开玩笑的就打趣他："范总统，今天车子又跑气了。"

范银山龇牙一笑，露出沙窝人特有的白牙，挠了挠头。

其实，他迟到已是常事了，理由不外乎车子坏了、轮胎跑气了，大家已经习以为常。偶尔两三次没迟到，大家还是打趣他："范总统，今天车子没跑气。"但不论怎样，范支书从不跟谁红脸。他质朴厚道，工作踏实。可就一点，沙南是个三靠村，"吃粮靠返销、生产靠贷款、困难靠救济"，十多年没有进步过。

范银山切切实实感到累了，他向党委提出辞职，并推荐了年轻党员吕清印。

二

1974 年，吕清印走马上任了，他有文化有朝气，自信能干出一番成绩来。可几年过去，沙南村依然故我，"三靠"一靠都没少。吕支书感受到来自各方的压力，心里窝火可想而知。可是为了村上，为了群众，他不得不低下头，"人穷志短，马瘦毛长"啊！

每年春耕，生产队没钱买肥料，他都要提点花生，低声下气去信用社贷款。这次主任又提出要一麻袋花生，他为难了。主任马上黑了脸讽刺："你旧账没还，还想贷新的，这国家银行是为你沙南村开的？"

吕清印眼里冒出火来，大吼一声，"要花生没有"，就腾腾地扭头走了。主任一看，这年轻人不好惹，怕他去公社告状，赶紧追出去说："先给你贷点，办手续吧。"吕清印终于拿上了贷款，他走出信用社，眼眶竟窝满了泪水。

这年秋季，花生收成不错。他带领群众去粮站交油料任务。到收购处，每百斤要扣七斤杂质，六万斤任务就得扣四千多斤，其他村都是扣三斤。吕清印不服气，去找粮站主任。主任一看是他，满脸的不屑说："嫌水分扣得多，吃返销粮时也没听你嫌多。"

一句话戳在吕清印的痛处，多年的屈辱爆发了，他上去拉住主任衣领，吼道："姓白的，我吃国家的返销粮，没吃你姓白的返销粮，我这花生不交了，咱到公社说理去。"

主任蔫了，他怕事态闹大，赶紧赔笑脸："跟你开玩笑，看把你急的。"随后叫来收粮人员，按扣三斤处理。

几件事，乡亲们服了，纷纷竖起大拇指:咱清印，行!

三

苦日子熬到 1978 年。吕清印从报上广播上了解国家大事，知道了实践是检验真理的唯一标准，他的心像化了冰的春天，活泛起来。

这天晚上，他召开干部会讨论，达成共识后，悄悄扩大了自留地、饲料地，鼓励社员发展养殖业，并且订立"攻守同盟"。两年后，群众吃粮问题解决了，兜里有了零花钱，人们喜在心里，可谁也不敢乱说。

1980 年，吕清印回山东探亲，听到安徽、山东有"包产到户"的情况。回来后，他立即召开干部会研究，也偷偷制订"包产到户"方案。他知道，目前上边只是推行"联产承包责任制"，并没有实行"包产到户"。所以，他使用了"障眼法"，明里是"联产责任制"，暗里是"包产到户"。并嘱咐大家，谁也不准走漏风声。

包产到户的办法，极大调动了社员生产积极性。一年下来，好些户都超产，比生产队分配的多出好几倍。1981 年，戴了多年"落后村"的帽子终于被摘掉了，县上奖给沙南村一台拖拉机、两台柴油机，以示鼓励。

1982 年非常有意思。正月县上召开"三干会"，主题由过去的"计划会"变成"说清楚会"。原来，上面发现了个别村的"小动作"。中央、省上都没有表态的事，这不是走资本主义道路吗？这时已经取消了"大鸣大放、大字报、大辩论"，并不准搞"打棍子、扣帽子、抓辫子"。县上想了个中性名词"说清楚"，抓住下面村的新动向，用姓"资"还是姓"社"来区分，帮助这些"离经叛道"的个别村提高认识。

吕清印开会回来，村上乱了套，大家忧心忡忡，向他要主意。

吕清印经过几天深思熟虑，对大家说："大家放心，只要我还干着，就按咱的办法办。"驻队干部老潘提醒他："吕支书，这可是高压线，绝对碰不得，三干会叫得很响啊。"

吕清印见说，坚定地答："老潘，你是老干部，沙南村情况你清楚，我们多年吃饭靠返销，花钱靠贷款，看够了人的眉高眼低。是我们懒吗？不是，是政策不对头。再像过去那样干，就是省长来也搞不好，你别怕，一切后果由我承担。"

老潘包沙南村几年了，村上变化他一清二楚。但他顾虑重重，就劝吕清印暂停，等上面表了态再说。

吕清印很清楚老潘为人，他正直善良，原则性强，但胆子小。只是目前，碌碡拽到半坡，无法停下。吕清印用乞求的口吻说："老潘，我代表沙南村全体社员求你了，让我们再搞搞，沙南就能彻底翻身。万一公社知道，没你的事，是沟是崖我来跳。"

老潘心软了，没了话说，只能装作"不知道"，可是心里却沉甸甸的，像是压着一块石头。

这多半年，沙南人、吕清印，还有老潘，都像是在走钢丝，胆战心惊。还好，报纸上正在进行姓"资"姓"社"的讨论，所有人都等待着"真理越辩越明"，竟没有人来深挖沙南村的事，大家都松了一口气。

秋天到了，这年雨水特别好，沙洼的花生长得蓬蓬勃勃，沙梁上枣树结得又多又好，沙坡上打瓜、豇豆一派生机。秋收后，中央把"包产到户"作为政策固定下来，沙南村的"暗包产"终于公开了，人均收入从三年前五十元猛增到九百元，还出现六七户万元户，有十多户买了自行车、洗衣机、缝纫机，还有两户娶了沙外姑娘。吕清印还清村上多年来的欠款，还存款六十万，惊呆了周围的人。

沙南村的成功引起县上注意。县上下来调查研究后，被树为典型。副省长带农村政策研究室的人前来调查，他们发现一个不争的事实：沙南村三中全会前，累计吃国家返销粮上百万斤，三中全会后仅三年，就不再过"三靠"日子，群众普遍拆旧房，换新房，生产生活得到空前的提高。

不久，《陕西日报》在头版头条刊登了一篇通讯报道，题为"沙窝里的一颗明珠"，引起轰动效应，各地参观团接踵而来。省青联副主席冯健雪也带歌舞团前来访问演出，纯朴好客的沙南人，家家炒了花生，端出红枣、打瓜子招待贵客。他们脸上洋溢着自豪和幸福，比起几年前"吃饭靠返销、花钱靠贷款、困难靠救济"的自卑猥琐形象，像换了人一样。

吕清印站到讲台上，传达沙南村成功经验。人们感叹说："一样的沙窝一样的人，好政策带来好生活。"

　　三十多年过去了，今天沙南村成了有名的旅游村。范支书已经去世，吕支书也退了下来。他老了，但精神矍铄，孙子们已经成长起来。沙南村正在昂首阔步朝前走，进入一个全新时代。

老冢石碑

羌白镇正西的原野上，有一处高大陵墓，陵墓突兀而气派，青草萋萋，很是显眼。当地人称"老冢""冢疙瘩""老冢洼"，这是唐玄宗老丈人王仁皎之墓。陵西近千米有个石碑村，是这座古墓的历史遗存。

话说唐少帝李重茂唐隆元年，唐中宗新死，韦后篡权。临淄王李隆基府邸，正在酝酿一场政变。李隆基的岳父王仁皎、甘泉府果毅都尉正在为女婿出谋划策，提醒女婿一定要借用太平公主的力量，才能顺利铲除韦后集团。不久，李隆基联合太平公主，发动宫廷政变，杀死韦后，拥戴他父亲李旦继位，是为唐睿宗。李隆基顺理成章成为太子。李旦不久就把帝位传给儿子，当了太上皇。李隆基登位后，在老丈人王仁皎和妻兄王守一以及亲信的支持下，又顺利铲除武氏残余和太平公主势力，坐稳了皇位，开创了"开元盛世"新纪年。王仁皎因拥戴有功，被封为祁国公、开府仪同三司，王守一也被封为驸马都尉。一时王家权倾朝野，为世人所羡慕。

王仁皎年龄大了，经历了太多的宫廷变故，心已倦，意已懒。于是，他避事不就，颐养天年，充分享受优哉游哉的国丈生活。开元七年四月二十四日，在长安城寿终正寝。

国丈死了，长安城一片肃穆。六部公卿、文武大臣流水般地来到府里吊唁。街道上车来车往，填街塞巷，尽显皇亲国戚的威望和尊贵。可是王守一还嫌不够，上表请求，要求按照窦皇后父亲窦孝堪坟制，为父亲建坟。窦孝堪是唐玄宗的外祖父，他的坟制高达五丈一尺。唐玄宗同意了。

这时，朝堂之上起了轩然大波，围绕王守一提出的墓冢建制，公卿大臣们争得不可开交。那时礼仪法令规定，一品官员坟墓封土，高度应是一丈九尺，皇帝恩准陪葬皇陵的官员坟墓封土可增至三丈。王守一的要求，遭到以宋璟为首的大臣们的极力反对。理由是，窦皇后被迫害致死，为补偿窦家，才给窦孝堪以特殊待遇。而这特殊事件、特殊礼遇不应成为定制，王仁皎虽然有功，但应遵循一般定制。玄宗一时难以决断。

后宫里，王皇后哭哭啼啼问皇上："难道你忘了当年未登大宝之时，我父亲用紫袍换汤饼的事吗？"原来李隆基还是临淄王时，受到武则天打压，行动不自由，经济极度拮据。有一年他生日，想吃汤饼（面条），家中无面，是王仁皎脱了新紫金袍，换来面粉，为他做汤饼，过了生日。

唐玄宗心软了，想起王仁皎的一片忠诚，但又要照顾到群臣意见和朝廷礼制。于是，他想了个折中的办法，特准许王仁皎墓葬封土为三丈以上四丈以下。同时亲自执笔，用隶书写了墓前神道碑："唐古开府仪同三司赠太尉益州大都督上柱国祁国公宣王公碑"，碑文由当朝名相、文笔大手张说撰写。日后此碑因李隆基字、张说文、王仁皎名，为世人所敬仰，被称为"三绝碑"。

出殡那天，一切头绪都已厘清。浩浩荡荡的送丧队伍出了长安东门，往同州方向而去。这时，玄宗登上禁苑望春楼，目送灵车远去，回忆岳丈功绩，寄托浓浓哀思。

王仁皎在田畴间长眠。一千多年岁月过去，坐北朝南高大的封土丘已经不再巍峨，变低变矮，原先矗立两旁的石人、石马、石兽已经没了踪影，连同那座气势宏伟的"三绝碑"，以及陵墓南东西两旁高大的土柱（阙楼基座），都已荡然无存。老人们记得，它们的消失，应该在五十年代，而不是"文化大革命"中。据说，那些石刻、石雕被砸后垫了路基。

可以想象，祁国公墓，当年是何等威严气派，和所有皇陵、国戚陵一样，少不得守陵人。守陵人一代代居住在这里，渐渐演变成村庄，延续下来，无声地记载着这段史实。石碑村，就是"三绝碑""祁公墓"最后的历史遗存了。

血故事

一

同州一带乡间，过去流传一种"社火"形式——"血故事"。它是戏剧的流动形式，多取材于凶杀格斗、传统武戏、神鬼传说。它是另类的"高台教化"，用来弘扬正气，打击邪恶，教育人们遵规守法，孝敬父母，公正做人。这就是"血故事"出现的初衷。

至现在，其他村的"血故事"已经绝迹了，只有马坊渡二村的"血故事"还存在。此村的"血故事"起源于明末清初。刚开始流行时，内容很单一，一味展现阴曹地府、阎王判官的阴森可怖，如"解锯分身""阎王出头""小鬼推磨"，等等。特别是"小鬼推磨"，它的造型是大车上装有石磨，把不孝顺的媳妇倒插进磨眼里，血顺磨盘流下来。两个装扮狰狞的"小鬼"在推磨；"解锯分身"则是宣扬妇女"从一而终"的所谓"美德"，强调女人要是嫁了两个男人，死后就会被用锯分开，给妇女造成了特大的心理伤害。

后来文明程度增加了，引进了"忠孝节义""忠君爱国"的戏剧成分。典型戏剧造型有《铡美案》《庚娘杀仇》《王佐断臂》等等，受到群众的热烈欢迎。

"血故事"的逼真，不仅在于装扮把式的技能，还有特制的刀、剑、铡刀等道具，也是装扮成功的基本要素。道具看似神秘，实则是铡刃留了人头可钻的口儿，刀、枪、剑分为两截而已。然而，要装扮诸如刀枪过背、剖腹挖心、断足剁手这些造型，能做到以假乱真，就是把式的"绝活"了。

二

节日到了，村上搞"社火"的人们忙活起来。"血故事"把式张大伯，这几天特别矜持威严，平时爱说爱笑的他，走过来也板起了面孔。性急好奇的三娃子带着一伙娃娃，围在他身后，献媚讨好，想讨个方便，围观"血故事"制作过程，那可是他们日思夜想的事。谁知张大伯不但不理，还一挥手朝他们喊"去去去"，孩子们沮丧极了。

要知道，"血故事"的制作，只是在家族间口传手授，并不传给外人。因为这和医生的"祖传秘方"一样，人家是靠这个吃饭的。要不，张大伯那时可红火呢，各村耍社火都邀请他去，他可是这一带的"社火名人"。孩子们并不知道这些，就是要围观，但张大伯就是不让看。三娃子领了一伙小屁孩，三五成群，钻前钻后打听，终于知道了装扮地点。他们围在老爷庙墙外面，游来游去，就像一群闻见骨头香的野狗。谁知早早就被挡在外面，入不了阵。

孩子们早听老人说过，"血故事"有严格的"行规"，谁也不准观看，包括孩子。

越是这样，"血故事"越显得神秘，越是拽紧了孩子的心。直到三娃子长大后，做了张大伯的徒弟，才知道"行规"之严：一、要在保密隐蔽的地方装扮；二、装扮把式先一天必须净身沐浴，并且隔离于社火装扮场内，不得同女人说话，晚上不得回家；三、装扮当天鸡鸣之前，把式和助手在特定地方，先将猪羊用酒馍食醉，然后秘密宰杀；四、装扮演员选定化妆部位，用酒精擦洗，然后化妆。临上"芯子"饮酒两三杯，才能出游。

三娃子当年并不知道"血故事"的神圣庄严，只是被它的神秘所吸引，千方百计地想要看到它。那份热爱之情，终于使他成为"血故事"的传人。

在几十年前那个时候，他还吸溜着一串清鼻涕，靸着一双没把鞋，领着一伙小屁孩围在墙外，再爬上墙边老柏树，悄悄溜下来，朝窗边包抄过来，很快围在窗下，屏住呼吸，舔破窗纸，睁大惊奇的眼睛，朝屋里窥视。

屋里张大伯正忙活着。房里摆满麻油、菜油，麻纸、黄表纸，驴胶、骨胶，高粱面、黑豆面、麦面，一大盆猪羊内脏、猪羊血等等，张大伯和助手正在忙碌地装扮着，终于把"血故事"的芯子绑好了，这才发现趴在窗上的孩子们。张大伯一声呵斥，三娃子就从窗上跌了下去。几年后，他最终接纳三娃子做了徒弟。

现在，张大伯早已去世，"小屁孩"三娃子也两鬓斑白，他老了。可是，"血故事"这行当已经后继乏人了。

火烧恶寺

洛河蜿蜒曲折，在羌白镇北七八里的河滩流过，梁家坡就坐落在洛河北岸的土崖上，它过去叫"南户军"。"北户军"则在土崖下的河滩里，与它遥遥相对。

原来明洪武年间，军队在此屯田，后来演变成村庄，叫"户军"。再后来，南户军姓梁的成为大族，改村名叫"梁家坡"；"北户军"也去掉"北"字成为"户军"。户军村在二十世纪六十年代也搬迁到崖上，建立新村。

一二百年前，在梁家坡的崖上东北角，有一座金碧辉煌的和尚寺院，因方丈道德败坏，祸害百姓，被当地群众连人带寺一起烧了。但故事却流传下来。

这座寺院建在离村较远的洛河岸边悬崖上，西边只有一条路通往各村。由于此地非常偏僻，除了上香或还愿的香客居士，过往行人寥寥无几。后来发生几起怪事，周围村上没人说得清，也就无人在意、无人追究了。

一天早上，寺院北边的户军村有个姑娘，清早到河边菜园摘菜，去了再也没回来。据说她走前曾和父母怄气，因为父母逼她嫁给洛河北岸一个财主，做四房小老婆，再用所得彩礼为她哥哥娶亲。

　　菜地就在河边。姑娘去了之后，母亲在家等着做菜，可好长时间不见女儿回来，就喊儿子去菜园叫妹子。哥哥到菜园后，只见菜篮有新割的韭菜，就是不见人。家里人急了，叫了村人到处找，找来找去，连只鞋也没找到。母亲哭得死去活来。心想，她可能一气之下投河自尽了，村人也以为她或者想不开，或者不小心掉河里了。时间长了，此事也就不了了之。

　　一年后，梁家坡有户人家，母亲蒸了南瓜包子，让姑娘到户军村给外婆送去。中午临出门，母亲还叮嘱她早早回来。因为那时村小人稀，地里有狼。姑娘答应一声，拿包子出了门，谁知到晚上还没回来。母亲边念叨边骂："死女子，就爱熬（住）外婆家。"一面喊丈夫，要他去户军村接闺女。父亲心疼闺女，嫌妻子总是让娃纺线，一纺大半夜，娃好不容易去外婆家，让娃也散散心。于是搪塞道："准是外婆挡住，让娃住一晚，也不打紧。"于是就没有去。第二天，恰好外婆来了，家人才知姑娘根本没去外婆家。

　　这下，梁家坡村都慌了。于是全体出动，坡上、坡下、河滩沟里找遍了，只在河滩路边找见几个南瓜包子，姑娘终究没有踪影。人们总结说，一定是给狼拖走了。那时狼多，特别是洛河滩，沟沟坎坎荒草野树，最适合狼狐筑窝，它们经常晚上窜进村庄，叼羊、叼猪、叼鸡，甚至叼娃吃人。

　　有一年，梁财东在滩地种了十来亩西瓜。西瓜成熟时候，雇了本家青年梁财娃看瓜。梁财娃是出了名的"梁大胆"，人们编了顺口溜称赞他："黑更半夜多，敢下梁家坡，再走枣刺窝。枣刺窝里狼崽多，'大胆'戳了狼的窝。"所以梁财主雇他去河滩看瓜。

　　这天晚上月色明亮，梁财娃在主家喝了汤，手拿蒸馍生葱吃着，哼着乱弹，去滩里瓜棚看瓜。到半夜他睡得正熟，忽然觉得有股臊气直扑面颊。他一个激灵，翻身坐起，只见一只狼迎面扑来。他大叫一声"打狼"，头一躲，结果被狼噙住半边耳朵，撕了下来。梁财娃顺手操起庵子边的铁锨抢出去，狼跑了，梁财娃从此只剩下一只耳朵。

这次姑娘失踪，人们又以为叫狼吃了，后来再没人提此事。

这一年，户军村有个媳妇怀孕了，婆婆就领她去寺院烧香还愿。还愿完毕，媳妇和婆婆离开大殿，到偏院厕所小解。忽然，隐隐约约听见婴儿哭声，二人惊疑不定。媳妇正要发问，只见婆婆狠狠地白了她一眼，媳妇迅即闭嘴，二人匆匆离开回家了。

时隔不久，给寺院做饭的老张要回河南老家，临走在户军村朋友家喝酒。喝着喝着，他醉意微醺，再三叮嘱："不要让女人单独去寺院。"问起原因，老张摇头不说。这个户军朋友，就是上香还愿的那家人。自从妻子回来给他说了后，他暗中侦察了好几回，都无功而返。

这次，他决意撬开老张的口，让他说出实情。于是，他一边给朋友劝酒，一边诈称："我知道你待不住，方丈不要你了。"老张一愣说："哪的话！河南老家有事，我自己要走的。"户军朋友说："你知道的太多了，不走就会大祸临头。"老张吃了一惊。户军朋友继续说："你们寺院暗藏妇女，并且有婴儿哭。"老张这时才低下头说："住持威胁说，要是走漏风声，不但要杀我，还要追到河南杀我全家，他在黑道上有朋友。"户军朋友说："很感谢你提醒，我会保密，你明天就动身，不要怕。"老张这才说了实情。

原来，那两个失踪的姑娘都是被寺里恶方丈弄去了。寺院后殿下面，不知啥时建了地下室。恶和尚抢了女人，便从后门拖进地下室，任他蹂躏。第一个女孩半年后就死了，第二个女孩怀孕生了婴儿，不久也死了，婴儿大概被扔到洛河喂鱼了。户军人明白了这一切，心中有了主意。

第二天，老张走了，村上也很平静，什么事也没有发生。

　　这年秋天，崖上崖下的庄稼都长得好，人们收割回来，把玉米秆、糜谷秆都堆在寺院周围。这天，恶方丈出来对正在忙活的村民说，你们不能把庄稼秆靠在墙上，要是下了雪，会湿我的墙，着了火会烧我的房，趁早搬走。正在这时，来了镇上骡马店东家，说是要买这些庄稼秆，给骡马作饲料，但要等到干些后就拉走。恶方丈见如此，也没话可说了。

　　冬天到了。这天晚上，北风怒吼，伸手不见五指。有人悄悄地靠近寺院，锁上了前后门，然后点着了谷秆。一霎时大火借着风势，冲天而起。两个时辰后，寺院在大火中变成灰烬。恶方丈和寺院一起消失了。

　　原来，这是梁家坡人和户军人制定的计谋，并共同实施了这个计划。

　　现在，村民们耕地时，在遗址上还能发现一些破砖碎瓦、烧坏的琉璃残片。村上还口口相传"火烧和尚寺"的故事。"多行不义必自毙"，这是颠扑不破的真理。

梆子声声

一

月牙儿初上，夜风里满是枣花香。镇中间的戏园子里，早早摆满了小板凳、长条凳、太师椅等等，高高低低一大片。远处，油糕摊儿、水煎包摊儿、凉粉担子、醪糟锅儿都已开始营业。"通爆通爆"的风箱声，"滋啦滋啦"的油煎声，此起彼伏，响成一片。戏还没开，台子下面已然热闹非凡。

今晚的演出，墙上红纸戏报写得清清楚楚：同州梆子《破宁国》。台子下面的几个老头，一面悠闲地抽着旱烟，一面议论："四红加一黑，必定是《破宁国》"；"快走快走，去看润娃《杀狗》"；"快跑快跑，去看王谋儿《别窑》"。

一阵开场锣鼓震天而起，人群又是一阵骚动，闻声赶来的人纷纷往场子里面挤。锣鼓声过，先是折戏《盗皇陵》，只见名角王赖赖出现在舞台上。几个跟斗翻过，他落在两张摆得很高的桌子上，口中含着一个鸡蛋，腋窝夹着两个鸡蛋，两只手各握一个鸡蛋，还端着簸箕，簸箕里还有小米。然后，一个跟斗空翻下来，稳稳当当地落在舞台中央。簸箕的米不撒一颗，腋下鸡蛋和手中鸡蛋不打一颗。而最令人称奇的是，就在他从高高的桌子上往下翻跟斗，轻盈落地的一刹那，他含在口中的鸡蛋，会突然"噗"的一声吐出蛋皮，蛋黄蛋清悉数入肚。这时，台子下面全都屏住了呼吸，然后爆发出暴风骤雨般的掌声、叫好声、口哨声，震天价响。

这出戏，同州人叫《夹鸡蛋簸米》。

另一折戏则是沙苑名角"拜家红"拜童麟的拿手戏，取材于《水浒传》中的《时迁偷鸡》。

"偷鸡"开始。只见戏台之上，鼓乐暂停，灯光闪烁，只有梆子声急切、短促。一个身着紧身衣的武丑，蹑手蹑脚进入人们视野，台下观众霎时屏住呼吸，万目所瞩，集中在武丑身上。只见时迁在戏台上转身亮相翻跟斗。他动作轻盈，落地无声，演绎着一个盗者飞檐走壁的高超本领。瞬间，他突然跃起，头上那根辫子向上甩出，牢牢地挂在舞台中一根象征树枝的木杆上。"嗖嗖"出手，打起了小红拳。足有几秒钟，再来一个"鹞子翻身"，悄然落下亮相，怀里抱着一只公鸡。台下骤然冷场。片刻，爆发出雷鸣般的掌声。

这就是拜家红有名的绝技"吊帽盖"。

本戏开始了。《破宁国》的故事写元顺帝末年，无敌将军朱亮祖被奸臣陷害，出任宁国都尉。后朱元璋久攻宁国不克，大将常遇春力擒朱亮祖，并晓以大义，劝朱亮祖归降的故事。因剧中朱亮祖、康茂才、赵德胜、张得胜全是红脸，常遇春是黑脸，因而人说："四红加一黑，必定破宁国。"这就是同州梆子的历史名剧。

二

说起同州梆子，世人都知道这是陕西关中的地方戏，又叫"乱弹"。由于它诞生于关中同州一带，因名"同州梆子"，又叫"东路秦腔"。

据《吕氏春秋》记载："殷整甲徙宅西河，犹思故处，实始作为西音。长公继是音以处西山，秦缪（穆）公取风焉，实始作为秦音。"说明在西音基础上发展形成的秦音秦声，原本就产生于关中东府黄河西岸（西河）的同州一带。从春秋时期的古老"郑声"，到秦末汉初的"角抵戏"《东海黄公》，到魏晋六朝时期的秦声歌舞和百戏，到唐代的"歌舞戏""参军戏"等等，说明戏曲已经形成了规模。元代戏曲则进入了高峰期，"社鼓喧阗，烟火辐辏"。再到明代，激越高亢、龙鸣凤吟的同州梆子，引发了明清两代"花部"（地方曲种）的勃兴，还有后来温文尔雅、婉转动听的"碗碗腔"的衍生壮大。这一切都说明，黄河西岸的古同州古大荔，物华天宝，人杰地灵，是真正的音乐之乡、戏曲之乡。

大荔当地流传两个故事。一是明朝大将常遇春曾在大荔白虎屯驻军，当时军中就有同州梆子戏班；二是明末李自成农民起义军在大荔和蒲城之间的孝通练兵时，就以同州梆子为军戏。民谣说："城南出了个驴子欢（吕志谦），一声就能吼破天。不唱戏，没盘缠，跟上李瞎子（李自成）过潼关。唱红了南京和燕山，不料一命丧外边……"《清稗类钞》记载："秦腔明朝已有，以李自成之事证之。"

清乾隆年间，著名同州梆子艺人魏长生，三次赴京演出，以"一出《滚楼》名动京师，举国若狂。观者日至千余，六大班为之减色，士大夫为之心醉"。

道光、咸丰年间，同州梆子在宫廷和民间都极为盛行。东府就有班社三四十家，著名的有四大班和八小班。艺人们还集资修建了梨园会馆"庄王庙"，同州梆子进入鼎盛时期。

同州梆子传统剧目有一千余本，抄存的有二百余本，大部分失传。题材多为历史剧，如《破宁国》《反五关》《黄逼宫》，等等。

民国初年，同州一带的梆子班社，都纷纷学习西安易俗社的改良秦腔，同州梆子走向萧条没落。

二十世纪五十年代，陕西省文化厅为了挖掘文化遗产，抢救这一古老的戏曲之花，他们花大力气在民间走访，把散失在各地的老艺人请到西安座谈，陕西戏曲学校专门成立了"同州梆子班"，让老艺人当老师带学生。著名老艺人有孝义的须生王谋儿，人称"活诸葛"；花旦润娃，大名王德元，艺名"猛开花"；小旦朱林峰，艺名"迷三县"；大净王麦才、二净合阳王赖赖；文武小生苏村槐园赵东郎；正旦王志玺、小丑刘省三、长靠须生何祥初等名角。艺术总导演是京剧四大名旦之一尚小云，这是同州梆子的鼎盛时期。功夫不负有心人，几年时间，一大批优秀演员成长起来，雷平良、杨三瑜、白月燕、杨荣荣、王曼丽纷纷亮相舞台，演出剧目有《白蛇传》《辕门斩子》等大戏。那独特的声韵唱腔、音乐伴奏、设计细腻的表演、华美的服装、新颖的舞台设计，以及青年演员俊秀亮丽的扮相，一下子就征服了观众，轰动了西安市，唱红了关中大地。

"文革"后，同州梆子停演，面临失传消亡的局面。

2008 年，大荔县剧团开始整理挖掘抢救同州梆子。之后同州梆子被列入国家级非物质文化遗产名录。目前，以大荔剧团为主体的同州梆子队伍已经壮大，排练了不少传统剧、新编剧，赴京在梅兰芳大剧院演出，备受欢迎。后又参加各地的剧目会演，显示了蓬勃的生命力。

同州梆子正在走向新生。

同朝皮影

故乡的皮影,人称"同朝皮影"。就是大荔和朝邑的皮影,大荔和朝邑过去都属于"同州",所以称"同朝皮影"。

一

一弯新月,春夜安谧,乡村巷头,亮子高悬,震天响的开场锣鼓、激动人心的打台戏《长坂坡》刚刚演完,唢呐声声,战马嘶鸣也已停息。正本爱情戏《金琬钗》开始上演。头折"借水",亮子上一片粉红桃林,一座褐黄茅屋,美丽村姑桃小春正在咿咿呀呀,细诉情怀:

> 姓桃居住桃花村,茅屋草舍在桃林。
> 桃天虚度访春讯,谁向桃源来问津。

简约美丽的景色,温雅如花的小旦,摄人心魄的词句,清丽典雅委婉细腻的唱腔,宛若莺啼凤鸣,像仙乐一样曼妙,像白云一样飘逸,像丝绸一样柔软。流淌在"春宵一刻值千金,花有清香月有阴"的夜晚,一个妙龄少女缓缓地轻轻地倾诉心怀。"歌馆楼台声细细",正适合坐了竹凳，端了茶杯，拿了蒲扇，细细倾听，随着曲调轻轻地击节叩拍。夜深人静，台子下听众鸦雀无声，如醉如痴，目不转睛地注视着亮子。看皮影人儿桃小春举手投足，一笑一颦，看多情书生崔护柴门留诗，惆怅春风。观众沉浸于曲曲折折的剧情里，忘记时间，一心关注桃小春的命运……

这就是那时乡间村头的戏台，这就是碗碗腔，这就是已经远去的梦里的同朝皮影戏。

二

据说，皮影戏源于汉代。两千多年前，汉武帝爱妃李夫人染疾故去，武帝思念心切，神情恍惚，终日不理朝政。方士李少翁灵机一动，用棉帛裁成李夫人影像，涂上色彩。入夜，围方帷，张灯烛，恭请皇帝端坐帐中观看。武帝看罢，龙颜大悦，就此爱不释手。这个载入《汉书》的爱情故事，被认为是皮影戏的渊源。

同州距长安一二百里，称"东府"，历史悠久，文化积淀深厚。同朝皮影及碗碗腔久负盛名，北宋时就演出频繁，史书《都城记胜》有记载。到清朝乾隆年间盛行一时。东府人说："二华的曲子合阳的线（腔），同朝的皮影最好看。"

皮影戏，也叫"影戏""灯影戏""土影戏"，是一种用兽皮雕刻制成的人物形象。以驴皮、牛皮为原料，刻成后上彩，其风格如同民间剪纸，头和身躯、四肢分别雕刻，用线连接，表演时活动自如。同朝皮影一般用牛皮作原料，把生皮加工，经过刮磨，牛皮呈现透明，薄厚均匀，硬度适中，有利于创作雕刻。同朝皮影显著特征为，造型小巧玲珑，头显大，以突出人物个性，面部以空面阳刻为主，亦有实面阴刻，鼻尖口小，口以朱红点染，造型精巧秀丽，线条流畅，刀工精湛。服饰图案丰富多彩，花鸟龙凤、鳞甲水纹、花边团寿应有尽有，形象生动。文人雅士，以平眉表现其清秀文静；武生将军，以立眉表现其英武雄悍，且前额突出，更显神充眉宇；旦角清丽可人，亭亭玉立，俊俏妩媚，楚楚动人，人物性格一目了然。

那时，皮影戏流传非常广泛，因为它占地小，搭台简便，演出成本低，却内容丰富。本戏、折子戏有几百部，深受广大群众欢迎。俚语说："两张方桌，九块木板，木椽七长八短，五张芦席一卷，四条撒绳一挽，撇一个馒头，你就甭管。"

舞台正面为"亮子"，即白布做的影幕。影人在舞台内紧贴"亮子"，通过灯光照射于幕布上，"扦手"在幕后操作表演，观众在舞台前就可观赏皮影戏了。

皮影剧组一般由五人组成，表演主要靠"扦手"和"前声"来完成。"扦手"挑动皮影扦子，来完成人物表演，即戏剧中的"做、打"；"前声"主唱生、旦、净、丑和道白说戏，并兼使月琴手锣、堂鼓尖板，另外还要帮扦；"后台"司勾锣铜碗、梆子寅锣；"上档"拉二弦司扇子、吹唢呐长号，兼答"岔子话"；"下档"为拉板胡，兼拆扦等。

《陕西戏曲志》记载："碗碗腔是大荔、朝邑一带流行的皮影戏腔调，其名称来源，一说因其节奏以打击小铜碗而得名，二说因演奏用的乐器。月琴原来称为'阮咸'，又称'阮儿腔'，衍化为碗碗腔，三说因演皮影需要油灯碗照明而得名。"

碗碗腔又称"时腔"，是相对于"老腔"而言的。老腔激越慷慨，碗碗腔清丽婉转，都是皮影戏的曲种。

在同州民间，大大小小的皮影戏班，比比皆是，"过了沙底河，皮影戏箱骡马驮"。洛河旁的沙底乡周围许多村庄，可搭出五六台子戏而不用外村表演者。逢年过节、喜庆丰收、祈福拜神、嫁娶宴客、添丁祝寿，都少不了搭台唱影。一本戏可长达五个钟头。演完本戏，观众还不走，嚷嚷着让再加戏。盛情难却，就再加演折子戏。诸如《王眯眼娶老婆》《秃子尿床》等"笑谈戏"，一曲"三十两银子二十八个锞，三原县里拌（娶）老婆"，让群众在大笑中满意而归。有时，庙会可出现几个影班搭台对擂唱影，热闹非凡，其盛况可想而知。

同朝皮影戏以它独特的魅力，先后出访德国、卢森堡、比利时、意大利、荷兰等国，参加德国萨尔布吕肯市建市 1000 周年"中国文化周"演出活动，参加上海世博园演出和全国各地文化交流演出，受到各路媒体的关注和高度评价，2019 年入选第二批省级非物质文化遗产保护项目。

移民之忆

从 1956 年移民到现在，五十多年时光倏忽而过。每当回忆起当初移民时的情景，那一幕一幕都历历在目，就像发生在昨天一样。

移民缘起

故乡王家庄位于沙苑以南、渭河北岸，距渭河只有一千多米远。新中国成立前属华阴县宝积乡管辖，1955 年划归大荔。相传村子是清朝时从渭河南岸李村迁来的。村庄周围滩地肥沃，林木苍郁，村中房屋鳞次栉比，典型的关中四合院。远远望去，树罩烟绕，人说"雾格腾腾赛过北京"。村里近二百户人家，解放初在外参加工作的或上学的就有几十人。由此可见村庄的殷实与进步。

1955 年国家开始移民。大荔县共有五个村需要迁移，阳村、拜家、陈村、洪善、王家庄，我们村首当其冲。那时我（王安吉）二十岁，担任洪善乡团委副书记，正是年轻气盛激情满怀的年龄，理所当然成为政策的宣传员、执行者。

开始一级一级召开会议动员，利用广播、黑板报宣传。一是宣传三门峡水库的政治意义与经济意义；二是宣传安置地好。1956 年前半年，我与王保娃、张芝兰到西安参加会议，参观"根治黄河水害，开发黄河水利"的图片展览。回来召集会议，展开更广泛的宣传：水库在涝灾时调节洪水，防止下游泛滥成灾；旱时蓄水灌溉，确保农业丰收。它还可建水电站，造福人民……这幅宏伟蓝图的代价是：这一带黄河滩、渭河滩将成为库区，需要迁出在 360 高程以内的所有村庄，用淹没换库容。"迁一家、保千家""一家迁、万家安"就是大局，这一带群众必须做出牺牲，离开祖祖辈辈生息繁衍的土地，迁往别处。

华山誓师

当一项决策被人们理解并接受的时候，拥护、执行就成为群众的自觉行动。人民百分之百地相信，共产党是为人民群众谋幸福的。一旦水库建成，"犁地不用牛、点灯不用油，电灯电话、楼上楼下"的梦想就会变成现实。那时，群众对党和国家的信任不容置疑，甚至带有宗教式的虔诚与狂热，听党话、跟党走成为社会新思潮。1956 年前半年，宣传工作已深入人心。5 月初，在陈村学校召开五村干部积极分子会议。5 月 18 日，共青团渭南地委在华山脚下荣军医院召开库区青年誓师大会，做战前动员，鼓舞士气。会上，青年团员们意气风发，斗志昂扬，犹如出征的战士摩拳擦掌，纷纷表态，"迁一家、保千家""一家迁、万家安"的口号声此起彼伏。我们将组成先遣队，先行一步，到安置地建设居民点，为后续移民打好基础，铺平道路。

会后返回时渭河涨水，我们被挡在河南岸。明天是我结婚的日子，现在过不了河咋办？当时，母亲让我请假，可我不愿错过这有重大历史意义的时刻。我是团员兼乡团委副书记，政治上我追求进步，加入党组织是我最大的心愿，我不会为个人小事而耽误。谁料，现在被困河滩，眼看太阳一寸一寸地往下沉，河水一寸一寸地往上涨，任是谁也毫无办法。天黑，我们非常扫兴地返回石村住宿。

第二天一大早，我们忐忑不安地来到河滩。河水落了，我们得以顺利过河。从此，5月18日共青团誓师大会，伴随着我的结婚纪念日，深深地刻在记忆里。如今，半个世纪的风霜已使我白发斑斑。回首往事，我时常想，我的青春年华，那澎湃的激情，火热的革命壮志，"天将降大任于斯人也"的社会责任感，却消耗在失败的移民事业中，这是一代移民青年的遗憾与悲哀。

西迁宁夏

1956年阴历七月初六，第一批移民先遣队出发了。449名青壮年（由干部、共青团积极分子、泥水匠、木匠组成，我村46人）从渭河南岸下营村乘汽车出发，由县委宣传部部长张静、某乡乡长王文胜、会计拜学义三人带队，向宁夏出发。第三天到达目的地——宁夏中宁县白桥乡。下车后心就凉了，这儿是未经开垦的浅丘陵地带，满地荒草鹅卵石。当地人距我们四五里，他们耕种的是熟地，且有水渠自流灌溉，可栽种水稻。

我们在附近一个叫固城子的窑洞住下来，开始建房。两年间共盖了60院，每院3间，共180间房。洪善村居民点离我们不远，约几百米。

1957年春上，第二批移民来到这里。我的妻子也来了，我们结束了两地分居的生活。当时国家供应粮食，家属们抽空开荒种菜，种上萝卜、白菜、洋芋等，日子勉强过得去。到了6月，就发生了第一次移民"返乱"。"返乱"的原因起于传言，说是库区缩小，其他人不来了。传言引起人心惶惶，一有风吹草动，就一呼百应地向回跑。

后来才知道，安置在贺兰、陶乐的移民，因环境太差，一个劲儿出事，影响其他地方。上级了解到这些情况，马上组织干部、积极分子、群众代表，到三门峡水库参观。一再强调，库一定要修，民一定要移，中央的决心从来没有动摇过。县上又派出慰问团来慰问，并解决一些实际问题，总算稳定了人心。

1958 年，40 多户王家庄人全部迁到这里，成立了一个大队。辛同林任大队长、王西才任副大队长、王子敬任会计，我仍负责共青团工作。随着人们的到来，各家的箱子、柜子也辗转运到这里，打开箱柜，里面衣物全部发了霉。

辗转逃亡

1960 年，三年困难开始了，每人每天只供应 6 两粮。当地人还有些家底，移民却家徒四壁，一粒粮也没有。孩子们饿得直哭，老人饿得面黄肌瘦，许多壮年人得了浮肿病。老人连病带饿，就死了七八个。王水朋人高马大，有力气，饭量大。无奈家里还有两个孩子，妻子病弱。那年头，这种人最不禁饿，他得了浮肿病，睡倒起不来，死了。

我的岳母迁到羌白，听说这里的情况后，千里迢迢，通过邮局，寄来一包焯干的蔓菁叶，被我们视为珍宝。在这种情况下，人们又往回跑，跑回后即被当地干部送回这里。就这样辗转往复，不断地跑，不断地送。

1960 年腊月，第二次大规模移民"返乱"开始了。情形就像抗战时期的难民，男男女女，扶老携幼，形成前不见头后不见尾的逃亡大军，数九寒天逃向火车站、汽车站。我作为干部被派往石崆车站劝阻移民，在那里住了半个多月。父亲年龄大跑不动，三弟在铁矿上班，二弟、母亲、妻子和女儿四人也被裹挟在"返乱"的人群中，向火车站逃奔。

火车站就在黄河对面，这时黄河已全部结冰。穿越黄河，人称"过

冰桥"。冰桥表面光滑异常，稍不小心，就会摔个仰面八叉，随时都有
"钻冰"危险。但移民们像是疯了，不要命地横穿黄河，跑向火车站。
前后都是人，不停有人跌倒爬起。母亲是小脚，身体平衡性差，尽管有
二弟强壮小伙搀扶，还是摔了不少跤。同村的改娃拉着孩子，"扑通"
一声掉进冰窟窿里，多亏周围有人，把她拉了上来。她浑身衣服全湿
了，到铁矿上我三弟处烤干衣服，第三天才走。

从 1957 年到 1963 年的 6 年里，许多人就跑回 6 次，这是一般青壮
年的特长。那些年龄大、行动不便的，就没有这么大能耐了。他们只能
固守安置区，忍饥挨饿。这些不要命向回跑的人，回到村上，食堂不供
饭吃，就被村干部直接送回。那时还有三分之二的人没迁，1959 年冬季
全部迁完，他们被迁至本县羌白安置。有意思的是，这些移民逃回老
家，本村干部不满地说："你往回跑啥哩，这里还有你的啥吗？"这些话
深深伤了外迁移民的心。话不投机，争吵起来，乡里乡亲也翻脸了。每
次送移民回宁夏，村上都要买票。一次，村干部好说歹说为他们买了
票，刚要上火车，火车上又下来一批本村移民。这时没上车的说啥也不
上了，干部没办法，只好退了票。跑的次数多了，连车票也买不起，他
们不再寄希望搭车。王黑蛋和陈村几个人干脆骑上自行车，沿公路朝故
乡奔来。

村民王德厚是个泥工，非常能干，早早随先遣队来宁夏盖房。他被
举报蓄谋闹事、散布流言，被劳教一年。村民张山友和妻子又一次跑回
来，带着一岁多的孩子。村上食堂不让吃了，亲戚朋友没能力养活，也
不敢收留他们。夫妻无家可归，就住村西新箍的坟墓里。收麦时，就在
麦田偷割麦穗。人撵我跑，你走我偷，度过一段时光。后来流浪到黄龙
山，这里人烟较少，信息闭塞，他们开荒种田，度过一段相对安全、无
人搜寻的时光。

进生当时只有三四岁，父母带着三个儿女沿路乞讨到富平县尧禾

村。为让小女儿逃个活命，父母就把孩子送了人。说好第二天早上就来抱娃，不料晚上开始搜查，窝藏在这里的几户全被搜出，送回大荔。

王山朝家在短短几年里死了父母和两个弟弟。他弟兄四人，老二当时已经结婚，在回乡几次又被遣返后，他又跑到甘肃同心县，竟然死在那里，媳妇也改嫁了。母亲从陕西回来带些干馍片。老四当时十六七岁，长期挨饿的他狼吞虎咽地吃下干馍片，下午就肚子疼，满地打滚。医生说，可能是干馍片扎破胃和肠子。孩子疼死了。母亲接连受到丧子的打击，卧床不起，不久就离开了人世。

40 户外迁移民就有 40 个不同的经历和故事。在经历了饥饿逃亡、生离死别的磨难后，他们仍抱定回乡的决心。无论逃亡时的艰难困苦有多大，都吓不倒移民渴望回归故土的心，都阻挡不了他们逃亡回乡的步伐。

村上有个王开选老汉，是个耍性子、乐天派，且不怕事，爱编顺口溜。他把移民到宁夏的过程和痛苦，全部编进了歌里到处传唱："提起移民实在瞎，一下把我迁宁夏。到了这里就盖房，从夏到冬昼夜忙。一层胡基一层砖，一下盖了六十间。玻璃门，玻璃窗，就这住下还心慌。十冬腊月向回跑，战战兢兢过冰桥。咔嚓一声钻冰了，谁都没法把你捞。挤上火车放眼观，天水就在眼面前。鸡蛋皮儿向下着，宝鸡还比天水嫽……"

说句实在话，我们所住的中宁县比贺兰县、陶乐县要好一些。1961年，我们被转成县办农场，发工票领工资，每天十分工能领一元钱。当时，七角钱可在县城买个馍，我们和当地人关系也搞得不错。先遣队小伙子初去，无依无靠，和当地人混熟后，干爸干妈就认了十来个，还娶了当地四个姑娘做媳妇，但却没有一个姑娘嫁给当地的。说穿了，人压根就不想在这里住。就像患了严重的思乡病，一旦有风吹草动，便连锁反应，一呼百应，迅速会集成回乡的流动大军，浩浩荡荡，无法阻挡。

回乡安居

1963 年阳春三月，返乡梦终于变成现实，政府允许我们回乡了。喜讯传来，人们奔走相告，喜极而泣。紧接着，我们门前成了市场，家家户户把带不走的箱箱柜柜、盆盆罐罐等一应杂物，全部摆在门前出售，还缚起秋千，洪善村人就地唱起秦腔戏，庆祝这来之不易的喜讯。

等到上火车那一天，所有移民又背起简单的行李，扶老携幼，回归故里。那一刻，亦悲亦喜的心境是无法形容的。火车驶过固原、兰州、宝鸡，王老汉又谝起他的快板："挤上火车放眼观，天水就在眼面前，鸡蛋皮儿向下着，宝鸡还比天水嫽……"

多年的游子回来了，我们仍回故村王家庄居住，这里的人已全部迁走（他们原定迁往洛河北白虎屯村，1958 年在那里打了几十院墙，盖了些房，迁了些坟，后来又改为羌白地区）。这时村里到处是残垣断壁，瓦砾遍地，荒草没径，一派荒凉，只剩下辛登鑫家两座大房和村东头的小学校还在。来到这昔日家园，我们形同乞丐，禁不住扑倒在地，放声大哭。既而喜泪纵横，犹如失散多年的儿女，突然回到母亲身边。

我们在这残垣断壁旁搭起窝棚居住，奔波的心终于安静下来。尽管我们已别无他物，一贫如洗，但希望却在心里萌芽了。这一年春天，我们到附近亲戚家借点，县上给点，再挑点野菜。四月，村边豌豆快熟了，家家户户就摘豆荚，蒸着吃，煮着吃。当时县上包村干部是阳村人尚斌，他来到登鑫家大房下，揭开家家的锅看，几乎全是豆角。麦子熟了，大家就用刀子割，用棒打，各给各弄起粮食来，然后自己种地，在这里生活了两年。

1965 年，我们全部迁到羌白，插入到有本村移民的村庄。至此，长期颠沛流离的移民生活结束了，我们过上了安居乐业的生活。

　　五十年时光一闪而过，曾经的少年已白头。移民回来后，我在羌白镇石碑村当了几年队长，又迁移到南德村。我妻当年是大荔中学 57 级肄业生、共青团员，停学后经常参加区上活动。县驻区干部常文贤推荐她担任区妇联主任。经过谈话、写自传、填表，一应手续都办到头。7 月份，县上批文下到区上。由于移民，转干批文被压在区上未能下发。一次绝好的机会就这样与她失之交臂。

　　移民队伍中，还有一支特殊人群，就是移民干部，他们同移民一起辗转落户宁夏。我们带队的宣传部部长张静，到中宁县后，被调到中宁师范任校长，后被打成"右派"。这件事，有我的过错因素，至今回忆起来，我都愧对于他。

　　他任校长后，学校缺个炊事员，他要我推荐，移民干部总是想着移民嘛。我没多想，无意中推荐了当过保长的王作斌。干了不长时间，不知被何人举报，说张静任用反革命分子是别有用心，和阶级敌人同流合污。学校抓住这个问题无限上纲，给他扣上"右派"的帽子，他被下放劳改。他们几个人拉着胶轮车送粪，失去人身自由，还经常饿肚子。我们几个干部心中老大不忍，偷偷送些粮票给他。王文胜被安排在移民接待室工作，也被打成"右派"。至今，我仍认为这中间有当地人排外思想因素。后来他俩都回到家乡，平了反。现在每忆起在宁夏的日子，都会想起他们。"百年修得同船渡"，移民干部与移民，这也是一种缘分。

　　现在我们已到晚年，生活早已步入正常轨道，从温饱型向富裕型迈进。最近中央对移民又有了进一步扶持政策（2005 年），每人每年给予 600 元的生活补助。这是政府取信于民、造福于民的又一重大举措，是我们无论如何也想不到的。我们有理由相信，有党的领导，一个公平公正、和谐富足的社会一定会到来。

（王安吉口述）

新娘嫁妆

往昔春天的黄河岸边，碧绿的麦田一直铺到了天边。男人们下地干活，女人或去桑园采桑养蚕，或在家里纺线、织布、绣花，为家人做衣服。

《四季歌》唱道："春季到来绿满窗，大姑娘窗前绣鸳鸯。"谁家有未出嫁的少女，她们或依在绣楼窗前，或坐于柴门院中，在手拿花撑，右手捏绣针，如葱的纤指灵巧地上下舞动，花撑上撑着各色绸缎，上绘牡丹芍药、梅兰竹菊、凤凰玄鸟、青蛙虫鱼等等。绣女神情专注，心中充满喜悦，充满对未来、对爱情生活的憧憬。她们一边绣花一边低唱：

> 青天蓝天绺绺天，我在娘家住了十八年。
>
> 攒了两贯红铜钱，买了三两五色线，
>
> 绣了几幅好镜帘。红绸镜帘绿软缎，
>
> 一头绣的凤凰戏牡丹，一头绣的刘海戏金蟾。

她们往往是为自己做嫁衣。红缎上衣，胸前绣上牡丹玫瑰、鱼儿戏莲；大红石榴裙，正面绣着凤凰牡丹，下端绣上淡青色海水波纹，显得美丽大气。大件绣完，还有饰件。首先是"披肩"。这个披肩，堪称艺术品，它或桃瓣形式，或云卷形式，上绣各种花卉图案，再配以璎珞穗子，缀以银铃，美不胜收。下身饰件为"十带裙"，由十或十二条三四厘米宽的飘带组成，这些飘带用五彩金线绣上各种花色图案，下方顶端是三角形，角尖缀着银铃，饰以金色丝穗，做工精巧，色彩华美，穿在裙子上面，显得大气庄重。

结婚这天，新娘穿戴起来，一身红色，华美灿烂。再戴上银项圈，银镯子，银耳环，银戒指，一路走来，环佩叮当，疑是仙女下凡。

这些华彩服饰，在唐诗里就有诸多的美丽描述。李白写道："翡翠黄金缕，绣成歌舞衣。"白居易说："红楼富家女，金缕刺罗襦。"温庭筠说："手里金鹦鹉，胸前绣凤凰。"等等，不一而足。

这些衣裙、披肩、十带裙的制作，非常精细讲究。乡言说"种田如绣花，一针不能差"，可见绣花的要求之高。其中有各种针法，如平针、套针、锁针、倒钩针等等，使绣品呈现出深深浅浅变化不同的色彩，富丽堂皇。民谣说：

> 倩倩女儿做新娘，赶绣嫁衣忙又忙。
> 一更绣完前大襟，花开富贵在胸膛。
> 二更绣完衣四角，彩云朵朵飘天上。
> 三更绣完绿罗裙，凤凰牡丹多排场。
> 四更绣完并蒂莲，夫妻恩爱喜洋洋。
> 五更绣完鸳鸯鸟，比翼双飞呈吉祥。

除了这些大件嫁衣，还有小件，所谓的"盖头""镜帘""笸篮盖子""灯盘"，等等。盖头是新娘第一天头上盖的，还有陪嫁的插屏镜、活笸篮、铜灯等物件。女人就把裁衣剩下的绸缎，用来做覆盖这些物件的饰品，其实际用途是给未来的孩子做衣服用的。盖头、镜帘、笸篮盖子，可用来做儿童背心、肚兜、老虎帽。至于灯盘，有莲花型、梅花型、青蛙老虎型，活脱脱是婴儿围涎，可见女人们的良苦用心。

出嫁前，要做"信插""窑帘""夹板门帘"，以及饰品"狮子滚绣球"等物件。信插每个格子都绣花，也是传统的花卉虫鱼，寓意吉祥如意；门帘要请画师来画，上面黑布檐子则自己绣花，再挂一对"狮子滚绣球"，狮子是绿绸缎做的，足下踏着一个五彩绣球，下面再坠一条长长的丝线穗子，和门帘成为一体，令人拍案叫绝。

大荔的刺绣，还体现着远古的图腾文化。绣品中的"老虎"和"凤凰"就是图腾文化的代表，富含浓郁的古代文化气息。

凤头鞋是新娘子结婚时穿的，鞋头饰以凤凰。沙苑南边直到二十世纪六十年代还盛行不衰。

凤头鞋的历史源远流长。相传秦时有"凤头履"，西晋时有"凤头鞋"，五代马缟《中华古今注》记载："（秦始皇）令三妃九嫔……靸蹲凤头履"；宋苏轼诗说："妙手不劳盘做凤"，他还说"晋永嘉中有凤头鞋"；宋王珪诗中也写道："试穿金缕凤头鞋"等等，可见其历史悠久。

凤头鞋分"立凤""卧凤"。卧凤鞋，鞋面绣上或者缀上凤凰就行；立凤就复杂了，红缎鞋面上绣上蝶恋花，再做一个立体凤凰。先把凤凰样式剪好，绿缎褙上后锁边，翅膀、身子、头用五彩丝线点缀，凤嘴衔一串水银珠，细铜丝做腿，缀上银铃。新娘走来，鞋上立凤颤颤巍巍，身上环佩叮叮咚咚，更显身材婀娜，摇曳多姿。

"老虎"常常出现在孩子们的衣着中，老虎帽，老虎鞋，老虎肚兜，老虎枕，等等。老虎帽是冬季戴的，有固定的样式，耳朵尾巴俱全，绣上眉毛，眼睛，布鼻子成立体，嘴巴留着半寸长的丝线胡须，威风可爱。整个造型，和乾县懿德太子陵陈列的"虎头俑"一模一样。可见唐风遗韵绵延千年不绝。谁家添了外孙，外婆家要做"小陪妆"，除了衣服、虎头鞋、虎头帽外，还要做一个绣花的老虎枕头，祝愿外孙虎头虎脑，将来事业有成。

探访龙首渠

秦东可供游览的地方很多，名山、名寺、名湖、名居，不胜枚举。如果仅仅是游览则罢了，要想寻找民族的魂魄，精神的皈依，我以为最好的去处，当是龙首渠。它虽然只是一项水利工程，但和都江堰、郑国渠一样辉煌，光耀史册。而且龙首渠所包含的精神气度，比都江堰、郑国渠更丰富，更深刻，就像一只不死鸟，一只火中凤凰，屡死屡生。至今，汩汩清泉仍在灌溉着同朝（同州、朝邑）平原及澄城、蒲城部分地区，让人平生高山仰止之意。

庚子年八月，偶然机会，有幸随《地名中国》纪录片摄制组探访龙首渠。这一刻，心中的激动和喜悦，如同大海潮一般澎湃，五月花一般蓬勃。龙首渠啊，我终于可以走近你，撩开你神秘的面纱，洞见你无比的庄严与魅力。

一早，车队从县城一路向北，至汉村，洛惠渠东干就在这里东西横卧，沿渠边公路向西五六里路到义井村，民间都叫"泥井村"。据说义井村、汉村村民都是当年龙首渠修筑者的后人。活化石啊！义井村就分布在总干渠周围，平之洞（五洞）出水口就在村西北。只见宽阔的总干渠上，一南一北两座分水闸稳稳矗立，新闸在北，现代风格的建筑，亮丽、气派；旧闸在南边一二百米处，古老、陈旧，沧桑里透着庄严。三条干渠在它们的脚下向东向南延伸，渠边全是繁茂的庄稼果园。站在这里，仿佛来到了都江堰，两座水闸如同李冰父子的石像，手握长锸，指挥着水流；站在这里，你恍然读懂了"命脉"二字。水利是农业的命脉，是民众的饭碗，命之所系，竟在一渠！我语噎无言，只想跨上前去，顶礼膜拜，献上一个后人最崇高的敬仰。

紧挨水闸东边，是当年洛惠局管理处的院子。院子南一角，矗立着一座碉堡式的建筑。洛惠局的同志说，这是当年的银楼。那时，为了保障工程的顺利进行，民国政府在当时财政十分拮据的情况下，按月拨款，藏之于楼。楼分两层，通道只是一把梯子，楼上有枪眼，经常有士兵把守，一夫当关，万夫莫开。在那风雨飘摇的年代，先是军阀割据，接着是抗日战争，随后是三年内战，艰难困苦，举步维艰，但始终没有停下修渠的脚步，玉汝于成呵。民国政府虽然乏善可陈，但这修渠大业却辉煌于天，是最值得称道的了。

离开这里，车队向北在镰山上行驶，行至一段明渠处，渠西路旁的断壁上，两条圆形土柱赫然在目。原来，这就是汉代井渠遗迹。《史记》记载："……发卒万余人穿渠，自徵（澄城）引洛水至商颜山下，岸善崩，乃凿井，深者四十余丈，往往为井，井下相通行水，水颓以绝商颜，东至山岭十余里间，井渠之生自此始。穿渠得龙骨，故名曰龙首渠，作之十余岁，渠颇通，犹未得其饶。"

仰望土柱，其历经两千多年的风雨未曾湮灭，仍然在天地间屹立着。这不是要昭示失败的耻辱，而是要指引前进的方向。"井渠法"，已经成为水利专业的法宝，被后人继承。

车队接着北行，来到曲里渡槽。盛夏的山谷绿树荫荫，群鸟啼鸣，溪水潺潺。谷中一南一北两座渡槽凌空飞架，北渡槽是新中国成立后修的，气势宏伟，仪态雍容；南渡槽是民国修的，简洁朴素，美观大气。

上有李仪祉撰写、李奎顺书丹的对联："大旱何须望云至，自有长虹送水来。"豪迈之气一飞冲天。洛惠局的同志说，当时国力贫弱，但工程用料毫不马虎。总工程师孙绍宗亲自到唐山订购德国桶装水泥，工程师李奎顺设计，既要节约用料，又要坚固美观大气。建造时，怕水泥有凝块，工人们一筛一筛地选过，一秤一秤地按比例配料，做到了一丝不苟，精益求精。这不是在铸建渡槽，这是在铸千秋大鼎、国之重器啊！

继续前行，来到状头滚水坝前，洛河在这里汇成滟滟平湖，然后顺着半圆形的滚水坝，形成一道宽阔的水帘、瀑布，飞流直下。坝体两侧是高高的闸楼，闸楼下是排沙水槽。一股浊流正在水槽中奔流，如龙如蛇，与水坝泻下的瀑布扭在一起，腾起几丈高的浊浪，花式跳水一般落下，奔腾着滚滚前去。在这里，满眼都是水的竞技场，看得你眼花缭乱；满耳都是水的轰鸣、喧哗，你被水浪所震慑，所裹挟；满心都是凭虚御风而疾驰的快意。你被一种巨大的张力所拱托。在这里，淋漓的水气湿润了太阳，湿润了你焦灼的心。此刻，你平静下来，杂念全无，心中只有长天大地，只有水坝水利。你像步行万里的麦加朝圣者，只想捧一束鲜花，高歌一曲赞美诗，然后匍匐在地，来表达一个圣徒的虔诚，一个圣徒的敬意。

水坝北闸楼旁，有一座亭，跨上三级台阶，亭内有一石碑，上书"龙首坝"三字，字迹遒劲雄健，厚重有力，这是民国主席林森题写的。抬头细观亭顶，传统的天圆地方格局，四周饰以蝙蝠，圆的中间是"造福后代，永世纪念"八个篆体字组成的团花。团花中心是"引洛"二字。亭顶四周，各有文字、图像。"华夏鼎立""情系山河""千秋功业""民族风骨"，按东南西北四个方向排列，字的周围饰以凤凰牡丹、竹兰菊梅、方鼎松石等。每一空白处则是关键词"引洛"二字组成的团花，好完整的一座艺术品。

据《洛惠局志》记载，此亭的图纸就是南京中山陵"仰止亭"的图纸。那么，我们就呼这座亭为"仰至亭"吧。在这里，我们洞见了自汉以来的先辈们的丹心铁骨，他们魂系"引洛"，矢志不移，才有了今天的洛惠局，才有了今天的满畴禾稼，才有了秦东大地的肥腴丰饶、遍野风光。

夕阳西下，将金辉涂在水坝南边的峭壁上，那壁层层叠叠，被激浪水雾洇成铁黑，哲人般肃穆、冷峻，如人叠的罗汉一般，完成至高，完成接力，犹如龙首渠的故事。

第三辑　老村时光

铁镰石磨兮，油灯纺车；

麦罢重阳兮，春种秋割；

往事已逝兮，漫漶湮没；

老村时光兮，串撷成歌；

援笔记之兮，悲欣交错；

滤沙见金兮，传统永烁。

渭 水 谣

　　渭河从我家门前流过，犹如一条素练飘落在绿色的原野上，浩荡宛转，不舍昼夜，向三河口奔去。

　　小时候一直不晓得，它就是大名鼎鼎的渭河！因为我们这里都叫它"雨河"。雨河多好啊，有雨就有河，有河就有雨，雨花飞溅的河流，多么富于诗意啊，我曾经为它骄傲。

　　有一天傍晚，白发齐耳的曾祖父无事，就结结巴巴地给孩子们讲故事，讲姜子牙渭水垂钓用的直钓钩；讲秦穆公泛舟济晋，白帆在渭河里一摆几百里；讲张果老沿渭河倒骑驴，影子印在华山上；等等。从这时候起，心中对渭河便有了一种向往。后来又读唐诗：

　　　　重峦俯渭水，碧嶂插遥天。（李世民）

　　　　渭水银河清，横天流不息。（李白）

　　　　沙苑临清渭，草香泉丰洁。（杜甫）

　　　　骏马似风飙，鸣鞭出渭桥。（李白）

　　心中的渭河又变得神圣起来，跟神话中的昆仑山一样，充满神秘。奇怪的是，当时没有问曾祖父渭河在哪里，所以就一直颟顸着。

后来曾祖父去世了。有一天，爷爷说起"雨河"就是渭河时，我还是大吃一惊:呀，大名鼎鼎古老神秘的渭河就在村前。那一刻，感叹、敬畏、热爱，种种情愫在心里油然而生了。

春风荡漾塔铃叮咚的季节（村西有碑塔，塔的四角有铃，在风里叮咚，悠扬而淡远），门前坡下的杜梨树已挂满青涩的像枇杷样一嘟噜一嘟噜的小果，旁边苜蓿园开满紫色的花朵，蝴蝶、蜜蜂在上面嘤嘤嗡嗡飞舞，蚂蚱在草下得意地鸣叫蹦跶，苜蓿花浓郁的香味在微风里飘荡，弥漫了整个河滩、村庄。

厦屋炕上，妈妈解开一个小包袱，里面尽是花花绿绿的碎布片，那可是小女孩的最爱。端午节要到了，妈妈早早在集上买了香料，要做小香包、红花串。她把红红绿绿的碎布片剪成小圆片，把蒜薹秆剪成小段，用水银珠隔开串成璎珞，挂在孩子脖子上。再用碎绸缎片裹上香料，做成小馄饨、小扇子、小贝壳各种好看的造型，叫香包，缀在孩子、老人的衣襟上。

端午节过完，把璎珞串、香包挂在院子的石榴树上，石榴便会结得又多又好。这时，她一边做，一边唱。我听到了妈妈的歌谣:

> 苜蓿花儿扎拌汤，我家住在河岸上。
> 苜蓿花儿蒸麦饭，我家住在河边前。
> 瓢瓢船一撑过潼关，扇子船扯起上长安。
> 苜蓿叶儿绿旺旺，我家住在河岸上。
> 苜蓿花儿雪蓝蓝，我家住在河前边。
> 钓竿一甩钓潼关，竹篙一撑扳华山。

妈妈轻轻哼唱着，那曲调是自编的，想怎么唱就怎么唱，有时是吟。隔壁新婆纺线时唱过，她又是另一种曲调。因此我断定，渭水谣是无韵的，人们用各自情愫自由地去演绎它。就像谁说的，一千个读者的心里就有一千个哈姆雷特，一千个渭河女人就有一千种唱法。不但吟唱的曲调不同，我还听到另外一种唱词，这是爷爷唱的：

> 雨（渭）河长，雨河宽，
>
> 我家住在雨河边，
>
> 瓢瓢船一撑出潼关，扇子船扯起上长安。
>
> 长安本是帝王乡，秦风汉雨唐月亮。
>
> 雨河长，雨河宽，
>
> 我家住在雨河边。
>
> 艄公扳船浪里钻，老娘坐船朝华山。
>
> 沉香劈山把母救，玉泉院里睡陈抟。

那时候，只觉得歌词极美，便要爷爷再唱其他的。谁知爷爷竟面露恓惶，唱出下面的词句：

> 有福的生在各州府县，没福的生在渭河两岸。
>
> 那一年发大水家园不见，逃过河在这里暂把身安。
>
> 高崖上建村庄把罪受遍，到如今十八世子孙绵延。

爷爷说这词是他自编的，讲述了老村的来历。原来，我们祖先住在渭河南岸的华阴县李村，就是李白倒骑驴的华阴县。爷爷说，李白被贬，出了长安一路向东，来到华阴县。县官太贪，草民怨声载道。李白就倒骑了驴在县衙门前走，被衙役捉住，上了老爷大堂。县官质问，为啥要在县衙门前倒骑驴？李白挥笔写下一句话："天子殿前尚容我骑马行，华阴县里不许我骑驴人。请验金牌，便知来历。"县官吓得连连回话，再也不敢胡作非为了。

这个故事被爷爷津津乐道，讲的时候总是眉飞色舞，容光四射。最后强调，我们就是华阴县人。一二百年前，渭河发大水冲垮李村，整条巷被冲到河里。先人们死里逃生，来到河北岸，择高处建村，才有了现在的村庄。

每年春节，家里都会在厅房下悬挂先人影轴。那影轴有七八尺宽、一丈多长，顶端绘有四个穿清服的老人（弟兄四个），下面全部画着小格，每一辈人都用名字表示，占一小格。写到曾祖父一辈，已是十六世了，这正是爷爷唱曲中所说的。

渭河，我的母亲河，是你养育了渭河人，让他们开枝散叶，繁衍连绵；又由着性子去毁灭他们，让他们随波逐流，流离失所。

令人又爱又恨的河流啊，我还是要把你歌唱。家乡土地、河流山川、父亲的土地母亲的河，这刻在骨子里融化在血液里的情愫，同南山一般永恒，同渭水一般绵长……

磨　坊

　　那时候，村村都有磨坊，好些村还有几家磨坊。磨坊往往是私家的，一般设在前门房里。这样一来粮食牲畜进出方便，二来磨坊的牲畜粪也好弄出去。往常磨面驴拉牛拽，到三年困难时期，人都没吃的，何况牲畜？饿死得差不多了。剩下的也是"脊梁杆子比刀快"，瘦成骨头架儿。食堂散后，家家都是人推磨。

　　好在最困难时期已经过去。时序进入1964、1965年，人、牲口都缓过了气儿，推了几年的磨，总算停下来。谁家要磨面，可提前到饲养室去"问头牯"（牲畜），负责人会给你安排，那天你来牵牲口，可用两三个小时。再去磨坊家"问碨子"，定好时间，大伙儿轮流磨面。

　　不凑巧的是，这年春上，队上拉磨的青花驴怀孕了。队长规定，不准再用青花拉磨。于是，磨面又成了人的活儿。这不，村东头皂角树下五爷家磨坊里，春元叔正在推磨。我们这儿都把石磨叫"碨子"，推磨自然就叫"推碨"了。

　　这时，两片石磨正转动着，磨碎的麦粒雪一样纷纷落在磨盘上。花婶坐在罗面柜前罗面，十三岁的女儿麦香一手拿小扫帚，一手拿小簸箕，围着石磨转，用小扫帚把磨顶上的麦子往磨眼里扫，再用小簸箕揽磨盘上的碎麦片，把碎麦片递给花婶，花婶把它倒进罗子，"咣咣当当"罗起来。

磨道里，春元叔开始还轻松地转着，等到二斗麦子头遍磨完，二遍开始，他的步子明显慢下来，吭哧吭哧地出气。花婶心疼地望着丈夫道："头遍轻，二遍重，三遍就要人的命。干脆我也来推！"

春元叔勉强挤出一丝笑容，安慰妻子："没事，你罗你的。"说完，又加大了步子。个把钟头后，二遍磨完，三遍开始时，他脸色变黄，满头大汗，步履越来越沉重，出气声越来越粗短。懂事的麦香见状，赶紧放下小扫帚和簸箕，帮父亲推起来。就这，父女俩头上汗珠打线线往下流，石磨的转动也越来越缓。

这时候，春元叔十岁的儿子二怪晃着刚剃过的青森森大脑袋，吸溜着清鼻涕跑来了。一看磨坊里的劳动，他挠头想了一下，就拍着双手喊起来：

> 一斗麦，二斗麦，搁到碾子没人推。
>
> 公鸡推，母鸡簸，鸡娃来了拾麦颗。
>
> 老鼠擀面猫烧火，蛤蟆爬到锅沿上，
>
> 哇叽哇叽喝面汤。

花婶看了喊："二怪，喊叫啥哩？还不快帮你大（爸）推碾。"

二怪扮个鬼脸过来，他比拽棍稍高半头，只能把胳膊伸直，抓住拽棍使劲儿往前推，石磨果然很快旋转起来。春元叔笑了："小伙子不吃十年闲饭，我二怪行啊。"

麦香说："添个蛤蟆还四两劲呢！"一直俯在罗面柜上罗面的花婶抬起头来，用手掠过滑下来的头发。不料，手上的面粉沾在脸上，成了花脸。她开了言："烂套子（棉衣内胎）也有塞窟窿的时候。"二怪和麦香瞅见妈妈模样，活像灯影戏里的"窑婆"（继母），他俩笑得撇下拽棍弯下腰。妈妈一边用衣袖揩脸上的面粉,一边道:"笑笑笑,只管笑,男笑一痴,女笑一瓜,皇上一笑,失了天下。"

二怪这时已推了好大工夫,劲儿用完了,想逃跑,一跺脚道:"说我是烂套子,我不干了。"就跑出磨坊。

磨坊门口有棵大皂角树。正是七八月间,上面挂满绿色的皂角,树顶上还有去年遗留的黑皂角。在树下哄娃(看小孩)的奶奶指着树上的皂角,给怀里的小四儿念童谣:"从小绿鳖鳖,长大黑鳖鳖,刮风下雨鳖打鳖。"

老三秀秀五六岁,经常跟奶奶在一起,学了不少。她马上接住奶奶的歌谣:"谁猜着,是灵鳖,猜不着,是笨鳖,谁不猜是哑巴鳖。"恰好树上掉了个黑皂角,秀秀赶紧跑过去拾来,奶声奶气地说:"给妈妈洗衣服。"

英英端了用黏糜子蒸的黄黄的甑糕,到树下来吃。小四儿眼馋,张着手要吃,奶奶阻止了英英递来的甑糕,正色道:"好孩子不许吃别人东西,爱吃别人东西,叫'贫瓜瓜'。"

秀秀拍起手,嘲笑小四儿:"贫瓜瓜,打瓜瓜,吃他外家菜瓜瓜。"英英懂事,端上碗走了。

小四儿可怜兮兮的,眼巴巴望着英英的背影。奶奶打岔,转移孩子的视线,指着不远处大椿树上的喜鹊窝,念起了童谣:

> 村东头,树木多,树上一个鸦鹊窝。
> 鸦鹊窝,烧滚锅,烧滚锅儿没米下,
> 夹个升子到邻家。
> 邻家婆,蒸甑糕,咱的心里像猫抓。
> 叫娃娃,你甭抓,赶明给咱也蒸糕。

秀秀早把这首歌背得滚瓜烂熟。她又接上拍着手说:"蒸哈(下)

糕，不好吃，咱到南岸地里打枣去。"这当儿，二怪从磨坊跑出来。一边跑一边喊："没头牯，推碾去，头遍轻，二遍重，三遍就要人的命，还说娃娃不中用。"

听到孙儿喊声，奶奶忙放下小四儿，颠着小脚跑过来，拦住二怪，大声向磨坊里说；"谁说我娃不中用，不添斤儿还添两呢。"接着又说二怪："小娃勤，爱死人，小娃懒，黑了眼，拿上鞭子往出撵。"

随后，奶奶悄悄地小声说："婆给我娃摸个吃喝。"奶奶把手伸进大襟下衣兜摸了好一会儿，摸出几个干瘪的红枣，塞给二怪说："给你爸帮忙推碾去。"

也许是奶奶的"吃喝"具有吸引力，二怪眼盯着奶奶的手，接过红枣，赶忙放一颗在嘴里，晃着青苤蓝一样可爱的脑袋，边吃边念："叫奶奶，你甭撵，我学勤，不学懒，跟上爸爸搞生产。"

二怪又进磨坊了。奶奶抱着小四儿，满脸忧愁。秀秀说："我也跟哥推碾去。"奶奶忙阻挡："不去不去，你还没有拽棍高呢。"秀秀噘起小嘴巴，就要淌眼泪。奶奶忙安慰道："秀秀，咱不推碾，咱哄娃，他二怪可哄不了。"

秀秀儿破涕为笑："咱罗面面。""好，咱罗面面。"

秀秀和小四儿对面坐，手拉手，婆念起来：

> 罗罗罗，罗面面，一斗麦，三参参，
> 碾个七斗八罐罐。
> 碾下白的献爷爷，碾下黑的喂骡马。
> 骡马喂得壮壮的，上你外家看唱去。
> 啥唱？灯影子，一捶捅个窟窿子。

说到最后，秀秀拉住小四儿摇晃，小四儿"咯咯咯"地笑起来，秀秀也笑得前仰后合。

这时，当队长的爷爷从饲养室那边过来了。他满脸喜色，冲着老婆子喊："青花生个双胎，一公一母。"青花是队里那头宝贝母驴，平时村上群众磨面就靠它。自从它怀孕，谁也不准用它干重活。功夫不负有心人，青花竟然产下双胞胎。

奶奶怔住了，她张大嘴巴，紧忙合不拢。要知道，驴子的双胎率比人类低了不知多少。半天，她才说："哎呀呀，这可是大喜呀。"爷爷喜气盈盈地来到磨坊，帮儿子推起碾来。青花生双胎的消息，给正在碾子上苦苦挣扎的一家人带来快乐、希望。

由于父亲的加入，也由于青花的喜讯，磨坊里脚步明显轻快起来。二怪边推边问："爷，青花啥时候能拉碾子？"

"一两个月呗！"

"驴驹啥时候会干活？"

"一年多。"

他们拉着闲话，麦子终于磨完了。

最高兴的要数二怪，他撒开脚丫往饲养室跑去，一边跑一边喊："一斗麦，两斗麦，搁在碾子没人推。公鸡推，母鸡簸，鸡娃来了拾麦颗……"奶奶怀里，小四儿的长睫毛已经垂下，可还眯着一条缝儿。奶奶欣慰地摇晃着，念着："小娃睡，猫推碾，小娃醒，猫跳井……"

磨坊里，爷爷端一簸箕麸皮往出走，说："先借点，要喂青花呢。"

冬月到了，外面飘着雪花。饲养室的大铁锅里，水冒着热气。今天过星期，一大早，孩子们就从家里拿来红薯，塞进大铁锅下火红的柴灰里。这会儿，他们有的弯着腰，把一簇棉花秆往锅下塞。火苗儿蹿着，映着他们的红脸蛋，映着对面墙上陈旧的条幅：六畜兴旺，槽头平安；有的蹲着身子，手拿棉花秆，在火堆里刨着红薯；有的拿起烧熟的热红薯啃，脸上一片片黑，滑稽可爱。二怪夹在中间，拨着柴火，庄重得像个将军。一个饲养员正给青花拌草，二怪站起来，用手试了试锅里的水温，就喊："安伯，水热了，该饮青花了。"

二怪记得，青花刚下崽那会儿，爷爷告诫说："傻小子，青花下崽时不能喝凉水，十个钟头后才能饮一点热水，也不能喂湿草，只能喂干草。第二天才可以吃拌草，但不能拌太湿。"自那以后，二怪每天放学，放下书包就往饲养室跑。这会儿，他从铁锅旁瓮里抓起一把麸皮，走到青花槽边，把麸皮缓缓撒进木槽的草里。青花一边吃着散发清香铡得碎碎的谷秆，一边低头舔自己的小驴驹儿。小驴驹浅紫色带着白花，缎子一般柔软光亮，非常漂亮。安伯为它们起名叫紫花、紫风。饲养室里暖烘烘的，一派安详的气氛。

青花恢复得很快，四十天后，就开始拉磨了。村上人推碾的苦日子结束了。

七十年代初，有了电磨，几千年的石磨结束了它的历史使命，加入文物行列。后来散了生产队，青花母子仨也被群众抓阄儿抓走了。二怪和伙伴们也离开老村，去了各自的生活领地。

多年后，爷爷奶奶都已去世，爸爸妈妈的头发已经花白，腰身也已佝偻。姊妹们聚首的时候，麦香总忘不了那时的推碾，提起来就眼泪汪汪；二怪记得最清的是饲养室的温暖和青花驴，还有小驴驹儿紫花、紫风，以及褪色的对联:六畜兴旺，槽头平安；秀秀、小四儿记得最清楚的却是奶奶的歌谣，那远去的吟咏声:

> 一斗麦，二斗麦，
> 搁到碾子没人推……

"瓜"婆娘

说起女人，乡间有一首民谣蛮有趣的。民谣这样唱道：

> 婆娘家，生得瓜（傻），
> 一爱女来二爱花，
> 三来爱吃菜疙瘩。

民谣生动活泼，明贬暗褒，用反语把女人的特点和爱好形容得形象逼真、淋漓尽致。

女人爱女，人性使然，那个母亲不爱自己女儿呢？她们一边埋怨，女多害祸多，儿多灶火多；一面又自我安慰，生女是害祸，能吃"油憋破"（油芯花馍）。已故秦腔名彩旦王辅生演的《看女》，就把女人爱女儿表现到了顶峰，是"儿好媳妇瞎（坏），我女逢个猪阿家（婆婆）"的典型写照。

爱吃菜疙瘩，这是艰难生活养成的习惯。在过去粮食不足、瓜菜代粮的年代，女人多吃点野菜，老人丈夫孩子就能多吃口主食，多么可贵的品格啊。

女人爱棉花，职责使然。自古以来，男耕女织，棉花可是一家人的穿着，而且全靠女人一双手。从务棉到纺棉，从织布再到做成衣衫，那一路走来的千辛万苦，没经过的人体会不来。先说种棉花。农谚说：

> 谷雨前，不种棉。枣芽发，种棉花。
>
> 立了夏，不种棉。要收花，旱五、八。
>
> 湿锄糜子干锄花，露水地里锄芝麻。

看看，光种棉这么多讲究，就知道有多难了。是啊，谷雨前天气凉，可能会有霜，种早了棉苗出土受不了；立夏后又迟了，坐铃时遇到高温，棉铃成不了；所以只有枣芽发时最合适。棉花要丰收，五月八月要少雨。正因为如此，棉花产量非常有限，穿衣与吃饭同样不容易。人们说"吃饭穿衣量家当"。所以女人爱棉花，就是自然了。

中华人民共和国成立后，国家急需棉花，人们就在提高作务水平上下功夫。张秋香、侯玉琴、刘长锁、郑腊香等务棉能手脱颖而出，各村都有铁姑娘务棉组。看看，务棉的大都是女人。人们说，务棉如绣花，一针不能差。女人心细，适合作务棉花，所以务棉就责无旁贷地落在女人身上。

第一环节"保全苗"就相当难。棉苗项软柔弱，种浅了缺墒不发芽，种深了又顶不出来。为此，人们想了许多办法，先是棉圃育苗，棉苗移栽，后来又发展成薄膜覆盖。这不但解决了保全苗问题，还把棉苗出土提前了，相当于提高了棉苗生长期。

棉花虫害非常大。先是危害棉苗的蚜虫，接着是棉铃虫，它钻到棉桃心里，就像孙悟空钻到铁扇公主肚子里。好好的棉桃被它啃坏，你打多少农药都不管用，真真急死人，气死人。

那时，棉苗一出土，就开始打农药防蚜虫，长出棉桃又防棉铃虫。只见务棉组铁姑娘背起喷雾器，一个紧跟一个在棉田劳作，呛人的气味弥漫整个棉田。但棉花产量一直在徘徊，直到无虫棉出现。

五六月间，整枝打掐，脱花裤，掰芽子，打花尖。大太阳下，蹲在田里，脸上汗水打线线，两条腿蹲得又酸又麻。姑娘们说：务棉日当午，汗滴苗下土，谁知身上衣，件件皆辛苦。

再说纺线织布。那时，国家供应每人一丈多布票，每尺布三四毛钱，人们往往买不起。生产队每人每年分二斤棉花，能织三四丈布。女人白天上工干活，晚上纺线。线纺好要拐，拐好了要浆，浆好要倒到竹筒上再经布，最后上织布机织成布。

农闲时，女娃们把纺车搬到谁家厅房下，一起纺线。纺车吱吱呀呀地响，民谣咿咿呀呀地唱，自成曲调，很是动听：

> 天上星星哗啦转，地上棉籽拿灰缠。
>
> 种到地里锄三遍，整枝打掐还不算。
>
> 结下桃铃赛蒜瓣，棉桃摘下一大摊。
>
> 剥的剥，拧的拧，拧成云来弹成雪。
>
> 手拿雪条上纺车，纺成穗子赛萝卜。
>
> 拐子拐得忙，线羽转得欢。
>
> 大姐和面来浆线，盆里搓了几十遍。
>
> 二姐倒线筒儿上，三姐经布在门前。
>
> 一条长板二十眼，插上线筒转得欢。
>
> 线线拉了几十圈，拿来盛子卷线线。
>
> 机子是个活娘娘，盛子搭在机子上。
>
> 梭子飞来梭子转，织成布儿白光光。

（注：拐子、线羽、盛子都是纺织工具。）

这首歌，把种棉到织布的过程形象地描述出来了。

同州一带都种棉花。以沙苑为分界线，沙南人织布用高机，沙北人织布用腰机。高机织布省力，织出的布质量好，可是经布、引布、穿缯等工序很多，很麻烦；而腰机织布全凭腰上用劲，较费力，但从经到织过程却简便省工，因而各有特点。人们把织布编成谜语：

> 十亩地，八亩宽，中间坐个女儿官，
>
> 脚一踏，手一扳，旮里旮旯都动弹。

多么美好的一幅图画！《三字经》则是这样叙述的：

> 昔孟母，择邻处。子不学，断机杼。

《古乐府·木兰辞》中也描述了一幅织布图，同样是人们所熟悉的：

> 唧唧复唧唧，木兰当户织。
>
> 不闻机杼声，惟闻女叹息。

一说孟子母亲剪断织机教育儿子，二说花木兰替父从军故事，都是表彰女子的。可见一两千年前，织布已经很普遍了。可直到二十世纪七十年代，人们还在用老法纺线织布，中华民族的时代进程就如夕阳下的老牛破车，够慢了。

记得那时，生产队买了日本尿素，袋子是化纤的。村干部捷足先登，就拿回家染染做衣服。社员们不服气，编顺口溜表达不满："大干部，小干部，一人一条尼龙裤。染黑的，染蓝的，就是没有社员的。"后来，尼龙袋子多了，就一家分一条，终于平衡了。可见那时穿衣有多艰难。

改革开放以后，国家发展一日千里，工业化终于代替了女人手工。村里纺车、织布机成了文物，年轻人已经不会操作了。一些上年纪的人从集市上买了洋（机）线做经线，又收拾纺车，纺些粗线做纬线织抹布。她们觉得市面上卖的抹布太细，不如自己织的淋水好用。老人说，趁还能动，织些抹布留着，我们死了就没人织了。

今年春上，就见到四五个妇女正在街道里引布（把经好的线刷匀，卷在盛子上）。暖暖的阳光下，街道干净整洁，两旁冬青正绿，月季玫瑰正红，燕子停在电杆上，像是动人的五线谱。引布妇女扳盛子的、刷经线的，她们轻声细语，加上燕子呢喃，在春风里画出一幅温暖的引布图。

箱子里有好几块抹布，都是过去母亲织的，用不完就拿了送人。虽然不值钱，却是市场上买不到的。拿钱买不到的东西，能说它不值钱吗？

婆娘们到底"瓜"不"瓜"？

花轿抬过来

几十年前，乡间最令人兴奋的事，除了过节耍社火、唱大戏，就要数娶媳妇了。

冬天到了，忙了一年的农人终于闲下来，娶媳妇的时候到了。"三六九，不用数"，十月冬月腊月，逢三逢六逢九都是好日子。于是，唢呐整天地吹着，花轿摇着晃着，从东村到西村，从南湾到北寨，喜庆红火的气氛把寒冷的冬天都暖热了。

姑娘出嫁，沙苑北叫"打发女"，沙苑南叫"发落女"。先一天，暖暖的院里，太阳正好，"摘拔娘"正把棉线绞在一起，一头咬在嘴里，另一头用两只手分别捻住，借助线的绞力，把准新娘额头腮边及后颈的细汗毛绞下来。然后修眉毛，修得又细又长，谓之"摘拔"，又叫"开脸"。开过脸的女娃果然像换了人，新鲜得像含苞待放的花，光彩照人。这时候你发现，新娘子真是世上最美的女人。

平时，人们辨认姑娘、媳妇，就是看你开没开脸。没开脸的姑娘叫"毛头女"。听说旧时逃兵灾，人们忙把女孩头发盘成发髻，冒充媳妇。可兵们会认，看你开没开脸。如果遇到毛头女儿却梳着发髻就说："说你是媳妇没开脸，说你是女儿盘一卷。"可见，"开脸""摘拔"，是女孩将成为妇人的重要标志。

花轿来了，屋里"祀先"的人正在女家先人影轴前献礼祭拜，吹鼓手的两腮鼓得像猪尿脬，唢呐朝天，使劲地吹着欢快的调子。新娘早已打扮一新，母亲给女儿叮嘱如何做媳妇。女孩忐忐忑忑，她早听说过，做一女儿坐一官，做一媳妇哭皇天。可是无法，七八岁便定了亲，女婿是光脸麻子不知道，只是纺线时女伴们在哼唱：

> 石榴叶儿尖尖锁，先卖我姐后卖我。
> 我姐嫁个白胡子，小妹嫁个猴儿子（小孩）。

终于到出嫁这一天，白发奶奶攥着孙女的手叮咛着："明教子，暗教妻，半夜起来教女婿。"又说，到婆家要腼腆，少顶嘴，"有手难打哑媳妇"。

姑娘似懂非懂，并不知道怎样教女婿、怎样做媳妇，只是垂泪点头，心里又想起白胡子外祖父吟的诗："三日入厨下，洗手做羹汤。未谙姑食性，先遣小姑尝。"是的，小姑是婆婆的心尖尖，小姑知道婆婆喜好，先要和小姑处好，才能取悦婆婆，这是经验之谈。窗外，小侄女依着石榴树打秋千，她一边荡悠，一边奶声奶气地念儿歌：

> 我大爱吃山核桃，把我卖到山旮旯。
> 桌子擀面太的高，板凳擀面折断腰。
> 半截擀杖没牙刀，漏气风函（风箱）要我烧。
> 我大只图把钱见，娃受的难过谁知道？
> 挂擀杖，骂媒人，媒人真是没良心，
> 说下这媒烂舌根。

小侄女念得好听，没想到屋里准新娘已泪流满面。嫂子看见，赶紧喊："黑妮，看看虎子醒了没有？"小女孩跑过去看弟弟了。

要上轿了。新娘子顶着盖头，被扶女嫂搀进轿里，在喜庆的鼓乐声里，起轿了。

一路上其实是很平稳的。可一进村，噼里啪啦炮仗一响，那些轿夫们就使开本事，使劲地颠着，扭起秧歌步。街道两旁挤满男男女女，孩子们到处乱窜，拾炮仗。压轿的哥哥使劲地压着，不让轿乱颠。轿夫都是"人来疯"，只要鼓乐响起，巷里站满看热闹的人，他们就来了劲，扭得越疯狂。两边看热闹的拍手叫好。那时缺乏娱乐，一场婚礼就是一场热闹，全村人都来看。看婆家的排场，看娘家的气势。终于，花轿停在婆家门前。

"花轿到门前，还得个老牛钱。"经过媒人襄公说合，给压轿娃、扶女嫂红包（早年只给粗布手绢，后来变成红包），都到了位。媳妇在扶女嫂搀扶下下轿了，婆家人欢天喜地铺好红毡，两个迎姑嫂迎上去，一只手拿升子，升子里有白亮亮的碎麦草、麸皮拌着绿红纸屑，还有亮闪闪的缝衣针、四个小馒头，"扬花子"来了。扶女嫂扶着媳妇前边走，扬花子的迎姑嫂跟在后面，抓起升子里的花屑，往媳妇头上、身上扬，像天女散花，一面唱歌似的念：

> 一撒金，二撒银，三撒媳妇进了门。
> 一撒麸子二撒料，三撒媳妇下了轿。

花屑碎草，银针包子，纷纷落在媳妇盖头上。据说这撒花子，麦草饲料象征六畜兴旺，缝衣针象征新娘子贞洁手巧，包子、馒头象征丰收福气。看热闹的大人小孩都盯着绣花针、包子、馍，看谁能拾到手。人们哄抢着，一片笑声（现在由婚庆人喷一种花雾，也好看）。

洞房早已布置一新，民国时洞房里挂满客人贺喜的红对联。上写"玉种蓝田夸美辞，诗题红叶缔良缘""鸣雁飞传红叶诗，鸳鸯宿鸣窈窕章"，等等。二十世纪六七十年代，村上人时兴送年画贺喜，《穆柯寨》《过洪州》《春秋配》等老戏内容，新内容的像《梁秋燕》《刘巧儿》《胖娃娃》……这些年画每张一角八分钱。最好的是"四吊画"，有两张，每张画分两竖行排列，共八格，按顺序绘故事内容，像《宝莲灯》《甘露寺》《天仙配》等等，关系深一些就送四吊画，煞是好看。

拜完花堂，入了洞房，炕上放不少红枣、花生、核桃，寓意媳妇早生贵子。嫂子来送馄饨，白白胖胖、像麦囤似的馄饨、花馍富贵又端庄。要隔窗送，再送一根青翠白嫩的大葱。爱说爱笑的嫂子一边递，一边念：

> 花馄饨，就生葱，
>
> 阿家（婆婆）叫你你不应，
>
> 女婿叫你一溜风……

周围看热闹的大人孩子都哈哈大笑起来。据说，馄饨象征新婚夫妻往后日子浑全圆满，大葱象征媳妇清白贞节，当是人们对新婚夫妇的良好祝愿。

到晚上，闹房的人闹闹哄哄，三天闹房无大小。傍晚时分多是小孩，再后来，大人们都来了。泼辣嫂子对新郎、新娘面授机宜，要求新婚夫妇一问一答：

> 男：遮棚顶，苇子绑，
>
> 女：我在娘家把你想。
>
> 男：想我咋不来呀吗？
>
> 女：来了害怕我妈嚷（训斥）。

于是，几个嫂嫂、婶婶嘻嘻哈哈，手拿擀杖，要新娘和新郎轮流说，不说就打新郎。新娘满面含羞，但为了丈夫少挨打，只好羞羞答答说了，引起下面哈哈的笑声。

小伙们来了，为首的黑牛干嗨几声道："咱们文明点儿，我说个谜语媳妇猜猜，猜着了算过关；猜不着，我让你干啥，你就得干啥。"新郎、新娘这会儿是"人为刀俎，我为鱼肉"，无可奈何，只得任人摆布。黑牛煞有介事地清清嗓子道：

　　从小绿憋憋，长大黑憋憋，刮风下雨鳖打鳖。

新娘从容答道：是皂角。黑牛狡黠一笑说：你着啥急哩？又道：

　　猜着了，是灵鳖；
　　猜不着，是闷鳖；
　　谁不猜是哑巴鳖。

大家都大笑起来。黑牛说："媳妇果然是个灵鳖。"于是新人免去一场逼本事的闹剧。小伙们嫌不过瘾，涨河又出新招，说绕口令。他清清嗓子道：

　　出南门，走六步，碰见六叔和六舅。
　　叫六叔，和六舅，借给我六担六斗六升六合六厘六毫好
　　六豆。

涨河说得很快，新人根本听不清，说不了。这下，小伙子起了哄，这个喊"喝个交杯酒"，那个喊"邦嘴、掏咻咻（麻雀）"。这时婆婆借送茶来看究竟。媳妇机灵，趁机跑到上房奶奶的炕上。

二十世纪六七十年代，闹房增加了新俗，让新郎、新娘唱样板戏，唱歌，新郎、新娘再也不是旧时代的小孩，不需要别人进行性教育，但闹房的人们还是嘻嘻哈哈，酸话"酸本事"逗乐。闹到半夜，也就自觉散了，把新婚良宵留给一对新人。

时代总是不断进步的，但回想过去的风俗，还是很有趣的。

黄鼬吃鸡

打麦场在村子紧南边，东西走向的长方形，有二三十亩大。周围用土墙围起，有三个出口。北出口紧挨着南巷，门口有一间房，闲时放大车，忙时看场人住；南出口通往菜园，南墙外是一棵棵老槐树、椿树、榆树，树下杂草丛生，是蚂蚱和蟋蟀的乐园；西出口外边是饲养室，里边是生产队的库房，麦季、秋季用来存放粮食、棉花。这么大的打麦场，周围少有，因而是村上的骄傲。

每到星期天、节假日，这里便成为孩子们的乐园。春风荡漾的三月，月明星朗的秋夜，全村孩子便来这里游戏，踢杠打枑滚铁环，打猴顶牛学车子。大家总结说：男娃打枑赢柴，女孩踢杠费鞋。

所谓打枑，是男娃们玩的游戏。用尺把左右长的木柴，去打对方下注的另一根木柴，如果打出划好的线外，就算赢了。否则算输，赢了柴棒就归赢家，最后看谁赢的柴多。

女娃们爱玩踢杠，又叫"踢机子"。先在地上画出几何图案正方形，再把四角用对角线连起，成为四个三角形。再在正方形外边，画一个小正方形，作为入口。女娃站着，手拿巴掌大小的瓦片，往小正方形里扔。然后开始金鸡独立：用一条腿跳跃着，去踢小瓦片，逐格子踢，踢出来算赢，否则就算输了。这些游戏用人较少，三四个人就行。因为要用脚踢瓦片，往往就踢烂了鞋，受到妈妈的责备，但仍然乐此不疲。

打猴就是打陀螺。白光光的场面上，几个孩子扬着鞭子，胳膊抡得老圆，抽打一只木头陀螺。陀螺顶端钉着一颗画钉，画钉磨得白光白光，随着鞭子抽动，在地上旋转。打猴的孩子满头大汗，玩得不亦乐乎。

另一拨孩子在玩顶牛游戏。顶牛的两人都金鸡独立，两只手捉着另一只脚，一条腿灵活跳跃着向对方顶去，谁被击倒，谁就输了。

家里有自行车，就在场里学车子。刚学的孩子推着车子，战战兢兢，后面跟着几个孩子"保驾护航"，帮他稳住车子。看他晃晃悠悠，骑上去像要跌倒，"保驾"的孩子赶紧在一旁护住，才没有跌下来。慢慢的，学车子的孩子越骑越好，后面"保驾"的悄悄松开手，让他自己骑。学车的人以为别人还在，谁知自己竟骑出很长路程。哇，真高兴，终于学会了。

最有趣的，当数黄鼬（黄鼠狼）吃鸡，有的地方叫老鹰抓鸡。这个游戏在各地较为普遍，只是叫法不同罢了。

静谧的夜晚，黄鼬抓小鸡开始啦。先选两个年龄大点、身体壮点的孩子，一个当黄鼬，一个当母鸡。母鸡当头，身后连着一串串小孩，他们一个拉一个孩子衣服后襟，列好架势。

当黄鼬的黑瓷儿是个调皮鬼。他十二三岁，有的是力气。这时，他捋捋袖子，猫下腰，眼里闪着狡黠的光，嘴里发出"呜呜呜"的威胁，寻找下手的机会。"母鸡"后面，"鸡群""咯嗒咯嗒"地叫唤着。"黄鼬"坏坏地笑着，嘴里念着："前门关，后门开，逮住鸡娃吃奶奶。"然后就向鸡群扑去。

当母鸡的菊花，可是个刁女子。她丝毫不怯火黑瓷儿厉害，一边嘲笑他："崖颅畔，窝窝眼，下得雨来不打伞。"

黑瓷儿额头较突，眼睛稍陷，是所谓的"崖颅畔"。菊花就拿来嘲笑他。

"黄鼬"恼了，"呼"地冲过来。"母鸡"迅速拦住，不让靠近小鸡。"黄鼬"又"呜呜呜呜"地叫，吓唬鸡群，"鸡娃""咯嗒咯嗒"地惊叫着，排列的队伍左右摆动着。"母鸡"张开两臂，护着鸡群。"鸡娃"胆战心惊，盯着"黄鼬"，迅速调整着队形，随着"黄鼬"左右窥视抓扑而变动。"黄鼬"一时无法得逞，摆出悠闲的姿态，迷惑鸡群。"鸡娃"们紧绷的心弦松下来。

这时，只见黑瓷儿猫下腰，转着眼珠，恶狠狠地说：我这老虎不发威，你还把我当病猫哩。说完，猛地转过身来，一个大迂回冲向右边，速度之快，令鸡群措手不及。大家一声尖叫，后边一只"鸡娃"被抓走了。

鸡群的情绪受到影响。黑瓷儿坏坏地笑着，"嘿嘿嘿"地抒发得意："朝邑风函菱角炭（风函，风箱，朝邑的最好。菱角矿的煤最好），不信把牛头煮不烂。"尽管母鸡一再调整防卫策略，只是后面的孩子小，队伍庞大，还是被狡猾凶恶的"黄鼬"一点点突破。它扑抓翻滚，花样翻新，抓走一个又一个"鸡娃"。还不断地嘲笑"鸡群"："鸡娃鸡娃你甭怪，你是世上一碟菜。"鸡群则不断尖叫着，惊呼着，彻底失去抵抗能力，一败涂地。菊花弯下腰喘息着，抹去头上的汗说："不来了，不来了。"

玩到最后，大家都累得气喘吁吁，东倒西歪。这时，天上月亮也偏了西，巷里传来大人的喊声：黑瓷儿、菊花、牛牛、秀秀，回家了。孩子们玩得尽兴，嘴里喊着"各回各家，吃馍杀瓜""各回各家，狼吃娃娃"。这才恋恋不舍，走回家去。

村里静悄悄的，风儿轻轻拂过树梢。静谧的夜晚，在童年的打麦场里。

老屋冬谣

秋收过后，小麦入土，冒出碧绿的嫩芽，田野一片新绿。树叶变黄变红，五彩缤纷，一片一片飘下来，悄悄落了满地。像是老天拜托西风寄给大地的信笺，告诉人们，冬天就要来了。

西风渐紧，篱边菊花开得正黄，香味馥郁。天空中，北雁南飞，空气清新又冷冽，似新茶清酒，令人如醉如痴。

傍晚，村子里飘起轻轻的烟雾。

十月一日送寒衣。就在刚才，家家户户男人都给故去的亲人烧纸，细心人早早用纸糊了棉衣、棉鞋，拿到坟上烧掉。坟地远，到不了，就在巷口烧。轻烟缭绕，升到空中，淡若雾霭。人们的思念，随着雾霭传达给另一个世界。同时提醒人们，冬天就要来了。

初一初二不见面，初三初四一条线。新月升起来了。村头，老爷庙改建的学校门口，李老师眯缝着眼，望着南山顶上的一弯新月。新月金黄，如梳如眉，他很沉醉，很惬意，就抑扬顿挫地吟起诗来：

> 长安一片月，万户捣衣声。
>
> 秋风吹不尽，总是玉关情。
>
> 何日平胡虏，良人罢远征？

村里，老太太们唠叨起来："十月十，棉裤齐，西风给懒汉捎信哩。"媳妇听得，就急了，又纺又织，又拆又洗又纳，忙活起来。

村西头的大涝池里，拆洗衣服的女人叽叽喳喳，在岸边青石上，捶捶打打，叮叮当当，悦耳动听的声音在水面上回荡。掏不起染布钱的人，就挖出塘底黑青泥沤布，用青泥把白布染成青色做衣服。或是用石榴皮染，或是用蓝炭渣（煤渣）染，这些自染的布颜色都浅，只是遮过了白。能节省就凑合吧，男人和孩子们都要穿呐。

可白天越来越短，黑夜越来越长，白天干不完，只好点灯熬油了。

看着媳妇房里灯光亮到半夜，婆婆焦虑不安，那多费油啊。虽然有了煤油，可它贵啊，只能点自家土产的食用油了。棉籽油、菜籽油、蓖麻油、花生油，还有芝麻油，不管是啥油，都金贵着哩，哪能点灯用完？于是婆婆发话了："唉，真是官油纺捻子不心疼，不当家不知柴米贵，油熬完了，看吃啥哩？"

是的，"十月的天碗里转，好媳妇做不出三顿饭"。媳妇眼都熬红了，她无奈地答道："天太短，一大家人，我整天吊在锅上，晚上再不干，你儿要穿没把鞋，你孙子要穿鹌鹑衣了。"

婆婆一时无语，想想自己当媳妇时婆婆的教诲，闪上话来，说道："女人家要会安排活儿，不能白天串门走四方，黑了点灯补裤裆。常言道，吃不穷，喝不穷，运用不到一世穷。"

媳妇想说，我又没串门，可怕婆婆恼，于是，低下头说："我知道了。"

调皮的小孙子正在一旁玩。他趿着没把鞋，吸溜着清鼻涕，望着母亲熬红的眼，突发奇想，拍手喊起来："红眼子，烂眼子，烧火不要炭敏子，做活不要线板子。"母亲举手要打，孩子脚下明白，"唰"地跑了。

婆婆正恼着，这会儿差点被惹笑，赶紧抱起小孙子串门去了。

媳妇无法，叹了口气，到院子收回晾干的暖烘烘的旧衣片、旧棉套子，拍拍打打，旧棉套的灰尘释放出来，在阳光里飞舞，棉套霎时变得又松软又暖和。她这才到炕上，铺好衣片，用剪刀剪去周边破絮，放上棉套。几个时辰过去，丈夫的旧棉袄做成了。媳妇累得伸伸腰，如释重负。看着自己的成果，满意的神色浮上清瘦的脸，自言自语说："剪子是个破家神，针线是个管事人。到底弄成了。还有几件衣服，等着去缝呢。"

是的，冬天的冷酷早领教了。盼吧，盼冬至，盼腊八，盼白天变长。

冬至来了，一家人都欣欣然。婆婆也上了锅，说："冬至要吃饺子，不冻耳朵。"一边张罗着淘萝卜、剁豆腐、剥葱，要包饺子喽。今天，两个打碗花般的外孙女来看外婆，外婆高兴得合不拢嘴。外孙女一个十五，一个十三，一个给妗子纳棉鞋帮，一个帮外婆包饺子。

伙房里，红白萝卜的饺子馅已经炒熟，豆腐丁、青葱末已加进去拌好，包饺子开始了。纳鞋帮的外孙女闻见香味，也来包饺子。姐妹俩先拿勺子舀饺子馅品尝，一边称赞："好香。"

外婆一本正经，告诫小女子："饺子馅是不能尝的。"

"为啥？"

"谁要尝了饺子馅，谁出嫁时要耍麻达（出麻烦）。"

"耍啥麻达？"

"花轿抬到半路上，新娘子要解手。"

小女子尴尬了："那可咋办呀？"

"咋办？只好求人呗：'轿夫轿夫我尿呀。'轿夫说：'走一截儿（一段路）就到啦。'"

小女子又捂脸道："羞死人了。"

外婆说："那没办法，新娘子憋得不行。又央求：'轿夫轿夫我屙屎呀。'轿夫不但不停，还说:'你再言传我打呀。'"

大女子"扑哧"笑了:"外婆真会编，我们不尝饺子馅，还不成吗?"

伙房里热热闹闹。前门口站着老爷子，冬至的太阳暖暖的，他正晒得惬意，若有所思地说:"冬至当日回，太阳再不向南走，就要回来了。"

儿子刚从外面回来。他上地里看了麦子，长势很好，就心情愉快，仿佛那丰收季节就在眼前。他扳指头算了算，自言自语起来:"冬至寒食一百五，寒食吃麦六十天。麦子长势好，明年一定丰收喽。"

媳妇因外甥女的帮助，刚完成一双棉鞋，正在给孩子试穿。她高兴地抬起头，刮着孩子鼻梁说:"过一冬至，长一中指;过一腊八，长一杈把;过一年，长一橼;过一正月十五，长得没母(没法说)。"孩子不知情问:"啥长了?"

"天长了，夜短了，不用点灯熬油了。"媳妇高兴地说。孩子吸溜着鼻涕，眨巴着眼睛，急急地问:"快过年了?"这可是他最巴望的。母亲笑了起来，点点头。

冬至很快过去了。进了腊月，节气一个接一个，腊月初五要熬五豆粥，腊月初八要吃腊八面，很快到了腊月二十三。这天下午，家家户户都烙饦饦馍(烧饼)。傍晚，灶火的麦秸味，烙饼的葱花香，飘荡在寒冷的村庄上空。孩子心里溢满激动，跟着灶王爷沾光，有灶糖烙饼吃，该是多么的幸运。

晚上开始祭灶。厨房灶王祭台上，已经摆上祭品，燃了三炷香。奶奶一边祭拜，一边念念有词:"腊月二十三，灶王爷上了天，上天言好事，下界保平安。"

平时，老人总是告诫媳妇女子们，谁要糟蹋粮食，谁要不孝顺，灶王爷天天看着呢，会向上天汇报的。看来灶王爷可是家庭的监督者呢。

　　除夕快到，该杀猪宰羊了。家里来了屠夫赵四叔，还有好几个身强力壮的小伙子，下到猪圈里逮猪。那猪扯起嗓子，没命地叫，叫得全巷都听见了。小囡知道，自家的猪要被宰了。她心疼那猪，经常给它拾雁屎，挖野菜，它可是家庭成员啊！小囡哭起来。婆拉起她，出门散心，给她念小曲："猪羊猪羊你甭怪，你是世上一碟菜。"然后，再三解释说，猪和羊来到世界上，就是为人做菜的，不用为它伤心。小囡终于不哭了，可心里还是酸酸的。

　　除夕终于到了。孩子们欢呼雀跃，满巷跑着喊着："咻咻（麻雀）啦，年哈咧，包子蛋（小圆馍），玩哈咧。你妈榨菜捏馄饨，你大扫地贴门神。剩下你小子没啥闹，噼里啪啦放鞭炮。"

　　另一群孩子也不甘示弱，超大声喊起来，喊得震天价响："今儿七，明儿八，后天下午挂爷爷（先人影轴）。"

　　盼着盼着，碎娃们梦里都笑醒了。终于，过新年了。

那时七夕

巧丫丫，乞巧来，

桃儿罢，枣儿吃，年年有个七月七。

泡巧芽，端清水，请下七姐洗白手。

蒸花馍，摘瓜果，请下七姐来教我。

枣叶茶，荷叶茶，请下七姐洗白牙。

桂花油，莲花油，请下七姐梳光头。

搭机子（织布机），支撑子（绣花撑），织布绣花赛能手。

每年一进农历七月，桃儿熟罢，枣儿渐红。村里女娃们就唱起"乞巧歌"，开始为七月七做准备了。

先是泡"巧芽"。找几只洁白精致的茶杯，盛上清水，分别放进小麦、豌豆等五谷种子。从下种那一刻起，羞涩少女便把心中秘密和希冀一同种下了。希望觅得好姻缘，希望今生幸福，希望心灵手巧……数不清的希冀，此刻就在水中生根发芽。虔诚的盼望伴着几分担心、期待，东邻的桃叶来到西舍，悄声地问："麦花，看看你的巧芽…"南巷的瓜女来到北街，抿着樱唇笑："灵芝，看看你的巧芽…"巧芽在少女们流盼的目光中渐生渐长，长出嫩绿枝叶，等待七夕温柔的月色。

　　七月七终于到了。案板上，摆着女人们早早蒸好的面花。一朵朵盛开的玉兰、荷花，一只只飞翔的紫燕、老鹰，还有精致的砚台、墨盒。女人心思，全部蒸进面花里，在"七夕"这一刻，呈献于"巧姑"面前。此刻，无论是少女还是少妇、老妪，她们视织女为知己，愿意在这一刻同她亲密接触，如同迎接前世的亲姊热妹一般。

　　下午，开始装扮"巧姑"了，俗称"缚巧姑"。由德高望重、儿女满堂的年长妇人主持。她们用葫芦、木桶、擀杖、蒜瓣等物，扎成人形，再给它穿上华丽服装，戴上精致头饰。"巧姑"便扎成了。

　　新月初上，村庄融入朦胧月色里，庄严的时刻来到了。村中间，人影幢幢，轻声细语，女人心里满是甜蜜、温暖，有条不紊地做乞巧前的准备。"织女娘娘"此刻正襟危坐在圈椅上，她凤冠霞帔，端庄安详，满怀悲悯地望着眼前的人们。供桌上放着各色时令水果、面花，还有一杯杯姑娘精心装扮、用红绸带束起的"巧芽"，两只烛台，光芒摇曳出一片柔情；一只香炉，静待虔诚地上香。

　　仪程开始了。所有女人分列两旁，"执事"兰娘居中，身后站着七个女娃，随兰娘上香跪拜。接着兰娘致辞，言说村女笨拙，请娘娘下凡指教云云。礼毕，乞巧的女娃面向巧姑，就席而坐，随即被大床单蒙住。兰娘一声"奏乐"，两旁站立的女子，手执瓷碗，两碗相扣厮磨，这是最原始、最古朴的乐器，奏出真正的"村乐"，声音质朴单调，悦耳动听。此时，香炉前香烟袅袅，沁入人的心扉；祭台上烛光明灭，辉映出些许迷离。天上新月隐入云中，把夜色氤氲成一片幻境，漾出了无边的神秘……这一刻，所有人仿佛饮了醇厚绵香的米酒。她们醉了，沉醉于美妙的瓷乐和夜色里。

　　　　银烛秋光冷画屏，轻罗小扇扑流萤。

　　　　天阶夜色凉如水，卧看牵牛织女星。

遥想千年前，唐代大诗人杜牧，正是置身于这朦胧夜色里，心有所动，才写出这首千古绝唱吧。

一个时辰，兰娘轻喝一声"停"，瓷乐停止了。随即，兰娘指挥两名小伙子，手拿簸箕，朝姑娘们扇去。几分钟后，喜剧就要开始。只见人们揭去被单，接受神谕的姑娘们正闭目盘膝，正襟危坐。兰娘发话了："女子们，把娘娘教你们的本事都拿出来，让姐姐妹妹婶婶大娘开开眼界。"

随着兰娘命令，"学艺"归来的姑娘们开始献艺。她们舞动灵巧的双手，或纺或织，或描或绣，或剪或裁，不一而足。围观的女人开始啧啧称奇了，言说娘娘恩高灵验。最令人开怀的，却是排在最后年龄最小的憨妞，她竟在动听的瓷乐声中沉沉睡去，鼾声幽微，态势美妙，毫不嫉妒姐姐们的成就，也不在意众人的期盼。好一个稚气未脱、不解风情的瓜女子。结束时，兰娘拉上睡意蒙眬的傻妞言称："瓜娃向娘娘谢罪。"又惹起一片银铃似的笑声。

岁月流逝，属于我们"乞巧"的炉香早已燃尽，燃尽于横扫一切的"文革"里。此后五十多年，年年七夕年年忘，人们早已没有了那份古典的浪漫，质朴的情怀，没有了那份宗教般的虔诚和近乎天真的期待。聪明起来的人们正忙着挣钱和花钱，而不知"今夕何夕"。回想当年那近乎愚钝的"乞巧"，觉得好笑。其实细细品味，正是当年有个七月七，我们脆弱的心才有所期待，有所希冀，我们单调的生活，才泛起点点浪花与亮色。

火炕之戏

数菠萝

那时的冬天，非常寒冷，乡间说"十月十，棉裤齐"。一进十月，就该穿棉裤了。到了冬月，渭河、洛河、黄河都结了冰，人们可以从河面上走过，不用乘船。

这么冷的日子，苦了生性好动的孩子们。一出门，北风吹来，脸像刀子割一样疼。爱出门的孩子，脸、手、耳朵冻得红肿红肿，淌着血，结了黑疤。据说一年冻，就会年年冻，那可不是什么好事。于是家长想办法把孩子留在火炕上玩，玩耍的游戏就应运而生。这不，奶奶火炕上，好几个孩子在玩耍，她搂着一岁多的牛牛，吟唱着童谣：

> 马齿苋，红秆秆，我是我婆亲蛋蛋。
> 我婆把我养活爹（大），我给我婆蒸白馍。

牛牛闭着眼睛，昏昏欲睡，旁边几个孩子却闹起来。花花哭，洋洋笑，豆豆在一旁扮鬼脸。牛牛也被吵醒，推开奶奶，在炕上爬。

奶奶看看乱套了，赶紧说，咱们来"数菠萝"。孩子们不哭了，不闹了，静静地听奶奶安排，围成圆圈，把脚伸出来。奶奶先来数，她手指着每个人的脚，开始念：

> 数、数，数菠萝。
>
> 菠萝南，菠萝北，菠萝地里拾剩麦。
>
> 九斗、八担，糜子颗儿撒一院。
>
> 金鹁鸪，银鹁鸪，
>
> 猴娃啦，拿绳来，把你小脚退回去。

儿歌念完，最后一个字落到谁脚上，谁就把脚蜷回去。孩子来了兴趣，争着要念。奶奶笑着说："你们玩。"就退出了。孩子们高兴，争着念儿歌，看谁的脚先退回去。就这样数着，退着，直到最后，所有的脚都退完。大家意犹未尽，就再来一遍，争先恐后念儿歌。半个中午过去了。

念着念着，问题就来了。北方孩子不知菠萝是啥，就问奶奶。奶奶指着花花手上戴的一串银手链说，这个是菠萝，那个是荔枝，这个是佛手，等等，总之是一种水果。孩子再问，哪儿有菠萝啊？奶奶说，南边很远的地方才有，你快点长大吧，长大了，好去南边看菠萝。孩子们还不满足，再问，为啥要到菠萝地里拾剩麦？奶奶也说不清。总之，祖先传下来就是那样念的，因为太好听，太好玩，才一代代地流传下来。

直到现在，在炕上，在床上，哄孩子们玩的时候，"数菠萝"仍然是不错的选择。

拍手歌

火炕上另一个游戏，就是拍手歌，这是非常普遍的。两个人，你左手拍他的右手，他右手拍你的左手，相互交叉就成了。直到现在，仍流行这个玩法，只是词儿不同罢了。这种玩法最适合在冬天，外边天寒地冻，雪花纷纷。火炕上，两个小娃就拍开了，一边拍一边吟：

> 打一，月儿平西。
>
> 打两，南墙挂网。
>
> 打三，咻咻（麻雀）被单。
>
> 打四，双手写字。
>
> 打五，五八擂鼓。
>
> 打六，六把扇子遮日头。
>
> 打七，七对鸭子八对鸡。
>
> 打八，八朵芍药配莲花。
>
> 打九，九个老头坡上走。
>
> 打十，十小姐，赶大姐，赶不上，插了楔。
>
> 插的了楔为啥的？为一疙瘩干馍的。
>
> 麦贵咧，馍碎（小）咧，丢个馍馍就对咧。

那时，只顾拍手的快乐，歌词的动听，并不知道它的意思。到二十个世纪八十年代，拍手歌变了。内容变成：

> 你拍一，我拍一，常洗澡来常换衣。
>
> 你拍二，我拍二，记得常常带手绢。
>
> 你拍三，我拍三，指甲长了剪一剪。

时代变了，儿歌内容也随着改变，它反映了各个时代的精神风貌。

罗面面

倘若奶奶怀里抱着小孙子，为让他安静下来，奶奶就和孩子"罗面面"。两人对面坐着，拉了孩子小手，一前一后送着，念着童谣：

> 罗罗、罗罗、面面，一斗麦，三参参（遍），
> 碾个七斗八罐罐。碾了白的献爷爷，
> 碾了黑的哄娃娃，碾了麸子喂骡马。
> 骡马喂得壮壮的，上你外家看唱去。
> 啥唱？ 灯影子，一锤捅个窟窿子。

念到最后，奶奶重复"窟窿子"三个字，慢慢地捅孩子。孩子"咯咯咯"地笑着，游戏就达到顶峰。

倘若，窗外大雪纷飞，北风呼啸，火炕上小姐姐在纺线，奶奶哄着小妹妹、小弟弟在玩，她就会哼着好听的歌谣，吸引孩子们注意。"鲜花歌"是这样唱的：

> 金花银花两朵花，星星牡丹带芍药。
> 刺玫花，木槿花，先问三叔到哪搭？
> 到安桥，安桥不接木槿花，择也择不下，
> 接也接不下，接来接去接下五月花。
> 抓一把是指甲花，撂过墙是扁豆花。
> 园里开的桃杏花，天上飘雪是梨花。
> 石榴花开比火红，九月里菊花黄澄澄。

孩子一边听，一边学，很快就学会了，然后教给小伙伴。就这样，耳濡目染，口口相传，歌谣融化在心里，一辈一辈传了下来。

官帽之梦

婆婆爱孙子，哄娃成了天职，再苦再累，也在所不辞，而且乐此不疲。妈妈上锅做饭了，小娃娃还赖在被窝不肯起来。婆来了，拉起娃娃穿衣服。娃娃嫌冷，哼唧着不起来，婆唱歌似的哄着说：

> 东方亮，快下炕，好娃娃，把学上。
> 到路上，甭打逛，早上念书最难忘。

就这样哄着念着，孩子起来了。婆又把娃抱到自己的火炕上。火炕顶棚帘钩上，挂个精致的小柳条篮子，是爷爷今年新编的，还泛着柳条清香呢。婆起身，从篮子里抓出一把干红枣和瘪花生，放在炕头，让小孙女陪着弟弟玩。自己坐在纺车怀里纺线。沙苑女人勤劳是出名的，她们不立不坐全是活儿，纺线织布，磨面做饭，总没有消停的时候。

正纺着线，小孙子玩烦爬过来了，赖在婆的怀里撒娇，扯断锭子上的线，胡搅蛮缠，搅得婆东倒西歪，口水鼻涕蹭婆一脸。线是纺不成了。也罢，不纺了，哄娃也是活儿。一个娃三年穷，不穷不得行。于是，婆把娃抱在怀里，摇着晃着，哼唱着，"红林檎"开始了：

> 红林檎，绿把把，我娃坐到婆这儿，

婆给我娃纺线织布纳裓褂。

穿上裓褂上学去，戴上官帽再回来。

　　娃儿懵懂，不知道歌儿意思。可是，曲调好听，就像村西头田野里高高碑塔上的铃铛，在春风里"叮当、叮当"地响着，不紧不慢，悠扬动听。孩子动心了，知道长大是要上学的，还要戴上"官帽"回家。至于"官帽"是啥东西，那就不管它了。

　　如果是月亮之夜，婆又恰好带着小孙子、小孙女，坐在门前青石磴上，听着远处渭河哗啦啦的流水声，草丛里、土墙边纺织娘此起彼伏的歌唱，看着满天星斗闪闪烁烁，一弯新月，正挂在仙掌峰上。婆一边摇蒲扇，一边轻轻哼唱。那歌声就像渭河水一样，哗啦啦地流淌开来：

月亮爷，明晃晃，我在涝池洗衣裳。

洗得净，捶得光，娃娃穿上上学堂。

读诗书，写文章，一考考上状元郎。

送喜报，贴红榜，你看排场不排场。

　　小孙女听得入神，问道："婆，跟谁学的？"婆非常自得骄傲，自豪地说："跟我婆学的。"小孙女很不满意，又问："你婆跟谁学的？"婆一愣道："我婆跟她婆学的。"小孙女糊涂了，双手乱摇道："你婆她婆都是谁呀？她们在哪儿？"婆"扑哧"笑了："瓜娃，打破砂锅纹（问）到底，要问砂锅下多米。这些曲儿，都是一辈一辈传下来的，是老早老早的先人编的。"小孙女不问了，托着下巴，默默地想，想那些老早老早的先人们，婆的婆的婆，以及她们编的歌谣，歌谣里关于读诗书、写文章、考状元的事了。

　　爷爷呢，总是指着二门上的砖雕字"耕读传家"让娃娃认，还有两旁的对联：忠厚传家久，诗书济世长。后来，小孙女会纺线了，小孙子背上书包上学了。有空，爷爷就坐在八仙桌上写帖子，正儿八经的工笔小楷，然后教给小孙子读：

> 天子重英豪，文章教尔曹。
> 万般皆下品，唯有读书高。

看着孩子似懂非懂，爷爷动开脑筋，给孙儿说"古经"，说得小孙女不纺线，也过来听。爷爷从甘罗十二拜上卿、姜子牙八十为宰相、吕蒙正寒窑苦读书等故事说起。最后，他总是用古诗结束：

"三更灯火五更鸡，正是男儿读书时。"

"十年寒窗无人问，一举成名天下知。"

多年后，小孙子也当了爷爷。他还记得自己爷爷教的诗，还有他唱的"吕蒙正赶斋"戏词：

> 人说平生志气高，古来天子重英豪。
> 文章独把鳌头占，做官一品在当朝。

在那些悠悠岁月里，人们在穷困中酝酿热切的希望，在煎熬中寄托着殷殷期盼，希望改变命运，期盼过上好日子。这念想激励了一辈一辈的爷爷孙儿。只是能达到目的的没有几人，当年的殷殷期盼、热切希望都落了空。

小姐姐老了，头发白了，干不动活儿了。羁鸟恋旧林，池鱼思故渊。她"熬"娘家来了。在土墙斑驳、瓦松离离的老屋，老油灯闪闪烁烁，昏暗迷离。老姐姐和不得志的老弟弟拉开家常，说秦香莲戏里有一句唱词：赠你纹银二十两，回到故乡把身安，送儿南学把书念，只念书来甭坐官。你看我老包坐官难不难？

然后，姐姐说："你读了许多书，官没当上，当了农民。挺好，七十二行，庄稼为强嘛。"老弟弟也有孙子了，当年的雄心壮志、科举功名都随风而去。他呵呵一笑："是的，可能咱祖坟里没那弯弯柏树。话说回来，人人都想把官坐，谁是牵马坠镫人？官没做上，书还是要读的，有书不读子孙愚，有田不耕仓廪虚嘛。"

再后来，长大的小孙子放弃功名，学了中医。他记得祖上说过，"不为良相，便为良医"，就为村民看病医病。没钱付费的人，就在沙洼里栽一棵杏树，沙梁上栽一棵枣树。到后来，栽杏树的地方成了"万杏园"，栽枣树的地方成了"枣儿梁"。荒凉的沙苑渐渐成了"百果园"。中医先生老了，他自拟一副对联，挂在前房下的诊所里：

> 读诗书贵明义理；
> 行医道只重阴功。
> 横批：悬壶济世。

墙的另一边还挂了许多匾，都是村民送的：扁鹊再世、杏林春暖、德被乡梓……还有一幅州城知府送的对联：

> 清白传家樽开北海；
> 岐黄立业道演东园。

晴耕雨读，耕读传家，达则兼济天下，穷则独善其身。当是爷爷、孙孙们理想的境界了。

跑 马 城

几十年前，月光下的巷道里，一群小朋友正在玩"跑马城"游戏。他们分成甲乙两组，每组五六人不等，中间隔十来步，手拉手、面对面站着，"分庭抗礼"。

游戏开始了。先由甲方叫阵，乙方应答，最后由乙方冲锋陷阵。

甲方队先亮开嗓门，喊出第一句：竹子翎，

乙队马上脆生生地答上：跑马城，

甲队又喊：马城开，

乙队的回答更霸气：要那个？

甲队则指名道姓：要的三娃子上马来！

这时，乙队被提名叫姓的三娃子就憋足劲儿，专挑对方薄弱环节（小点的孩子）冲过去，对方队伍拉着的手被冲开，乙队胜了。他拉了甲队一个孩子过去，壮大自己的队伍。

第二轮战斗又开始了。这次轮到乙队先叫阵了，清脆的童音再次响起：竹子翎，跑马城，马城开，要哪个？要的×××上马来。

如水的月光下，宽敞的打麦场，窄窄的巷道里，月光透过树影，斑驳而迷离。叫板的童音清脆，回响在空旷的夜空；冲锋的劲头十足，洋溢着满满的幸福。耳熟能详的口号声悦耳动听，朗朗上口。就像船工号子或行酒令，就像打夯歌。那气势，那热情，连月亮也被感染，笑得圆脸更圆，像银盆一样。

游戏不厌其烦地进行着。在一轮又一轮冲击中，你赢了，他输了；不一会儿，又颠倒过来，你输了，他又赢了。叫阵声、欢呼声、争执声不绝于耳。所有人都忘乎所以，深深沉浸在巨大的欢乐中，直到月到中天。

这时，有人玩累了，想回家，提议散伙。没玩够的不想回家。于是，不想回家的就讽刺想回家的："怯尻子，溜溜溜。不开花，结芋豆。"想回家的不吃这一套，有的喊着"各回各家，狼吃娃娃"，有的喊着"太阳落，狼下坡，精尻子娃儿跑不脱"，就自行散了往家走。不想回的没法，只好也往回走，嘴里又喊着俚语，自我解嘲："回回回，打锣锤，家家屋里都有'贼'。"

喊声回荡在静寂的巷道里。接着是"吱，噼"的开门、关门声，孩子们都回家了。只有幽深夜空中，星星仍在一闪一闪，眨着眼睛。

月华如水，夜深了。

猫捉老鼠

太阳落山了，月亮还在东山背后没有升起来。周围一切朦朦胧胧，看不太真切。这时，巷里大槐树下，青石案上，便聚集了很多儿童。大的十二三岁，小的八九岁，"猫捉老鼠"的游戏开始了。

为首的菊花十二三岁，小小年纪，有行事决断气魄，是个孩子王。她坐在中间，把一只手伸出来，手心朝下。这时，其他小孩也纷纷伸出一只手，竖起食指，顶在菊花手心。这时，菊花像将军发令，开始念了。

她声音威严，又悦耳动听："指指、指指、窝窝，"

其他小孩早憋足劲答声了，整齐又洪亮："糜面、糜面、饦饦（烧饼）。"

菊花再问："鸭子喝水，"

其他孩子再答："扑通一嘴。"

菊花："你在槐树底下干啥哩？"

众孩子："歇凉哩。"

菊花："啥凉？"

众孩子："槐凉。"

这时，大家的心都提到嗓子眼上。只是菊花悠悠的不着急，故意吊着大家的心。就在大家不耐烦，放松警惕时，忽然说出关键一句："一把抓住和尚。"

菊花的手迅速握住，大家的手迅速抽出。菊花抓住谁，谁将成为主角"猫"，坐在菊花前面，被菊花用双手蒙了双眼。其他孩子喜笑颜开，扮着鬼脸，迅速散开，藏了起来。

等大家藏好了，菊花放开"猫"。如果这只"猫"很调皮，有两下子，这时，他故意做出鬼子进村的样子，贼头贼脑，蹑手蹑脚，竖起耳朵，警惕地听着，观察着，判断"老鼠"去向。这时，气氛从刚才喊口令的热烈突然寂静下来。谁愿意出了声，给"猫"发现呢？

可是，这只"猫"绝不是等闲之辈。他嗅出了"老鼠"的气息，忽然扑向"老鼠"藏身之处，一把揪出来。

如果那只"老鼠"不幸被"猫"找见捉住，这只"老鼠"便替代了"猫"，角色互换，另一轮游戏开始了。

如果当"猫"的小孩或笨或小，捉不到"老鼠"，"庄主"菊花便一声令下"重来"，众小孩得令，聚集过来，从"指指、指指、窝窝"开始，重新做起，以便产生新的"猫"来。

月亮升起来了，空气里飘荡着丝丝凉意。孩子们困了，打着哈欠。菊花发话了："大家乏了，不来了，回。"孩子们意犹未尽，只得散了。

巷道上没了人影，只留下孤寂的月亮。几十年前，那令人怀念的童年的夏夜！

老槐树下

门前有两棵老槐树，如伞如盖，荫凉遮天。春日里，姑娘在这里纺线，媳妇在这里经布引布（做经线）。夏季，老槐树下就坐满了人。老人一边指着南山山头说，这个是张果老倒骑驴，那个是赵匡胤下棋亭。最显眼的，是巨灵神伸手推华山的仙掌峰。孩子们于是伸了圆圆脑袋，张大薄薄嘴巴，瞪着乌溜溜眼睛，一齐朝南看，好像一群鸭子被无形的手提了脖子似的。这时，只见南山隐隐，就是分辨不清谁是张果老，谁是下棋亭，谁是仙掌峰。老人们于是说，快长吧，长大了到山上去看。孩子们便盼着有一天忽然长大。

立秋后，天气转凉，有了早晚。夕阳坠西，这里便热闹了。性野的大孩子都去"跑马城"了，腼腆的小点的，还有文静的女孩子，便缠在爷爷奶奶身边，要听"古经"。爷爷清清嗓子谝开了，谝什么沉香劈华山、雷击张继宝、鞭打芦花絮等戏曲故事。旁听的还有东邻西舍的婆婆婶婶。每当一段讲完，张婆婆、李婶婶的话题很自然接上，什么"王祥卧冰为姨娘、李祥卧冰为婆娘"，什么"郭巨埋儿天赐金""老莱子娱亲"等等。总之，二十四孝故事在这里得到最好的宣扬。最后，大家总要斥责那些忤逆虫。张婆婆一声感叹，一首"麻野雀"就念出来：

> 麻鸦雀，尾巴长，娶了媳妇忘了娘。
>
> 把娘背到冰山上，媳妇睡到热炕上。
>
> 媳妇媳妇吃啥呀？我吃白馍加冰糖。
>
> 娘呀娘呀吃啥呀？我吃野菜加谷糠。

婆婆念完，就问娃娃"这个'麻野雀'好不好"？娃娃会齐声喊"不好"；婆婆再问"要得要不得"？娃娃又齐喊"要不得"。一场孝道教育就完成了。

听罢"古经"，几个小姑娘便玩拍手游戏：打一，月儿平西；打两，南墙挂网；打三，咻咻被单……还有更小的孩子听不懂古经，于是，就攀台阶溜坡坡，不慎被砖头石头砸了，"哇哇哇"地哭。奶奶心疼，赶紧搂着，一边吹呀揉呀哄呀，一边唱起小曲：

> 猴娃猴娃搬石头，砸了猴娃脚趾头。
>
> 猴娃猴娃你甭哭，赶明儿给你问个花媳妇。
>
> 问了媳妇没处睡，睡在牛槽里。
>
> 没啥枕，枕个烂棒槌。
>
> 棒槌滚得咕噜噜，媳妇睡得呼噜噜。
>
> 棒槌滚到河南里，两个咻咻（麻雀）扳船哩。
>
> 棒槌滚到河北里，两个咻咻捉虱哩。

奶奶吟着唱着。倘若孩子不领情，依然胡搅蛮缠，奶奶便会用食指，刮孩子鼻梁逗他玩，一边说："羞羞羞，把脸抠，抠了圪垱种豌豆。豌豆没苗，打了娃的秃瓢。"

这时，做游戏的小姑娘闹翻了。小姐姐哭着过来说，黑妞打她，向奶奶告状，要求帮她出气。奶奶拉小孙女坐下，一首儿歌又开始了：

> 谁打我手，变黄狗，黄狗吃屎我喝酒。

谁打我脚，变骆驼，骆驼吃草我听着。

小姐姐觉得很好听，不哭不闹了，刚才的不愉快也忘了。便依在奶奶身边道："婆，好听，再念一个。"她摇晃着奶奶胳膊，奶奶早被熊孩子缠累了，敷衍道："完了完了，念完了。"可小姐姐不依，拉着奶奶衣襟撒娇："不行不行，再念再念。"奶奶实在无法，曲儿果然又像泉水一样流出来：

曲儿长，曲儿短，曲儿妈妈怕洗脸。

曲儿他爸别一捆，曲儿他妈跳河去。

曲儿他大可捞去，

捞下一个猪尾巴，嘟儿嘟儿吹喇叭。

小姐姐还不满意，说："不行，你的曲儿多着哩，再念。"

奶奶侧头问："就一个？"小姐姐点点头。奶奶又念开了：

我的曲儿多着哩，还在窑窝搁着哩。

秸枝篾儿盖着哩，刺蓼核儿采着哩。

就这样闹着，念着，小姐姐也打哈欠，揉眼睛，瞌睡虫慢慢上来了。怀里孩子已经睡熟，奶奶抱一个，引一个回家了。

老槐树下，人也散了，夜深了。

祖父的歌谣

那时的农家光景，虽然清贫，却是悠闲的。傍着渭河，得其利也受其害。祖父经常说："有福的生在各州府县，没福的生在渭河两岸。"话虽如此，但渭河确实也给两岸人带来了大大的福利。当"缠沙"人忙得昏天黑地时，河边人却收了麦子，留足"破地"，剩下的地，种上糜谷荞麦豆子。九十月收了秋，人们便闲了。半年辛苦半年闲，整个冬季都是悠闲的。往往这时，祖父来了兴致，在厅房下八仙桌上，磨好墨铺好纸，提起毛笔，在纸上尽情挥洒。我还够不着桌子，踮起脚，趴着桌沿眼巴巴看。

祖父写完，会得意地拿在手里，认真看。然后，摇头晃脑地唱起来。是唱呐，有韵律的，所以能够打动我。记得最清的，是他写的"长安八景"：

华岳仙掌第一景，太白积雪六月天。

灞桥烟柳吹满面，草滩烟雾紧相连。

曲江流水长不断，雁塔晨钟在城南。

骊山晚照光明显，咸阳古渡几千年。

随后，他就指着不远处的华岳三峰说：瞧，那就是华岳仙掌。然后就讲，上古时期，华山和中条山连在一起。那时天下洪水泛滥，整个关中道都是泽国。大禹治水，三过家门而不入。后来派来巨灵神，巨灵手推华山足蹬中条。硬是凭一双手推开两山，大水从中间一泻而下。此后手印留在山上，成为仙掌峰。它可是关中第一景啊！祖父讲着，比画着，骄傲的神情洋溢在脸上。

后来，我长大了，去西安过骊山到灞桥，游雁塔曲江，不由自主地想起八景诗，如数家珍一般，在心里拿它对号入座了，仿佛是自家园子的风风物物，山山水水，由是生出强烈的家国情怀来。故乡的美，深深的爱，便植根在心间。

闲暇日子，他又写八仙诗读给我。以至于多年后，我也老了，可这诗却刻在心里，挥之不去：

> 李拐先生道德高，张老骑驴过天桥。
> 洞宾背剑清风客，钟离磐石把扇摇。
> 国舅手执云阳板，采和瑶池品玉箫。
> 仙姑敬来长寿酒，湘子花篮献蟠桃。

随后，他又指着南山说，这个山形就是"张果老倒骑驴"。我揉揉眼睛说看不见。祖父叹叹气说，看不见就算了。快长吧！长大亲自去山上看，一定看得见。

终于长大了。一个仲秋傍晚，在院子香椿树下纳凉，我忽然想问祖父："你小时读啥书？"祖父平时不善言辞，沉默寡言，不会花言巧语，还有点笨拙，但说起诗书，他会活泛起来。看祖父兴致好，我便问了。祖父回答说："四书五经呗。""你还记得内容吗？"祖父摇头："不记得了。"

这时，祖父已经九十多岁了。我不甘心，又追着问："你记得念过啥，就念啥。"

祖父闭上眼睛想了想，忽然睁眼唱了起来：

> 云对雨，雪对风，晚照对晴空。
>
> 来鸿对去雁，宿鸟对鸣虫。
>
> 三尺剑，六钧弓，岭北对江东。
>
> 人间清暑殿，天上广寒宫。
>
> 两岸晓烟杨柳绿，一园春雨杏花红。
>
> 两鬓风霜，途次早行之客；一蓑烟雨，溪边晚钓之翁。

随后，他说这叫"对典考"，也就是讲作诗的方法。我惊讶了，仿佛亲耳聆听到当年私塾里孩子琅琅的读书声。就像鲁迅先生讲的那样，老塾师摇头晃脑，闭起眼睛，念得沉醉；小学生不知意思，"哇哇哇"跟着背口诀，念"秩秩斯干，幽幽南山"。就像一群吵池的青蛙，太有趣了，一定是这样的。

祖父是村上的文化人，他写得一手好字，正儿八经的楷书。村上红白喜事，都是他一手写对联、写帖子，包括结婚"和日子"，都是他用八卦图推演、用手指掐算的。后来名气大了，周围村子人也慕名赶来请他，有人来拿一包点心，多数人则空着手，那时穷呗。可无论如何，祖父都要详细询问男女双方生辰八字，再掐算确定"吉日良辰"。每当有人登门，祖母捧来茶水，祖父一脸荣耀和自得，温和地讲说着话，享受别人的恭维和尊敬。谁家嫁女，必定请他"挟匣子"（内有女方生辰八字），嫁妆箱子、大红封帖、"福寿堂王府谨封""三可堂李府谨封"等等，一派大气，就出自他的手笔。

可是，他出色的书法却没给我留下一幅。那时，我狂妄自大，不以为然，太不在意他。倒是斜对门成叔芳姨夫妇有眼光，他俩房间里至今悬挂着祖父手书的对联：

> 截发长留宾，德征宛在；
> 断机曾教子，懿范长新。

那书法圆润古朴，厚重内敛，拙里藏雅，一如儒家风格。字如其人，祖父行事为人也尽在其中了。祖父说，这副对联是他老师、也是他岳父李绍棠先生撰写。上联写东晋陶侃之母诚恳待客、教儿向善故事，下联写孟母三迁、教儿读书故事，都是颂扬母亲的。

曾祖父活了八十七岁，是祖父母一手赡养的。去世时，祖父弟兄三人合伙葬埋，祖父自撰对联。前门上是：

> 七日不瞻，今夕三献空垂泪；
> 一言未嘱，后事千端去问谁。

二门上这样写道：

> 葬亲莫失昆弟情；
> 送终一场妯娌心。

灵前是：

> 没世祭牛是虚情；
> 生前杀鸡尽孝心。

祖父是这样说的，也是这样做的。我们 1959 年冬天移民到羌白，刚赶上三年困难"吃食堂"，每人每天七两粮，祖父母吃糠咽菜，尽量照顾曾祖父和我。在村上订了一份羊奶，给曾祖父和我喝。曾祖父到底顺利度过了那场灾难，于 1969 年冬安然去世。

有件事是芳姨和成叔说的，至今提起，还津津乐道。

上世纪六十年代，村上有户移民，家里只有三间厦房一间灶房，连院墙也没有。要给儿子玉龙娶媳妇，请祖父去帮忙。祖父一看，连贴对联的地方也没有，如此寒酸，如何是好？他思忖片刻，找来两块木板、两条高凳，把木板竖在板凳上，再把对联贴在上面。说来也巧，新娘名叫凤香，一龙一凤，好姻缘、好兆头。祖父大笔一挥，写下两行字：

休看龙无院墙，三间小房；

只要凤有决心，几年大厦。

多少年过去，现在玉龙凤香的后代都过上了好日子。大儿家从前盖到后；二儿在广州娶妻生子；女儿嫁到西安。人都说，王老汉当年那副对联写得好，不但令蓬荜生辉，又有激励祈福的效果，且预言了后人的生活幸福。

七十年代，兴起学习小靳庄运动。村上组织各种"三赛"演唱会，祖父也参加了。那几天下了响，他总坐在方桌前，写呀画呀。一天，生产队召开学习会，会上有个节目叫"王老汉谝快板"。姓陈的"工作"一宣布，祖父大大方方站起来，又用吟诗的声调唱起来：

人老力衰志如钢，心中升起红太阳。

主席指示是方向，贫下中农紧跟上。

团结起来搞生产，世界风云装胸前。

甘愿洒尽千滴汗，换来粮棉番加番。

不怕风雨排万难，要为国家多贡献。

一首诗来没作好，交给工作来指导。

祖父念完，大家哗啦啦地鼓掌。陈"工作"深受感染，当场对祖父予以表扬鼓励。那时祖父脸上放光，兴奋和满足写在脸上。后来，他又被推荐参加公社"三赛"演唱会，受到人们赞扬。

以前，祖父当过大队保管，他兢兢业业，认真细致地做好每件工作。驻村工作队发现祖父上中农成分，就批评村上缺乏阶级立场，祖父的保管被换了。这次，他重新得到认可，喜悦和兴奋可想而知。

祖父九十多岁时，行动迟缓下来。夏日黄昏，我在院子小竹桌上爬格子，祖父坐在一边摇着蒲扇乘凉。看我停了擦汗，他说话了："咱老家厅房下的梁板上，有四个字'乡饮耆宾'。"

我听不懂，一脸茫然，把笔递给他说："你给我写下来。"祖父执笔写下，我左看右看也弄不懂，他说这是清朝县衙奖励村上有德人，是给他爷爷的。

直到祖父去世，我也没弄懂"乡饮耆宾"是啥意思。翻《字典》查，也没查出名堂。多奇怪的词组啊！我甚至怀疑祖父记错了。直到去年，翻读《儒林外史》，才恍然大悟。原来，从明朝起就有个制度，每年春秋季节，县上都要在各村镇举办宴会，请有名望、有德行的耆老参加。这些人被称为"乡饮耆宾"。再后来，翻老《县志》，其中就有"耆宾""大宾"的记载，这项制度一直延续到清末。

我终于惭愧了，惭愧自己是如此无知。同时佩服祖父的记忆力，佩服祖上的为人。

祖父最满意的是他赶上了好时代。八十五岁时，他用毛笔小楷认真写下"一生大事记略"，自豪自己经历了三个朝代。他生于宣统元年正月初一，经历过民国、中华人民共和国，卒于 2007 年 8 月。终年九十八岁。

这年春节，我自拟了两副对联，抒发对他的怀念：

昔承欢询故乡旧事言犹在；
今逢节问阿爷新安泪难收。

十载常回首，每忆先严伤往事；
千回感深恩，欲报慈颜屋已空。

田野歌谣

拾雁屎

渭河滩的春天，是绿蓝色基调主宰的。站在家门前青砖台阶上向南望去，南山巍然屹立，如青绿色的碧玉屏风，绿得深沉，凉得透骨，使人情不自禁想要触摸，想要亲吻，但却不得走近。那种高贵，那种冷艳，使人想起"可远观而不可亵玩"的名句，用于它，是再合适不过了。

河滩的绿色却是温馨的，不像南山那么冷峻。它明朗而温柔，像无边绿毯一直铺到天边，铺到中条山下。向东望去，中条山是圆润的，是弧形的抛物线。而华岳南山则是峻峭的，是凌厉的起与落组成的升降线，黄、渭、洛三河汇流，在两山之间冲开一条路，奔泻而过。

春风里，孩子们往往携了篮子，到河滩挖野菜或拾雁屎。那时候大雁真多啊，秋天从北往南飞，春天又从南往北飞。千里长途，这里是理想的栖息地，原野上有绿油油的麦田，有浩浩东流的河水。它们就在这里吃喝休憩，补充给养，然后留下干绿色、指头粗的雁屎被太阳晒干。孩子们拾到篮子，拿回家喂猪。六爷说："娃娃，好好拾吧，让猪也过个年。"真的，猪吃雁屎，就像人吃琼锅糖、吃馓子一样，那叫一个"脆巴"。说得孩子们直咂巴着嘴，涎水快要淌下来。于是，齐声喊起童谣来：

> 雁，雁，雁，摆溜溜，十五晚上炒豆豆。
> 你一碗，我一碗，把你老娘憋死我不管。

雁太多了伤麦苗。村里便安排"看雁人"，是一个姓贾的河南老头。老头黑黑的，个子不高，每天背了猎枪到河滩去"看雁"。一大早，"嗨嗨嗨"的赶雁声，便随风飘到村里来。他轻易不伤雁，偶尔打下一两只，便叫外孙女去吃雁肉。贾奶奶个子高高的，精干手巧，把雁翎制成扇子，比乱弹戏里诸葛亮的扇子还好，真漂亮啊！

春天过去了，大雁迁徙结束。河滩里庄稼也成熟了，金黄金黄的，该动镰刀了。布谷鸟在天上飞着，响亮地啼鸣着："算黄算割，算黄算割……"好个美妙的初夏啊。

捉蚂蚱

春深时候，坡下苜蓿长高了，开出紫色花朵，正是喂牲口的最佳时节。苜蓿馥郁的香气弥漫整个田野，飘到坡上村子里。

苜蓿地头，有棵孤零零的杜梨树，树上挂满一嘟噜一嘟噜的小杜梨。杜梨要蒸着吃，否则它是涩的。蒸熟的杜梨，酸酸甜甜很好吃。

那时，小叔拿了蚂蚱板，小姑拿着芦苇篾编织的精巧蚂蚱笼，还有牛牛、昌昌其他孩子，一面"夸夸夸"地打着蚂蚱板，一面念着儿歌，就下了坡："蚂蚱板，响夸夸，我在草里逮蚂蚱。'铁叫子'，'一串铃'，逮住一个圈进笼。南瓜花，把它喂，挂到炕头我才睡。"

到苜蓿地头，望着杜梨树上纽扣大小的杜梨，小叔咽着口水，把蚂蚱板递给牛牛，哧溜溜就上了树，很快抓把杜梨填进嘴里，忽然苦了脸，"呸呸呸"把杜梨唾出，跳下树说："吃不成，没熟。"只有小姑笑弯了腰，她知道生杜梨不能吃，涩得很。大家也都收了吃杜梨的野心。

很快走进苜蓿地。小叔他们摆摆手，不让说话。正"夸夸"叫的蚂蚱听到动静，马上噤了声。小叔蹑手蹑脚，手拿蚂蚱板打起来。蚂蚱板"夸夸夸"地响，蚂蚱放松警惕，跟着叫起来，暴露了自己。循着叫声，孩子们很快捉住蚂蚱，放进笼里。这时因了动静，蚂蚱都不叫了，一时冷了场。

孩子们稍歇片刻，又打起蚂蚱板来。那蚂蚱好没记性，记吃不记打，又跟上叫了。勇猛的"狮头"蚂蚱，温顺的"一串铃"蚂蚱，叫声最亮的"铁叫子"蚂蚱……陆续被捉进蚂蚱笼。

旁边水渠下杨树林边，有六爷种的几蔓南瓜。嫩黄的花香香甜甜，小叔指挥我们，偷偷摘了放进笼子，一边对蚂蚱说："吃吧，可好吃呢。"

牛牛忽然说："我爷说，蚂蚱是个害人精。"小叔眨巴眼睛，怀疑地看他。牛牛憋红了脸，结结巴巴说出一段儿歌来："瞎蚂蚱，草里生，前腿蹦，后腿蹬。又吃禾苗又啃青，祸害庄稼害人精。"

大家都傻眼了，可爱的蚂蚱原来吃庄稼。小叔威严地说，下次过星期，我们还要来捉蚂蚱。太阳落山，孩子们也上了坡。牛牛喊起来："太阳落，狼出窝，精尻子娃儿跑不脱。"

蚂蚱笼里，蚂蚱"夸夸夸"叫起来。

雨旬头

倘若孟夏时候，麦子已收，等待种秋。可是迟迟不落雨，每天大红日头，晒得万物都蔫蔫的。土路上人踏车碾，尘土比面粉还要细。脚踏上去"噗轰噗轰",飞人一头一脸。这时,农人的心像油煎似的难受,盼望着,熬煎着,哪天能下一场好雨?

忽然有一天,南山不见了。天上的云像万马奔腾;田野上空燕子乱飞,捕食低空中的小虫。空气沉闷得像瓮里,天热得怕怕。忽然遥远的天边响起闷雷,要下雨了。大人孩子都慌了,孩子提了篮子往村里跑,边跑边喊:"风来了,雨来了,燕子担得水来了。"大人也都往家走。路上厚厚尘土上有蛇爬过的痕迹。五爷头戴旧草帽,身上粗布褂子汗渍一片,像地图,肩扛一柄明晃晃的锄头,边走边高兴地说:"今天早上烧了,一定有雨。早烧不出门,晚烧晒死人。"

他又低下头,看到土路上有蛇爬痕迹,又自语道:"燕子低飞蛇过道,蚂蚁搬家雨来到。一定有雨。"

三嫂走得飞快。几个年轻人揶揄道:"三嫂,你走那么快,把雨都吓跑了。"三嫂急急道:"我院里晒了盆甜面酱,要是淋了雨,就坏了。"

二牛哥走得慢吞吞地说:"三年不下雨,都有怨雨之人。只要下了雨,你一盆酱坏了,怕什么?"三嫂顾不上搭言,自顾自地跑走了。二牛哥像唱似的说道:"东虹日头西虹雨,南虹忽雷下白雨。我不怕淋,权当祈雨哩。"

村头人家的青石台阶上,白胡子二爷笑眯眯地捋着山羊胡须,看着南山顶上奔涌的黑云说:"南山戴帽,长工睡觉。"另一个老头则说:"星星眨眼,白雨不远。"

老人旁边,早站满跑得快的娃们,他们不回家,就站在这里看雨。一边拍着手喊:

> 云向南,漂起船;
>
> 云向东,刮黄风;
>
> 云向西,水滴滴;
>
> 云向北,扛起口袋晒干麦。

一个炸雷从天上滚过,雨"唰"地下来了。整个天地间雨雾蒙蒙,雨点欢快地溅到地上,溅到河里。街道霎时形成水沟,流向坡下,一个愣小子慌慌张张跑过来,"哧溜"滑倒。台阶上的孩子们拍手笑起来。愣小子"嗖"地爬起,不顾满屁股的泥水喊:

> 风是雨的头,下得满街流。
>
> 跌倒小学士,笑死一群牛。

台阶上,几个孩子不服气地喊:"荞麦地里刺蓟花,人家不夸自家夸。"

哈哈哈,孩子们笑得更响了,街道上水更深了。这时,平素爱说热闹的二娃子蹚水过来。他可能太过高兴,走得匆忙,脚下一滑,也跌倒了。他很快爬起,一点也不沮丧,反而很高兴,自嘲道:"天上下雨地上滑,自己跌倒自己爬。"然后就一滑一趔趄地走了。

站在门口看雨的人,心里甜丝丝,脸上笑眯眯,连说:"好雨,好雨!好雨贵如油,下得满街流。"

这时,二爷高兴得满脸放光,自得地说:"五月十八滴一点,耀州城里买大碗。"旁边人一愣,迅即恍然大悟:呀,今天是五月十八(阴历)雨旬头,好兆头呀!马上接口道:"买了大碗吃米饭,一下吃了几老碗。"

接着,议论就来了,就像击鼓传花一样,又有人接上说:"收秋不收秋,先看五月二十六。"又有人说:"中伏萝卜末伏芥,秋后种的蔓菁菜。"一个半大小子不懂地问:"为啥?"老人高兴地说:"雨旬头嘛。"原来,关中人总结五月十八、五月二十六这两天若下雨,预示秋季丰收。这两天就叫"雨旬头"。这会儿人们好高兴,好像白花花大米饭、金灿灿小米饭已到嘴边,大碗大碗,耀州城的大老碗啊!好像青绿的萝卜苗、芥末苗、油菜苗都在陆续出土,跟写在地上的小诗一样。

雨,带来了欢乐。所有人心里,都是满满的希望,满满的幸福。

外甥是狗

那时候关中道上，人们种秋麦两料，还要留足"破地"。收麦后，一些地种秋庄稼，糜子、谷子、苞谷、豆子，一些地就留作"破地"。趁墒把麦田翻犁一遍，在大太阳下晒，叫作"晒墒"。农谚说："六月晒，七月盖，八月种麦美得太。"农历八月就种麦子，所谓"麦不离八月土"，一直要种到十月，"地不冻，只管种"。只是种得太迟会影响产量，再也无他。

十月，麦子种完，秋收完毕，人们就闲了。女人就带上孩子，"熬（长住）娘家"了。女人们说："熬娘家，享荣华，不享荣华不熬他。"指的就是女儿回娘家长住的散淡与随意，这是相对于婆家生活局促紧张而言的。村谚说："当一女儿坐一官，当一媳妇哭皇天。"这是女人两种截然不同生活的真实写照，是今天的小青年无论如何也想象不来的。

女儿来，带来小外孙。小外孙长得浓眉大眼，太像舅舅了。应了那句俗话，"生女像家姑，生儿像娘舅"。因此外婆疼外爷喜。可小外孙正值"七岁八岁、猪狗都见不得"的年龄，不是上树掏雀，就是骑狗赶猫，闹得鸡犬不宁。这不，刚从外面疯跑回来，大黄狗正在懒洋洋地晒太阳，他就骑了上去。外婆怕他被狗咬，颠着小脚跑出来喊："不敢骑不敢骑!"小外孙一脸茫然问"为啥",外婆缓和口气道:"骑狗造孽哩,将来娶媳妇,老天会下雨。"可小外孙就是赖着不下来,嘴里还发号令:"大黄,走! ……"大黄狗委屈无奈,在他指挥下转圈子。

妗妗来了,厉声道:"还不快下来,欺负狗狗,老天爷捏鼻子哩。"

小外孙不怕娶媳妇下雨,却怕老天爷捏鼻子,他不情愿地下来了。也许是他害怕妗妗,于是,又趴在门口小石狮上,看妗妗揽柴,她大概要做中午饭。小外孙一寻思,便唱起童谣来:

> 骑马马,到外家,外婆外爷不在家。
> 妗妗嘴撅脸吊下,舅舅说:"回去!"

妗妗很好笑,这小兔崽子,吃了我熟的,拿了我生的,还说我坏话。于是,提起柴笼往家走,边走边说:"外甥是个狗,吃了顺门走。喂不熟的白眼狼。"

那年小外孙出生,外婆家可是花了不少钱呢。先是用白面给女儿打饽饽馍,那是一种用石子烤熟、薄薄像小荷叶似的干馍,产妇随时都能吃,好消化。还有红糖、挂面、鸡蛋、小衣服(小陪妆),看满月还要蒸个三五斤重、叫"谷卷"(又叫瓜)的花馍,寓意瓜瓞绵延,子孙旺盛。为此,外婆家用完白面,一家人硬是吃了个把月黑馍。

这时,那小子吸吸鼻涕转转眼珠,眉头一皱,计上心头。他又扯起嗓子喊:

> 车轱辘圆,刮大风,我是我舅亲外甥。
> 我舅给我擀长面,我妗妗给我热剩饭。

妗妗一听,这小子行,能听来话的意思。我得告诉他,妗妗才是最好的。她边上门阶,边回头说:"亲姑姑,假姨姨,弯腰妗妗排头里。烧汤蒸馍擀细面,憋得外甥肚儿圆。"

小外甥无话可说，眨巴着眼。这时槐树上有只鸟，正得意地叽叽喳喳，像是碰到高兴的事。花猫悄无声息走出来，"哧溜"一声，上树一爪子抓住了鸟。小外甥看得兴奋，拍手喊起来："丽丽猫，上高窑，金蹄蹄，银爪爪，不逮老鼠逮雀雀。"

外婆出来去菜园摘菜。小外甥问外婆："丽丽猫为啥不逮老鼠，要捉雀雀？"外婆笑道："跟你一样，放着路不走要爬墙嘛。走，去南场边拔萝卜。"

小外孙听到"南场"，又兴奋起来喊："上南场，摘豆角，摘了豆角看外婆，外婆不吃蹬一脚。"他摇晃着外婆胳膊问："外婆，你为啥不吃豆角，还要蹬一脚？"外婆说："嫌你调皮捣蛋。"

表哥背起书包，要到村头小学校去读书，老师就是外爷。小外孙也跟了去，和表哥挤一条凳子，眼巴巴看外爷咋样教书。只见外爷翘着白胡子，念得有滋有味，简直跟外婆念儿歌一样好听：

人之初，性本善。性相近，习相远。苟不教，性乃迁。

小外孙听不懂，眼瞪得像铜铃，鼓起劲儿地跟着喊口诀："狗不叫，谁来牵"，惹得满教室的学童都笑了。后来，外爷又教《斯干》：

秩秩斯干，幽幽南山。如竹苞矣，如松茂矣。兄及弟矣，式相好矣。

小外孙觉得这首很好听。外爷又解释说，这是哥俩好的意思。孩子觉得很亲切，便记住了。外爷又唱了：

我送舅氏，曰至渭阳。何以赠之，路车乘黄。

小外孙还是不懂，只是隐约领会，这是外甥送舅舅的故事。从此，外爷的歌谣、外婆的儿歌，都记在他心底里。

小外孙长到十二岁，外婆家要给小外孙"全灯"。这地方人每年元宵节，都要给外孙买小灯笼，火蛋灯、兔娃灯、莲花灯……再蒸一对小茧茧（鹌鹑花馍），叫作"送灯"。家家如此。外孙十二岁要"全灯"，这次要蒸一对大"鹌鹑"。外婆请了蒸鹌高手，花了一天才做好的。蒸的"狮子老虎"，做工可是玲珑精细，巧夺天工，上面还插上各种彩色纸花。再买一对大红宫灯，寓意孩子长大成人。以后就不再送灯了。

再后来，小外孙该结婚了。外婆家又是"重门户"，一对大花馍，"老虎狮子"花馄饨，比"鹌鹑"还要气派；衣服、被面、袜子鞋、花子红都是外婆家的。

结了婚的小外孙，有的去了很远很远的地方，有的还在老村生活着。可不论在哪儿，外婆家的丝丝缕缕，都是他心底最温暖的念想，他时常会忆起在外婆家的日子，回想起又老又旧的歌谣来。

外婆外爷已经去世，舅舅妗妗头发也花白了。小外孙记着老母亲的话："男凭外家，女凭娘家。"知道外婆家是他的根，知道"女婿外甥顶半子"，他尽自己能力回报舅舅妗妗。生活差的，一包油糕、半斤茶叶；生活好的，几瓶好酒、高级点心，送到舅舅妗妗面前。

时间像渭河水，不紧不慢流淌着。冬去春来年复一年，小外甥头发也白了，变成老外甥。舅舅妗妗都已去世，坟头的树也葱葱茏茏了。

每逢春节麦罢会，老外甥都要亲自去外家，拜年走麦罢。老表们凑在一块，二两小酒下肚，聊得不亦乐乎。说起"狗不叫，谁来牵"时笑出了眼泪，就像小时候一样。

家里新娶的媳妇问婆婆："那个白胡子老人是谁？"婆婆说："他是咱家老外甥。"

祖母的歌谣

一

冬天的下午，天气阴暗得像要飘雪。婆的火炕又窄又暗，八十多岁的她已经行动不便了，满口牙齿掉光，嘴唇瘪了进去，脸干枯得像粗糙的核桃皮。每有空闲，我都要坐在炕上与她拉话。这时，她的精神特别好，往往会沉浸在回忆里，缓缓叙说过去的时光。这是我喜欢听的关于"那会儿"的故事。

窗外，爷爷正在抱柴烧炕，呛人的柴烟消散在黄昏的冷空，火炕温暖起来。拉完闲话，婆忽然吟唱般念了起来，一句"日出东海落西天"，我知道一段有价值的民间小唱就要开始，兴奋的心情不亚于蝴蝶闻到花香、琴手触到丝弦，只有静静倾听了：

　　日出东海落西天，小寡妇进房掌灯盏。

　　轻轻上了楼梯板，打扫床上铺花毡。

　　难搁梦，梦难搁，梦见媒婆来说我。

　　媒婆安坐厅堂上，开言起语问属相。

假如这事你情愿，说话跑路不用管。

假如这事你不愿，过了难遇这英贤。

吃不欠，喝不欠，还有两顷水浇田。

有钱盖得金房显，出门不歇别人店。

到处都有礼铺面，许多生意下四川，

还有一路做大官。

寡妇听罢生了气，媒婆说话太欺天。

寡妇要嫁由得我，凭你说长又论短。

媒婆赶紧把话回，还要娘子多包涵。

几回事情说成了，花轿停在奴门前。

奴家坐在方凳上，浏阳木梳手里挽，

核桃木镜子支得端。

打开皮箱细细看，绿绿红红都挑完。

想起死鬼服未满，奴家不该把红穿。

穿了一身岗青缎，白绫鞋儿瘦瘦尖。

白绫花边滚一圈，岗青棉袄打白软。

穿罢见了媒人面，孟三亲迎进堂馆。

婴孩离娘两岁半，没娘的孩儿实可怜。

彩礼东西留给他，你要把孩儿待得宽。

权当孟三是穷汉，权当奴家没见钱。

婆念得从容不迫，有韵有味，一个标致漂亮的年轻小寡妇不羡富贵、不慕强权的形象瞬间树立起来。这是一种凌厉风骨，可和文人傲骨、武将霸气相媲美。我理解它的价值，赶紧找出纸笔记下来。

太阳落山，屋里暗淡下来。点起油灯，火光摇曳不定，外边飘雪了。整整一个下午，婆的民谣终于断断续续念完了。我惊诧于她的记忆力，那是她少女时代的积存啊。时光催老了她的容颜，可在她的回忆、她的故事里，她依然那么年轻，那么美丽。

后来，婆又口述一段才子佳人上香相遇的爱情故事：

> 三月三，把佛拜，庙门遇见新秀才。
>
> 你娘生你骨秀巧，脸面好像嫩白菜……

遗憾的是，后面内容，她终究没有想起来。不难想象，百十年前的时光里，在沙之隅、河之边，在穷乡僻壤的角落里，民间文学就在这里酝酿、生成、传唱，成为滋润人们心灵的精神食粮。那里有我们祖先的生活经验、人生观点。它于不经意间歌颂美好，鞭笞丑恶，告诉我们做什么人，走什么路。这也许就是民谣的价值。

二

1990 年冬的一个下午，儿子照例站在炕边石磴上叫"姥姥"（曾祖母），拉拉手，让姥姥感觉到他的存在，因为她耳朵太聋了。祖母这时非常高兴，她伸出干柴样的手，在炕头小锡盒里摸索。一边说"给我娃摸个'吃喝'"，或摸出两块饼干，或摸出几颗糖。孩子拿上"吃喝"，心满意足地跑了。我又提议，讲讲"那会儿"的故事。婆默然，一会儿，她启动全凹进去的嘴唇，断断续续，边想边吟，吟出这段货郎歌：

> 生意人，幺老板，辛苦日夜去发办。
>
> 又卖的俱是妇女钱。
>
> 货郎只把鼓儿摇个叮当响，惊动房中女娇莲。
>
> 挽住钢针盘绒线，迈步金莲到门前，
>
> 叫声货郎你听言。
>
> 货郎听得有人叫，把担搁在路中间。
>
> 请问大姐你买啥？

> 松江布，杭州线，蒲阳绸子苏州缎。
>
> 临潼县里好手帕，广东发的好云肩。
>
> 汝宁府里胭脂粉，云南打的白铜簪。
>
> 庆阳府里好戒指，洛阳城里好香串。

婆边想边念，只是嘴里没牙，念起来露风。我听不懂，就问"兴买夜夜去发办"啥意思？可她听不见，又不识字，我只好作罢，写成"辛苦日夜去发办"。"松江布"念成"东江布"，"蒲阳"或者是"阜阳"？"庆阳"或者是"青阳"？总之，婆的方言发音与露气的嘴让我作难，我只有赶快记下后再仔细揣摩。婆读读想想，又读出下面的词句：

> 货郎听得发毛了，
>
> 拿上红布当绿布，拿上真青当浅蓝，
>
> 拿上扣子寻扣子，拿上头绳当丝线。
>
> 只管寻，只管翻，翻得箱儿冒头尖。
>
> 不要寻，不要翻，不要绸也不要缎，
>
> 不要手帕共云肩。
>
> 胭脂官粉我都有，五色丝线样样全。
>
> 扯给我二尺毛红布，再要三尺好浅蓝，
>
> 珐蓝戒指要八个，镏金扣儿一整圈。
>
> 货郎担起担儿就要走，小大姐赶上只要他还。

货郎走南闯北，见多识广，在这儿却败在一个伶牙俐齿、轻盈秀丽的年轻女子手里。她一连串排比铺陈，把各地名产罗列一遍，以见多识广来衬托自己的高贵，从气势上压倒货郎。货郎早已乱了方寸，找不着北，赶紧担上担担一走了之。好一幅刁钻闺秀戏货郎的有趣图画。

联想婆的少女时代一定伶俐聪明，她能记下如此长的歌谣，并欣赏赞美吟诵，可见她天资如何聪颖了。如果教她读诗书写文章，她可能也会不让须眉。我由衷地感叹：婆好聪明啊！

　　"小大姐"买货刚完，"女婵娟"又登场了。

> 货郎担起担儿一溜烟，路南闪出个女婵娟。
>
> 脚踩门槛扬声叫：叫声货郎你听言。
>
> 货郎听得有人叫，将担儿放在路旁边。
>
> 请问大姐你买啥？
>
> 我娘在家病，三天没吃饭。
>
> 连刀割给我二斤肉，小葱抓一把，
>
> 豆腐要斤半，只要半瓣蒜。
>
> 货郎抬头用眼观，小大姐儿门前站。
>
> 两条乌黑半截眉，下面一对红眼圈。
>
> 头上三支黄毛还挽了个杏核卷。
>
> 裙下一双金莲小，
>
> 要长足有一尺长，要宽足足四寸宽。
>
> 红鞋绿绿口，上绣一对花老犍。

　　这位"女婵娟"可能正害红眼，错把此货郎当成彼货郎。或者她本身就是红眼，稀黄的头发，还挽个杏核大的发髻，脚片粗又鄙，花鞋上竟绣着老犍牛，足见脚片之大。哈哈，太有趣了，和前面那位俏女郎形成鲜明对比。又是一幅生机盎然的"货郎与小姐"图画，印证了明清时代的社会审美观。

三

　　祖母的父亲曾是前清秀才，同州"冯翊书院"最后一批学生。作为南乡有名望的绅士，当过塾师，当过阳村区长。可他文人秉性太耿直，做不了官场上迎来送往、谄上压下的事，最后自动辞职。

祖母从小没了母亲，跟着奶奶长大，"没娘的孩子早当家"。受父亲传统文化熏陶，她从小懂事，知礼仪守妇道，祖母晚年是她一手侍奉的。因此父亲非常器重女儿，亲自为她择婿，选了自己的学生。临出嫁，除丰厚嫁妆外，还给她陪嫁五亩地，足见对女儿的疼爱。

嫁到我家后，她任劳任怨，侍奉公婆一片赤诚，她说"孝敬父母敢见天，丰粮纳草敢见官"；对待妯娌弟兄，坦诚相待，她说"千里捎书只为墙，让他三尺又何妨"；对亲戚乡邻蔼然和气，她说"穷沾富富沾天，借人一牛还人一马"；对儿女子孙，她说"教子不到父之过，养女不贤娘有错"，说"早起三光，迟起三慌"，说"吃不穷穿不穷，运用不到一世穷"。她把方言俚语、圣贤格言，渗透在日常生活中，对后人成长起了至关重要的作用。

平时，她还经常说"截发长留宾，断机曾教子"。原来，这是她娘家厅房下的对联。原文是："截发长留宾，德征宛在；断机曾教子，懿范长新。"上联讲东晋陶侃母亲剪发待客故事，陶侃成名后，人送"鱼鲊"，陶母不收，说"官物遗我，亦增我忧"，陶侃大惭，后来能清白为官。下联出自孟母教子的典故。祖母记不准这么斯文的对联，却记住了这两个故事，从而影响了她的人生观。

前多年她教孩子，往往在做事为人方面，对民间文学并不在意。像"小寡妇改嫁""货郎歌""秀才与小姐"这些文学色彩浓郁的，是在晚年走不动、没有生活压力时才想起的。或许，祖母还有许多故事，已经随她的逝去而湮没了，只留下这么点，才显得弥足珍贵。

祖母生于光绪三十四年（1908）冬月初二，卒于公元 1991 年腊月二十一，享年八十五岁。

谨以此文纪念我的祖母。

红 豆 豆

很小的时候，坐在渭河岸边老家上房的热炕头上，被子上放着高粱秆编成的方形浅筐篮，筐篮里放着瘪花生、干红枣，还有从南山人手中用烂套子换的核桃。一边吃着，一边偎在婆的怀里，听她念好听的歌谣。一首接一首，伴着妈妈的纺线声，还有窗外呼呼的北风声。婆不急不慢的吟唱（类似于唐人吟诗），便在温暖房间流淌开来，至今仍留在我记忆深处。它是最早的启蒙教育，其中有一首叫"红豆豆"。

> 红豆豆，剥米米，我给婆婆端椅椅。
>
> 婆婆说我好乖娃，我给婆婆栽菊花。
>
> 一树菊花没栽了，听见门上黄狗咬。
>
> 黄狗黄狗你咬谁，我咬门上你二伯。
>
> 二伯二伯你坐下，我给你烧茶崩芝麻。
>
> 芝麻崩得噼啪啪，二伯笑得哈哈哈。

这首歌教给我"孝道、礼仪"，它是人们首先要具备的传统品德。

婆做饭了，喊："妮，给婆拿把引火柴来。"

院子椿树上，爬了不少"花媳妇"。那"花媳妇"太可爱，深灰色的小蛾子，翅膀是浅蓝色，上面有淡红、深红色的小斑点，漂亮得像刚结婚的"花媳妇"。我和小堂姑正在聚精会神地捉它，放在小瓶里。听见婆喊声，不耐烦地答："人家逮'花媳妇'，忙着哩。"然后，就忙着捉"花媳妇"。

喝汤毕，我们那儿人把吃晚饭叫"喝汤"，也就是烧点水、烫点炒面之类。门前槐树下，婆摇着蒲扇，我坐在一边缠她："婆，唱个曲。"婆的曲就开始了："小娃勤，爱死人，小娃懒，黑了眼，拿上鞭杆向出撵。"然后婆正色说："小娃娃就要勤快。大人使唤你，懒得不动弹，我们就不爱你，要拿鞭杆打你。"

"噢，我知道了，要勤快。你再念一个。"

"指亲亲，靠邻邻，不如个人学勤勤；吃不穷，穿不穷，运用不到一世穷。"

婆然后说，人要勤快，不能懒惰，不要指望别人来帮你。过日子还要精打细算，不能海吃浪喝，不花框外的钱，细水长流，才能吃穿不愁。

爷听见了，就摇头晃脑，唱起他自编的诗："早起三光顶一天，不可睡到太阳偏。人生宜勤不宜懒，荣华富贵无深浅。"爷爷拿出他的小本子给我看，上面就有这句话，还有几句是歌颂孝道的，可惜只记了两句："勤能补拙，俭可养廉"，"乌鸦反哺报亲恩，羊羔跪乳用眼观。"

那时，不太懂啥意思，也没有用心记。但那俚语方言朗朗上口，就扎根在脑海里了。

爷婆都能干，家里状况还过得去，就有一些亲戚街坊邻居告借了。三老舅借了二斗麦，后巷李婶借了五尺白布，都没还。我问婆："他们只借不还，这咋行？"

婆正色道："娃，他们不还，是还不起。他们有了，自然会还。你知道吗？穷沾富，富沾天，富汉就要帮穷汉。"

"咱也不富嘛！"

"咱比他们强。娃，要学做好人，老天自会保佑你。"

爷爷这会儿正在桌前写字，他用毛笔写了两行正楷字：

　　做个好人，心正，身安，梦魂稳；

　　行些善事，天知，地鉴，鬼神钦。

写好了，读给我听。他郑重地说，这是明朝的"关西夫子"、一个姓冯的人写的。他随后又念起民谣来："为人若不学好，夸啥尚书阁老；为人若肯学好，羞甚担柴卖草。"

然后说，做人要踏踏实实地干，苦做哩，甜吃哩。自己下苦，不干非理的事，才是正道。这些朴素的道理，使我后来在人生过程中受益无穷。

抓"五子"

那时候，女娃最爱玩的游戏是"抓五子"。

坐在村边瓦砾堆旁，随手拿个砖块敲打，把小瓦片打成杏核大小、圆圆的小蛋儿，蓝瓦瓦的，"五子"或"七子"就做成了。另一种用破缸片打，缸片上带着黑亮亮的釉色，这叫"缸渣五子"，比瓦渣打的要高级。女娃们往往随身携带，衣兜鼓鼓囊囊，书包沉甸甸的。谁的衣兜角角、书包角角有个破洞，一定是"五子"磨坏的。长此以往，"五子"也磨得没了棱角。但只要有它在，连心情都是稳稳当当、不慌不忙的。

巷道石板上、槐树下，就成了抓五子的场所，两人就行。旁边，有几个观战的替补队员，看谁抓的时间久而不败，一边抓，一边吟唱。抓着吟着，歌儿开始了：

> 一月一，没米吃，借斗粮，还斗一。
> 二月八，槐月八，金牛来，绒仙花。
> 三月三，暖一暖，李子儿，毛蛋蛋。
> 四月四，皂角刺，一双手，能写字。
> 五姑姑，叶盖盖，豆芽菜，漂上来。

六豆、槐豆，脚蹬牌楼。

七女子，不害羞，骑白马，顶盖头。

八姐娃，五月花，娇娘来，哥儿怕。

九月九，佛开口，戴菊花，喝黄酒。

十八年，遭年馑，十亩地，挖蔓菁。

"五子"抓到最后十上，有个总结式，叫作"掏花子"，这是"抓五子"的最高阶段。要把两个子儿，分别摞在另外两个子儿上，最后还要一鼓作气，一把把五个子儿全部揽进手里，才算赢了。否则就算输了。一般情况下，有人就输在最后"掏花子"时，没有把"子儿"准确地摞上去，或者是一把没有揽完而功亏一篑。

"掏花子"时，还要边唱边"掏"："掏来咧赶来咧，春姑姑拈来咧。"看这歌词，好听吧？都是女孩的最爱。这会儿，看那纤纤玉指灵巧地上下翻动，犹如唱戏的"兰花指"，轻巧地把小小"子儿"，摞在另一个"子儿"上，最后一把揽入手中。你会惊叹，这孩子长大准是个巧姑娘。即使输了，也没人灰心丧气。那词儿多好听啊，那调儿多随意啊。反正唱了玩了，手指越来越灵活了，享受的就是整个过程，管他是输是赢呢？

那时，大人都下地了，没人干涉。在冬花家门道里，两个女娃就开始了。门道下面铺着青石，光滑又清凉，是"抓五子"的好地方。冬花跟奶奶学了新歌谣，急着要显摆，她一只胳膊抱着小弟弟，腾出另一只手"抓五子"。吟唱开了：

一月一，咪咪飞，飞过城，桃花红。

二月八，草芽发，吃谷卷，戴槐芽。

三月三，清明天，咕咕鸟，戏燕燕。

四月八，戴皂芽，买杈把，买镰把。

> 五月五，过端午，戴香包，戴石榴。
>
> 六月六，把鱼流，拿笊篱，捞鱼走。
>
> 七月七，乞巧哩，七姑绣，八姑衣。
>
> 八月八，拾棉花，月儿圆，十五哈。
>
> 九月九，送糕哩，黑女子，掰枣哩。
>
> 拾一个，撂一个，十二个，莲花落。

冬花专心致志，只顾抓着吟唱着。小弟弟被一只胳膊搂着，很不舒服，就闹开了，脚蹬手刨耍脾气，把五子都拨拉到一边去，还抓冬花的脸，冬花气得捶他两下，他张开嘴巴"哇哇哇"地哭开了。实在抓不成了，冬花才恋恋不舍，腾开地方，由婉月代替了她。

婉月一上来，又改词儿了。她念成："一月一，咻咻飞，飞过墙，菜花黄……三月三，朝华山，打碗花，开路边……六月六，晒皮袄，提上壶，把汤浇……"

有时，是在中午或下午自习前，坐在学校门前青石台阶上，或是坐在那棵空了半边的大槐树下。槐荫也缺半边，像把破伞，但东来的凉风习习；西边有清凌凌的涝池，燕子轻盈掠过水面。几个女孩坐在树下，兴致勃勃地抓着，吟唱着，忘记时间，忘记一切。直到自习铃声响，才恋恋不舍地向教室跑去。

还有"抓七子"。手中拿一个"子儿"，地上放六个。要把这六个分三次抓完，次序是先抓一个，再抓两个，最后抓三个。抓者要根据地上子儿的分布来安排。只是孩子手掌小，往往抓不了，大点的女娃喜欢玩它。它也有歌词："我一姐，我一姐；我二姐，我二姐；我三姐，我三姐……"就这样依次类推，一直到十，歌词很单一，没啥内容，吸引力也就不那么大了。

如今，"抓五子"早已淡出人们视野，消失得无影无踪。当年，"抓五子"的孩子已成老人，有的已经故去。作为一种游戏，一种民俗，它陪伴了一代又一代人的童年，承载着他们美好的回忆与念想。承载着过去时光的点点滴滴、民风民俗和缕缕乡愁。今天用文字记录它，让温暖的童年时光留在老去人们的记忆里，留在通往未来的路途中。在夜幕降临的时刻，回忆会如暖风、如烛光，让暖风吻过凄冷的原野，让烛光照耀将要暗下来的屋子，也许是许多老人的片刻享受。

在没有游乐园、没有电脑、没有手机的漫长岁月里，有"五子"陪伴，有"五子歌"吟唱，也是蛮温馨的。

赛女婿会

关中东府有"看麦罢"的风俗。麦稍黄，女看娘；碌碡卸簸柳，妈妈看冤家。是些小风俗。而"看麦罢"（看忙罢），则是一桩大的风俗活动。麦收过后，"看麦罢"就开始了。

沙苑北边一带，那时都是旱地，主产小麦，农活不复杂，人不太忙。"看麦罢"较随意，啥时有空啥时去。来了客，主家要做好吃的，擀细面、烙油饼、炸"老鸹颡"。新婚夫妇最关紧，要拿上馄饨花馍、点心，去走丈人家。女人自嘲又自得地说："生女是害祸，能吃油憋破。""油憋破"就是馄饨。馄饨心儿放了油层层，蒸熟后，层层带着椒叶油盐，突破馄饨皮露出来，咋看咋香，令人馋涎欲滴，所以叫"油憋破"。但这儿人有规定："不送端午不麦罢，不送九月九不年下。"说的就是，新婚第一年，娘家要给闺女送端午，礼物是蒸得圆皙圆皙的花花馍，绿莹莹的竹凉席、竹门帘，非常隆重。如果娘家没有送端午，女婿就不给丈人家看麦罢。九月九重阳节，娘家要给女儿送"糕"（花馍），寓意步步高。不然，女婿不给丈人拜年，这是沙苑北的风俗。

沙苑南缠沙人可不一样。他们太忙，农活太杂，滩里麦子沙里枣，花生豇豆黄花菜。葫芦苤蓝茄子葱，李子鲜桃五月杏。那活儿叫一个多，人们忙得像团团转的陀螺。因而老祖先兴起麦罢会，集中一天待客，每村一天轮流转。麦罢会从六月初六开始，然后六月十五、七月初五、七月十五……直到七月底结束，节省了时间，也少了麻烦。

麦罢会这天，土路上人来车往。人们套起四轱辘车，挎起圆笼马肚笼，礼品是包子馄饨菜瓜（都是花馍），再到会上买些油糕水煎包、麦黄杏梅红李五月桃，礼品就够了。人们说："笼笼来，笼笼去，笼笼不来断了系。"说的就是礼尚往来。

会上，街道两旁早早撑起白亮亮的帐子，像盛开的白莲花。帐子下摆满布匹杂货。买吃食的吆喝着，凉粉担子、油糕摊子、甑糕车子、水煎包摊子，一家挨着一家。油锅吱啦吱啦响着，香气弥漫了整个街道。

一旁卖西瓜的摊子上，卖瓜人手拿明晃晃的切瓜刀吆喝着："红沙瓤，赛冰糖，咬一口，流一手。刀切哩，水流哩，桌子底下饮牛哩。"

斜对面脆瓜（甜瓜）摊子上，买脆瓜的嗓门更高："芝麻粒，白兔娃，竹叶青，老婆喜，先尝后买都由你。"

卖甜稻黍秆的也在加热闹，喊："沙窝里的甜稻黍，一毛钱两根。"旁边，有几个半大小子想吃没钱买，就唱对台戏："两毛钱一根。"

这边喊："一毛钱两根。"那边喊："两毛钱一根。"

卖稻黍秆的大叔不耐烦了，从捆里抽出一根绿莹莹的稻黍秆，说："去去去，拿去，捣蛋鬼。"几个小子拿了稻黍秆，欢天喜地走了。

家家户户屋里坐满客人，女人在灶房忙着准备饭菜。爷爷穿了白白的粗布衫，拿着黄铜水烟袋，在厅房里招呼客人。进进出出的脚步声、寒暄声、芭蕉扇、竹篾扇、黑折扇，各种扇子啪啦啦响着，热闹非凡。

厅房下，早铺好白亮亮的芦席。沙窝河滩有的是苇子，周围有的是席匠。那时磨面淘麦子要用席，晒黄花菜、晒枣要用席，所以家家都有席。开饭了。厅房下的大云盆盛满麦籽面。主妇们提前煮好大麦仁。大麦仁又光又滑，再放上调料葱花豆腐丁做的臊子，放进煮好的面条里就成了。菜是黄瓜辣椒茄子，豆角葫芦西红柿。最奢侈最好吃的，就是油烙韭菜麦饭，或油烙南瓜花麦饭。人们即席而坐，这时你恍然大悟，原来，这才是真正的"坐席"！

据说古代帝王待客用五张席叠摆，最上面的叫"席"，最下面的叫"宴"；大夫则用三张席叠摆；普通百姓只能用一张席待客。敢情"宴席"二字，就是这样来的？那么沙苑人的待客风俗，可以称为华夏文明的活化石了。

麦罢会上，最红火的要算新女婿。民谣说：

> 月亮爷，明晃晃，我在涝池洗衣裳。
>
> 洗得干干净净的，捶得梆梆硬硬的。
>
> 哥哥穿上上会去，麦罢会上赛女婿。

新婚第一年，丈人家可是头等亲戚。小两口收拾得齐齐整整，"竹曳"得像枝绿莹莹的谷叶儿，携了装满花馍的马肚笼，在集会上摇曳出一道亮丽的风景。人们私下指指点点，评头品足：菊花女婿好人样，麦英女婿真机灵，兰叶女婿黑里俏……底气不足的女婿早早就溜了，气宇轩昂的女婿则抬头挺胸，占尽风光。

"有米吃，没米吃，人前立个好女婿。"姑娘们私下里说。所以人们又把麦罢会叫"赛女婿会"。倘若谁的女婿长得黑，母亲就会宽慰女儿说："黑是黑，是本色，白是白，溜逛锤（二流子）。"倘若女婿个子矮，但很能干，有智慧，他不屑于被别人小看，就底气十足地说："虽然个子低，四两拨千斤。"现代小青年说法更时髦："浓缩的都是精华。"瞧，满满的英雄气概。

除了新女婿，各家亲戚还有头发花白的老年人。他们早早到了，和爷爷谝得不亦乐乎。新媳妇悄悄问婆婆："他是谁？"婆婆会轻轻告诉她："他是咱家老外甥。"年轻人随后明白老人说的话，男凭外家，女凭娘家，女婿外甥顶半子。

外家可是轻慢不得的，他可是男人的根啊。谁要是得罪了外家，母亲老百年（逝世），舅舅就要难为外甥，不给"挺盆子"。人老几辈的规矩，出丧时继承人要"摔盆"，意味着继承权。舅舅可是法定"挺盆人"。所以外甥即使白了头，还是要给外家看麦罢、拜年。这可是金刀割不断的亲戚啊。

女人给娘家看麦罢，是最关紧的。女人说："能教手里欠金银，甭教娘家欠亲人。"又说："一斗金，一斗银，难买娘家心上人。"这就是沙苑的文化传统。

几十年没有上麦罢会了。听说麦罢会仍然红火，不知老外甥们还上麦罢会否？

老村涝池

南方有水塘，北方有涝池。特别是渭河流域关中一带，村村有涝池。在以往岁月里，涝池如同水井一样重要，是每个村庄的必备物件。

老天爷往往是哭笑无常的，要么晴空万里，旱云如火；要么阴云漫卷，大雨倾盆。为解决村上排水问题，涝池就应运而生。人们在村里最低处挖池蓄水，解决了村子水涝问题，因名"涝池"。

北方缺水，涝池水是很有用的，女人用它洗衣服，男人用它饮牛羊。可是涝池水雨后不久就会干涸，怎么办呢？怎么办？那时候，没有防渗布、塑料布，如何解决涝池漏水问题？聪明的老祖先发明了"钉涝池"。把涝池底像钉锅那样，钉起来防渗防漏。

全村男人齐出动，先把池底耙平，灌上水。待地面软了，再用铁棒在上面打窟窿眼，找来红胶土和成泥，搓成棒槌样泥条晒干，塞进窟窿眼。一排排，一行行，直到把整个池底塞完。最后套上碌碡轧平碾实。或把牛群赶进涝池，转圈儿踩踏平整，涝池就钉好了。

池子钉好，就交付使用了。每到下雨，村里水顺着巷道全部涌进涝池。经年累月一代一代，几百年过去，涝池再也不漏水了。人们在涝池旁植上杨柳，放上石块石条。涝池因年代久远，幽深清洌。岸旁有细细青草，杨树柳树。柳树婀娜多姿，倒影映在明镜般的涝池里，像少女在对镜梳妆，别有一番古意。

每天早晨或傍晚，便有妇女提了竹篮，篮子放着衣物、皂角、棒槌，来涝池石上濯洗。叮叮当当的捶衣声，就在涝池周边回荡。

> 长安一片月，万户捣衣声。
>
> 秋风吹不尽，总是玉关情。
>
> 何日平胡虏，良人罢远征？

这该是唐代长安城的景象吧？其实，早在西周及春秋时代，已有关于涝池的记载。《诗经·东门之池》就描写涝池，写得非常美：

> 东门之池，可以沤麻。彼美淑姬，可与晤歌。
>
> 东门之池，可以沤纻。彼美淑姬，可与晤语。
>
> 东门之池，可以沤菅。彼美淑姬，可与晤言。

《诗经》之美，无与伦比。通过反复咏唱"东门之池"的劳动场面，反映青年男女劳动中的爱情与欢乐。而明、清至民国，乡间民谣则是这样表情达意的："月亮爷，明晃晃，我在涝池洗衣裳。洗得净，捶得光，娃娃穿上上学堂。读诗书，写文章，一考考个状元郎。喜报发到你们上，你看排场不排场。"人们的终极目标早已放在追求功名上。金榜题名光宗耀祖，多么现实啊。

或是春耕夏收农忙时节，下晌归来，总有农人牵了牛来此饮水。牛喝足水，愉快地"哞哞"叫。然后随着主人慢吞吞地走回家去。或是雨后初晴，岸边站满打水漂的儿童。他们手持瓦片，抡圆朝水中扔去，划起弧形的抛物线，溅起一片片水花。

总有几个捣蛋鬼，在学校午休时溜出来，脱光衣服，跳进涝池里，玩个痛快。有时候倒霉，被老师抱了衣服，几个黑小子羞愧不堪地捂着私处，光溜溜地低着头，走回学校，吓得女生都红了脸。

或是正在学毛笔字的学童，满脸墨点，像戏里的花脸，拿了墨盒毛笔来池边洗濯；或是课余时间，折了纸船，来涝池"放舟"。看那纸船悠悠地漂去，想象着未来，直到纸船沉没。

村头涝池，由是成为村庄的一部分，洗衣、饮牛、打水仗。清黑幽深的池水总不见干，还以为下面有水眼呢！春秋季节，穷苦人家妇女就挖池泥。池泥不知道淤积了多少年代，黑青黑青，她们把白布摊上青泥捂，白布就变成青布，可用来做衣服。

如今，旧涝池多被填平，存留的已经很少了。荏苒时光里，人们悟到涝池的重要性，纷纷开挖涝池。一是为涝时蓄水，二是为调节空气，三是为美化环境。但原生态、纯天然的涝池已经不多了。

镰山脚下，双泉村的两个涝池却是原生态的。一个在村东南角，约一亩来大。涝池周围有芦苇，细秆低身，密密匝匝围在岸边。我们来时芦花正开，白中微褐，花穗绵绵，极像拂尘。据说这芦苇就是"蒹葭"。《诗经》里描绘的应当是大的水域，"蒹葭苍苍，白露为霜"，指的就是这种低身的芦苇了。池西还有一片高粱似的高秆芦苇，芦花开得正茂，只是花色微深，褐中带紫。收获了可用来编席打箔子。

另一个在村西镰山脚下药王寺旁边，土塬上有树有庄稼，正是仲秋时节，塬上绿红黄褐，色彩斑斓。塬下有眼"西庄泉"，泉水给涝池提供了源源不断的水源。涝池四五亩大，波光潋滟，水鸟嬉戏，见来了人，忽地飞去。"白鸟一双临水立，见人惊起入芦花"，就描述的是这种意境吧。

涝池因有泉水补充甚是清湛，秋阳下温暖如缎，让人忍不住想把脚伸进水里。吟诵古人的诗句："沧浪之水清兮，可以濯我缨；沧浪之水浊兮，可以濯我足。"一任秋风微微，芦花拂面而沉醉其间，物我两忘。不知今夕何夕，只是如饮酒微醺，醉在暖阳秋风里，醉在绵绵的芦花里。

　　涝池北泉眼旁，也是芦苇环绕，近处有"农家乐"坐北朝南，门前高悬"瓦岗寨"三字，旁边酒旗飘飘。大门西边一行柳树，树下有浅蓝色桌椅，可供用茶赏景。颇有"水泊梁山"之风。东边高处，是有名的"一柏二槐三十二台"的药王寺，近年重新修葺，古意盎然。

　　泉水、涝池、古寺、山寨，构成了镰山特有的风光。这一切，蕴涵了双泉人祖祖辈辈的人生故事。辽远而丰富，历久而弥新，执着而从容，传统而自信，永远值得回味、怀念。

温暖面花

面花是什么？顾名思义，即用面做的花，雅称"面花"，俗称"花馍"，是关中人礼尚往来表达情意的礼品。几千年来生生不息，而今有渐渐凋谢之意。回顾以往，记忆深处的面花仍如原野雏菊、碧空星辰，闪烁在遥远的时光里。它所承载的那份温暖，那份情义，至今仍令人感怀不已。

春节的花馍

年关近了。腊月二十三，灶王爷上了天。娃娃鼻子比猫还尖，嗅出了浓浓年味。他们兴高采烈，唱起童谣：

咪咪啦，年哈咧。包子蛋，玩哈咧。
你妈揉面捏馄饨，你大扫地贴门神……

主妇忙起来，打啼起闹半夜，和面发面蒸馍馍。她们几人联合轮流蒸馍。炕早已烧热，屋里荡漾着暖意，炕下脚地的案板上，几个妇女开始揉面蒸馍。蒸馍的面非常讲究，不能太软，太软蒸的馍扑扑踏踏没棱份；也不能太硬，太硬蒸的馍不圆泛、不泡骚。要恰到好处，这就看各人的和面水平了。

面"起"了，像蜂窝一样虚泛。妇女们飞快地反复揉搓，那面色亮得像丝绸，揉成胳膊粗细。高手五婶开始揪"馍集"。她一把一个，揪的"馍集"大小匀称，比秤称的还准。"馍集"在女人手上迅速被"玩"着，玩好后递给五婶，由五婶捏馄饨。里面放上早已和好的油面面或油层层，再左盘右搭捏起，一个形如麦囤的馄饨就捏好了。放在热炕上泛圆再蒸，出锅的馄饨圆圆胖胖，还带一圈细细花边，怀里怀外各抱一个拇指大的小不点，活像雍容华贵仪态万方的母亲携儿带女，令人爱不释手。

"馄饨"，意取"浑全""圆满"之意，代表深深的祝福，是春节每个家庭必备之物。新婚夫妇走丈人家，要带十二个花馄饨，取"成双成对""圆圆满满"之意。二嫂三姨四婶五婆，看着馄饨指指点点，啧啧称赞："你看秀儿家馄饨蒸得多好，皮薄周正棱棱花，圆皙圆皙（漂亮），这婆婆是个人才。"瞧，馄饨可撑起婆家脸面哟。设若谁家馄饨捏得不皙，女人会嘲笑："某某家，山蛋蛋，蒸哈（下）馍馍没沿沿。"所以春节蒸馍，要相当重视。

其次是捏"枣山"。女人把面团搓成拇指粗的条，卷成"云朵"，中间嵌颗红枣。再把云朵粘在一起，连成塔形，"枣山"就做好了。三十晚上，放在先人影轴前，庄重威严，无上尊敬，酷毙了。

最后捏"花花"。沙南边人有个规矩，春节走亲戚，主家还礼，要给客人回一两个"花花"馍，寓意祝福。所以家家都要蒸许多"花花"。每当蒸馍接近尾声，小女娃就上手了，她们在大人指导下，随心所欲捏"花花"。圆瓣的梅花杏花，尖瓣的荷花桃花，花心或花瓣缀上一枚红枣；或是捏动物，鸡娃鸭娃，小鸟蛇蛇。总之，想捏什么就捏什么，看谁捏得花哨新奇。瞧，捏花馍的启蒙啊。

元宵节的鹣

元宵节快到了。谁家女儿新出嫁，或是小外孙十二岁，这家主妇就忙活起来，定日子，请高手，要捏"鹣"了。

"鹣"是什么？字典上说，鹣是比翼鸟，以鹣寓意婚姻美满。另一寓意叫"茧"。五婶只有一个独子，她自谦说"我只结了一个薄皮茧"；二叔做事总没结果，大家说他"这人一辈子不结茧"。因此，"茧"有两个含义，一喻儿女，二喻成就。祝女儿婚姻美满，早日"结茧"；祝外孙早日成才，金榜题名。

捏鹣这天，案板炕桌支起，五婶领头，分工有条不紊。谁捏"身子"，谁捏"花花"，谁泛馍（给馍加热使其圆泛），大家就各自忙开，揉面盘花做造型。麻绳粗的面条，在巧手中变幻无穷，她们只是盘、捏、剪、贴，充分发挥想象力来塑造美。花朵小如纽扣，大如核桃，或桃李杏梅，造型各异；或剪成穗状，垂若流苏；或散若合欢，如伞如扇。做成老虎狮子、凤凰玄鸟。或精致或质朴，或雄迈或憨厚，或玲珑剔透，或粗犷霸气。在这些艺术品面前，你不得不叹为观止。

时至今日，许多礼节已发生变化，可是送鹣却大行其道。去年，我去老同学家，她正在案板上捏鹣。以为她要为女儿送，她自豪而爽朗地笑了。原来，她把这做成了一项产业，元宵节光卖鹣可挣五千多元。哇，真棒！

清明节的枣供

清明节，沙苑人是很隆重的，要蒸"枣供"，祭祖先。

这时节草长莺飞花争艳，田野麦苗盖住了老鸦。阳光照进厨房，案板上一片明媚。"枣供面，不离案。"面早发了，女人站在案头做"枣供"。先做圆馒头，下来做"花"。花型有两种：一种代表天，代表男性；一种代表地，代表女性。代表阳性的"龙蛇供"，圆馒头上盘条龙蛇，用椒籽做眼，剪红枣做舌，弯曲的身子剪成齿状如麟，好个龙盘虎踞，金陵王气。

代表阴性的花枣供，圆馒头顶端嵌一朵面花、缀一枚红枣，看去温和良善。上完坟，吃枣供有规定，男的吃蛇供，女的吃花供，不能乱吃。

清明祭祖，"枣供"阴阳互生，乾坤并举，体现了道家的天地观。

端午节的花花馍

端午节，沙苑北人不只是蒸甑糕，还要蒸"花花"，为女儿"送端午"。这里礼节，"不送端午不麦罢，不送九月九不年哈"。来而不往非礼也。娘家要为女儿送端午，女婿才给丈人看麦罢。

这天，二嫂早早起来蒸"花花"，要为女儿送端午。端午的花花馍与春节的略有不同。端午花花更小，有手心大，造型多是石榴佛手红杏梨儿，小鸟鱼儿蚰蜒鸭娃等等。二嫂揉好面，从容不迫捏起来，旁边放着小剪小梳、红枣黑椒籽、绿红颜料。一两个钟头，雪白精致的"花花馍"出锅了。摆在案板，稍晾片刻，又像打扮女儿一样，为"花花馍"点上胭脂。花花更加栩栩如生，玲珑可爱，红绿胭脂，鲜艳欲滴，瞬间你会怦然心动。想起"当窗理云鬓，对镜贴花黄"，想起"豆蔻梢头二月初"，想起"十三姑儿浅淡妆"，想起"巧笑倩兮，美目盼兮"，你惊诧"花花"竟如美人！这是母亲对女儿良好的祝愿啊！

端午节，就这么隆重。

九月九花糕

秋风簌簌，秋雨潇潇，雁南飞，秋色深。菊黄时节九月九，该送"糕"了。沙北人送糕，不只给新婚女儿送。女儿们老了，有了孙子，娘家还要送糕，不过送的糕小，也就是一般枣儿糕，简单。女嫁头一年不能含糊，一个糕要占满一个箅子，而且送两个。

"糕"音同"高"，寓"步步登高"之意。蒸糕离不了红枣，把揉好的面擀开，中间垫上红枣、核桃，再根据喜好，做成各种造型。常见的有鱼儿糕、扇子糕、筛子糕，还有造型奇特的马鞍糕等，不一而足。

那一年，对门五婶要给新婚女儿送糕。这天一早，五叔一身皂装，黑鞋白袜，收拾停当，一对鱼儿糕放在两只新竹筛里，上盖大红袱子，一条发亮的桑木扁担，被五叔颤悠悠地挑起，从巷里飘然穿过，那叫一个"攒劲"。人们目送他远去，把艳羡和祝愿融进秋风里。

麦罢会的菜瓜

麦子入仓，秋苗出土，沙苑南的麦罢会开始了。

麦罢会又叫"追往会"。"追往"，来来往往、连绵不断之意。"笼笼来，笼笼去，笼笼不来断了系"。说明麦罢会的重要。

会上，客人的笼笼少不了包子馄饨菜瓜。其实都是花花馍。只是"菜瓜"花馍形似黄瓜，弯出造型，篦着花纹，它在麦罢会充当非常重要的角色。

缠沙人亲戚多，人老几辈不断亲。因而把亲戚分成"追往""不追往"两类。"追往"亲戚，麦罢会少不了"菜瓜"；一些老亲戚"不追往"，虽有来往，却不拿'菜瓜'，遇到门户差事，礼节就有了轻重。

麦罢会上，往往有些粗心女人，竟忘了给外家拿"菜瓜"。外甥媳妇会满脸歉意向妗妈道歉。妗妈非常大度，朗声道："金刀割不断的亲戚，没拿'菜瓜'也不要紧。"沙苑人的亲情就是这么浓。

听说现在麦罢会已经不用花馍了，各类新式糕点取代了它，可人们还是忘不了过去的包子馄饨菜瓜。

生日满月的花馍

老人生日，女儿礼物是十二个寿桃。寿桃大若馄饨，圆圆的肚子，歪歪的桃尖上篦着细细花纹，点上一点绯红，朴素而庄重。设若老人已去世，那么在祭日，女儿要带十二个"供供"。"供供"和寿桃相仿，只是桃尖不同，寿桃尖儿歪，"供供"尖儿直，两者绝对不可以混淆。

谁家添了宝宝，沙北人娘家要拿花馄饨；沙南人拿"谷卷"，又叫"瓜"。"谷卷"用麦面和红枣做成，有圆形，也有鱼儿形。孩子满月"出窝"这天，奶奶抱了孩子，怀揣大馄饨或谷卷，在巷子里、磨坊里、碾子边转，碰到第一个人，就把馄饨送他，然后认他做干爸干妈。

红白喜事的花馍

某家儿子要结婚，是外家的重门户。除被面床单、袜子鞋、花子红以外，还要一对大花馍，或老虎狮子，或凤凰玄鸟。照例要请人蒸馍，和蒸"鹅"一样，只是比"鹅"更大气。

新婚这天，礼堂挂上先人影轴，后来挂毛主席像。前面大方桌上，花馍就摆满了。花馍造型各异，上面插满绢花、纸花，蓬蓬勃勃，喜气洋洋。绚丽的色彩，红火的气氛，溢满了整个庭院。

人们站在桌前品评，啧啧称赞，看那对狮子多气派，看那对凤凰多细致……

如今，许多礼节都变了，可乡间婚礼还是少不了花馍。只有一大桌红红火火的花馍，才能烘托婚礼的热闹气氛。现代婚礼虽然隆重，设若没有花馍，这气氛就低落了不少。

葬礼上花馍是什么样的呢？一方水土一方礼俗。葬礼花馍，沙南沙北各有不同，可说是异彩纷呈。

中国大地上，牌楼是常见的，它承载一种文化，寓意表彰褒扬。这就是牌楼的功能。

缠沙人把"牌楼文化"融入花馍中。某位老人去世，女儿便要承担"炸桌子"重任，要做牌楼，请捏花馍把式来做。牌楼造型她们早已烂熟于心，但并不拘泥，而是常捏常新，推陈出新，娴于创造，把整个牌楼分件捏好蒸熟，然后放入油锅，炸到微黄。最后才把这些部件组装起来。

葬礼祭桌上，花牌楼位居其中，高高矗立，上插镂空小白旗。细看，不能不赞叹女人的别出心裁，巧夺天工。她们把牌楼浓缩成艺术品，大地上的牌楼有多气派，她们蒸的面花牌楼就有多气派。人们用牌楼来表彰逝者的功德，彰显儿女的敬意与孝心。

沙北祭品，则是另一种景象。最奢侈的是"莲花摞"。"莲花摞"费面费油，过去年月，一般人做不起，有实力的家庭才能承担。

"莲花摞"其实是油炸面花。这种面不需要发酵，只用泡打粉发虚，用上花椒粉、精盐就行。届时，女人在案板上揉、擀、切、捏，做成一个个圆圈形"莲花"。极像观音座下的莲台，要做七层或九层，一层比一层小，层层相摞呈塔型，要做三摞才成。

丧事过后，这"莲花摞"，就成为主家酬谢乡邻的最好礼品。现在人嫌麻烦，从商店买麻花代替。看似一样，但总觉得不够厚重，少了传统文化意味。

庙会面花

大荔最红火的庙会，要数阿寿村二月二庙会。

阿寿村有个药王庙，敬的药王孙思邈。每年二月二，阿寿村四社的巧媳妇，都要蒸花馍来祭奠。她们别出心裁，按照药王庙建筑形状，逐件生捏熟蒸，然后组装成为一体。药王庙前殿后殿，两侧铁旗杆、牌楼、石狮、万人伞、药葫芦、蜗牛山、守门龙虎柱、花供石榴馍、绵羊吃草，等等。女人们充分发挥想象力，把对美的向往用面花表达出来，做出了面花极品。可说是"集关中面花之大成"，堪称花馍艺术的巅峰之作。

在几千年农耕社会里，民以食为天，粮食是生存的基本条件，食品就是最珍贵的东西。而人类社会还需要信仰，需要秩序，需要礼节，需要友爱，花馍就成为表达信仰、维持秩序、联络感情的载体和桥梁，承载了人们对美好生活的寄托与祝愿，这也许就是面花的功能吧。

苞谷馇馇

关中人把玉米叫苞谷，又叫玉麦。那时候，苞谷可是家家户户的主粮。

每当秋收过后，生产队留足牲口饲料，其余的就分到社员户里。深秋黄叶遍地的时候，打麦场就晒满了苞谷棒。家家户户的屋檐下、院子里，也挂满苞谷棒。金黄金黄的颜色，和着满天飘飞的黄叶，门前盛开的金菊，村头褐黄的芦苇，组成秋天最基本的色调，让人陶醉不已。

十月，苞谷刚晒干，人们迫不及待地先上碾子，碾些苞谷糁，磨些苞谷面。此后的日月，几乎全融在苞谷里。早晨，苞谷糁熬红苕，大铁锅下烧着棉花秆，熬得又黏又稠。一揭锅，甜香的味道霎时飘散开来。用粗瓷大碗盛了，再夹上萝卜叶、蔓菁叶窝的黄菜，满满一大碗，蹲在门前大太阳下，"呼噜呼噜"地往嘴里划拉，一顿饭就打发了。

门前台阶上，老太太在给小孙子喂饭，旁边还有几个孙子端着碗吃着。爱编小曲的热闹叔忽然来了灵感，停住筷子说："米饭熬黏咧，孙子围严咧。"接着又说："苞谷面，打搅团，倩（疼）儿不如倩老汉。"

调皮的二蛋也爱耍贫嘴，他一边鼓着满是苞谷糁的嘴巴，一边凑热闹说："苞谷秆，玉麦根，老汉见了老婆亲。"老太太无奈地笑着说：

"编得好，都是大实话。"一顿热闹的早饭就过去了。

中午饭是要变花样的。每当做饭前，妇女们便会皱眉头说："今中午这饭咋做呀？苞谷面真难做，要是有麦面该多好。"是的，苞谷面粗糙如沙，黏性特差，总黏不到一块儿，只能捏成窝窝头或搓成条，剁成小节，上锅蒸，人称"苞谷节节"；或摊在箅子上拍平，再拿筷子戳些窟窿，蒸出来切成方块，叫"苞谷糕片"。这都是最基本的吃法，经常吃就烦了。为了下口利，妇女们创造了"粗粮巧吃"，鼓捣出各种吃法：苞谷面打搅团、漏鱼鱼、煎凉粉、煮削削，等等。花样翻新，层出不穷。

还别说，这些变着花样做出来的食物，确实比苞谷节节、糕片好吃，汤汤水水，调料臊子，就是下口利。可那些做法，非粗胳膊的健壮女人不可。

先说苞谷面鱼鱼、凉粉、搅团这三类，其实是一条流水线上的不同产品。女人上了锅，先把水烧开，然后起身，把苞谷面均匀地撒到铁锅里。粗壮的胳膊握紧勺把，边搅边撒，使劲地在锅里转圈，搅成面糊状。面糊越来越稠，越来越难搅。这会儿凭的是力气，胳膊要鼓足劲儿搅动，搅的时间越长，面糊会变得越黏稠越筋道，漏出的鱼鱼才光滑可口。女人要是胳膊细，没劲搅，做出来的鱼鱼、凉粉就不筋道，不光滑，自然不好吃了。

这时，灶火的棉花秆"噼噼啪啪"地响着，铁锅的苞谷面糊"咕咚咕咚"地翻着，冒着气泡，那特殊的香味，随着白色蒸汽，弥漫了整个灶房。

面糊熬好了。锅旁大斗盆里，放了清水。女人手拿葫芦漏瓢，舀一勺面糊放入，再用铁勺使劲地压，漏瓢里的面糊，从窟窿眼里钻了出来，滴在水盆里，活像一群漂在水里的锦鳞。贾平凹说得特有趣：这些光滑漂亮、尾巴长长的"鱼鱼"，是哪个巧手媳妇的兰花指捏的？有意思吧?

有时女人嫌麻烦,就多做些,舀一搪瓷盆熟面糊,或直接把熟面糊舀到案板上晾凉。第二天中午,把它切成小方块,炒了萝卜白菜臊子烧成汤,再把面糊块放进去,冬天吃起来,又煎和又有味。

搅团一般不专门做,往往是漏鱼鱼后剩下的下脚料。把一团面糊舀到碗里,浇上葱花臊子,调上红辣子吃,美其名曰"水围城"。谁起的美名不知道,却形象生动,雅趣横生。最后,锅里会有一层金黄金黄的锅巴。这时,在灶膛里点一把火,锅里的锅巴就会爆裂,用锅铲铲起来,就是锅巴了。

至于苞谷面"削削",做法很特别。舀好苞谷面放盆里,用开水烫成面团,揉光搓条,再拍扁,放案板上,撒上一点白面,用刀切成二三厘米长的条状,下到开水锅里再煮,熟后放上葱花臊子,就可以吃了。这些"削削"因为烫了再煮,又有点白面撒上,所以吃起来筋筋的,汤滑滑的,挺好吃。

苞谷饸饹一直到七十年代才出现。我们生产队添置了一台磨面机、一台饸饹机,安置在场南边的公房里,除了给本队社员服务,还面向大众开业。记得当时俊嫂和玉妹在饸饹机上当差,她们在大盆里拌好面粉,倒入机器,机器通过水蒸气,把面粉蒸得八成熟,再压出来,晾半干,金黄金黄细细的饸饹,就可出售了。队上派了善于卖菜的沙底移民老杨,每天套了毛驴车,出门到各村换饸饹。记得是一斤苞谷换一斤二两饸饹,分分厘厘难算账。但老杨账算得清,生意做得很好,大家很是羡慕。沙底村出蔬菜,辣子萝卜葱。据说老杨的算账本领,是从小卖菜练出来的。

苞谷饸饹是苞谷食品里最高级的。烧开水后,直接把饸饹下入水中煮两煎,放入臊子。如果臊子里有点豆腐,那么这顿饭就是最理想的了。

那时，只要中午吃了搅团、鱼鱼、煎粉这些不顶硬的"软饱"食物，下午干活，就会不断地尿尿、放屁。几泡尿下来，肚子就空了，人也没了力气。只要是谁放了屁，同时干活的人就乐了，嘻嘻哈哈地打趣说："屁也，屁也，五谷之气也。"有的说："一个锣，跌到地下寻不着。"有的说："大屁通通，小屁嗡嗡，二不愣登屁拾了半草笼。"这时，又是热闹叔开了腔，他"嗨"了几声，旁边人知道他有好曲了，就煞有介事地鼓励说："有戏没戏，先把嗓子打折利，热闹叔，开始。"

热闹叔不笑，一本正经开了腔：

> 屁是一只虎，出来无人堵。
>
> 打倒少华山，平了同州府。
>
> 八百弟子来救驾，个个都是一脸土。
>
> 剩下一个没有土，打掉半个牙茬骨。

干活的人都"哗"地笑起来，笑得东倒西歪。就有人自我解嘲地说："管天管地，管不住人放屁。哪个要是不乐意，一屁打到河滩地。"说着笑着，太阳压山了，收工了。回到家里，中午的苞谷鱼鱼还有，烧开锅煎了，放开肚皮又吃。这下放了屁，就再也没人打趣了。

吃苞谷的时代已经过去了几十年，现在偶尔吃顿搅团、鱼鱼，打打牙祭，倒是蛮有趣味的。

蔓菁漫忆

说起蔓菁，五十岁以上的人可能都吃过。它拇指粗细，白生生的，上面长满细细毛根，形状酷似名贵药材人参。再加上它营养丰富，味甘绵长，补中益气，特别适宜体弱多病的人吃，因而有"小人参"的美誉。

但年轻人大都不清楚蔓菁为何物。

油菜是人们熟悉的。"麦苗儿青来菜花黄"，每年三四月间，满川遍野的油菜花开了，金黄金黄的高贵色，香气四溢，蜂飞蝶舞，熏醉了山川，香倒了岁月。这菜花就是蔓菁生发的，蔓菁就是油菜根。不过它特指过去的老油菜，人称"菜籽"。

菜籽两三千年前就有了。《诗经·唐风》里唱道："采葑采葑，首阳之东"，"葑"就是蔓菁。由此我们判断，蔓菁最初是食用块根的。而现在的"秦油二号"杂交油菜，产量高，出油率高，块根却很"柴"，不好吃，人称新油菜。新油菜根是不能叫蔓菁的。

以往岁月，自然灾害较多，粮食经常歉收。不得已，人们用瓜果充饥，所谓"瓜菜半年粮"。民国十八年关中大旱，三年未收。人们便在河岸边嫩滩上，或低洼地方，撒上菜籽。听说当时一块银圆只能买四百斤蔓菁。人们说,"十八年遭年馑,十亩地挖蔓菁"。到 1961 年,饥荒又一次降临。那几年人们常常在粮食之外,加种一些红薯、蔓菁、萝卜、南瓜、甜菜、山药等等,替代粮食,填充腹中空缺。只是甜菜味特别邪烈,吃了头晕,人们不爱吃。

记得有一年春季,十一岁的表姐领着八岁的我,去干河岸上挖蔓菁。肚子已经饿了,表姐在土里找到一些粉黄色的"牛根",让我们吃。吃了就中毒了,睡在炕上发烧呕吐,喉咙又辣又烧,头晕得抬不起来,睡了一个星期。病愈后去上学,出村看见土地便想吐。后来才知道,表姐错把有毒的"猫眼"根(肿巴巴草)当成"牛根"让我们吃了,饥不择食啊。

那时,口感最佳的当数红薯,但红薯却很少,很稀罕。1964 年以后,红薯才渐渐多了。最普遍的,要数蔓菁、萝卜、南瓜,它不需要专门留地,在玉米地或棉花地里都能套种,刚好赶上填补冬寒和春荒。"中伏萝卜末伏芥,秋后种的蔓菁菜",芥末和油菜下种时间大致相同。七八月间,只要落一场好雨,农人便在棉花地里撒上油菜籽,用锄锄过。不久,菜籽便纷纷出土了。九十月间,棉花拔秆,没了遮盖,这些菜籽得以充分享受阳光雨露,迅速成长,成为最爽口的蔬菜。它的块根在地下悄悄膨大,积累着糖分、淀粉各种营养。

十月开始"窝"黄菜。女人采来蔓菁叶、芥末叶,用开水淖过捞到缸里,浇上面汤,再用干净青石压住,盖好盖子。十天半月,酸菜就"窝"成了。捞出切碎,酸中带淡淡清香,撒上盐、花椒粉、辣面,用油泼了,就是美味酸菜,就着黏稠香甜的苞谷糁红薯饭,就像鲁迅笔下绍兴的糙米饭就霉干菜,成为寻常百姓食谱中的经典。

寒冷的朔风吹来了,蔓菁在地下长到拇指粗。人们拿上镢头、铁锨,拣大的挖出,留小的继续长,到过年开春再挖。挖回的蔓菁,放阳光下晾晒,微蔫后择去毛根,切去顶部,再洗净切薄,和苞谷糁或小米一起熬煮，就是上好的粥。切下的蔓菁顶也不浪费，把它洗净切碎，拌上些许面粉，蒸成麦饭吃。那时几乎天天吃麦饭，荠菜、苦苣菜、苜蓿、蒲公英等，都能做成麦饭。榆钱和洋槐花蒸的麦饭更是别有风味，洋槐花麦饭清香中带甜味，榆钱麦饭滑溜爽口，南瓜花棉花花也能蒸麦饭。

最好吃的当数苦苣菜麦饭。《诗经·唐风》除了蔓菁还说到苦菜："采苦采苦，首阳之下"，说明几千年前，苦菜已为人们所喜爱。今人说"香油调的苦苣菜，各取心上爱"，但苦苣菜也被人们挖光了。三四月间青黄不接，"麦稍黄，饿断肠"，人们一天天挨着，盼望麦子快快成熟。

麦子上镰。为抢收，生产队在较远的地里搭了帐篷，人们中午不回家，连轴转。那时还"吃食堂"，食堂中午送去"贴晌饭"——清汤旗花面。望着桶里冒着热气、漂着绿莹莹、黄灿灿葱花的碎面片，我馋得直流口水。最终，妈妈的一碗面被我吃去半碗。

几十年里，好东西吃过不少，可最香的却是生产队地头盛在桶里的旗花面。现在家里白面绿菜啥也不缺，可就是做不出"桶里旗花面"的味道。细细思想，还是饥饭好吃嘛。

妇女割麦子每人四行，"嚓嚓嚓"，一个跟着一个。身强力壮手脚麻利的，早早割到地头，便偷偷坐下，揉麦粒装进兜里。队长心知肚明，却睁一只眼闭一只眼。多数人没有那运气，她们气喘吁吁，挥汗如雨地割，紧忙也到不了头。到晚上，一些胆大的就去地里偷麦子。"撑死胆大的，饿死胆小的"，你偷不来就甭怪谁了。

"富贵思淫欲，饥寒生盗贼。"那时许多人学会了偷，我们小娃最拿手的是偷苜蓿。二三月里，娃娃三五成群，悄悄来到洼里偷苜蓿。看苜蓿的大伯追来，大家提上篮子作鸟兽散。看苜蓿的也不追了，刚轰跑一伙又来一伙，大伯他没劲了。

为了替自己的偷盗行径张目，人们编出一段顺口溜："偷一石，是模范；偷一斗，红旗手；偷一升，是痴愁；偷一碗，不要脸；偷一火车皮，能见毛主席；不偷不逮，饿死活该。"

在饥饿威胁下，人们的是非观念完全颠倒了。

1963 年情况好转，食堂也散了。家里有了些苞谷、豌豆、大麦等杂粮，奶奶便把这些杂粮炒熟，磨成炒面，再烧了蔓菁红薯稀饭，碗里放上炒面，烧熟后趁热冲搅。记得锅台上摆放几只粗瓷碗，冲好的炒面在筷子搅动下，冒着热气，袅袅飘开，灶房霎时溢满炒面的荤香，混合着蔓菁红薯的甜香，一直留在记忆深处，历久难忘。记得炒面粥往往调得很稠，吃了很顶饥，再就上酸菜，一顿饭就能凑合过去，有限的馒头就省下了。雪花飘飞的隆冬，青黄不接的春季，主妇用有限的粮食哄饱家人的肚皮，度过那段难熬的时光。

还有一种植物叫芥末，和油菜像孪生姐妹，外观非常近似，芥末油就是用它压榨的。芥末根和蔓菁也很像，往往很难分清，但芥末根不能吃。俗语说"芥末根赖（充）蔓菁"，比喻以甲充乙。只是芥末叶颜色较深，边缘多小刺，而蔓菁叶颜色较亮较光。用芥末叶"窝"的酸菜有特殊凉味，陕西话叫"渗"得很，特好吃。人们说："葱辣口腮蒜辣心，芥末上楼没高低。辣子辣得不沾因，先辣嘴唇子，后辣尻门子。"说的就是芥末吃了很容易"上楼"酸鼻子，它的叶子自然也"渗"得很。相比之下，蔓菁叶就平和多了。

岁月如烟。那段缺吃少喝的日子早已过去半个世纪，蔓菁也已淡出人们视线。在愈来愈丰盛的餐桌上，我却常常怀念起蔓菁来。去年爱人弄来一把菜籽，撒于枣园。到冬季，竟也收获了一些粗粗细细的蔓菁。欣喜之余，自吃兼送人，觉得蔓菁稀饭风味不减当年，只是孩子们并不爱吃。对于他们，蛋糕和鸡块已经没有诱惑了，遑论蔓菁？身在福中不知福，没有对幸福的感知，岂不是没有幸福？诚如张贤亮所言："这是一种不幸，一种遗憾。"看来，忆苦与励志并非多余。人生多风雨，但愿他们在今后生活中，在挫折逆境中锤炼意志吧。百炼才能成钢，这是我的希望与祝福。

对于蔓菁，孩子的拒绝丝毫不会影响我的偏爱。这一半来自当年对它的适应，另一半是对苦涩又温馨的蔓菁时代的怀恋。苦难使人知足，幸福使人怀旧。所谓忆苦思甜，忆苦知甜。对于眼下淡如流水的平凡日子，很容易生出满满的知足与感恩来。陋室虽陋，却能"开轩窗以面场圃，与村夫而话桑麻"。布衣暖，菜根香，人生若此，不亦乐乎？

三径菊，半园瓜，烟锄雨笠做生涯。
秋来尽是闲庭院，喜种蔓菁油菜花。

老村　干婆　干妈

我有两个干婆、五个干妈，在老村。

一

二十世纪五十年代的一天，渭河北岸的王村，一个女婴呱呱坠地。刚学会新法接生的香姑说"女娃，客人"，话语透出遗憾与惋惜。谁知这家公公婆婆却一反常态地说"女娃好，好活"。这个偏僻角落，人们历来重男轻女。但这女婴破天荒成了家庭受欢迎的人，让人匪夷所思，莫名其妙。

隔壁本家四老太听说是女孩，就撇撇嘴，一脸不屑地说："烂女子，赔钱货。"这是四老太的口头禅。香姑就说母亲："都新社会了，讲究男女平等，你这旧思想也该改改。"四老太道："新社会咋啦，女娃会犁地，会跑四外？再差的男人游三县，再好的女人锅台转，十个桃花女，顶不了一个跛脚儿。我就不信女娃比男娃强。"

四老太在村中最有影响。她把五个没奶的孙女全送人，三个孙子则花了十来石麦子奶出去。如今大孙二孙都上了学，小孙儿也满地跑了。

四老太从心里高兴："花了十石麦，换了三个孙，值。"她觉得自己无愧列祖列宗，因而荣耀不已。

王村不大，也就一百来户，可村上为生男孩娶二房的就有十来家。像麦囤叔，娶个哑巴做二房，哑巴确也生了男娃。这就是王村的传统。虽然已进入新社会，男女平等的口号喊得比任何时候都响，但难以动摇王村人的旧观念。那么，这家生女孩的欣喜从何而来？

原来这是个大家庭。上辈三个媳妇都年轻，孩子生得多，谁有命谁活，谁没命就算了。孙媳妇辈分小没地位，受白眼受欺负，日子难过，孩子没奶很自然。她生的前三胎都是男娃，因各种原因夭折了。

孩子多了不值钱，也架不住这样死啊！盼四世同堂的老太爷急了，他叹息着，亲自抱了已经满地跑却死于痢疾的曾孙，流着泪把孩子抛进渭河。村上惯例，孩子死了，扔进渭河，后面的孩子就好活了。

女人们则说，这三男孩其实是一个男孩投胎，叫"顶胎"，一个一个往下顶，谁也活不了，只有改生女孩才能活。因这没来由的原因，这刚出生的女孩得以改变命运。女孩就是我。

二

因几个孩子夭折，母亲身体精神都受到极大摧残，我生下来情况更差，一点奶水都没有。这时，已经分了家，情况好转。曾祖父、祖父祖母都着了急，先"投奶"，找来有奶的媳妇喂婴儿，再弄点面糊应付，接着就在村里四处找奶妈。

我"投奶"的是本巷姓何人家的媳妇，她的男孩比我大几个月。何婆婆听说孩子没奶，很慷慨地对祖母说："娃没找到奶妈尽管吭声，甭饿着。"何干妈二十多岁，胖胖身材，一双肉滚滚的小脚，身体壮实奶水多，人厚道心眼好，离我家也近。在婆婆支持下，她每天几次到我家喂奶，使我顺利度过初出生的三四十天。

何干婆有件事让村上人津津乐道，竖大拇指。

解放初，政府颁布了《婚姻法》，离婚退婚风起云涌，许多妇女被抛弃，拖儿带女另嫁或自立门户。邻家的儿子在外工作离了婚，媳妇带着三个孩子，赖在家不嫁，并为自己招了个男人。婆婆生气得了肝病，肚子胀得像鼓，不久就死了。

何干爸是教师，也看不上生了两儿、土里土气的小脚媳妇，回家来要离婚。何干婆恼了，上去就拽住儿子衣衫，一把扯烂，又骂又打抓他脸，吓得儿子落荒而逃。何干婆追着高声叫骂："你娃要是离了婚，你屙几堆我吃几堆。"何老师半年没敢回家，婚没离成。

何干婆就这样，用她的魄力保护了可怜的媳妇和孩子，避免了一场悲剧。何干妈老年，老两口感情很不错，这都是何干婆的功劳。

三

满月后，祖父母还是没找到奶孩子的人，何干妈的奶水显然不够用了。后巷槐树底下一户姓王人家开了恩，我又在这里蹭吃蹭喝了。只记得王干妈白白净净，柔柔弱弱，是河南人，说话声音不高，总是怯生生的，特别是看她婆婆的时候。

王干婆也是村上有名的厉害人，和我外婆关系特好。她动用婆婆权力，大施恩惠，慷慨地对外婆说："把孩子抱来，就在这儿吃奶，看谁敢说个不字。"看，连说话也斩钉截铁，掷地有声。村人说她"牙爪重"，此言不虚。

在这儿混了一段时间后，有一天王干婆气喘吁吁跑来说："永他妈，你要赶快想办法。我那孙子大，食口重，他钻到怀里把奶吃光了，我咋看都看不住。娃来吃空奶，这不行啊。"

是的，奶水本来就是小男孩的，他有权利吃，谁也不能剥夺。王干婆硬要分一份给别人，这对小男孩是不公平的。

至今，我仍然感恩这个"牙爪重"的王干婆，感恩她的大度、慷慨、诚实，当她发现救助有虚的时候，又勇于正视，做到对承诺负责，对生命负责。好可爱的王干婆啊！

祖母着了急，到处打听。这当儿，外婆对门的人家又伸出援手。她也有个一岁的孩子正在吃奶，看我们火烧眉毛，就给自己孩子喂点饭食，省了奶水让给我。

就这样，在这几家混吃混喝一段时间后，"獾窝里"巷一户周姓人家生了孩子没活，我的命运出现转机。

四

这户姓周的蓝田人，多年前迁到村里。我的曾祖父和周老太爷关系要好，就把自己两个孙儿（爸爸、二爸）都认在周老太爷膝下做干孙子。村里主户倒认客户做干亲，可见周老太爷的人格魅力。

我出生时周老太爷已经去世，可干亲关系还在，生孩子的是他二儿媳妇。就这样，我来到周家正式落户。可是周干爸提出，吃奶可以，但是辈分不能变，娃可以叫干妈，但要叫他"爷"，祖父母痛快答应。多年后，有人对我"干妈干爷"的叫法很诧异，待到说明情况，恍然大悟说，原来是这样，对着哩。

周干妈家开着粉坊，晚上要熬夜做豆腐，祖父就来帮忙烧豆腐锅、干杂活，以减轻周家的负担。在这里吃了四个月后，周干妈病了，奶水没了。半岁多的我又成"叫花子"，回到自己家，吃起了面糊。

五

家里人又成了热锅上的蚂蚁。一周后，光吃面糊米汤的我小脸煞黄，蔫蔫的没了精神。这时，西门口一户曹姓人家孩子没了，祖父得到消息赶紧去了。曹干妈正恓惶呢，奶水也下来了，这事一说就成。和在周家一样，每月二斗麦的价钱，我又成了曹干妈家的成员。在这里，我度过了两年时光。两岁多时我被接回家。

在曹干妈家的生活已没印象了。我影影绰绰记得，年轻的曹干妈总是充满朝气，兴致勃勃。她没有婆婆，丈夫也没封建礼教约束她，因而她天性自然，爱说爱笑。村干部就让她当妇女小组长，开会叫人安排活路，她从不考虑得失，干得不亦乐乎。

几年里她没有孩子，就经常抱我，坐在我家台阶上念儿歌："把把撅儿（头发）狗尾尾，坐到门口等女婿。东来的，西去的，没有一个中意的。"

祖父和几个邻居正拉闲话，邻居伯笑着说："还等女婿哩，看你娃这红缎帽上是个啥？"大家凑过来一看，是个母蛋子虱。

曹干妈穷酸和肮脏是村上出名的，人们常常嘲笑打趣她。在去曹干妈家路上，就有人拦住问我："来来来，卫生娃，问你个话，你到老曹家吃得下去？"

当我成为家庭重点后，妈妈把我打扮成一朵花，穿着爸爸从西安买的粉色裙装，紫红色灯芯绒鞋，在幼儿园衣衫褴褛拖着鼻涕的孩子里面，显得"卓尔不群"。村上驻队的"工作"（干部）就叫我"卫生娃"。

也难怪人们好奇，这个干净整洁的"卫生娃"，如何在村上头号不卫生、像狗窝一样的老曹家出进吃喝呢？我非常恼火这样的问话，就向他们瞪眼，拒绝回答，昂着头走过小巷，来到后巷西门口干妈家，吃饭玩耍，听她唱不着调的儿歌：

> 挺挺挺，锵锵锵，时髦女子把学上。
> 穿上皮鞋夸夸响，嫁个女婿当连长。

一旁的人就议论，儿不嫌母丑，狗不嫌家贫；生身不如养身亲；能舍当官的老子，不舍要饭的娘。从那时候起，老村人的道德观念就扎根在我心里。

祖父说，曹家原来是村上最有钱的人，有几百顷地。曹财东老年得子，宝贝得像天上星星，为他起个最贱的名字"孬女"。父亲去世时他还小，母亲非常疼爱。他饭来张口衣来伸手，成了公子哥儿，爱吃爱喝不爱劳动，渐渐把一份家业吃光喝光，成了村里不名一文、讨吃讨喝、连家也没有的头号穷光蛋。

曹干妈是河南人，黄黄的肤色，左眼有颗萝卜花。那年河南遭灾，十五六岁的她随逃难的人来到这里，孤苦无依，病倒在村西头庙里，又吐又泄，村上人看她可怜，动了恻隐之心，把她说给三十多岁的老曹。是老曹搭救她死里逃生。随后她就成了曹家不掏钱的媳妇。

土改后，她才分了西门口王财东前门房西边一间，没窗没院子。在朝街山墙上开个门，炕和锅灶全在里面，脏乱可想而知。我就是这时奶到他家的。

几年后，曹干妈母亲从河南来找女儿，找到后要她回河南，曹干妈犹豫不决。这时村上老人劝她："娃呀，你当年睡在破庙里，上吐下泻没人管，是老曹救了你。人要讲良心啊。"

曹干妈听了众人的话，打消了跟随母亲回河南的念头。知恩图报，这就是老村人的公德。

有一年，我得了病，病得很厉害，曹干妈陪着到医院。医生要求输血，可母亲身体很差，曹干妈毅然伸出自己胳膊，是她的一管鲜血救了我。多年以后，母亲还念念不忘那一管鲜血。她告诫说："滴水之恩，当涌泉相报，曹干妈的奶水情救命恩，永世不能忘。"

后来岁月里，曹干妈是我割舍不下的牵挂。拽她头发我心会疼；她病了我会着急上火；没吃的给她粮食，没穿的给她老布。每到她家我就颐指气使，斥责弟弟太懒，粪坑没土；训斥妹妹不好好上学，恨铁不成钢。总之，她家的风吹草动无不影响我的神经，我俨然是家里的老大。

记得那年曹干爸病重，想吃冰棍。十五六岁的我骑了自行车，捎妹妹到镇上去买冰棍。大太阳下骑了七八里。回到家，搪瓷缸的冰棍已化成水，那水冰冰的，干爸贪婪地吸吮着。几天后他就去世了。我心里自责极了。

多年后回想往事，我也说不清为什么，离开曹家时根本不记事，为什么对曹家一往情深？我想起老村人传下的童谣：

马齿苋，红秆秆，我是我婆的亲蛋蛋。

我婆把我养活爹，我给我婆蒸白馍。

这就是老村人的道德观，讲孝道讲知恩报恩。这些朴素的道理，像水渗透在土里一样渗透在我的血液中。生我者父母，活我者老村。没有干婆的丝丝善念、干妈的滴滴奶水，就没有我的生命，遑论今天！

几十年过去了，干婆干妈都去了很远很远的天国，再也无从见面。我也老了，就像所有老人怀念母亲一样，我怀念老村，怀念老村的干婆干妈们。年龄愈大，那怀念愈是刻骨铭心。回想从前，老村熙熙攘攘的人和事，水乳交融、血肉相连的亲情乡情，就像年代久远漫漶发黄的古画，沧桑而温馨，历久而弥新，永远烙在我心里。

谨以此文，纪念消失的老村（老村在三门峡库区，1959 年移民后村庄消失），纪念老村的干爷、干婆、干爸、干妈们，愿你们在天国安息，直到永远。

老 老 姑

一

如果说沙苑是一片沃土，那么沙苑人、沙苑族群，便是这片沃土上的大榕树。地下，盘根错节绵延百里；地上，枝叶相连绿荫干云。

沙苑人把亲戚叫"亲亲"。我家亲亲主要在"缠沙"一带，东起铁家拜家杨村，中到陈村三里溢渡，西到洪善苏村槐园沙洼，村村都有。就像过事时襄公唱的："外家老外家老老外家，姑家老姑家老老姑家，姨家老姨家老老姨家，姐家妹家，媳妇娘家，干亲朋亲"等等。这些亲亲都要走动。麦罢会上叙叙家常，说说庄稼，感情无意中就加深了。

当然，亲亲有远近，朋友有薄厚，咋办？沙苑人有办法，把亲亲分成两类。关系较近的属于"追往"亲亲；较远的属于"不追往"亲亲。如何区分？用菜瓜（一种花馍）。追往亲亲麦罢会要拿菜瓜，不追往的就不用拿。约定俗成，如此而已。

就这样，沙苑人的亲亲多，枝叶大，族群要比其他地方大得多。我感触最深的，就是我的亲亲令人难忘、令人感慨唏嘘的故事。

何谓老老姑？年轻人没见过，也没听说过。"老老姑"就是爷爷的姑母，曾祖父的姐妹。哈，许多人都没有吧？

　　我的曾祖父生于光绪八年（1882），卒于1969年，享年八十七岁，历经三个时代。他瘦高个儿，瘦脸颊上架一副白铜腿的石头镜，齐耳短发，清末民初剪辫子后的典型发型。说话稍口吃，性格耿直倔强，不苟言笑。村上妇女正在说笑，见他过来立马停止，直吐舌头。据说他曾黑着脸，训斥说闲话的女人："吃了饭没事干，净说是非。"妇女们就送他一个绰号"差人脸"，他属于白嘉轩之类人物。

　　曾祖父有一个弟弟，三个妹妹。大妹嫁到苏村，二妹嫁到洪善村。除三妹年轻亡故外，大妹二妹都活了八十多岁，我称她俩"姥姥"（沙苑人把曾祖父叫佬佬）。

　　1959年移民，我们离开了祖祖辈辈扎着老根的土地，离开了盘根错节的沙苑亲亲。那是一种撕心裂肺的痛啊。思乡情切，就经常穿越沙苑，一步三滑地行走在起伏不平高高低低的沙坡上，朝亲人的村庄奔去。

　　记得那年苏村麦罢会，曾祖父领我去他妹家。依稀记得在老苏村街上，我一头扎在卖小人书的地摊上，选中一本名为《骨肉》的书。书中讲了旧社会穷人家小兄妹骨肉分离的故事，曾祖父慷慨地掏钱买了。第二天回家，姥姥送我们到村头。她一边走，一边擦眼泪，曾祖父也不讲话，那情景，与小人书中骨肉分离的场景非常契合。我黯然神伤，小小年纪就尝到了"人生自古伤离别"的滋味。

　　原来姥姥年轻丧夫，儿子才一岁，靠娘家兄长接济，把儿子养大。娶媳妇时又是两兄长不遗余力帮助她，就连婚宴待客的馍都是娘家人蒸好，套了四轴辘车，放上大笸篮送去的。曾祖父外甥叫吉祥，我喊他"吉祥爷"。他长得和舅舅很像，应了"生女像家姑，生儿像娘舅"的老话。吉祥爷聪明懂礼，但凡亲亲谁家有了矛盾，都请他出面调停，难怪曾祖父喜欢他。

第二次见到苏村姥姥，是 1962 年的冬天，我和祖父母去参加她孙儿的婚礼。那年冬天好冷啊，我们到达姥姥家时，连冻带饿，肚子早就咕咕叫了。只见院子中搭起棚，棚下支着大案板。几个妇女在案板上使劲地擦萝卜丝，红的白的擦了一筐篮。案角上，只有一堆少得可怜的面条！

宴席开了。客人面前，一碗热气腾腾的水煮萝卜丝，里面有一点点面条。再给每人半块玉米面馍，那是客人随礼的"礼馍"，小得两三口便可以吃完。坐完席，我的肚子还在叫，水煮萝卜根本顶不了饥。要离开时，祖母拉我到火炕上，向姥姥告别。姥姥这时眼睛已经瞎了。她摸索着、颤抖着伸手到兜里，摸出一个小小的玉米面馍，悄悄塞到我手里，怕她小孙子看见。祖母谦让，姥姥颤声说："能叫手里欠金银，甭叫娘家欠亲人，娃是我娘家的亲人啊！"

多年后，那次宴席，那块馍，始终留在我的记忆深处，滋润终生。

二

再说我的洪善姥姥，她留给我的印象只有一次。

1973 年 7 月，母亲思念亲人，我就骑了自行车，带她和半岁的孩子去了。在返家路上，我骑不动了。一是因为自行车太烂，除了铃不响哪儿都响，除了闸不跐哪儿都跐；二来是我身小力薄没劲儿；三是才修的沙路沙多土少，车轱辘打滑，差点把车子削倒，吓得我一身冷汗。

屋漏偏逢连阴雨，船破又遇顶头风。前不着村后不着店，我没辙了。勉强走了一会儿，路西边出现几户人家。母亲喜出望外，道："这是洪善村的吊庄，你姥姥就住这儿，咱们去她家歇歇。"

洪善姥姥有两儿一女，小儿子方鼎为人老实，娶了有残疾的妻子，生了两个孩子。姥姥为帮小儿子，便跟方鼎过活，就住这吊庄上。我和母亲逃难似的来到姥姥家，姥姥满是皱纹的脸颊笑成一朵花，一定要留我们吃饭。这当儿，方鼎爷到路上去等车。恰好有一辆胶轮车路过，老实巴交的他居然交涉成功，车主答应带我们过沙苑。就这样，妈妈和孩子坐了车，我骑车跟在胶轮车后，终于走出了坑坑洼洼的沙苑。

第二次再见姥姥，是在她的葬礼上。姥姥安然睡在乌黑锃亮的柏木棺材里，我们所有的亲戚都到了，满满坐了一百多桌。席间，姥姥的女儿哭着说，母亲八十多岁失去劳动力后，脑子不管用了，一天到晚嚷着要回娘家。孩子们大声告诉她，娘家移民了，姥姥似乎明白了。可是过了不久，她又要回娘家。一次家里没人，她一个人出门，朝南边娘家方向走去。那时刚涨过河，河滩都是淤泥，她一双小脚陷进去，连鞋都丢了。多亏有个下地的人赶紧回村叫人，儿女们赶到河滩，责备她，"你跑这儿干什么"？她却振振有词地说，"我要回娘家"。

娘家啊，不管女儿有多老，醒着梦里，哭了笑了，至死不忘的都是娘家啊。

沙苑人的情怀，就是这样的刻骨铭心，至死不渝，就是这样沉淀在每个人的血脉中。

螟蛉老姑

一

老姑家在杨村，是我母亲的姑姑。

何为"螟蛉"，就是抱养的孩子。外曾祖父母不生育，抱养了一儿一女，儿子就是我外祖父，女儿就是我老姑。

老姑小名"群儿"。想必是外曾祖父母盼望她能带来一儿半女，可是，他们夫妇到底也没生育。外曾祖母是个强势冷酷的人，群儿没给她引来孩子，这可能是外曾祖母不喜欢她的原因。乡言说"没儿女的人心残"，这话极片面，但却应在曾祖母身上。她对养女特别苛刻，非打即骂，让她干家务，弄得灰头土脸，活像童话中的灰姑娘。自己又特爱干净，于是不准肮脏女儿上她的炕。到了冬天，女儿就蜷缩在灶房柴堆中。外祖父求学不常在家，外祖母看她可怜，把她叫到自己炕上。姑嫂俩相亲相爱，母亲便是她姑一手抱大的。

外祖父学校毕业后，又当了"保正"，经常在外面跑。他对妹妹说："群儿，好好给你嫂抱娃，哥回来给你买好东西。"外祖父后来造反罹难，再也没有回来。他留下这句话，却铭刻在妹妹心里。

多年后，外曾祖母老了，心高气傲的她得了"瞎瞎病"老鼠疮。从脖子开始烂，最后结节在腿上，腿上有个窟窿长年流着脓水。老姑隔三岔五就去探望。她临终前几个月，老姑放下家里一切活计，住在娘家伺候母亲，为她梳头洗脚、洗脏布。曾祖母临终拉着女儿的手，流着泪，充满歉意说："群儿，妈把你亏了。"

母亲埋怨老姑："我婆那样待你，你还孝敬她？"老姑笑着说："和'当家'还记啥仇哩？"这就是老姑的胸怀。

二

据说当年老姑生下三天，亲生母亲就死了。父亲迁怒于婴儿，抓起褓褓扔到窗外。窗外白雪皑皑，婴儿连哭声都没有了。善良的嫂嫂动了恻隐之心，赶紧抱回放到热炕上，随后找了人家送走。就这样来到外曾祖父家，做了养女。

老姑命薄，十六岁嫁到杨村李家，生了四儿两女。在我的记忆里，老姑中等个儿，身材微胖，脸儿也是白胖胖的。一双小脚像馒头一样弓起，使人怀疑它是否撑得起身体的重量。老姑父瘦高个儿，又黄又瘦的脸颊，拿个旱烟袋，常年咳嗽。据说他当过兵，参加过徐州会战，从死人堆里爬出来，从此成了病病，干不了重活。家里担水送粪一应重活，都落在老姑身上。

从此，村里经常出现一个小脚女人，担起两木桶水从巷里走过；沙里井上，一双丑陋小脚站在沙地里，被水泡得发白发胀，她双手挥动铁锨，把水引进一畦畦花生地里；沙梁上，一个女人背着一大捆柴火，一双小脚像锥子一样，陷在漫漫黄沙里，艰难地往前走。这就是老姑持续多年的生活，直到儿子们长大。

解放初，母亲曾在阳村上学，就住老姑家。母亲回忆说，当时缸里没米院里没柴，她常常替老姑发愁。可老姑却哈哈一笑说："甭熬煎，胳膊头上放着手，饿不了你。"要做饭了，她提个草笼拿个竹耙，颠着小脚到村外地里搂柴。有时候就断了顿，咋办？掰些嫩玉米棒煮一大盆，就这样填饱肚子。有次，好不容易包了顿萝卜饺子，她几个孩子两个侄子（嫂子去世，兄长带儿子和她家一起生活）就像饿狼下了山，风卷残云一般扫去，惊得母亲目瞪口呆。老姑则说："看什么看，还不快吃，你再不吃就完了。"

就是这样的生活，这样的窘迫，老姑从没有失去信心，失去爱心，这就是我和母亲爱她、敬佩她的地方。

三

多年后，跋涉在艰难生活中的老姑，以她的顽强仁慈照顾我和母亲。她就像冬天的太阳，以微弱的光芒，照亮了我们的冰雪岁月，温暖了我们悲凉绝望的心。

移民沙北后，老姑惦念我们，便常常派老姑父或是表叔们来看望。记忆中老姑父用木棍挑着"捎马"（搭在肩上中间开口的布袋），步行四五十里路，穿过沙苑，把杨村的特产杏送到我家。到家时杏子有了磨损，不能再放。母亲叫来左邻右舍一群大人孩子，坐在没有院墙的两间屋子前享用。人们兴奋地吃着笑着，当地没有水果，稀罕。

老姑父在一旁笑眯眯地抽着旱烟，说："杨村桃，拜家杏，三里村李子不上秤。这都是沙苑有名的特产啊！"末了他歉意地说："我这侄女和娃身小力薄，还要大家多关照啊。"老姑父走了，村上人感叹道："南岸人多厚道啊，老头那么瘦，竟走几十里来为侄女送杏！"

后来，表叔又为我们送来山药蛋、苤蓝、红萝卜、花生、红枣等沙里产的东西。北岸当地土太硬，水太深太咸，既不产水果，也不好好长菜，我们稀罕得很。只记得苤蓝皮舍不得扔，母亲用它切丝，放上红辣椒角炒熟，说"宁吃苤蓝皮，不吃五坤席"。我们尝了以后，觉得苤蓝皮果然比苤蓝丝还好吃。

有一年正月十四，表叔套了驴车来看望我们。下午他要走了，我非要跟着去，就坐了小驴车去了。到家时天已经黑了，老姑用黄豆和杏仁煮了一搪瓷盆咸豆。几个表叔和小表姑再加上我，你抓一把他抓一把，吃得不亦乐乎，打发了元宵节。这时杨村因渭河涨水也搬迁到沙里，国家统一盖的三间房，灶房是用向日葵秆秆盖的。火炕没有褥子铺，一炕的孩子溜光席。我好害怕，怕肉上扎上席篦。

记得有一年，母亲病得厉害，浑身疼，就去杨村老姑家，一住就是二十多天。老姑亲自带她去找老中医。回家时病好多了，还带回一个皱巴巴的中药泡酒方，那上面有二十多味中药，治好了母亲的病。

四

多年后的开春，我去探望老姑。儿女们都成了家，她一个人过活，小屋一铺土炕，一个小泥炉，一个小铁锅，冷得像冰窖。八十多岁的老姑自吃自做。

我寻到大表叔家，他的小屋有炉子很温暖。表叔无奈地说："你老姑不愿和我过。没办法。"我又寻到二表叔家，他岳母住在这里，老姑不愿去。我当时就落下泪来，心酸得不能自持。

临走时，我给老姑买了她爱吃的芝麻饼、酥饺等食品，再给她留了五块钱。老姑看我泪眼婆娑，安慰道："秀儿甭难过，老姑还欢着哩。"

谁知，这次竟是永别。

第二年正月老姑就去世了。因为刚收假，我没有到场送别，这成了我心中永远的歉疚。

　　几十年后，回首往事，才觉得患难中的点点滴滴，是那样的温暖芬芳、弥足珍贵。而自己只是沉浸在万丈红尘中忙忙碌碌，又是如何的薄情寡义，已经无法弥补！

　　明年的清明节，我会去祭奠老姑，献上我最深切的思念和最诚挚的敬仰。

　　老姑，秀儿明年跟您再会！

亲 老 姑

老姑是谁？当然是父母亲的姑姑、祖父母或外祖父母的姐妹了。我的祖父有两个姐姐，都嫁到"缠沙"，我姑且称他们为大老姑和二老姑吧。

一

大老姑丈夫早年去世，两个儿子都成了家。小儿子娃多，生了六个小子，她就跟了小儿子生活。人常说"半大小子，吃死老子"，何况六个？小表叔聪明能干爱唱戏，拉得一手好板胡。他妻子我叫姨。姨是个善良的、大大咧咧不知忧愁的乐天派，哪怕儿子们裤子烂了衫子扯了，鞋子后露柿子前露枣，姨全不着急，该串门还串门。这不，锅里蒸着馍刚气圆，她给灶膛里塞把硬柴，就串门去了。谝上一会儿回来就揭锅。有时馍只熟了八九成。老姑指责，姨却大大咧咧地说："嫌不熟？吃到肚里让它慢慢熟去。"好在小子们早已饥肠辘辘，守在灶房跟前，就像一群围着猎物的狼。一揭锅，三下五除二，一箅子馍就完了。姨一边拾掇，神色颇为得意。大老姑黑着脸道："白天串门走四方，黑了点灯补裤裆，死不害熬煎。"姨理直气壮地说："熬煎？熬煎死了也不顶个啥啥，我才不哩。"

是的，父子七个大大小小的男人都要穿衣，女人就是没黑没明地纺线织布、做衣服纳鞋，也供不上那几个上树掏鸟、下河抓鱼的小子们穿，他们就是"费缰绳的驴"，拴到桩上也能踢腾出个烟尘滚滚来。做母亲的就是整天不睡觉地干活，也供不上他们的需求。姨无可奈何，横下一条心说："破车拉到雨地里，随它淋去。"如此这般，大老姑只得弯下腰使劲干，纺线织布做饭，给儿子"拉套"，熬红了眼，累弯了腰。

但姨也有令老姑满意的时候。每次去她家，姨都会拿出沙苑的特产黄花菜、红枣、花生，塞进你的包里。你谦让着不要，姨会认真强调"北岸没有这些，拿上"。那毋庸置疑的话语，令你心里暖乎乎的。老姑这时不吭声，但满意写在了脸上。

我们迁移到沙北以后，老姐妹回娘家的次数减少了，由过去的无数次，变为一年两次。七月初十曾祖父的生日来一次，再就是冬季农闲了。

冬腊月里，姐妹俩就来沙北看望老父亲。只要住到第三天，大老姑就急了，念叨着要回去。母亲问她："姑，你急啥？远天远地地来了，就多住几天。"

老姑忧愁地说："我不在，麦英那'甯杆子'不知甯到哪里去了。快过年了，娃娃们还没的穿。"二老姑无奈，只得随着她回去。

记得那年渭河发了大水，河里流来肥大肥大的鱼，表叔的小子们派上了用场。他们下到河里用网用鱼叉，弄了不少鱼。大老姑发了话，"快给你外爷送去"。

表叔蹬个烂自行车，穿越四十里沙路，赶在早饭时到我家。这儿可是缺鱼的地方，看着肥大肥大的鱼，村上人都来了。祖母把鱼剁成块，熬了一大锅鱼汤，吃了全村人。曾祖父笑嘻嘻的，骄傲极了。

大老姑活了八十多岁，到年老力衰时"熬娘家"来了。我故意逗老姑："老姑，你不回去，看你孙子吃啥穿啥？"

老姑认真地叹了口气："老了，管不了啦，随他去吧。"于是很安心地住下来。冬天的火炕暖意融融，满头银丝的老姑，安卧在被窝里。我就着煤油灯的亮光，把老姑的棉袄棉裤都翻过来，为她清理衣缝中密密麻麻的虱子虱卵，心里说，老姑，只要你愿意，爱住多久就住多久，谁让这儿是你娘家呢？

这是她最后一次熬娘家。第二年秋天，收花生的时候，老姑病逝了。

二

二老姑长得白皙皮肤，淡眉细目，中等个儿，不胖不瘦。安详的神态，跟欧洲名画"蒙娜丽莎"像极了。她的名字也非常好听，叫"爱娃"。二老姑聪明善良有主见，是家中的主心骨。老姑父呢，大高个子红脸膛，就像沙窝中的百年枣树。他沉默寡言却非常能干。两个老人配合默契，从来没有红过脸。

二老姑家是我童年的乐园。

1959 年，我们成了三门峡库区移民，离开渭河岸边世世代代祖居的土地，迁移沙北。孤苦伶仃的母亲领着年幼的我，犹如失群孤雁，在陌生的土地上艰难挣扎，举目无亲。我们无数次地穿越茫茫沙苑，奔回故乡，亲戚们接纳了形似逃难的我们，老姑家就是逃难途中最温暖的一站。

一个普普通通的沙边老村，村头高高悬起的秤杆井，厚厚的城墙、墩台、土地庙，第二家就是老姑家了。门前有棵老槐树，前门房里安着石磨。中间是四间对檐厦屋，后边是上房带着插檐。上房东北角上一铺火炕，用薄墙隔开，墙外便是灶火通着火炕，叫"隔山灶"。这种火炕通常是极热的，若是蒸了馍，晚上会烫屁股。西边有一张大床。夏天大床上便撑起土布蚊帐，我和她的女儿、孙子们就睡在床上。睡不下，就在房中间铺张芦席，旁边放一条蒿草拧的"火蓑儿"熏蚊子。

二老姑是个基督徒，她唱诗的音色非常美，银子一般纯净。就像环佩叮当，深山凤鸣；就像溪流淙淙，珠落玉盘。在落雨的秋夜，能抚平远行旅人的悲伤；在流火的七月，能平息农人焦躁的怒气。那歌词是这样的：

> 天主啊天主啊，求你开恩吧。
> 医治我疾病，解除我痛苦。
> 安慰我伤心，擦干我眼泪，
> 赐平安和喜乐充满我心。

老姑一边捡豆子或者择菜，一边哼着歌。后院里石榴花开得灿烂，太阳光筛下了一地碎影，黑白花的猫咪睡在树下打盹。这时，歌声会细雨般渗透到我的灵魂中，惶恐无助的心渐渐宁静下来，犹如风浪中的小船泊了岸，覆巢下的幼雀有了家。这个家只要有她，一切都会有条不紊；只要有她，家的航船便会平稳行驶。任凭惊涛骇浪，她掌舵大海中的方舟。

听老姑说，新中国成立前的一天，她正在家里做饭，慌慌张张跑进来一个年轻"粮子"（兵），淌着眼泪跪倒在地说"大娘救命。"原来他是逃兵，后面有人正在追他，拉回去就会枪毙。老姑来不及多想，赶紧把他藏进了阁楼。追的人来了，老姑从容镇静地骗走了来人，到天黑，才让那个逃兵趁黑夜逃走。

六十年代村上常常住工作组，队员齐家排门吃派饭。每当轮到她家，她总是尽其所能把饭弄得好一点，说："出门在外都不容易，要和咱娃一样看待。"这就是老姑的为人。

老姑父我叫"爷",他在沙窝的饲养室喂养牲口,吃饭时回家,老是不及时。老姑就为他留了饭,等他回家后再热热。看着老汉狼吞虎咽,吃得满脸流汗,老姑的欣慰写在脸上。

那时母亲老生病,吓得十一二岁的我慌了手脚。这时只要送她去老姑家,在那温暖的环境里,母亲的病就好了一半。

溢渡村医院有个菩萨一样的冯先生,他眼神像沙井一样宁静,说话像春风一样柔和。慢声细语的问诊,便给病人极大的精神安慰。小表叔跟他学医,妈就在这里看病,十天半月,病就好得差不多了。

沙窝里产蔬菜。每到夏天,产的茄子、辣椒往往吃不完。老姑便把茄子、辣椒切成条,沾上面粉,放在锅里微微蒸一下晒干。她知道沙北地硬水深缺菜,就为我留一些,我来时务必给我装好带走。回到家蒸馍时,把它放在碗里加点水、再放上调料油盐葱段蒜片,同馍一起蒸。揭锅后,葱蒜的香气直扑鼻子,茄子干、辣子麦饭的美味,直到现在仍留在我的记忆深处,终生难忘。

后院的石榴熟了,老姑必然给我留几个,放在箱子里;大表叔在外工作,扯了灯草绒鞋面,老姑必会为我绱下一双;冬季的红枣、花生,总要给我留些。这些点点滴滴的阳光雨露,温暖着我和母亲孤独悲凉的生活,滋润了我们干涸绝望的心。

记得一个深冬的下午,天气阴沉得像要飘雪。久病的母亲思乡情切,忽然要去沙南。我赶紧骑了自行车,带了母亲急急出发了。出了门天色愈加阴沉。我加大力度使劲蹬车。刚修的沙路铺了一层土,又被车子行人刨得坑坑洼洼,十六岁的我骑得满头大汗,不时要从车子上跳下来避窝子。到沙苑中心白马营,天还是黑了。这时刮起了西北风,飘起雪来,还有十来里蜿蜒在沙梁沙洼更难走的路。自行车在沙坡上一步一陷,两腿酸得想要抽筋。雪越来越大,灌进了衣领。我和母亲跌跌撞撞,赶到老姑父的饲养室,饲养室里生着火,暖融融的。槽上牲口悠闲地反刍着草料，白沫从嘴角边溢出来。老人拿草筛正给牲口添草。看见我们惊讶极了，不容分说推过自行车，领着我们冲进风雪，朝村庄走去。下最后一道沙坡，远远就能看到城墙边上老姑家昏黄的灯光，深巷中传来猖猖的狗叫。那一刻，一种"柴门闻犬吠，风雪夜归人"的温暖油然而生。我心为之一颤，眼眶发酸，继而欢呼雀跃："到家喽。"

温暖的时光往往是短暂的。1970年，老姑和病魔斗争了半年多，在鲜花盛开的五月去世了。我恨上帝的不公，为什么带走我的玛利亚？为什么啊？

起因很悲惨。老姑的大儿在某县城担任学校领导，妻子是教师。1968年夏天，表叔夫妇遭到批斗，妻子跳井去世，留下了刚刚满月的孩子。脏兮兮又瘦骨嶙峋的孩子被送回老家，找了奶妈妈出去。人们对老姑隐瞒了真相，直到第二年她才知晓。

老姑病了，吃不下饭，吃药无济于事。那时正是困难时期，家里只有豆子和高粱，还有小表叔设法从河南买回的红薯干。妈妈伺候老姑，每天用仅有的一点白面为她做一小碗沫糊，她还是喝不下去。麦收季节，她走了。

老姑父成了失群孤雁，他仍在沙里喂牲口，只是回到家里，再没有人嘘寒问暖了。不善言辞、像老枣树一样沉默的他，常常来到老伴墓地，默默地坐着。直到夕阳西下，暮色吞没了沙苑，他才缓缓起身，蹒跚着走回饲养室。

这年的冬天特别冷，雪花纷飞，凛冽的西北风把大地冻成了冰窖。"哀莫大于心死"，几个月的煎熬，无法言说的痛，撕碎了他的心。腊月里，老姑父终于油尽灯枯，訇然倒下，追随老妻去了。

五十多年过去了。今天，谨以此文纪念我最亲的亲人——老姑、老姑父，在天堂里，你们安息吧！

土匪老舅

　　记得当年"批林批孔"运动中，曾为春秋时的"盗跖"正名。听说盗跖的兄长是有名的"和圣"柳下惠，当时就很稀奇。一个大恶一个大贤，哪有这样的事？后来书读得多了，才知道这是真的，古人并没有骗人。

　　再后来听母亲讲外婆家的故事，终于知道，现代版的柳下惠与盗跖，就出在我们家。故事很有趣，像"天方夜谭"那样稀奇古怪。原来，我的钱老舅就是名震一时的大土匪，他的弟弟则是有名的"贤人"，不免令我大吃一惊，唏嘘不已。

　　外婆家是"缠沙"有名的财东，人称"高台阶李家"。临解放成了破落户，沦落为贫下中农。

　　外婆家的兴盛在清末民初。高祖父有了钱便置地盖房。高祖母的弟弟钱五是泥水匠，于是，高祖父便请了妻弟盖房。那时世道荒乱，人们有了钱，没有安全地方可放，就在家里修一道夹墙来藏金银财宝；或是埋在地下以保安全。高祖父两招皆用。请别人不放心，就请了妻弟来为自己修夹墙。钱老舅也很卖力，不长时间就修好了。

　　来年秋天，渭河南岸的华阴庙有庙会，高祖父领了家人过河上会，家里只留下老父亲。老人耳背瞌睡少。早晨起来转到屋旁一看，墙外侧被掏了个大洞，贼由这儿进入家中内墙，偷走了墙内的金银财宝。

上庙会的人被叫回来。高祖父详细查看后，气得指着妻子大叫："这是你兄弟干的活，是他偷的。"高祖母不信，辩解道："不会的，哪有兄弟偷姐姐的道理？"

"一定是他，别人不会知道这么详细，瓮里还能走了鳖？"高祖母当时气得吐血，就病倒了，姐弟俩从此断了往来。

此后，钱老舅再也不干泥工活了。他正式出道招兵买马，成立武装组织，当了土匪。在土匪中排行第五，人称"钱五"。

钱五心狠手辣，出了门看谁不顺眼，连话也不说，只掏出枪"铛铛"两枪完事。村上人一看见他，就像老鼠见了猫，赶紧躲开。以至于在"缠沙"一带，妇女吓唬孩子，就说"你再哭，钱五来了"，孩子立马就不哭了。他还抢妇女，看上谁就抢谁。传说他有个干女儿长得好，他竟然枪杀干女婿，抢走了干女儿，胆大妄为到无法无天、令人发指的地步。后来他当了杨村民团团长，成为这一带家喻户晓、大名鼎鼎的人物。

民国七年张勋在北京复辟。陕西督军陈树藩派西安警备司令郭坚领兵讨伐。郭坚率领部队从西安启程，一路东行。这天来到"缠沙"李村，顺便看望姐姐。郭是蒲城人，他姐姐在荒年嫁到这里。郭坚一来，村上人把郭坚看成救星，向他诉说被钱五残害的事。郭坚一听怒不可遏，当下就派了兵马前去围剿。谁知钱五早已听到消息，不敢和郭坚硬碰，躲了。

郭坚部队很快走了。钱五回来秋后算账，郭坚姐姐家首当其冲。钱五领人气势汹汹来复仇，却扑了空，这家人早跑光了。他气没处出，就砸烂这家的盆盆罐罐、箱子柜子，还要放火烧房。这当儿，乡约领了一巷人来求情，说他得罪了您，我们并没参与，您要是放火烧房，一村都不能幸免，千万看在乡亲份儿上饶了这一次。

原来，李村前乡约被他的部下打了黑枪，李村人仇恨未消。现在新乡约上任，总该给个脸面。钱五思忖再三，看到村中房屋墙靠墙脊连脊，一家着火一村难免。得罪一村人可不是好事，这才悻悻地收了兵。

钱五老舅就这样逞着威风，嚣张跋扈，积累了大量钱财，在家中盖房置地，好不气派，由此多方树敌。仇敌对头都想除掉他，可他枪法好武艺高，心思缜密心狠手辣，竟是无人奈何得了。由是稳坐江山十多年，成了这里说一不二的土皇上。

母亲说，钱五老舅自小就不爱读书，喜好弄枪弄棒。父亲无奈，硬是压着他学了泥水匠。他的弟弟钱义却忠厚仁义酷爱读书，儒家观念非常浓厚。常说"我只敬两种人，农人和儒人"。他鄙视哥哥的为人，不屑与他为伍却无可奈何。钱五和姐姐决裂之后，受到弟弟的指责，于是兄弟反目，形同路人。

高祖母和大弟断亲以后，和二弟却来往如初。高祖父敬佩二妻弟，就以他为榜样教育子弟，两家关系亲密。

二老舅看着哥哥行径，断定他要遭报应，就经常在暗中保护村民。郭坚姐姐家的事就是他悄悄报的信。钱五后来带兵在外，不常回村。一旦回来，二老舅就悄悄告知村民"阎王回来了"，让大家注意躲避。

人说恶有恶报善有善报，多行不义必自毙。几年后，没人奈何得了的钱五，却栽在护兵手里。护兵眼红他的钱财，从暗处下手杀了他。

钱五老舅死后，盘踞大荔县城的麻老九活跃起来，派段懋功到他家掘地三尺，寻找金银财宝。同时借清算钱五之名，把黑手伸向村中以及周围村庄，手段比钱五更甚。人们给那次事件起名叫"遭懋功"。

段懋功逞凶的时候，二老舅一家为了避祸，逃过黄河去了山西。段懋功撤走后，村上人老大不忍。大家商量说，钱义处处为村民着想，做了不少好事，他不应该受牵连，应该受到尊重。于是村上出面派人派车，过黄河去接他回村。当他一家惊魂甫定地回到村子的时候，村民们在村头响起了鞭炮，迎接他的归来。

二老舅一直活了七八十岁。他的做人准则被孩子们继承下来，儿子孙子都有出息，干了公家的事，声誉很好。

事情已经过去了百年，没有多少人能记得了，但故事的意义深远。那就是不管你有多恶，有多无法无天，总有一天是要遭报应的。古语云："善恶有名，智者不拘也；天理有常，明者不弃也。"村言说："恶有恶报，善有善报，不是不报，时候未到。"事实证明，这是一条颠扑不破的真理。

穷富舅妈

一

外婆家在李村，过去多少年，就数他家的台阶高，人称"高台阶李家"。在我的记忆里，破旧的院落一派沧桑，门楼上有四个砖雕字："耕读传家。"因为有钱，母亲说，那时候经常闹"贼"闹"土匪"。往往是某个晚上，屋里忽然有了动静，来"贼"了。女人就拉了孩子，赶快翻墙逃到后面一户穷人家避难。后墙不高，上面插了枣刺，逃过墙的时候，枣刺往往会扎了娃娃的手或屁股，母亲就被扎过，提起来总是心有余悸。

最为经典的是大舅遭"抢案"的故事。所谓"抢案"，有别于一般的毛贼，毛贼是偷，"抢案"是抢，他们其实就是"土匪"，其特点是人多、带枪、手段毒辣，敢于杀人放火。二十世纪四十年代，爱折腾的大舅不甘心做庄稼务农，他开货栈、开当铺，最后又卖了几十亩滩地，在村上再开了一家染坊。染坊的生意很好，很快引来了嗅觉灵敏的土匪。

五月十八杨村麦罢会，外婆和大舅走亲戚没有回来，家中只剩了大舅母和两个孩子。这天晚上半夜，来了"抢案"。他们二十多人，用大木料撞开前门和二门进来，再踹开大舅母的房门，大舅母在炕上抱着俩孩子吓得瑟瑟发抖。匪首用刺刀逼着舅母，让她把钱拿出来。舅母很快镇定下来，回答说"我不知道"。匪首很是恼火，喝令匪徒"把她拉下来，烧死她"。也许是大舅母根本不知道钱在什么地方，也许是她心理素质强，有定力，总之，地面上火势熊熊，大舅母始终没有就范，匪徒没能从她的嘴里掏出钱的下落来。据说就在这时，街上传来路人的唱戏声，天将破晓，这伙人急了，在家里乱翻一通，拿了值钱的东西，匆匆地撤了。

第二天一大早，满村的人哭乱了，还有外村的，都跑到大舅家来，要他们的布。原来，这伙贼人有一股到染坊，把这里的布、钱席卷一空，连瓮里泡的布都捞走了。据说组织这次抢劫的是染坊的大师傅，大舅不知为啥得罪了他，他引来了土匪。此后大舅就欠了债，再加上接连不断地生孩子，临到解放，他家成了贫下中农。

大舅有五女二儿，女儿一个接一个出了嫁，大儿子成了家，生了俩女儿，分出去另过。小儿子倒也不傻，人长得还可以，只是不知咋回事，一直娶不到媳妇，临到大舅闭眼，还是光杆一条。大舅母就和小儿子生活，母子俩相依为命。

不幸十多年前，小表弟得病死了。大表哥就把母亲接过去跟他生活。这时候，表哥的大女儿慧慧已招了上门女婿，生了俩孙子，小女儿也嫁了人。慧慧和女婿一直在外打工，家里就他夫妻俩，赡养老母，抚养孙子，日子虽然清贫，一家人倒也安安生生，过得挺好。

七八年前，正在外地打工的女婿突然死亡。慧慧恓恓惶惶地捧了骨灰盒回家了，六十多岁的表哥在一夜之间白了头发，表嫂也得了中风，生活几乎不能自理。我去看望他们，只见大舅母干干净净地坐在炕上，房间闻不到一丝异味。只是表哥单薄的身子更佝偻、更矮了，两条细腿成了罗圈，可以钻过一只狗，他以前可不是这样的。我心酸得要命，劝他去医院做关节置换手术，他不置可否地笑了笑。是的，九十多岁的老母亲坐在炕上需要照料；妻子像所有中风的人一样，拖着一条腿，蜷着一只胳膊，走起路来直画圈，也需要照料；俩孙子一个上初中，一个上小学，也要人管啊。我担心极了，一个农民家庭，没有一个男劳力、好劳力，慧慧也属于小巧型女人，地里的活儿谁来干？这真是屋漏却遭连阴雨，船破又逢顶头风，这个残破的家庭，该怎么向前过啊？

2019 年春节，我去给大舅母拜年，惊奇地发现，她的房间里挂着县民政局送的"百岁寿星"锦旗。大表哥的腿也变端变直，不罗圈了。表哥看我惊诧，才解释说，因了国家的好政策，他家吃了低保，大舅母享受了高龄补贴，每月全家有几百元生活费，解决了家里的基本开支。镇上干部还动员他去医院做手术。这不，他的手术做得很成功，两条腿都做了关节置换，国家报销了四五万元，自己花了不到万把元。现在完全可以做一些比较轻的农活了。看着表哥神采飞扬的样子，我一颗悬着的心落了地。

去年，菊花盛开的十月，大舅母终于去世了，她 1919 年正月出生，活了一百零一岁零九个月。俗话说，"八十老，笑着埋"，在葬礼上，我看到了慧慧找的对象，一个精精神神的汉子，小两口神采奕奕，代表父母给亲友们看酒，所有的客人都送去赞叹的目光，为这对年轻人祝福。表哥坐在一边，欣慰地笑着。是的，在党和国家的扶持下，他很好地完成了代与代之间的责任与交接，慧慧夫妻俩已经承担起家庭责任，正满怀信心地迎接新的生活。

生产队趣事

生产队时代已经告别我们三十多年了。每当忆及，那熙熙攘攘的人和事，那吃食堂的辛酸，那修渠打坝的豪气，那贫穷却单纯的人心，困苦而不乏温暖，荒唐却不乏有趣，就像发生在昨天一样。

"人社长"和"贼婆娘"

公社社长姓姚，高高个子，穿件褪色蓝制服、黑裤子，脚蹬一双家做黑灯芯绒布鞋，黑脸细眼，不苟言笑。他是个老革命，一心为公，时常风里来雨里去，到各大队检查工作安排生产。全公社社员差不多都认得他。他和大家一起吃食堂，黑瘦黑瘦的。不同的是，他很乐观，总是鼓励大家，困难是暂时的，很快就会好起来。

有关他的逸事，直到现在群众还津津乐道。

姚社长是洛北人，离家远，好长时间也回不了一趟家。家里有老人孩子五六口，全凭妻子支撑，也是吃了上顿没下顿。

这年夏收，姚社长去县上开会，借机回了一趟家。妻子姚嫂给他做了麦仁粥，麸皮窝窝头、苦菜麦饭。他觉得蹊跷，麦子还没开镰，哪来的麦仁？正要问，来了邻家二曼。二曼是村上有名的"鸦雀"，整天叽叽喳喳爱说话。她探头探脑像做贼，看见姚社长，赶紧退出去。姚嫂不说话，提上篮子出了门。

姚社长"哎哎哎"几声，姚嫂比泥鳅还快，嘴里说着"吃你的饭"，"咪啦"就溜得没影了。姚社长肚子饿了，低下头吃起来。吃毕泡了壶枣叶茶，还没喝完，只见姚嫂从后院门里一闪，好像提了一篮子啥，就溜进草棚。姚社长觉得诧异，起身到后院，姚嫂正鬼鬼祟祟从草棚出来。只见她脸晒得黑红，满头的大汗，腿上沾了不少草籽。姚社长心中有几分明白，厉声问："你干啥去了？"

姚嫂是个能说能干的人，知道丈夫觉察了，脸上掠过一丝惊慌，但很快平静下来，用袖子抹抹头上的汗，回答"弄了一把猪草"。

姚社长径直来到草棚，脸黑得像铁塔，看见一篮子麦穗，命令道："送到生产队场里去。"姚嫂不动，也撂过来一句话："不去，肚子饿。"

姚社长气得七窍冒烟，骂道："翻了天了，没王法了，连你也做贼，这日子过不成了。"他一脚踢翻篮子。

姚嫂说："早过不成了，老人娃娃快饿死了，你要走快走，少干涉我。"

姚社长气呼呼地走到前院，推了自行车就走。姚嫂扔过来一句话："你再不要回来，你当你的人社长，我当我的贼婆娘，咱井水不犯河水。"

二曼家就隔着一道矮墙，墙上爬满丝瓜藤，她站在墙下悄悄地听，姚嫂夫妻的对话，她听得一清二楚。于是，"你当你的人社长，我当我的贼婆娘"，这个"段子"就流传开来，直到现在。

省口粮

二十世纪七十年代中期，洛河打坝，征了各公社民工，满囤和余粮都参加了。临走前队上开会，宣布有关生活事项：即由生产队统一办灶，工程结束后，按照各人吃的多少，从口粮里扣除。

那时各生产队根据收成，按照工分和人头平均分粮。也就是说，虽然办大灶，可是各人吃各人的。队长说得很形象："涎水滴到碗里，自个吃自个。"

正是秋后，各家都分了成千斤的红薯，擦片的擦片，下窖的下窖，蒸着吃下锅吃，晒干磨粉压饸饹吃，变着各种花样吃。吃得多了胃里就反酸，许多人因此得了胃病。但不这样吃，粮食就接不住明年收麦，瓜菜半年粮嘛。

工地离家只有十来里路。民工早晨上工，在工地吃两顿饭，晚上回到自己家里歇息。

满囤和余粮是队上出名的精灵人，家里都有老人孩子。每天，他俩都要从家里带些红薯放在大灶上，让炊事员蒸馍时捎带蒸熟，吃饭时吃。铁蛋、黑豆一帮青年很诧异，就问："你俩红薯还没吃够？放着大灶杠子馍不吃，要吃红薯？得是脑子进水啦？"麦囤和余粮不管别人冷嘲热讽，坦然答道："我就爱吃红薯，你管得着？"他俩自顾自地吃着。铁蛋注意了一下，别人都吃两三个馍，他俩只吃一个馍，用红薯吃饱，果然省了一半。

旁边，其他人正在大口大口嚼着香气四溢的麦面杠子馍，嘴巴故意"吧唧吧唧"，嚼出很响的声音来影响他俩。有人一面吃着，一面瞟看那二人神色，看他俩究竟有多大定力，能抵挡雪白杠子馍的诱惑。

他俩不为所动，依然我行我素，继续吃红薯。

人们渐渐看出来，这俩吃红薯是为省粮食，给家里老人孩子省口粮，省一口是一口。可是他俩嘴硬不说，愣充硬汉，男人气概满满当当。铁蛋服了，私下里说："这俩'尿货'可真伟大。"

工程干了一个冬天，他俩就这样坚持着，打着自己的小九九。这几个月节省了多少粮食，能够一家人吃多长时间。然后满怀甜蜜地期待年终分粮食时，能有一个骄人收获。

腊月大坝如期完工。民工们回到村子里，队上召开社员大会公布财务，分过年的粮食。只见队长清清嗓子，高兴地宣布："今年收成不错，上工地的人，所吃粮食由队上全部报销，不扣了。"听到这里，上工地的小伙子全都"呼"地站起来，"哗哗哗"拍起手高喊："好，好，队长万岁！"麦囤和余粮一下子蔫了，脸上黄了又白了。散会后，他俩神色黯然地离开会场。

一些人背后就嘲笑："两个'能尿'，这次可踏到空茬地了。"

多少年过去，当年上工地的人都老了，麦囤和余粮"省口粮"的悲喜剧人们都忘了。只是谝闲传时偶尔提及，大家不免唏嘘一番。值得一提的是，他俩的后人都有出息，孩子们努力奋斗，创造出骄人的成绩，而且都很孝顺。也许当年父亲吃红薯省口粮，已为他们做出表率。

看油菜

王村有一片油菜地，离村足有四五里路，离李村却很近，一二里。于是这片油菜地成了李村人的口中食。

二月间，油菜正是生长季节，那根（蔓菁）也长粗了，正适合吃。李村人就不时地偷着挖，看油菜的人换了几茬，都大败而归。

王村队长犯了愁。那时国家有油料任务，就靠这油菜完成。可现在人偷得厉害，油料任务眼看完不成，咋办？

队长想来想去，想到一个人，四类分子、当过敌伪保长的杨彪，他是大家公认的能人。这人门道稠。新中国成立前夕，一个人缴了五六个国民党兵的枪，其中还有支机枪，人们都佩服他。派他去救救急再说。队长当下就找杨彪说了，杨彪也不敢推辞，四类分子没有发言权，就走马上任了。

杨彪一上任，倒抽一口凉气。果不其然，那李村人因为近，就大胆地偷放心，男男女女来了一二十人在地里挖。杨彪赶了这边，他们又迂回到那边，和杨彪捉迷藏，杨彪累得满头大汗，效果还是不好。

几天了，天天如此，照这样下去，几十亩油菜就完了。杨彪伤透脑筋，终于想出一个办法。他到村上屠户家借来一把杀猪刀，拿回家磨了半晚上，磨得铮亮。

这天杨彪照例到地里，窝在隐蔽处。等那些人进了地，他出其不意出现在他们面前，大喊一声"我不活了"，拿起杀猪刀就往脖子上放。偷蔓菁的人都抬起头来，一个老汉急忙喊："快把刀放下，有话慢慢说。"杨彪喊："你们往出走，谁不走，我就死给谁看。"他一边说，一边往人跟前走，那些人慢慢往后退，谁不怕摊上事儿呢。

就这样，李村人全退出地，他才放下刀。又对那些人喊话："我已经报告派出所，谁再敢进地，我就死给谁看，我死了他也活不成。"他又拿着杀猪刀挥了几挥，然后雄赳赳地站在地头上，凶神恶煞一般。

这一招很灵，村民都胆小怕事，谁也不愿为几根蔓菁惹出事来，再也没有人来了。

油菜保住了，收成不错，队上完成了油料任务。队长慷慨地在社员会上宣布，给杨彪每天多加二分工，记十二分。大家都"哗哗哗"地鼓起了掌。

民国十八年

日前，陕西台正在热播《白鹿原》中民国十八年"遭年馑"一段。白嘉轩领众祈雨，铁钎烧红洞穿腮帮；白孝文黏着小娥生活无着，卖了地，钱花完后就去吃舍饭；孝文媳妇饿死，等等。

那么，民国十八年到底是怎么回事？

打开祖父的回忆录，八十多年前渭河沿岸的年馑与瘟疫、我们村我们家的故事，如同《白鹿原》影视画面，清晰地在眼前展现出来。

遭 年 馑

我村在渭河北岸，当时属于华阴县管辖。民国十七年（1928）有个闰二月，从这时起天不落雨，地里麦子旱得枯黄。到了麦季，河滩地好歹还有点收成，旱原一带绝收。到七八月，天气热得邪乎（44 摄氏度），地干得遍野沙土粉尘。秋播时我村在河边还种了点，周围以及塬上连麦子都没种上。就这样，大年馑开始了。

进入十八年，二月二十二日凌晨，忽然刮起暴风，天色变得狰狞可怕，忽黄忽黑忽赤。狂风怒吼，把沙苑一带大树拦腰刮断，把河滩麦苗全都刮得无影无踪，道路被沙土填平。早上人出门，门竟推不开，原来是被沙土壅住了。

这年夏粮又是绝收。我家在河边嫩滩有六七亩地，没被大风刮走，收了点粮食，和着野菜，就算保住了一家人性命。

六七月里落了点雨，村上人种了点黑豆，秋季收到场里还没碾打，阴历九月底突然下起鹅毛大雪，这么早就下雪，人老几辈都没见过。不仅下得早，还下得大，而且下下停停时断时续，两个月没有好太阳。临到过年，雪下半人深，哈气成雾，滴水成冰，家家房檐下都吊了几尺长的冰溜子。晚上睡觉，被子就会糊层霜花，渭河结了厚厚的冰，不少人冻饿而死。

"饥寒生盗贼"。日子没法过，村上七八个人就投靠华阴土匪冯一安，在这一带拦路抢劫，入室为盗，杀人放火。人说兔子不吃窝边草，在非常时期，这句话也失了灵。这伙人黑了心在本村拉起票来。开始拉王朝吉儿子狗娃，弄了八百块现洋；后来又拉辛克让、辛克功弟兄俩，又弄了二百块；后来又拉王南城，不料过河时南城掉进冰窟窿，流到杨村上岸后冻死了。从此村上没有安宁过，仇杀纷争，睚眦必报，杀个人就像捻只蚂蚁，光杀人案就有十多起。

因此，周围村都说王家庄是"土匪窝"。其实，当土匪的也就那几个人，只是村庄在渭河北，华阴县管理不便，大荔县管不上。于是冯一安就招罗村里死狗地痞，把这里作为根据地，官府追捕时，就在这里躲避。风声一过，又出来在周围为非作歹。还流窜到蒲城一带，凭手中枪抢劫财富。后来，华阴县长王作舟招降了冯一安。冯一安醒悟，就在冯家庄办教育盖学校。不过最终，他还是被二华潼民团总指挥张自强设鸿门宴枪杀了。

那时由于交通闭塞，外界援助很难达到，靠本土财力非常有限。虽然各地都像白鹿仓一样救灾舍饭，但灾民太多杯水车薪，还是饿死不少人。传说南山有个人，被控告杀死并吃了自己儿子，公堂上该人辩解说，"孩子死了才吃的"。又传说一个媳妇晚上饿得睡不着，就悄悄起来看公婆是不是偷吃。却听到公婆对儿子说，要把媳妇杀了吃。媳妇吓得跑回娘家。晚上又听父母商量："与其让别人杀了吃，不如自己杀了吃。"媳妇吓疯了。这个传说在关中广为流传，还被陈忠实先生写进《白鹿原》。另一传说，北塬有两人专抬埋"路毙"。这天抬了"路毙"去埋，忽然下起雷雨，这俩人把"路毙"一扔，跑到土崖下避雨。等避完雨出来，已不见"路毙"，一看远处有人，走近竟是"路毙"。原来他没死，是饿昏了。

这样的故事不胫而走，愈加增添年馑的恐怖。

民国十九年，主政陕西的冯玉祥与蒋介石、阎锡山在中原开了战，无暇顾及救灾。蓝田才子牛兆濂写诗讽刺：

　　　大祸中原小祸秦，至微亦足祸乡邻。

　　　苍天若念黎民苦，莫教攀阙生伟人。

《大荔县志》记载：民国十八年十一月十八日，鹅毛大雪伴西北狂风，寒潮降温，平地雪厚二三尺，兼下雾凇（龙霜）接连十八天，树木尽成白絮，终日不化，大雪盖地两月有奇。檐水成冰垂涎三尺，骡马牛驴冻死大半。桃李杏枣皆冻枯，三河坚冰车马通行。朝邑县（后并入大荔县）212村，冻死9479人。《蒲城县志》：民国十八年大旱，赤地千里，饿死21000余人，西门外"万人坑"尸满，复掘数次。《华阴县志》：自民国十七年以来，陕西不雨，六料未收，灾情尤以西府和渭北为最重，横尸遍野，十室九空，为祸之惨，空前未有，本县于此灾荒中减少18036人。

遭 瘟 疫

民国二十一年（1932）盛夏六月，又一场灾难悄悄袭来。

农历六月十五日，正是沙苑南陈村麦罢会。这时已听说有瘟疫，我们没敢去上会。回来的人说会上很热闹。年馑刚刚过去，庄稼获得丰收，所以麦罢会很隆重，晚上还在救郎庙演大戏。这是自年馑以来第一场戏，尽管传说有瘟疫，还是压不住人们看戏的热情，十里八村的人都被吸引来这儿看戏。

我村北斜里有个戏迷王东郎，下午他就觉得肚子不舒服，但没能阻止他的看戏热情。看完戏回来就腹痛如绞，浑身抽筋，接着又吐又泻。吐的都是黄绿色浊水，臭气难闻。如此折腾一天一夜，到第二天下午就死了。

埋葬东郎后，他本家兄弟王欣郎也病了，又吐又泻，一两天就死了。随后他们家又死了四人，病的症状相同。人们这才明白，瘟疫真来了。那时没有西医，有人去看中医，中药药性还没发挥，人就死了。

短短一个多月，我们本家死了三口人，邻居家死了五口人，后巷辛正西家也死了五口人。从此以后瘟神发威，接二连三死人，村上人不敢参与埋人。谁家死了人，都是本家族人出面埋葬。

西巷有个木匠叫逮柱，他看只管死人，觉得有钱可赚，就把家里平时不用的桑木板弄到巷里树下，拉开木匠家具做棺材。同村辛天社是个耍性子，爱挖苦人说笑话。看见逮柱做木匠活，又是拿人忌讳的桑木板，就挖苦："伙计，你真是见钱眼开，拿这桑木板想亏人啊？"逮柱正忙得满头大汗，见说只是龇牙一笑，并不答话，又埋头干活。过了几天，辛天社先得病死了，刚好用上逮柱做的棺材。不料几天后，逮柱也患上此病，上吐下泻，无药可治，死了。

巷西头的媳妇娘家嫂子死了，她送埋回来心里害怕，怕自己有个三长两短，就在箱子寻找衣服以备急用。谁知第二天她就病了，很快死了。因此人总结说，心中不敢闪念害怕，谁要是闪念害怕，必大祸临头。

那些日子人心惶惶，不敢下地干活，我就到西门外杜梨树下歇凉。忽然觉得身体不适，就往回走，回到家就发烧恶心。当时我二十来岁，正身强力壮，扛了几天就过去了。不幸我妻又病了。她身体差，上吐下泻，病势越来越重。看她快不行了，赶紧派人去她娘家报信。不料娘家也死了人，顾不上来，给了一句话："你们看着办吧。"我看危险，赶紧把家里几块杨木板凑够，准备好歹给她钉一副棺材，也不枉她给家里做的贡献。这时她已经病得失形，天气太热，屋里待不住，就拉了席躺在前房里。三弟担水过来，她就挡住喝凉水，喝的是清水，吐的是绿水黄水。就这样喝了吐，吐了喝，一天时间，竟慢慢平静下来，病势渐渐缓和，几天后慢慢恢复，成了村上唯一从鬼门关回来的人。

那次瘟疫，我们村百十户人家，死了五六十人。一直到秋季，天气渐渐凉了，病魔才刹住车。后来证明，这是"霍乱"病菌传播的。

《白鹿原》如实描述了这次瘟疫。白嘉轩妻子仙草，鹿三妻子等都死于这次瘟疫。古人说，大兵之后必有大疫，大灾之后必有大疫，历史上许多瘟疫都和天灾人祸有关。民国十八年"年馑"死了许多人，尸体没有消毒处理，致使病毒发威蔓延，造成后来骇人听闻的瘟疫事件。

东汉末年大瘟疫，"建安七子"曹植在文章中写道："家家有僵尸之痛，室室有号泣之哀，或阖门而殪，或覆族而丧。"多么可怕的场面啊。

《大荔县志》记载：民国二十一年六月上旬，疫病大流行。时值高温，疫病传染很快，不几日便波及全县大部。而且病势凶猛，上吐下泻，腹痛筋抽，朝病暮死，甚至数日内全家死光，十数日内一巷死光，以致出现断巷绝户。两日之内大荔城内军民死伤达千余人。病程长达半年。据不完全统计，朝邑县死约 8363 人，占患者人数的 36.7%。

《华阴县志》记载：民国二十一年六月七日，霍乱流行，全县统计死亡 1.8 万余人。尸横于野无人收。《蒲城县志》记载：二十一年夏，霍乱流行，全县死万余人。

事情已经过去将近百年，那年馑与瘟疫的惨状，人们已经淡忘。也许"好了伤疤忘了痛"是人类的通病。这次武汉疫情为我们再次敲响警钟。私欲膨胀的人啊，你只是万物之灵并非万物之主，要有所敬畏。否则，人类将要受到大自然严厉的惩罚。

第四辑　沙苑故事

沙苑来天地，夹流渭洛分。

唐家牧马场，汉室苑上林。

这方美丽的土地上，儿郎们在这里筚路蓝缕、开垦耕耘；在这里拼搏争斗、生生不息。

抗日怒火

一

2006 年到 2008 年间，我采访地方历史时，听到抗战期间女民兵训练的事，很惊奇，就循着这条线索追下去。从羌白镇到苏村镇、官池镇，共采访了十一个村，南德、羌西、羌东、皇甫、三里、溢渡、洪善、槐园、苏村、拜家、杨村、县城三合巷、南大街。采访村民四十九人，听她们谈抗战时期参加训练的往事。那些活生生的事例，使笔者深受感动，于是把它记录下来。

1938 年 10 月，大荔县城落叶满地，寒风飕飕，路人行色匆匆。虽然大街上门面都开着，可是少有顾客，只有东大街女子小学内，几所学校正在举办纪念"双十节"暨抗战演讲会。不一会儿响起刺耳的警报声，老师指挥学生尽快躲避。几分钟后，天空响起飞机嗡嗡声。很快几架日寇飞机飞临大荔县城上空。一时间城内乱了，人们到处奔跑，寻找躲避的地方。

大荔县城东北角有个北大操场，在这里举行过全省第一届学生运动会。操场旁边有片百年桑树园，树冠很高，树荫密闭，是人们夏季歇凉的好去处。这会儿成了附近居民避难的最佳选择。人们奔跑着往这儿聚集，树林子里躲满大人小孩。

敌机在天上盘旋着，像猎狗寻找兔子一样寻找目标。人们屏住呼吸，惊恐地等待着或幸运或厄运的到来。"轰轰轰"，几声震耳欲聋的爆炸声，冲天的硝烟升起，弥漫了大荔县城。东街女子小学内，几位女生和一位老师被炸翻，血流满地。

北大操场桑树园被炸出一个大坑，树木东倒西歪，躲在下面的人血肉横飞，人的胳膊腿、头发飞得到处都是，破衣片、人肉挂在高高的树枝上。全城哭声震天。

二

不久，大荔县广泛开展了抗日救亡运动，县城各乡镇都开始"国民兵"训练。上边派来军人到各村帮助训练。军人不足，就抽村上退伍军人补充，训练迅速开展起来。每天早晨，从县城到乡村，到处都是训练的口号声、跑步声。

鲜血是最好的教材。人们意识到，已经到了生死存亡的紧要关头，中国共产党倡议的"抗日民族统一战线"，已经取得所有中国人的共识。大荔县也不例外。工农兵学商，一起来抗战，抗日的热情空前高涨。

羌白镇老人回忆，那时每到冬春农闲季节，训练就开始了，地点在樊家巷一块空地上，县上派了军人来实施训练。散漫的农民被组织起来，不但学习军事知识，还学习时事知识、文化知识。1938年除训练男民兵外，还组织了全县范围的女民兵训练。连最偏僻的沙苑南边苏村一带，女人们也被组织起来进行军事训练，还组织她们学文化。教员除了男的还有女的。这些举措，使沉闷的惶惶不安的乡村有了生气，人们有了主心骨，抗击日寇，同仇敌忾。通过训练，民心凝聚起来了。

三

现在的县政府所在地，过去一直是同州府衙、大荔县衙所在地，门前有宽阔的场地，同州府人叫它"府门前"。1939年麦黄时，县上在这儿召开了声势浩大的抗日救亡大会，大荔县老人们至今记忆犹新。

那一天，各乡镇"国民兵"从四面八方赶来。他们身着灰色军服，还打着绑腿；女民兵也一样，她们剪掉发髻，一律短发，英姿飒爽。按照各乡镇顺序，整齐地排列在府门前。还有一队学生兵，他们同样身着灰色军服，不同的是，他们领章上有"童子军训"四个字。

主席台上，坐着区上、县上各大要员（那时大荔县属于第八区），周围贴满抗日标语。大会开始，八区专员、大荔县长等轮流讲话。他们罗列日寇犯下的滔天罪行，特别是在陕西、在东府、在大荔众目所睹的轰炸，表明血债要用血来偿的决心，号召大荔人民团结一致杀日寇，把日寇赶出中国去。

会议结束，举行了大游行。人们绕城一周，举着小旗喊着口号，直到游行完毕。

从这时起，县上每年都要召开"国民兵"大会。第二年，"国民兵"大会在洛河滩举行，盛况空前，显示了大荔人抗战到底的决心。

（大荔县城王莲巧、羌白街马玉贤、皇甫村侯玉琴、上寨村尚老、三里村李老2006年讲述）

炸弹炸出的训练

一

1940 年秋季，黄河东岸炮火连天，西岸沙苑南麓"缠沙"一带，却在炮声中沉寂着。

两三年来，各村都进行了国民兵训练，参加训练的都是青年男子。可是这次村上却在动员年轻媳妇参加训练。这下村上炸了锅。

老太太开始串门打听消息，聚在一起，抱怨说人老几辈，没见叫女人训练。年轻媳妇哪能抛头露面？ 有的说还上操呢，小脚走也走不动，能训练个啥？有的吓唬媳妇说，谁参加训练，就让谁上战场。

就这样，县上派的两个女军人王璞彬和张金兰，陪村干部齐家排门叫人，甚至用行政命令唬人，老太太才黑着脸放话。媳妇去了几回，三天打鱼，两天晒网，没有个纪律秩序。半个月了，参加训练的人你来了他走了，总到不齐。村上一再动员，可作用不大。

也难怪，这地方太偏僻，南有渭河北有沙苑，交通不便消息闭塞，是个"不知有汉，无论魏晋"的地方。尽管两年来天上日本飞机嗡嗡飞过，渭河南岸潼关被炸，华州被炸，西安、渭南、大荔都被炸，可是村里人始终认为，打日寇是男人、是军队的事，与女人无关。所以女民兵训练凉塌塌的，带不起劲儿来。

这天，村里大户有老人去世，出殡时，白压压一大片送葬的人。刚埋完人，日本飞机飞过来，看见这伙人，就在空中盘旋，吓得人们四散奔逃。有人喊："甭跑了，快趴下！"这时，一颗炸弹扔下来，"轰隆"的一声。硝烟弥漫了好大工夫，人们惊魂甫定，才发现炸弹扔进沼泽地，炸得烂泥乱飞，飞到不远处的人们身上。好险呐！

家里主事的老太太亲历了这次事件，她说多亏那个泥塘，烂泥飞了她一头一身，若是弹片，早没她了。儿子、媳妇趁机说，日本人眼看要过黄河，女人该懂点军事时政，也好应对。

老太太终于想通了，她又串门对其他老太说，让媳妇们去吧，学上点知识也好。

两个村（三里村、溢渡村）妇女终于集合起来，地点在溢渡西头北寺上（洪善村、杨村各有训练点）。操练开始。几天下来，她们掌握了列队、跑步等基本要求，懂得了不少军事知识、时事知识。女人豁然开朗，忽然觉得自己原来是那么愚，那么笨。接着又学习文化课，从这里入门，学习了三个月。在随后的几年，又训练又上冬学，有些人能读书看报纸，李茹切还得到县上奖励。

二

六十八年后（2008），三里村九十岁的王成叶老人，提起当年参加训练的事，还兴奋不已。她清楚地记得，那年她二十一岁，没有孩子，丈夫在外地上学。教她们训练的女队长王璞彬，女先生张金兰，两人都二十来岁，穿着灰色军装，剪着短发打着绑腿，让当地没见过世面的女人惊诧，啧啧称奇了好长时间。王队长看中高高个子、聪明稳重的王成叶，让她当叫队员。在王队长悉心培养下，王成叶进步很快。训练结束后，王队长临走把自己的梳子赠给了她。

王老太太说到动情处，吟起当年学的课文：

长城外，大道旁，咚咚咚，战鼓响。萧萧萧，班马鸣……

六组八十四岁的曹老太更厉害，她不但记得女老师的名字，还记得所学课文，并流利地背下来：

第一课：中国货，中国货，中国出产中国做。中国人，爱中国，大家要用中国货。

第二课：读书好，读书好，读书不分老和少，读书不分迟和早……

第三课：三民主义。三民主义是民族主义、民权主义和民生主义。如果大家都懂了三民主义，实行三民主义，中国就可以强了。

第四课：我中国，在东亚，人民多，地方大，我们要拼命保卫他。

第九课：空气，空气在空中，谁离了它都活不了。

……

在村头大树下，在农家大门口，提起当年打日本，军事训练上冬学，老人记忆的闸门便打开了，如溪水般涓涓流淌。李老太吟了一首民谣：

苜蓿花儿扎拌汤，日本死到河岸上。
苜蓿叶儿蒸麦饭，日本死到河边前。
冯玉祥，战火硬，见了日本打得噌。
杨虎城，爱打枪，关子一拉嗑噔噔。

阎锡山，他没胆，见了日本两面脸。

另一位吴姓老太太唱起一首歌："好铁要打钉，好男要当兵。上阵杀敌人，一家多光荣。"

旁边有一位八十多岁的老汉，他也沉浸在回忆中，唱起一首"小放牛"的民歌来：

天上银河什么人开？地上庄稼什么人栽？
什么人把守三关口？什么人一去不回来？

一位老太太眼里浮起泪花，她也张着没牙的嘴巴唱起来：

天上银河王母娘娘开，地上庄稼农人栽。
杨六郎把守三关口，当兵人一去不回来。

是的，村上有几个抗战时期当兵的，都牺牲在了抗日战场上。家人只知道他们当兵打日本去了，至于尸骨扔在何方，已无从查询了。老人说，多年前，这些兵士的父母家人，每逢清明，就在大路口为他们烧纸招魂。现在时间长了，老人都已去世，后辈娃娃已经没有印象，谁还记得他们？

三

2008 年至今，匆匆十三年已过，当年讲述抗战训练的老人大都去世。查阅《大荔县志》上面记载：民国二十六年（1937），卢沟桥事变后，大荔县开始进行国民兵军事社会训练。每年利用冬春两季农闲，各乡均训练两期，每期三个月，参加一百八十名，伙食自理。全县自民国二十六年至民国三十四年（1945），共训练国民兵三万二千四百人次。

《县志》的记载客观、理性，冷冰冰的，上面并没有记载女人参加训练的事。可是在乡间、在老人火炕上、大门前，听八九十岁的她们讲述抗战，仿佛听到当年的炮火声，听到黄河西岸大地的颤抖，听到大荔人低沉有力的怒吼。今天，我们有责任记录还原这段历史，为了那些不知埋骨何方的军人，为了那场艰苦卓绝的抗战不被遗忘。

我们重温历史，不是为了仇恨，而是为了和平。

炮火下的课堂

1938 年 10 月 10 日，大荔县城东大街女子小学正在召开有七所小学参加的纪念"双十节"暨抗战宣传大会。会场上校旗招展，歌声飞扬。突然天空出现几架日寇飞机，向这里扔下炸弹，当场炸死两名女学生，受伤多名。

飞机在县城上空徘徊，又向北大操场桑树园扔下几颗炸弹。茂密的桑树园被炸出一个个大坑，躲在园中避难的市民，被炸得血肉横飞，烂衣片、人肉、头发，都被炸得挂在桑树上。

这次轰炸损失严重，女子小学停办。直到第二年开春，才迁往县城东的长安屯，和长安屯小学合了校。

这年，十六岁的我刚刚从女子小学毕业，没有事做，非常郁闷。尽管黄河东岸炮声隆隆，同州一带敌机骚扰，轰炸连连，但我不甘心半途而废，总想走出自己的路来。但路在哪里，却是一片迷茫，我在迷茫中徘徊等待着。虽然时局危急，但大荔人并没有被日寇嚣张气焰吓倒。该干什么还干什么。我待业在家，时不时有人提亲，都被我拒绝了。

1940 年，县上筹建大荔中学，还没有完全竣工，秋季就开了学，招收三个班。我去报考被录取，成了大荔中学首届学生。

当时大荔中学校长是姚一征，教导主任丁寿光，训育主任高汉卿，还有从陕北来的田均田，以及他妹妹田嘉菊等。这里聚集了一大批优秀的教育工作者，他们为大荔教育事业做出了不可磨灭的贡献。

入学后，利用课余时间，我们就去城墙上拆砖，搬回学校用于建房。记得县上富商赵松泉拿出四万大洋，资助建校。开学后适逢赵母去世，他又节省丧葬费用，拿出一万大洋资助开学。为了感谢他，全体学生参加了赵母葬礼，为老人家送行。

1940年以后，形势更加紧张，日本飞机经常来骚扰，县城有了警报。一天中午，突然响起凄厉的警报声，我和侄儿很快跑到城外防空洞躲避。这时飞机把炸弹扔了下来，炸毁崔家巷一大片房屋，包括我家前房。父母亲没来得及跑，躲在后院厦屋，才幸免于难。

为了保证学生安全，也为了训练学生应对战争的能力，学校后来迁出了县城，在丁家湾的荒地里露营上课、埋锅做饭。但学生们都志气高涨，豪情满怀。我们唱《松花江上》《大刀进行曲》《义勇军进行曲》等等，以及早已被谱曲的岳飞悲壮激昂的《满江红》："怒发冲冠，凭栏处，潇潇雨歇。抬望眼，仰天长啸，壮怀激烈。……壮志饥餐胡虏肉，笑谈渴饮匈奴血。待重头、收拾旧山河，朝天阙。"

河湾里大树下，就是我们的课堂。老师认真讲，学生认真听，我们心头充满豪情和悲壮，充满壮怀激烈的牺牲精神。生活再艰苦，我们也不怕，而且更加努力学习。记得当时有首小放牛民歌：

卢沟桥为什么叫卢沟？卢沟桥是哪年哪月修？

桥有多长多宽多少个洞？桥上的狮子又有多少头……

还有一首歌忘了名字：

高粱叶子青又青，九月十八来了日本兵。

先打火药库，后炸北大营，杀人放火真是凶……

唱这两首歌时，就会想到卢沟桥事变，想到"九一八"，大家都潸然泪下。遥望黄河对岸的中条山，那里正战火纷飞。日寇暴行使我们怒火满腔，这些歌曲给了我们无穷的勇气，使我们增添了必胜的信念。

1943 年，在艰难困苦的学校生活中，我读完初中。这时因为战争，父亲的瓷器生意萧条，经济来源紧张，我考了同州师范。当时民国政府为培养教师，包揽了师范学生的上学费用，人们称其为"吃军麦"，吸引了不少家庭困难的学生。

我走进同州师范大门，当时学校还在大荔城东娘娘庙。1938 年日寇轰炸时，同州师范被迫迁往泾阳，1940 年才迁回来。回来后也不敢进城，就住在城外娘娘庙，危急时就撤到城外乡间，但从不影响上课，这已经成为学校的常态。在娘娘庙一直住到 1944 年，才回到原学校（今天的县政府所在地）。整整漂泊了六年。

敌人可以摧毁我们的家园，但摧毁不了我们的意志，炮火下的课堂始终坚持着。就像西南联大一样，在战火中依然挺立，中华民族的文脉不会因战火而中断。

1945 年 8 月，抗战胜利了。我们走上街头游行，跳啊蹦啊，欢呼这来之不易的胜利。第二年，我毕业被分配到尚勤小学任教。1956 年担任了小学校长。此后，在漫长人生中，我始终战斗在教育战线上，为教育事业奉献了自己的一生。

后记：2006 年采访王莲巧老师，她讲述了上面的故事。她家挂有一副郗伯骞先生撰写、王喜洋老师手书的对联：巾帼老校长绛帐毓秀，社会新贤达风流倜傥。如今王老师已仙逝。非常感谢她的讲述，为我们留下了一段宝贵的抗战史。让我们向她致以崇高的敬意。

抗战女民兵

1939 年，抗日战争正处于最艰苦、最危急的时刻。日寇飞机不时越过黄河，轰炸河西各个城镇，西安、渭南、华阴、大荔……均遭到不同程度的破坏，中国军队就在中条山阻击敌人，黄河西岸的大荔成为前沿阵地。为了配合抗战，从 1937 年开始，各联保就进行国民兵训练。只不过那两年训练的都是男的，到 1939 年女民兵训练开始，每年春秋两次。县上派军人协助，到各地轮流训练，以增强国民抗击日寇侵略的能力。

这年秋天麦子种上，羌白镇训练就开始了。先从南片开始，有南营村、小寨村、伴道村等附近几村的人参加。除了男的还有女的，女的大都是结了婚、没有孩子的年轻媳妇。训练地点选在镇中间的镇公所。镇公所办了灶，全天训练，来训练的人都自带干粮。训练内容有两项，一是军事训练，二是文化课学习。

当时，镇公所就在八鱼李氏祠堂（今天信用社所在地），里面地方较大，厅房厢房都有，厅房做教室，黑板桌凳一应俱全。县上派来三个年轻训导员，两女一男。男老师姓牛，人称牛指导，三十来岁，是本地人。女老师一个是本地人，叫董淑玉，一个是河南人，叫刘玉琪。她俩剪着短发，穿灰色军装，打着绑腿，显得朝气蓬勃，充满青春活力。在当时羌白街上，女军人的出现，很是引人注目。

每天早晨，镇公所旁的空地上，就出现一支穿着各色服装的女子队伍，队伍前面是两个女军人。她们从列队开始练习，稍息立正、向右看齐，清脆响亮的口号声在初秋的清晨回响。一个星期后，这些足不出户的媳妇，终于被调教得有模有样，成为羌白镇一道亮丽的风景。

每到"四、九"集会日，训练时间就放在中午。这时十里八乡的赶集群众都来了，他们被女民兵训练所吸引，纷纷过来围观。这可是从来没见过的事，只在孙武练兵故事里听过。这时，嘹亮的歌声响起来：

> 叫声好乡党，赶快把兵当。
>
> 你看日本鬼子，打到咱家乡……
>
> 打跑了日本鬼子，咱们好安家。
>
> 吃白馍，喝香茶，这才是咱的好中华。

当时的街头训练和时事宣传，给落后愚昧的乡村注入了一丝亮光。被日本飞机炸弹吓得胆战心惊、惶惶不安的人们有了主心骨，知道国共两党组成抗日民族统一战线，民族有了希望，国家有了希望。镇上的军事训练，就是为抵抗随时可能入侵的日本鬼子。

中午开始文化课学习。每个学员都发了本子、铅笔，端端正正坐在教室听老师讲课。讲课内容有时事、政治、历史，还有科学等等。讲卢沟桥事变，讲中条山抗战，讲孙中山的三民主义，等等。有一课内容是这样的：

> 我中国，在东亚，
>
> 人民多，地盘大，
>
> 我们要拼命保卫他。

配合教学内容还教学生唱歌，讲卢沟桥事变，又教了卢沟桥歌曲：

一绣卢沟桥，桥儿丈八高。日本鬼子不讲理，向我开了炮。

二绣长安道，平坦路一条。日本鬼子扔炸弹，城乡都萧条。

……

除了时政，董淑玉老师在讲孙中山的同时，还教唱三民主义歌：

三民主义，吾党所宗，以建民国，以进大同。

咨尔多士，为民前锋，夙夜匪懈，主义是从。

矢勤矢勇，必信必忠，一心一德，贯彻始终。

由于这些学员大都是文盲，老师就从识字开始，配合内容教识字，讲为什么要学文化和学文化的好处，还讲破除迷信的课来开启民智。有一课内容是这样的：

糊涂老，糊涂老，一生糊涂多可笑。

神像本是泥工造，都是泥土和木料。

一把香灰当药料，怎样能把病医好？

奉劝同胞多思考，再也不要糊涂老。

由于所学内容浅显易懂，生动活泼，再加上学员年轻好学无拖累，她们个个都学得很认真，很能吃苦，学到了不少在家学不到的东西。

第二年开春，轮到镇北片的梁家庄、兀兰、户军几个村训练，也是三个月。到麦黄时，县上召开大规模的抗日救亡暨国民兵检阅大会，女民兵短发军服，英姿飒爽，参加了大会，并绕城一周游行，到下午结束。

　　每次训练历时三个月。凡参加训练的女子在思想上、见识上都有很大程度的提高,甚至影响了她们今后的人生。以至于到老年八九十岁时,她们仍记忆犹新。

　　2006年10月,笔者采访了羌白镇马玉贤、马翠花,皇甫村侯玉琴老人。马玉贤、侯玉琴当年同时参加训练,现今八十五岁的马玉贤能清楚无误地说出,孙中山是广东省香山县翠亨村人,并背诵了"三民主义歌"。她从训练结束后,就一直是短发,而且学了不少字。侯玉琴记得,训练班动员学员剪去发髻,她家里主事的嫂嫂不答应,两个女老师走了五里路,到南营村她家劝说,最后她才得以剪发,并参加县上游行。她在新中国成立后加入了党组织,成为国家三八红旗手、"劳动模范"。马翠花那时七八岁,只是训练地点在她巷口,她经常去看训练、听讲课,学会了一些字和不少歌曲。她三人讲述了上面的往事。

　　这些经历成为她们难忘的激情时光,同时也见证了大荔人民英勇的抗战史。

八女井故事

一

大荔沙苑紧北边，有个"八鱼村"。二十世纪九十年代，在这儿出土了"清代李氏家族石墓群"，八鱼村遂名噪一时，吸引了世人目光。

八鱼村的确不凡，她还有个文雅美丽的官名"八女井"。

沙苑人传说，很早很早以前，沙苑大旱，民不聊生。天宫八位仙女下凡，在这里挖井开池，取水浇田，沙苑人始得活命。而八位仙女却因私自下凡违背天条，被天兵天将捉拿回宫，受到玉帝严厉惩罚。沙苑人对八位仙女心存感激，为纪念她们，遂命名村庄为"八女井"。

二十世纪五六十年代以前，八鱼村远近皆知的名字是"八哥村"。或转音叫成邦哥村、八奥村。那时我们经常去沙苑拾花生、红枣，常在八哥村石牌楼下歇足，或下到牌楼对面涝池里，拿头上斗笠捞鱼。或转到石牌楼后边，这儿有硕大的石鱼盆、高高的石碑，石碑上面有"八女井"字样。当时甚感稀罕："八哥村"还有这么好听的名字啊。

"八鱼村"是新中国成立后新取的名字。《同州府志》记载为"八鱼井"。这应是"八鱼村"名字的来源了。"八鱼公社"成立后，它就成为行政部门的书面语言兼口头语言，慢慢响亮起来，逐渐代替了"八哥村"。

为什么叫"八哥村"？史籍上没有记载，民间也没有人能真正说清楚。传说明朝末年，吴三桂引清兵入关，清军长驱直入扑向北京。闯王李自成仓皇向南败走，一部分残兵败将来到沙苑，在这人迹罕至的沙窝隐姓埋名住了下来。为首的八个将领在沙苑边上建村，人称"八哥村"。据说他们携有大量财宝。多年后八哥村人闯荡江湖做生意，财富越滚越大。东府人说"赤水街的蚊子，八哥村的银子"。再看看村头的石牌楼，后来挖掘出的石墓群，足以证明八哥村财力在当时的影响。

那么，为什么史籍、碑石没写"八哥村"，而是写成"八女井"呢？也许是李闯王兵败，清王朝坐了龙廷，"胜者王侯败者贼"。无论是秉笔直书的史官，还是撰写《府志》《县志》的官员或文人，他们都会巧妙地避开不敢言说、不便言说的往事。不是有人写了"清风不识字，何必乱翻书"而遭到杀身之祸吗？更何况李自成是清朝的死对头，人们避之而恐不及，哪里还敢口招祸事呢？或者，"八女井"是官名而"八哥村"是小名，这也是司空见惯的。碑文、史籍上都写"八女井"村，也就很自然了。民间还有一说，说是李自成兵败，他的八个妃子流落此地，开荒打井，因而得名"八女井"村。

人们不禁要问：为什么这些故事处处离不开李自成呢？原因可能有二：一是李自成当年在商洛山中练兵，后来进京路过同州府，曾下令保护城里马文庄公（明朝名臣马自强）牌坊，给同州人留下良好印象；二是据说闯王曾在王店村驻兵，王店和八哥村是邻村。以上种种说法流传几百年之久，可见李自成在这一带的影响。

二十世纪九十年代，在八鱼村挖掘出土了"清代李氏家族石墓群"，八鱼村从此而引人注目。遗憾的是，精美高大的石牌楼，已在七十年代被拖拉机拉倒，捣碎垫了公路，有些被弄到阿寿村扁担坡做了排碱渠的"接水"，令人心疼不已，惋惜不已。

八鱼村，一个普普通通的沙边村庄，正因为出现了一个李氏名门望族，才拥有太多扑朔迷离的故事，太多解不开的谜，因而神秘幽邃，风光无限，魅力无穷。

二

八鱼村北五里是羌白古镇。东汉建武年间，汉武帝安顿降羌于此，羌王名白纳目希汗，此地因名"羌白"。羌白历来是大荔县第一重镇。清代乾隆时，就在此设县衙置县丞，管理县西事务。直到民国初，还延续了县丞制度，只是改叫"县佐"。

解放初，羌白街老建筑鳞次栉比。李家祠堂就在正街樊家巷十字口路东，坐北朝南，后来做了公社驻地（今信用社）。祠堂路对面是戏园子，里面戏楼坐南朝北，和祠堂遥相呼应。戏园子东边就是李家宅院，明远堂和致远堂。明远堂的主人是李保卿，民国时任过大荔县财政局长；致远堂主人是李乾若，省立第二师范教师。

镇上九十多岁的王全娃老人讲，羌白街上最有钱的人当数李家，最好的房子当数李家。

八鱼村李家为何住到羌白街上？王老人说，当年回汉起了纷争，战乱过后，李家就从八鱼村搬到羌白。民国初年，李家住到了大荔县城，明远堂、致远堂就没人住了。李家祠堂雇了樊家巷李志汉父亲看门，在门口开着茶馆。解放初清理祠堂，光是牌位就拉了一车子。

羌白街以及周围的老人都记得，李家祠堂五间宽，前门口五间门房，缩脚门楼，门墩为小石狮，进去是两排厢房连着五间厅房，最里边是上房。青砖松木古色古香，一派清凉。民国时做了镇公所，新中国成立后人民公社也设在这里。门口是传达室，里面厢房是民政、农业、青、妇这些组织的办公室，后面的大厅房是会议室。

王全娃老人的妻兄、南德村吴玉麟就在三原县城李家"万顺德"商号当掌柜。因此他对李家情况很熟悉。他说李家在大荔城里有房，在西安有生意。解放初，家里只有老太太（李乾若夫人）和儿子（"三少"李搁勋）儿媳、孙子孙女。孙子叫高娃（李武华），孙女叫安春（李映丽）。后李家把致远堂卖给大荔商会会长、户村人白明斋。所以人都知道，这是白明斋的房产。至于他前面的主人，就逐渐淡忘了。

民国七年，郭坚"反乱"占了羌白，就住在街上致远堂。抗战时这儿做过伤兵医院，新中国成立后做过邮电局。"文革"中，这儿成为造反派"联指分部"，直到七十年代后，逐渐淡出人们视野。

早年，八鱼李家盖房建筑，请了羌白街赵家巷赵守正为其照管。建成后的剩余木料建材全部给了赵，赵用这些材料建起一座四合院。九十五岁的樊家巷人马福朝说："我小时上学，学校在东南角，要斜穿戏园子到学校，有时就到白明斋那个后院玩耍。后院花园已经破败，里面有个亭子基座，青石砌的台阶，我们在这里爬上爬下玩。"马老人感慨说，李家土地很多，去南德村的路上都是，一片地就几十亩，都用石头做界桩，界桩上刻有堂号。致远堂的界桩厚而窄，明远堂的界桩薄而大。老人的讲述，真切还原了八鱼李家在羌白街的概况。他们有宅院、有祠堂，有土地，真正在这儿安居了。

根据史料分析，八鱼李家可能是同治六年（1867）回民军第二次焚烧八女井后才到这里安家的，同时把供奉祖先的祠堂也建在羌白街。此后的岁月战乱频频，李家后人走出了羌白街，到同州、西安、上海，甚至到更远的地方去谋生，去发展。

明远堂、致远堂以及李家祠堂大约在二十世纪八十年代前后被拆毁，新盖起的楼房代替了它。作为"一个时代的缩影"，羌白街上所有的老建筑，先后消失在岁月长河里，但却永远留在羌白人的记忆深处。

空墓之谜

八鱼石墓群过去周围筑有花墙，人称"花墙陵"。陵园大门朝南，门前有一条西北方向的大路通往羌白镇，门口有牌楼，花墙和牌楼毁于解放初"大跃进"运动。

"花墙陵"现在成为石墓博物馆。馆内四号墓主董恭人和五号墓主李怀珍，原是一对夫妻。《李怀珍墓志铭》记载，李怀珍生于嘉庆十三年（1807）四月二十八日，卒于同治元年（1862）七月初九，享年五十五岁。

同治元年四月二十五日，回民军进攻八女井村，李怀珍因年事已高，且身体有病，没有参与抵抗，他率家人匆匆逃往澄城。因受惊吓病情加重，两个多月后在澄城逝世，被厝在高塬，三年之后归葬祖坟。

五号墓损坏严重，但墓室结构完好，共有三个墓室。作为正妻的董恭人没有和李怀珍合葬，儿子李树敏在近旁为她重新开辟墓地，并修建豪华墓室。这是为什么呢？

墓碑记载，李怀珍因子孙匮乏，先后娶了八位夫人。大夫人是董恭人，最后一位朱氏生了儿子怀敏。董恭人没有同他合葬，最合理的解释就是其他两位夫人先董而逝，可能就是杨恭人、王恭人，她俩都与董恭人封号相同，最有资格与丈夫合葬。

封建时代，母以子贵，妻以夫荣。如果丈夫当官，妻子也会享受朝廷封号，人称"荫庇"或者"荫封"。如正一品称一品夫人，正二品称夫人，正三品称淑人，正四品称恭人，正五品称宜人，正六品称安人，正七品称"孺人"。分类严格，称谓不同。

李怀珍一生豪爽慷慨，见义勇为，好行利济人。《李怀珍墓志铭》记载：

> 事岁稍歉，与森亭醴使、滋亭观察轮流输粟以济里党。遇大年馑则分外周恤，邑鲜有流亡者。亲友中有负债近千金者，从不责偿；凡寒士无力者必丰其膏火以成功名，至海疆以来二十余年，与侄辈捐输军饷不下十余万金，则尤彰彰在人耳目，无俟予之表扬也……

《大荔县志》证实了这一说法，由此可见其为人。朝廷封他为候补光禄寺署正、议叙郎中、中宪大夫，从四品。妻以夫荣，他有三位夫人都被封为"恭人"，可见其贡献之大。

李怀珍四十六岁才生儿子树敏，他逝世时儿子九岁。此后董恭人以主母身份统揽家务，与树敏生母朱氏一起抚养树敏。二夫人杨恭人生了两个女儿，董恭人待她们如亲生。她为树敏娶马姓女子完婚，并为失母少女治办嫁妆，安排出嫁。同治六年第二次逃难，有十余家人依附她，她很好地照顾了这些老弱伤者。后来由于劳累惊吓，身染重病不幸亡故，遗体暂寄"郡城之高"。七年后由树敏迁回，归葬祖坟，《董恭人墓志铭》记录了当时情况。

四号墓为双洞墓室，应是树敏为董母和生母朱氏所建。该墓雕刻细腻，妍而不俗，奢华里透着雅丽。和其他墓室格局相同，由前院、中庭、墓室三部分组成。中庭楹联为"萱草堂前风月冷，芙蓉城里梦魂香"，横额"别有天地"。中庭里边，南墓室楹联为"郁郁泉台埋白玉，深深庭院隔红尘"，横额"梦一场"；北墓室楹联为"别有洞天堪小隐，新成庐舍乐长眠"，横额"此间乐"。这些楹联风雅大气，深深反映出儿子对母亲的怀念、祝愿与叹息。淡淡的惆怅与伤感弥漫在字里行间，让人无端生出人生无常、富贵云烟的愁思来。

奇怪的是，四号墓南墓室是空穴。《大荔李氏家族墓地》149 页记载："按四号墓双室结构推断，当初可能是为董恭人与树敏生母朱氏营造的，后不知何故，朱氏未得下葬。"

"朱氏未得下葬"成为悬念，她去了哪儿？她的墓在哪里？

《李树敏墓志铭》记载：

> 生母朱氏例得以子贵，妻马氏亦以夫贵焉……（树敏）早年失怙，依两母氏教养，幼即晓事……董母生事，朱母无不以礼，夫亦大可人意矣……他日二节妇抚孤成立，更求有德者之言，以光泉壤，亦如其父。

从这段话里不难看出，董母与朱母是有矛盾的。每当董母生事，"朱母无不以礼"，化解了矛盾，儿子感到极大的欣慰，"亦大可人意矣"。

《墓志铭》最后的话可以看出，树敏二十八岁早逝，其母朱氏尚在。是她与树敏妻马氏"二节妇"抚养了孙子、立碑人李襄阳。《墓志铭》未见树敏娶妾，"二节妇"当指朱母与妻马氏。

那么树敏死后，事情如何，母亲朱氏到底埋在哪儿？

近日采访八鱼老教师李丙乾。据李老师回忆，八鱼石墓博物馆北墙几米处，早年有一石碑，一丈多高，呈宝剑状。上面有几个大字："皇清封淑人李祖母朱太夫人之墓"，至于落款，他忘了。

这个石碑，因其形似单剑，故村民称"单剑碑"，位置在花墙陵东北角。由石碑内容可以看出，这是树敏的儿子李襄阳为祖母朱太夫人立的墓碑。在孙儿的努力下，朱氏可能因守节抚孤有功，被朝廷封为"淑人"，"淑人"封号比"恭人"高了一格。这是当年没有享受到丈夫、儿子"萌庇"的她最后的光荣。她含辛茹苦抚养的孙子李襄阳功成名就，把"淑人"的荣耀给了她，并且给她选择最后归宿的权利。她不想去儿子为她与董恭人修建的奢华之所，而是另选墓地。这样做的理由，只有朱太夫人自己知道，也只能是朱太夫人自己的选择。

朱太夫人墓与四号、五号墓相距百十米，南北对应着。

女掌门人

一

显赫一时、风光无限的八鱼李氏家族在变幻莫测的历史风云里，渐渐淡出人们视线。同治元年（1862）回汉冲突后，李氏家族趋于没落。到了清末民初，致远堂、永远堂、志远堂已经没了人脉，只剩了明远堂弟兄俩，这就是李树玉的儿子李佛佑和李树本的儿子李春源。

《陕西回民起义历史调查》记载："据村中老人言，本村李姓共分四门，是由树敏、树德、树本、树口（玉）传下来的。后来各立一堂，即明远、致远、志远、永远，共有四堂。"

李春源字莲舫，生于咸丰年间，作为战乱幸存者，李莲舫成为李氏家族最重要的传人。他的妻子是同州府出名的美人"盖同州"。她为李家生了两个儿子，庆生和惕生。经族人商议决定，让大儿子李果如（庆生）继承致远堂血脉，让二儿子李乾若（惕生）继承永远堂和志远堂宗嗣，一子开两门，以慰九泉之下祖先亡灵。就这样，李乾若娶了两房妻子：一个是羌白街大户人家女儿，已无姓名可考。因其个子高，后辈称她"高汉子婆"；另一个就是张嗉宜。在为儿娶妻的喜悦里，李春源热切地期望子孙满堂、门楣兴旺。

果不其然，大儿李果如生了三个男孩。李莲舫高兴地依次为他们取名李振（持）勋、李扶勋、李掬勋。可世上事总难尽如人意，二儿李乾若子孙匮乏，羌白夫人没有生育，张啸宜只生了两个女儿。李莲舫果断决定，把二孙子扶勋过继给羌白夫人，继承永远堂，把三孙子李菊勋过继给张啸宜，继承志远堂。

李莲舫不久就去世了，九泉之下，可以坦然面对列祖列宗了。

二

李乾若（1875—1935）作为永远堂和志远堂的当家人，终于有了两个儿子，李扶勋和李掬勋。他是个文人，自称"沙苑居士"，在省立第二师范任教，诗词文章、琴棋书画，莫不精通。经常和朋友诗词唱和，写下了许多优秀作品。他把自己的心血整理成帙，准备出版，可惜1935年六十岁时因病去世。接着抗战爆发，诗稿几经辗转，竟被内侄丢失。他曾经参与《大荔县旧志稿》的编撰。《大荔县新志稿》录用他的诗词六首，诗风沉郁悲壮，抨击时局，悲天悯人，显示了他的胸怀和人生态度。李乾若去世时，大儿子李扶勋已先他而逝，小孙子李武华只有四岁。二儿子李掬勋两个女儿都在他逝世后才出生。对于孙儿们来说，对爷爷的印象就是他的照片，还有他留下的绘着山水风景、草虫花卉的各种扇面，以及扇面上的"沙苑居士"题名。

李乾若走了，留下偌大的家业和一家老小。永远堂只有羌白夫人和年轻寡媳，以及小孙子李武华。志远堂这边，儿子李掬勋太年轻，二夫人张啸宜只得擦干眼泪，毅然决然承担起丈夫遽然离世后留下的家庭重担。

张啸宜（1885—1969），字闻莺，出生于大荔相底村大户人家。从小受到良好的家庭教育，聪明端庄知书达理，且才智过人。十九岁嫁给李乾若，顶了志远堂的门。

张嵘宜皮肤白皙眉清目秀，性格开朗举止得体，举手投足间，一副大家闺秀气质，深得公公婆婆的欢心。李乾若更是爱如珍宝，他非常欣赏这个小他十三岁的妻子，经常教妻子文化知识、儒家理念及待人接物等等。长期在大家庭中耳濡目染，张嵘宜很快成长为这个家庭当仁不让的"当家二奶奶"。

当此之时，李家的商业仍是很可观的，在同州府有钱庄"振丰恒"，有绸缎庄，有铁货铺"万顺李"；在西安有"得心承"酱菜加工厂，最大商号是三原"万顺德"，主要经营布业、茶业、林业、烟糖业；在东北有林山，在湖南有茶山。商业网点遍布湖南、湖北、贵州、兰州、榆中一带，当年汉口"山陕会馆"有他们忙碌的身影，1911 年"山陕会馆"毁于战火。"万顺德"商号就在汉口扬子街成立"同益"公司，处理商务。

三

李家作为陕商的重要一支，他们有自己的经营模式，就是东家出钱不管经营，经营全凭商号掌柜。商业运作实行银六人四股份制，高级管理人员都有资格入股，年底算账分红。这些优越制度，使东家在管理上更加轻松方便，游刃有余。支撑制度顺利运作最关键的一环就是用人。张嵘宜作为东家，她慧眼识人，以最大的信任把百万财产交给外姓人，让他们放心大胆地自主经营，商号掌柜把商号的事业当成自己的事业，把自己身家性命和东家捆在一起，荣辱与共。张嵘宜就这样抓住人力资源，运筹帷幄，最大程度发挥人的主观能动性，培养了侯天培、张承先、李香亭、吴玉麟等一大批优秀的商业领班人，把李氏商业做得风生水起，左右逢源。

　　每到年底，各商号掌柜就齐聚李家，汇报一年工作，商谈第二年商业计划。这时家里便热闹非凡，高朋满座。张嵝宜认真听取各路商家汇报，按照制度，给予成绩好的以奖励，成绩差的并不追究责任，只是让他找出失败原因，制定出切实可行的工作计划，勉励他们再接再厉。如此各路商家唯恐落后，更用心地打理自己的事业，李氏商业呈现出蒸蒸日上的气象。

四

　　二十世纪四十年代，水利专家李仪祉正在铁镰山修建洛惠渠。这项惠民工程虽然得到中央政府的大力支持，可因为国力贫弱，又值抗战，中央、地方都拿不出太多的钱来投入，而修渠又进行到关键时刻。在举步维艰的情况下，李仪祉和县上官员来到李家说明情况。张嵝宜知道这是关系国计民生的大好事，她毫不犹豫地资助一万大洋，解了燃眉之急。李仪祉非常感谢李老太太，年节常来拜访。多年后两家的后代们还经常来往。

　　张嵝宜掌管商业游刃有余，眼光远大，支持社会事业深明大义，不吝钱财。解放初，她对国家每项政策都十分拥护。土改运动、公私合营，她没有半句怨言，积极参与。她觉得把这一切都交给国家更放心，也更省心。因此公私合营时，大华纱厂、西安制药厂等十余商家都来李家商讨合营发展事宜，可见李家二奶奶在当时的号召力。

　　此后，她委托"万顺德"掌柜吴玉麟考察商务，选择最佳投资方案，决定投资西北地区短缺项目——热水瓶厂。一年后，以李家为主（占股百分之四十）的秦岭热水瓶厂建成并正式运转，西北五省没有热水瓶厂的历史一去不返。

五

张嵘宜秉承了中国传统文化的持家理念。她家里有门房、马房、账房、厨房等等，仆人几十口，张嵘宜恩威并用，治理得井井有条。当时有个仆人叫陈兴旺，是大荔盐池洼人。他十三岁到李家，几十年都和李家人一起生活，李老太把他当成儿子。新中国成立后他回了老家，老太太长期关注他的生活，有时间就派孙女到陈家去探望。他和老伴的老时衣，都是李映丽姐妹一手置办的。

张嵘宜秉持孝悌持家理念，尊羌白夫人为大姐，把大姐的妹妹和自己的妹妹都接至家中，教她们学文化，培养持家理事、待人接物的能力。妹妹长大后为她们择优婚配。羌白夫人的妹妹嫁给姓朱的县级官员，她的妹妹嫁给在上海经商的大荔人吴承伯，两家子女都接受了很好的学校教育而事业有成。每到年节，都来探望年事已高的姨妈，这令张嵘宜十分欣慰。

张嵘宜当年从孤儿院领了两个女孩，分别为她俩起名叫喜临、福爱。后来就认她们做义女，孙儿们都喊她俩为姑。到了婚嫁年龄，老太太慎重地为她俩选择婆家，置办嫁妆，把她俩当作女儿嫁出，她俩都有了很好的归宿。

民国十八年关中遭年馑，张嵘宜和丈夫拿出家中粮食，仿照先辈在家乡搭起粥棚舍饭，救活了许多死亡线上的人。年馑过后乡亲们敲锣打鼓，为他们送去"恩同再造"匾额，赞颂他们救荒济贫的义举。

张嵘宜对儿子李掏勋十分疼爱。优裕生活使他成为名副其实的富家公子，人称李家"三少"。

母亲张嵘宜看在眼里，她在孙辈的抚养上改变方法，不再娇惯。孙儿李武华从小就受到严格教育，他就读于兰州大学，喜欢音乐，祖母就送他到上海音乐学院深造，他后来成为西安音乐学院知名教授。孙女李映丽和李映霞，她更是疼爱有度，从严要求。抗战时逃难到甘肃榆中，她就让李映霞在当地上中学。她们后来都很好地完成了学业。李映霞成为中央某直属企业干部，李映丽成为西安交通大学教授。她们深厚的中华文化造诣，是祖母张嵊宜严格培养的结果。

张嵊宜的大女儿李班若，少年时在北京学习刺绣，后嫁给留德学生、朝邑人吴家骥。抗战时，吴任陕西省卫生材料所所长，他帮助李德全女士把药品送往延安后，被国民党当局逮捕，经多方营救才得出狱。新中国成立后他成为第三军医大学教授、病理学家，曾给贺龙看过病，退休于北京药检所。二女儿李伴玲从事绘画专业。抗战中她和三个同学在济南举办"三女士画展"，获得成功，所得资费全部买成背心，捐给济南抗战部队。丈夫张亮柏是孙蔚如部军人，奉命在中条山阻击日寇。后来转战桂林，在这里打退疯狂进攻的日军，受到蒋介石嘉奖。

张嵊宜胸怀宽阔，做事大气，她支持儿子李掏勋，把家藏古本"廿二史"一套赠给陕西省博物馆。博物馆给李掏勋颁发了收藏证和出入证，随时可以免费出入博物馆。儿媳当家后也学习婆婆，把一件明代铜牛捐给大荔县文化馆，把一件酒壶状古代铜器（弧）捐给北京博物馆。

1969 年，张嵊宜以八十四岁高龄与世长辞。几十年时光里，她以过人的睿智、博大的胸怀精心经营，使摇摇欲坠的李氏家族恢复生机，留给世人无限的启迪。

万顺德掌柜

八鱼李氏望族繁荣昌盛的时代，随着一百五十多年前的那场战火，消逝在岁月的风烟里。那么，赖以支撑它的庞大的商业体系，到了近代还在正常运转吗？

是的，李氏家族和李氏商业在当家人张嶦宜的掌舵下，依然乘风破浪，运转在 20 世纪初的岁月里，直到和新中国的曙光对接，并顺利融入，成为陕西商界一分子。这中间除了张嶦宜外，还有一人起了重要作用，他就是李家商业总号"万顺德"最后一任掌柜吴玉麟。

吴玉麟，字俊升，大荔县羌白镇南德村人，1905 年出生于普通农户家庭。他生而精敏，上过私塾，学业优良。在舅舅帮助下，十六岁来到三原，进了"万顺德"商号当学徒。

"万顺德"掌柜侯天培很喜欢这个聪明好学，又勤快敦厚的年轻人，有心培养他，便考察他对金钱的态度，故意把银圆散落在无人注意的角落。吴玉麟看到，拾起来全部交给掌柜的。当时号里只管学徒吃饭穿衣，三年没有工资。吴玉麟在白花花的大洋面前毫不动心，坚守贫而有志、不受意外之财的家训和做人准则，赢得掌柜的初步信任。

三年后学徒期满，侯掌柜对他很满意。1927 年 7 月，号里准备派他去南方经办商务，号里规定外出人员必须结婚，以防止辛辛苦苦培养出的人才流落到他处温柔乡里。吴玉麟很高兴，他快速回家结婚。婚后不久就去了南方，来到湖北德安府（今安陆市）。这儿有"万顺德"南方商业的网点，经营茶叶、木料、桐油等特产，任城春总负责。吴玉麟作为"帮办"协助辅佐他。他们经常亲赴茶园茶厂、林山林场采购产品，以保证货物质量。吴玉麟在这儿待了七年，只回去过四次，可见当时从商人员的辛苦。1932年总号又把他调到汉口。当时"万顺德"在汉口的商业公司"同益"就开在繁华地段扬子街，办公条件比德安府好得多，总负责人是李香亭。公司经营的种类比德安府要多，主要经销丝绸、烟糖、茶叶、木料，李家茶山就在湖南江南坪。自己茶山保证了茶叶低成本和高质量，物美价廉，利益丰厚。

1936年，日本鬼子占领了东北，李家在东北的林场无法运作，停止了。总号掌柜侯天培分析商情，考虑因战争建筑损坏严重，投资木料可能有市场，于是要在南方投资林木业。他派最能干的吴玉麟带三名员工，去湖南洪江采购木料。

他们几人到洪江后，迅速开展工作。采购的木料从水路运到鹦鹉洲，顺流而下，转到汉口码头，再通过陆路运往北方。"万顺德"的众多员工就是这样，把南方各种货物运到北方各地，保证北方市场的供应，也为号里赚足了银两。

吴玉麟在南方干了十三年，为李氏商业立下了汗马功劳。1946年，他回到三原"万顺德"商业总号。总掌柜张承先年龄已大身体不好，特调他协助工作。张掌柜几次提出退休，东家和吴玉麟极力挽留，张就把日常事务交吴玉麟处理。1949年5月三原解放，张承先把商号权力全部交出，告老还乡。

吴玉麟上任初始，认识到新政府是真正为劳苦大众办事，是值得信任的。他积极响应号召，配合政府工作，第一个拿到新政府工商局颁发的营业执照，带动了三原街上其他商家，工商局很快理顺了商业秩序。

1949 年 9 月，吴玉麟和东家张崞宜商议，决定把三原"万顺德"总号搬到西安东关中和巷。自此开启了"万顺德"商号的新生。1951 年政府任命吴玉麟为西安市各界人民代表，表明了政府对他的信任与赞赏。1954 年吴玉麟响应政府商业创新的号召，与东家张崞宜商议，联络商业同行十余家，成立了西北地区第一家热水瓶厂。他几次南下上海学习，请来技师，经过一年多的艰苦努力，秦岭热水瓶厂建成投产运营，结束了西北地区没有热水瓶厂的历史。

1956 年热水瓶厂纳入公私合营，政府任命吴玉麟为厂长。此后多年，政府给予吴玉麟极大的信任与关怀。他连续七届被选为西安市人民代表、工商联负责人、阿房区政协委员。阿房区和莲湖区合并后，他被选为区政协主席。

1972 年他退休后，回到大荔县南德村老家，西安市政府随即致函大荔县政府，要求恢复吴玉麟人民代表资格。迅即吴玉麟成为大荔县人民代表。1990 年吴玉麟与世长辞，享年八十五岁。他从一个旧时代的商人，成长为新中国商业精英，是现代人做人做事的典范。

（根据吴老口述录音整理）

胖　娃

沙苑民间，流传着一个"义富人"胖娃的故事。

胖娃就是八鱼石墓五号墓主李怀珍唯一的儿子李树敏。他因从小患有虚症，身体发胖，人称"胖娃"。

李树敏（1852—1880）字地山，号经阁，年仅二十八岁就英年早逝。他短暂的一生，却给乡亲们留下深刻美好的印象，在民间传说中，他是个非常可爱的人。

传说胖娃小时，在私塾读书，其父望子成龙心切，管教很严，要求他在家认真读书，不得随意出门，否则就要责罚。所以胖娃平日只在家中活动，外界情况他浑然不觉，一概不知。

这年关中遭了年馑，百姓到处逃难，流离失所。李家在沙苑一带设了粥棚舍饭，救了许多人性命，但远处还是有被饿死者。胖娃听后，问老师"为啥死人"？老师回答，没饭吃饿死人。胖娃听了闷闷不乐。

有一天，胖娃破例被允许随老师去羌白街访人，他发现有饿得面黄肌瘦的人伸手乞讨。路过粮市，发现仍有粮食出售，街上也有卖馍的。胖娃问老师：这里有粮食有吃食，咋能饿死人？老师回答：他们没钱。胖娃听后，心里有了主意。

　　回家后，胖娃到账房先生那儿去得勤了，有时下午课读完毕，就悄悄从后门溜出。父亲这段时间很忙，"事岁稍歉，与森亭醵使、滋亭观察轮流输栗以济里党"，放松了对儿子的管教。家人老师也都没有在意，娃娃贪玩，那是天性使然。

　　到了年终，账房算账，发现账与存银不符，差了好些银子。账房先生交不了账，急得要上吊，一死洗清白。胖娃一看要出人命，赶紧找到父亲，"扑通"跪下，承认偷了库银，银子给了那些奄奄待毙的人，求父亲宽恕账房先生。真相大白后，父亲宽恕了胖娃。

　　李怀珍于同治元年（1862）回汉纷争之后，受到惊吓得病死亡。同治六年（1867），回民军又突袭八女井村，十五岁的胖娃携二位母亲及妻子逃往澄城北廓。嫡母董氏因受惊吓，病逝于澄城。在这里，他又重逢房东女儿香娘，香娘结婚在即，家里正在为她赶制嫁妆。

　　六年前初次逃难到此，胖娃与香娘还是两小无猜的顽童，两人常在一块玩耍，很是投缘。几个月后胖娃回去，两个孩子已建立了深厚情谊。这次重逢，香娘痛哭不已，她表示即使做妾，也愿意嫁给敏哥，胖娃凄然泪下。这时董母已染病在床，他不敢提说，只得转求生母朱氏。朱氏明确告诉他"不可能"。原因是香娘待嫁在即，不能陷其父于不义。更何况董母缠绵病榻，更不该有非分之想。

　　胖娃无奈，只得转告香娘，说此生有缘无分，只待来生重结连理。香娘终于出嫁，两人洒泪而别。

　　胖娃性格坦荡不羁，视钱财如粪土。第二次战乱过后，李家重建家园，胖娃已经长大成人。他虽年轻，辈分却大，与四十岁侄儿李天培同掌家事。他们在羌白镇、大荔城重新建造住宅，离开了八女井。

　　在羌白八鱼这一带，胖娃很有影响。他淡泊功名，宽厚待人，就爱和普通百姓来往，喝茶谈天，而且嗜好逛牲口市，特别爱马。每到羌白四九集上，总能见到他的身影。人们总结说"胖娃德厚"。

2001 年，《李树敏墓志铭》出土，终于揭开了胖娃的神秘面纱，一个栩栩如生的李树敏站在人们面前。《墓志铭》记载：

> ……姓李氏讳树敏，地山其字也……长从华阴姚崇□宿学，自谓读书明礼而已，何必效帖括家，受王半山（安石）牢笼乎？故无成名闲想。君之为人荡无拘捡，尝于郡中东北隅开小园为斗室，种花是娱，风流独赏，养鱼为乐，雅韵谁知……或课晴间雨，招野老以煎茶；或谈古论今，对良朋而煮酒。即此一段怀抱，已度越庸流远甚。况夫积而能散，以财发身，如饷军、赈荒、筑城、招佃、设村、整修岳庙、捐膏火、资薪水，一切推衣解食，舍饭施汤，小惠无吝容，亦无德色。以视坐拥厚资，而不思急公好义，夫岂守□房之所可能哉？而或者曰，君步出东门牵黄犬、逐狡兔，不□于□今剌荒乎？抑知非称便捷也，非誉轻利也，非有慕于其人美且仁也。盖君体肥而气虚，虑母唯其疾，忧特为此潇潇者，以显示其材力之可用耳。然而卒以虚疾殒命矣！夫人为之可哀也，为可志也！……呜呼，百世之下曰：此义富人之古坟。

《墓志铭》中，胖娃因为健康原因，"故无成名闲想"。他为人荡无拘捡，轻财重义，从无吝色，也绝不炫耀。他认为坐拥厚资，而不急公好义，不足以称为君子。他出东门，牵黄犬逐狡兔，刻意表现出一种强健，只是为了安慰母心啊。然最终，他还是因虚症殒命。

传说中的胖娃，与《墓志铭》记载中的李树敏终于契合了。至此，一个富家公子坦荡豁达、急公好义、至纯至孝的"义富人"形象，更真实、更明晰地出现在人们的视野中。

海怪家逸事

赵家大院

黄河西岸的同州是关中平原东大门，隋文帝杨坚就出生在这里。他实施凿渠引渭、建永丰仓等一系列发展农业的治国方略。儿子炀帝改革门阀制度，使科举制度推行一千多年。这里封建文化积淀最为深厚。人们依赖脚下的黄土，耕读传家，博取功名。

在这种农耕文化氛围中，却出现了一个赵氏家族。他们在旧观念的包围中脱颖而出，毅然决然远离家乡经商，一代接一代，苦心经营了四百多年。同治八年（1869），在同州城里建造了一座气势恢宏的宅院，1984 年被列为"县级文物保护单位"。

这座宅院位于大荔县城东大街，坐北朝南，占地四十一亩。四周高墙围绕，黑漆大门上有光绪帝钦赐的金字匾额"荣禄第"，两侧各有两匾，一为同州府所赐"有功明教"匾额，一为民国省府所赐"万家生佛"匾额，门前还有一对一米多高的石狮。

跨进大门五十余米，始见一列五间门房。门东侧是马厩、车房一列七间，马厩再往北是九亩菜园。门房西侧，坐西面东有个小角门。门内却是一个大花园，这里树木参天，茂林修竹。北进十余步有鱼池，鱼池四周绕以石栏，石栏饰以仙人、祥云浮雕。纵穿鱼池的石拱桥，南北走向，长约六米，两侧白石栏杆，雕有竹兰菊梅。桥北有树木花草。最北是一排房屋，有地下室，为名花越冬之处。

由花园门东行，五间门房，蓝砖蓝瓦，张口脊兽。中间缩间门楼，内嵌黑漆大门，赭色门枢，两旁各有一尊石狮，高约一米多。跨进大门，迎面是一列赭色屏门，中间两扇不常打开，进出皆走两侧小门。东西各两间门房，是账房和仆人宿舍。穿过小侧门，是一进四合大院落，天井呈工字形，五间门房位于"工"字形下横以南，门房东西端，分别有小圆门，东端小圆门顶端砖刻"知足常乐"；西端小圆门顶端刻"省事心宽"。东侧看墙上刻"三阳开泰"，西侧看墙刻"松鹤同寿"。

七间大厅建于三级台阶以上，大厅全是隔扇窗棂，由"卐"图和梅花组成。厅内原是明三暗四布局，正中三间横贯一列屏风，楣书"赵居敬堂"，东西各两间，由硬屏作隔墙；西边是会客屋，东边"雪芳书屋"是赵松泉书房。外间悬挂名人字画，楠木书架上摆着文房四宝、钟鼎古瓷，内间也是诗书满架。"工"字天井中央，立一个四檐流水亭，四根石柱擎起，飞檐翘角的屋顶，犹如两只巨鹤相背而立。

穿过七间大厅是内宅，东西是带楼厦房各三间，东为主人居室，西为仆人居室。最北面是平顶砖窑，窑前有分水长形大抱厦，内置红木圆椅。两边走道，各置江西白瓷绣墩两对，为夏日纳凉用。

放眼赵氏庄园，大气庄严中不失典雅活泼，沉稳不露中蕴含儒道风采，它无声地诠释赵家的做人理念、处事准则，堪称东府一绝。

赵家气派如此之大，支撑它的巨额财富是哪里来的？

起根发苗

明朝万历年间，大荔县埝桥乡同堤村赵某，在三原县经营药材、布匹生意，多年后积累了巨额财富。到清朝嘉庆年间，赵家寻求发展，遂把商号迁到泾阳，在泾阳县城北极宫街开设"丰盛兴"商号，改营兰州水烟，兼营湖南茶叶。同时不断拓宽经营范围，财源日益发达，资金日渐雄厚。后又不失时机地抽出纹银六千两，继设"丰盛源"商号。一时两号并驾齐驱，暗自竞争，大有一比高下之势。

时值太平天国后期，左宗棠部队调防西北。随着部队流动，往来人口日渐增多。这些人就把兰州水烟带到南方赠送亲友。南方一些有闲阶级品尝后，视为珍品，互相称赞宣传。一时，抽水烟成为上流社会的时尚。

上海富商德隆彰看到商机，迅即挟巨资来甘肃营运水烟。"兴""源"两号得到消息，马上行动，分别到上海考察市场，迅即设立分号。"丰盛兴"设了"一林丰"，"丰盛源"设了"协合成"。他们在兰州市场购买水烟，运到上海销售。局面迅速打开，生意越做越好。

随着生意不断扩大，"兴""源"员工开阔了眼界。他们觉得购买别人的烟丝利润有限，只有投资实业，自己建厂，才能赚取更大的利润。

方案既定，马上实施。两号一齐动手，在兰州建起水烟加工厂，连产带销一条龙。不久，凭借雄厚实力（资金硬实力，技术智能软实力），迅速成为兰州最大的水烟生产厂和经销商。那时若到兰州，问起烟厂，当地人会不假思索地说："兴记""源记""德隆全记"（德隆彰厂）。三大烟厂赵家占了两个。他们通过设在上海的"一林丰""协合成"，把生意做到了苏州、无锡、南通、石港、嘉兴、松江、平湖等地，再在这些地方设立分号。至此，赵氏烟业雄踞东南诸城，成为上海五大烟号之一。

赵家迎来商业的鼎盛时期。面对滚滚财源，他们迈出大胆一步，在泾阳总号设立"源盛福"钱庄，在三原县城设立"福兴茂"钱布庄（湖北布），在大荔县城设立"福寿堂"药房。这些商号的兴起，标志着赵家商业已进入包括金融、信托业在内的黄金时代。

赵家的崛起，带动了朝邑、合阳各县有资力者的经商热潮。他们纷纷携资来此开厂办号。一时，兰州大小烟厂云集，厂内号内管理人员，纯粹"东府"清一色。新中国成立后"土改"前，同、朝各县许多地主富农，发家几乎都与参与兰州烟业有关。

抗战中期，东南一带水烟销路顿减，卸在黄埔江边四百多吨水烟发霉变质，生意无法再做。赵家又另辟蹊径开发四川市场，来往于西安、兰州、成都，运销各地土特产。抗战胜利后，设在泾阳的两个总号搬到西安，"丰盛兴"在东大街菊花园，"丰盛源"搬到东关柿园坊直到解放。至新中国成立前夕，赵家除了在原籍拥有上千亩土地、房产，以及大荔县城的庄园、药铺外，还在兰州、西安、上海、苏州、松江等地，或建或买了大量工商业资产。到1953年公私合营，赵家财产造册登记达七十八亿元。如此巨大的资产，不要说在大荔，就是在陕西省，也堪称巨富。

赵家是如何创造、积累起这巨额财富的？让我们走近赵家发展史。

经营之道

赵家自先祖从三原迁往泾阳起，在积累财富的同时，也积累了丰富的经验，建立健全了一整套行之有效、至今都不落后的企业管理模式及制度。总结起来，大致如下：

1. 分号另起，加强竞争。

清朝后期，赵家在"丰盛兴"初具规模，财源日益发达，赢利越来越多的情况下，不失时机地抽出纹银六千两，继设"丰盛源"号。这样一号变两号，增强了企业的竞争力。竞争彰显先后，也带来飞跃。

分号后，东家并不制定年终盈利目标，只规定三年结一次账，再比较赢利情况，以决先后优劣。这种管理办法，巧在于平和中拉紧了弓弦，于静默中激动了人心。两号经理诚恐落后，暗暗用力，谁偷奸耍滑，谁就有可能失败。三年一次，谁都败不起。至于号中其他事宜，如何经营如何用人，东家俱不过问，全凭总经理调度定夺。

如此放权，总经理总揽全局，放开手脚，着眼长远，无所顾忌。商业日见起色，蒸蒸日上。总经理年老体衰或重病在床时，有责任为东家推荐接班人选，东家再经过考察，予以任用。

这时，企业似乎并不重要，它只是一种载体，重要的是一种精神和道义。东家和伙计，一个生死相托，生死相依；一个鞠躬尽瘁，死而后已。

2. 企业进人，择优录取。

商业兴盛在人，衰败也在人，赵家深谙此道。因此，商号除总经理外，还有四五位高级职员，专门从事商业运筹和人才培训。青年学徒入号，要有相当社会地位的人推荐担保。其次，还要审查其家长是否正派，学徒相貌是否端正，身体是否健康，再面试他的口才及反应能力，笔试他的作文书法，观其心态潜能。没有一定文化基础决不录用。这些要求，甚至比今天考学还要挑剔。

求职者通过这些关口，才被接纳为"相公娃"，相当于今天的学徒工。学徒工头一年，主要是扫地、抹桌、挑柴、担水，一应杂活全部包揽。这期间，观察你是否吃苦耐劳，有没有眼色，贪不贪钱财。第二、第三年才教卖货、记账、写字、抄信、打算盘，由总号资深长者亲自传帮带，培养任劳任怨、谦恭礼让的品格。五年后由总号量才派遣，送到分号。成熟一个，派遣一个。那些大掌柜、二掌柜，都是通过学徒严格培养、层层选拔挑出的。

3. 股份制度，利益均享。

企业内实行"顶身股"制度，劳资两利，论功行赏，把员工利益同企业利益紧紧拴在一起。譬如"银六人四"股份制，即资方占六成，劳方占四成。劳方主要是高级职员，他们不出资，根据个人贡献和工作能力，顶一定份额的股份，称作"顶生意"，又叫"份子伙计"。说明这生意有他一份。每年按成绩大小、能力强弱，评定底分。总经理为全分，其他人二至七厘不等。账上有增有减，上下浮动，按份子分的红利，就是个人工资。中级职员没有份子，按个人底分拿工资。学徒工三至五年没有工资，年终发给五十元津贴。

"顶身股"制度，增强了员工的主人翁意识，极大地调动了他们的工作热情。他们的聪明才智得到最大限度的发挥，企业也在众人通力合作下快速运转。

企业的发展，使许多职员迈入富裕行列。谁家有子弟进了烟厂、商号，亲朋会祝贺说：你们今后将光耀门庭，置田盖房是不成问题了。由此许多人改变了重农轻商、重官轻商的观念。

4. 乡人外人，区别对待。

赵家字号用人，是有一定规定的。字号设有内柜、外柜。内柜用同（州）朝（邑）人管理财务行政，外柜用当地人管理营销。企业在当地落地生根，用当地人，更容易了解信息，掌握行情，经营生意。

5. 不犯错误，永不裁员。

为了增强职员对商号的忠诚与信心，赵家明令，对所有职工实行终身制，永不裁员。除非违反号规、犯有不可饶恕的错误。那个时代，择业面既窄又难，在没有更好出路的情况下，有一份来之不易又实惠体面的职业，谁还想跳槽呢？哪个人能不竭尽全力，一心一意为商号、也为自己流血流汗呢？当这许多"力"拧在一起时，所产生的合力就不可估量了。

诚信立业

纵观赵家发展史，便会发现，其成功的另一个重要因素，就是诚信立业。

每年开春，掮客（中介人）便向烟商借款给烟农，为烟田备耕。据说每顷沙田需五百大洋，石田需一千大洋购买油渣肥料，烟商以低于市场利息给农民放款。烟叶收获后，烟厂派人到放款地去收烟叶，名曰"占叶子"。如此运作，不但杜绝了劣质烟叶，保证了烟丝质量，还极大程度操纵了烟叶收购价格，保证了烟厂收购的优先权。

"兴""源"两家烟厂，常年雇工四五百人。冬春两季，各造烟丝五千余担，每担四百六十斤。烟厂严格执行按质定级论价原则，把烟叶分为四级，这四级分别用四个字来命名："丰盛兴"的叫"一、时、春、青"，"丰盛源"的叫"兰、蕙、芳、芹"。新颖别致的名称，直接轧到烟板上，以防不慎弄错，影响商号信誉。他们就这样从源头抓起，形成产、供、销一条龙，创立了商业品牌，一跃成为兰州烟界老大。

信誉就是金钱，信誉赢得市场，这是赵家商业棋局关键的一环。

赵家这样一个资产过亿的工商世家，到近代却落入"财旺人不旺"的怪圈，连续三代单传。这三代人是赵心印、赵子清、赵松泉。赵心印三十五岁病逝。赵子清逝世时，儿子赵松泉才三岁。他们英年早逝，把偌大的家业留给年轻的妻子，命运把两个寡妇推到了前台。两个寡妇也当仁不让，毅然挑起大梁。也正是赵母理家的那些年，赵家生意发展到鼎盛时期。

赵心印自幼上学，能书善画，学识渊博。同治年间，娶朝邑龙门村大户刘命初之女为妻，刘命初之子刘芹圃曾任河南参军。刘氏成长于官宦之家，在环境熏陶下，她知书达理，德才兼备。赵心印去世，刘氏过继本家侄儿赵子清，悉心抚养，为他娶回娘家侄女刘庄若做儿媳。刘庄若生了赵松泉。刘氏非常疼爱，为孙儿起了个贱名"海怪"。 在刘氏执掌下，赵氏生意发展到一个新的高峰。

民国十年（1921），赵松泉三岁，赵子清又因病去世。母亲刘夫人强忍悲痛，擦干泪水，领着儿媳挑起赵家大业。在如此环境下，刘氏不动声色，大智若愚，一般不过问营运事宜，只是做人的工作，大胆地把责任放在两记总经理肩上。两记总经理也不负重托，一心一意发展商号，使两号事业蒸蒸日上。

那时，刘氏还年轻。每当商号掌柜汇报工作，都安排在大厅，并且开放大厅所有门窗，让一切在光天化日之下进行，以此杜绝寡妇身份带来的世俗闲话。

庚子之难（1900），慈禧、光绪逃难到西安，刘氏慷慨解囊捐银救难。慈禧很为赞赏，说她"以一孀妇颇识大体"。光绪帝嘉其义举，赐"荣禄第"匾额，予以表彰。

1904 年，大荔县城文庙（今学门前小学）失火，庙宇尽毁。刘氏与同州知府议定，由"兴""源"两号出资重建。建成后的文庙更加恢宏壮观。主殿宇坐北面南，雄踞平台之上，蓝砖红柱琉璃瓦，雕梁画栋。从正南三面大门进入，殿堂可容数百人，稍有声音便回声不绝。大殿两侧，各有十大间庑房，东西相向，南北成列，檐廊宽敞，通明透亮。两列庑房中间，有一方形庭院，古柏植其间。整个文庙古朴典雅，肃穆庄重。

文庙建成后，地方政府逐级上报，光绪帝钦赐"深明大义"匾额予以嘉奖。并诰封刘氏为"一品诰命夫人"，赏戴凤冠霞帔，还在东大街东门口路北竖起石牌楼，上刻"圣旨"，以彰其功。受封那天，城内举行了盛大仪式，刘老夫人身着一品服饰，戴凤冠坐花轿，绕街穿巷，宣扬功德。

有一年，刘老夫人游览华山，看到山道狭窄，险峻异常。为了保证行人安全，她又捐赠银两，为"老君犁沟"铸造了扶手铁索。

民国十八年（1929），陕西久旱不雨，颗粒无收，饿殍遍野。这时赵子清已去世，其妻刘庄若当家理事。她继承先辈遗风，给同、朝两县各捐四万大洋，赈济灾民。除此以外，还在城内府第门前、游家斜村大庙前设置粥厂，煮粥蒸馍舍饭救急。每天如此，直到灾荒过去，先后用粮三百多石。地方政府上报省府，省府赠"万家生佛"牌匾，予以表彰。

赵家最后一任东家赵松泉（1918），字鸿年，小名海怪。他高中毕业后继承祖业，挑起大梁，1945年前任大荔县参议员。1940年县上筹建大荔中学，时值赵母去世。松泉为捐资助学，压缩葬母费用，捐资四万大洋，解了建校燃眉之急。第二年又拿一万元做办学费用。大荔中学建成后，他在学校任美术教师。

民国期间，县上所有支应军、政、建、教各项派款的不敷数，均由赵家承担40％。为家乡出钱，已成为赵家义不容辞的义务。

赵松泉在大荔中学任教时，与校长姚一征（中共党员）交情甚厚。姚经常到赵家后院跟松泉聊天。反动当局对赵的刚正不阿很是不满，又觉察到姚可能是中共党员，为此八区专员蒋百忍传唤赵松泉，直截了当问："姚一征是不是共产党？"松泉坚决否认。由于他和姚都是很有影响的人，蒋不便翻脸。赵松泉回家，马上见姚一征说明情况。姚闻讯星夜过河，到华县咸林中学躲避，免了一难。

抗战胜利后，松泉赴上海料理"协合成"事务。1953年由上海回兰州。他积极响应党的号召，将两大总号及兰州烟厂全部参加公私合营。政府委赵松泉以重任，让他担任兰州大众服务公司董事长兼秘书主任，兰州工商联常委、副主任，兰州市政协委员等职。

纵观赵家发展史，其中最重要的一点，就是"深得人心"。自己虽处金钱之中，却能明智处事，以义制利，以义修身，把金钱投入社会，彰显了商人的最高价值。许多年里，"同里村海怪家"集财富、德行、操守、明智于一身，成为东府妇孺皆知的大户。

随着时光的流逝，一个商人所产生的影响会越来越淡。每当我们厌倦商品社会的喧嚣，绝望于功利场的无奈时，品味赵家的商业传奇，仍会带给人们清凉的慰藉和困顿中的希望。

（本文内容来自《大荔政协文史资料》及丰盛源经理赵有容之子赵天铎、之甥雷先生讲述）

郭坚在羌白

一

不好咧，不妙咧，郭坚队伍可到咧。

穿黄衣，戴黄帽，腰里别着盒盒炮。

一走一捏咯爆爆，一下打到华阴庙。

郭坚字方刚，原名振军，蒲城平虏庙郭家村人。据说他曾就读于同州师范，好书法，特好黄山谷体，所到之处常有人求字。他写的"铁肩担道义，辣手著文章""仰君堪称范仲淹，愧我不及郭汾阳"等，至今还在网上流传。县城郗家有他写的四条屏："清慎为官本，和平处世方。忠厚传家久，诗书济世长。"他又好戏曲，尤喜碗碗腔，吹拉弹唱无所不通。况仪表堂堂，身材魁梧，曾言"大笔写大字，大人做大事"。东府人犹有记忆。

《蒲城县志》载：郭坚少有大志，胆识过人，闻人谈反清革命，遽起道"这正是我辈之责"。又常说"不为大将，必为大寇"。逢不平即拔刀相助。"刀客"与"哥老会"多与其来往。民国元年（1912）9月，郭坚与澄城耿直结为异姓兄弟，聚众数百占领同州，号称"冯翊军"，响应省城新军起义。民国建立后，冯翊军被编入陈树藩所部陆军第六混成巡缉营。民国四年（1915年）又举兵反袁，任陕西第一游击统领和陕西警备军统领。第二年，又任西北护国军副总司令，同总司令高峻向全国发出《讨袁通电》。

民国五至六年（1916—1917），袁世凯死后，副总统黎元洪坐了总统交椅，段祺瑞任国务总理。段以北洋正统派首领自居，掌握军政大权，与黎元洪分庭抗礼。黎元洪无奈，遂请清廷旧将、时任安徽督军的张勋进京调停。张勋趁调停进京之际发动"复辟"事件，扶持十二岁的溥仪再次登上皇位。

一时，全国范围内掀起了讨张浪潮，各派人马抱着各自目的，纷纷起兵。段祺瑞组成讨逆军，通电讨伐张勋，陕西督军陈树藩首先响应，命令陕西警备军郭坚率部进京讨伐。

陈树藩平素嫌郭坚桀骜不驯，很难驾驭，故意派他进京讨伐张勋。待郭坚渡河之后，即急电山西督军阎锡山剿灭郭坚。郭坚入山西即遭到重兵堵截，撤回过黄河时，又遭胡笠僧、王飞虎狙击，几乎全军覆没，郭坚只带了五十多人逃回陕西，遂与陈树藩结仇。

10月，郭坚与耿直在户县（今西安市鄠邑区）成立了陕西靖国军，分别任总、副司令护法讨陈。

二

民国七年（1918）2月，郭坚率部来到同州，欲占取同州为根据地。当时陈部王飞虎（银喜）据守同州，郭屡攻不克，退据羌白。他多次修书，激辱王"尔为渭北飞虎而不飞，为陈家走狗而不走"。王飞虎不为所动，始终不开城迎战。

羌白作为同州的河西重镇，清代一直设有县丞公署，墙高壕深，便于防守。郭坚便选择这里作为据点，进可以攻大荔、朝邑，退可以撤守渭南西府，实乃一军事要地。

郭坚驻守羌白五十七天，麦收过后，陈树藩即包围了羌白。靖国军第五路司令高峻、第六路总指挥弓富奎、第三路司令杨虎城、郭坚第一梯队队长张锋等都曾增援未果。郭坚写信求援于曹世英："陈贼打我，你贼不管，我贼一死，你贼不远。"外画圆圈，意即陷入重围。曹接信后，效"围魏救赵"计，派兵西击蒲城陈军李天佐部，郭趁机雨夜突围，移兵凤翔。

郭坚驻羌白后，街上有钱人家几乎跑光了。郭坚就住在致远堂，部队来往于这一带要钱要粮，抢钱抢粮，给村民带来极大灾难，因而这一带人称此事件为"遭郭坚""逃郭坚"或"郭坚反乱"。

羌白民间传说，樊家巷得义父母和队伍发生冲突，被士兵枪击而死。逮娃为郭坚做饭，不小心有砖头落下来，打碎铁锅。郭坚认为是不祥之兆，便悉心寻机突围。由于郭坚部队祸害百姓，陈树藩驻孝义镇，派兵包围羌白，人们以为有救了。谁知陈树藩部队和郭坚部队一样坏，人们又编了顺口溜说：

> 孝义"粮子"跑得欢，一下扎到龙池庵。
> 人民盼他打郭坚，他比郭坚还郭坚。

郭坚驻羌白后，除抢劫财物外，影响最坏的就是抢女人。据说，他先是看上秀才梁道安的女儿梁松针。梁道安坚决不允，郭恼怒不已只好放弃。后来娶了原县丞的女儿二珊，梁女受辱，竟上吊自杀了。

有个羌白人叫张安真，郭坚部将看上他女儿素娥。张不愿意，偷偷藏了女儿。追兵竟枪杀了张安真。安真死后，因天气太热，尸体就厝在亲戚家，十多年后才搬回羌白安葬。郭坚有个部将全生老六，他瞅上了老刘家女儿佩萱。佩萱逃到十里外南庄村外婆家。郭兵竟寻到南庄，佩萱最后还是被搜到弄走。唐儿李爹（夺）在江湖上也是赫赫有名，他看上姓钱的少女金童，就到钱家去抢。金童父母把女儿藏到瓮中。匪兵就捉了老夫妻要杀要剐。金童无法，遂从瓮中出来，救了父母。

那场兵灾中，被抢的还有老叶家的女儿，她到底跟了谁，没有人能说清了。

三

羌白东北五里远，有个兀兰村。

郭坚部队驻羌白后，就下乡要粮要款。村民面对持枪的士兵，敢怒而不敢言。这天几个士兵又骚扰兀兰村，光天化日之下蹂躏民妇。村民积怨许久的怒火终于爆发，一人喊打众人应之。民团团长张正举指挥，村民纷纷操起农械家具，夺了他们的枪，将其赶到一个布袋巷里痛打一顿。张训斥说："回去告诉郭坚，再敢胡作非为，打断你们的狗腿。"

郭坚闻讯大怒，扬言要"血洗兀兰"。县丞与几名绅士再三劝说，郭坚才算作罢。但坚持要兀兰人设席摆宴，赔情道歉。张正举考虑再三，答应了这个要求。

这天赴宴士兵来了。村民们笑脸相迎，拴马接人进屋。这时门外村民已悄悄把马匹赶到村北崖下的河滩地，只留下门口显眼处的马匹。

席间村民们劝酒，士兵醉意朦胧口出狂言。酒正酣时，张正举叫"上菜"，话音未落，旁边屋子闪出几个小伙子，手拿斧头、菜刀、长矛扑向士兵乱砍。席上大乱。一个士兵刚掏枪抵抗，就被人从背后紧紧抱住，做饭厨子手提菜刀砍去，士兵迅即毙命。一个士兵慌忙逃窜，刚出后门，被藏在门外的村民用铡刀结果了性命。一军官跑出，迅速跃上马背，却没解缰绳。马嘶鸣着，围着树转圈子，一村民一锨上去，军官当即倒下死了，其余郭兵逃回了羌白。

随后，张正举迅速指挥村民转移。郭兵复仇来时，兀兰已成空村，只有张正举一人坚守。他镇定自若，声称一切由他负责，要杀要剐，悉听尊便。郭兵头目气恼异常，绑了张正举，拖在马后，奔跑于周边的梁家、坡上等村游街示众。下午骑马者乘无人之际砍断绳索，策马而去，谎称村民劫走张正举。当郭军人马再度返回时，梁家、坡上，及周围村庄村民迅速集结，锣声喊声四起，大有决一死战之势。郭兵看大事不好，急忙带队回了羌白。

随后，兀兰村民在村南拢起一个土包，对外诈称，张正举已重伤而死。第二天，郭兵又来兀兰，见到新坟才作罢，张正举总算保住了性命。紧接着陈树藩围城，郭坚部队不敢出来，兀兰村终于躲过一劫。

四

洪善村位于沙苑以南、渭河北岸，与羌白隔着沙苑南北相望。郭坚部队驻扎羌白后，就地征粮，方圆几十里的村庄，群众纷纷逃难。

郭坚有个部下，叫洛儿，是华阴县南洛村人。郭部驻羌白，洛儿便借机回家。路过洪善村，说洪善人打他黑枪，就带兵前来寻仇。洪善村曹家巷有户曹姓财东，家大业多，家人已逃走。曹财东换上破破烂烂的服装，混在穷人堆中被洛儿搜出，逼要银两。曹财东咬牙不说，洛儿便施以酷刑"点天灯"。将曹的脊背用刺刀划开，浇上精油，用火点燃。曹财东受刑不过，跳到旁边井里被捞出，到底招了埋银地点。银钱被挖走，曹财东不久也死了。洛儿临出村，放了一把火，烧毁了洪善村东七家民房。后经村民扑救，大火才熄灭，没有再向村中蔓延。

此后，这一带人提起郭坚，没有不惊心的。人们无可奈何地说："舍不得吃，舍不得穿，攒下钱给郭坚。"

五

郭坚从羌白突围后，驻兵凤翔。他在凤翔创立右辅中学；创办《捷音日报》；又成立了农会、天足会，实施放足，提倡男女平等等一系列进步措施。有史家盛赞："远慕孙中山之革命，近愤陈树藩之祸陕；树靖国军之旗帜，据凤翔形胜富庶之地，纵横渭河南北及关中地区，电驰雷轰，骁勇绝伦，正义之处，颇为进步人士所推崇。"

1921 年，直系军阀阎相文率冯玉祥督陕，他们对靖国军采取又拉又打的手段，欲强行收编。而郭始终不卑不亢，不予配合。冯玉祥于是积极向阎相文建议除掉郭坚，以震慑陕西各路军阀。8 月 13 日，冯玉祥以土匪名义，诱杀郭坚于西安西关军官学校。郭坚死后，头颅被挂高杆示众。他的家人和部下舍命偷回，葬于故乡蒲城平肄庙郭家村的原野上。

8 月 24 日拂晓，阎相文吞鸦片自杀于官邸中。原来吴佩孚本想收编郭坚，却闻郭坚被杀，大为恼火。阎相文非常难堪，无法解脱，遂自杀。而冯玉祥则在十多天里，由少将旅长升为上将师长。

《西北革命史征稿》称："郭坚之死，陕民哀之亦快之。"可见他带给人们多么复杂的感情与反应。正像时人挽郭坚所写：

> 生性不寻常，允推当代英雄汉；
> 盖棺难定论，须待他年太史公。

女侠之死

一

1918 年夏天，靖国军首领郭坚在羌白镇被陕西督军陈树藩包围，整整五十七天，最后趁雨夜成功突围。

坊间流传着关于羌白突围的美丽传说："杨氏玉梅，二十二岁，巧言用计，救兵马十万有余。"细节说是临突围前，郭坚问计于他非常器重的三姨太、"洛东女侠"杨玉梅，杨建议用声东击西之计，挑选病马、弱马，上扎草人，手提灯笼，由少数人驱赶马匹从东门突围，大部队从西门拼命杀出。郭坚采纳了这个建议，终于突围成功。

故事颇富传奇色彩，丰富的想象力给人以无限遐想的空间。

那么，当年郭坚在羌白以至突围，到底是怎么回事？先听事件的亲历者、靖国军副司令耿直的弟弟耿庄解析。

二

《陕西文史资料》有篇题为《郭坚率部潜袭大荔与羌白突围》的文

章，作者耿庄。此文详细叙述了当年羌白突围的经过。

1918 年正二月间，靖国军发动会攻西安的战斗未能得手，郭坚、高峻两部遂退守渭河北岸的交口一带。由于人多地狭，郭坚决定向东发展，于是来到大荔。他想利用队伍中大荔人多、且熟悉地形的优势，黑夜偷袭大荔，据为领地。

当时，守城的是大荔人王飞虎（银喜），他是关中刀客严飞龙的拜把兄弟。严飞龙当年阻击陕甘都督升允，喋血礼泉城头。王飞虎掌了兵权，被陈树藩收编，就在大荔守卫秦东门户。

郭坚潜袭大荔失利，退居县西重镇羌白。陈树藩闻知郭坚退守羌白，即调集张飞生、陈健、陈世玉、李天佐、严雨亭、姜宏模等部五六千人，围攻羌白。

郭坚的部队有王步云（宽儿老四）、王仕云（僧儿老五）、刘福田（华阴老六）、李夺（唐儿李爹）、王珏、耿庄等部一千五百多人。力量对比悬殊。

围城部队知道郭部勇猛，不敢打近战，只是远远围着。只有张飞生的部队在西门挖地道欲行爆破，地道接近城墙，造成很大威胁。鉴于这种情况，郭一边派夜袭队不时骚扰围兵，抢夺枪支弹药；一边发出求援信。靖国军曹世英部杨虎城、胡景翼部李虎臣、高峰五，还有郭的第一梯队张铎都来增援，包围圈外，又多了一层包围圈。在此情况下，围城部队也不敢贸然行动。总之，羌白之围没有大规模的进攻，但大大小小的战斗时有发生。两军就这样相持着。

羌白城里军心动摇。先是华阴老六和宽儿老四对守城失去信心。俩人私下决定，偷偷撤出羌白。耿庄知道后就告诉郭坚，郭坚就和耿庄来找他俩。他俩也不隐瞒，和盘托出计划。郭坚听后，叫来其他将领商量，决定第二天晚上悄悄突围。

羌白没有南门，西南角却有一个洞，他们派人晚上悄悄挖开，作为退路。到了半夜，李爹、马凌甫、宽儿老四、华阴老六还有伤兵、家属一干人马，悄悄出了东门，向东南疾驰，终于冲出包围圈，从杨村渡口过了渭河。郭坚、耿庄则带领一队人马，从南城墙洞中悄悄撤出，刚出去就遇到阻击。这时忽然下起瓢泼大雨，谁也看不见谁，队伍大乱。到天明时，大家来到蒲城县党睦镇集结，后来就去了西府。

作为参与者，耿庄的回忆应该是比较准确的。由此看来，分两批突围所说不虚。而伤兵、家属均由东门逃出，杨玉梅当在其中，由此产生了坊间流传的故事。至于说挑病马、打灯笼，这当是人们的想象了。

东门突围因种种猜测，披上了一层神秘色彩，杨玉梅的形象随之被幻化。但关于她的资料少之又少，因而更加扑朔迷离、神秘莫测。尽管如此，人们还是能从历史遗存的蛛丝马迹中，还原出"洛东女侠"的本色来。

三

让我们从郭坚驻兵凤翔谈起。

羌白突围后，郭坚移兵凤翔，开始了一系列整顿改革。创立右辅中学，创办《捷音日报》，宣传革命思想，矫正社会观念；成立农会、天足会，废除缠足陋习，提倡男女平等，等等。他所推行的进步政策顺应了历史潮流，但他散漫的军纪还是给凤翔人民带来很大的灾难。

后来陕局既定，但国内政局云谲波诡，北京城头王旗几易。何去何从，郭坚几难把握，心中焦虑可想而知。

民国九年（1920）正月十六晚上，杨玉梅突然服鸦片自杀。郭坚悲痛不已，在东湖为爱妾建造坟墓，亲自撰写墓碑挽联，由党晴梵代拟墓志铭，并为她举行了高规格葬礼，以此安慰亡魂，弥补自己的愧疚。

杨玉梅为什么自杀？有两种说法。

一说是刘镇华拉拢郭坚，郭坚举棋不定，心情烦躁，玉梅反对归刘，意见分歧，遭到郭坚训斥，因而自杀；一说杨玉梅和某军人调笑，遭郭训斥，挨了耳光，因而自杀。

众说纷纭，到底是什么原因？透过层层迷雾，或能找出一些端倪来。

四

那么，杨玉梅是哪里人？都有些什么故事？《凤翔县志》有党晴梵为她撰写的墓志铭，大略说清了她的身世及基本情况。原文是这样写的：

> 姬人杨素贞，名玉梅，别号"洛东女侠"，朝坂人也。父汝霖公，商于泾阳，遂家焉……

这一段说，她是同州朝邑人，父亲杨汝霖在泾阳经商，就把家搬到这里。而同州民间说，她的确是原朝邑县西野鹊村人，随父寓居泾阳，嫁给郭坚。又说她骑白马，挎双枪，随郭呼啸山林，属于侠女一类人物。

再看《墓志铭》：

> 姬少即慧，双目炯炯若电，长而敦诗说礼，绰约风流。年十六归余时，帝制议起，予以义愤，谋复共和，号召豪杰，举兵渭北。姬摒弃簪珥，做男子装从，著蛮靴，策骏马，日夜周旋于枪林弹雨之中。夜则秉烛谈兵，咸中肯綮，尤能以忠义勖士卒。转战延榆，无不与冰天雪地者。以一女子作如斯生活，始信木兰、贞德、掷梭投军，非虚语也。
>
> 陕局既定，余领警备，部曲皆草莽之豪，行为时常越轨，

予以峻法绳之。姬每暗助金钱或援药物，俾余能恩威并施者，皆姬之力……七年之役，亦役无不随，其艰辛处较昔尤甚……

这段文里，一个年轻美丽、英姿飒爽的女杰出现在人们面前。她十六岁嫁给郭坚（1915）。郭当时聚兵渭北转战延榆，冰天雪地，戎马倥偬。玉梅着男装，策骏马跟随丈夫周旋于枪林弹雨之中。其英迈之气倜傥之风，呼之欲出。

郭坚部下出身草莽，行为乖张，郭"以峻法绳之"，而玉梅则"暗济金钱或援药物"，进行怀柔感化。郭坚治军能恩威并施，很大程度上"皆姬之力"。可见杨玉梅胸有韬略，非同一般。诚如所言，"洛东女侠"名号，对她实在是实至名归。

但不幸的是，她终究自杀，难逃厄运。是她自身的缺陷所致吗？

回头再看羌白突围，杨玉梅就在军中。可事实是，郭坚无视她的存在，竟在羌白抢占民女，另觅新欢。以致闹出人命还不收手，又娶李二珊。他喜迎新人之夜，杨玉梅当做何感想？

爱情从来都是自私的。无论女人有多么大的度量，都不会欢迎丈夫去爱别人，除非她不爱这个男人。但她没有发言权，她只是枭雄手中的一只小猫，她只有沉默，接受命运。

移兵凤翔后，郭坚安稳下来，自然会把家小接来。他老家有阴夫人操持，李二珊随军当是名正言顺、势在必行。有文章称，民国十年八月，郭坚被冯玉祥诱杀。临走前一天，妻子怀孕五个月，忽然小产。见血被认为是不祥之兆，部下劝他别去，他不听，终于送命。

这说明除了杨玉梅，他军中的女人还有李二珊。这是因为他死后，为他持家抚子的就是阴夫人和李二珊。尽管当时男人三妻四妾，但以杨玉梅之"侠"，国家之事、口角之争，都不足以让她放弃生命，唯有爱情，当是致命的。

根据《铭》中记载，初秋时玉梅就病了，经过治疗得以好转。但郭坚因时局未明，不知何去何从，因而经常发火。玉梅每每规劝，但郭坚暴躁不已，她无法排解，愤而吞下大烟自杀。玉梅在弥留之际，哽咽着对郭坚说："你系国家安危于一身，我却不能为君解忧，只能以死谢君。唯求留此躯壳，葬于东湖之畔，他日风清月明时，一缕幽魂得遨游于风池杨柳间，唱秋愤之诗，做一消散鬼可耳……

《铭》曰：

> 杜宇啼绝，梅落玉折；听邻家笛，双鬓都雪；天上人间，悔容易别；他年东湖湖畔，宁有碧血？或生为海棠，或化为蝴蝶，一缕幽魂终古不灭。嫡子郭奇纳石，中华民国九年一月。

党晴梵不愧是辞赋高手、郭坚挚友，他的《墓志铭》写得言辞切切，悲泪如涌，似乎能听到玉梅的呜咽，感受到郭坚深切的悲哀。毕竟是他深爱的人，他把悲伤融进为她安排后事里，筑墓立碑，遍请亲朋。还亲自写了挽联：

> 凌虚台上悲埋玉；
> 喜雨堂前怨落梅。
> 横批：杨花飞去。

党晴梵挽联云：

> 今日一樽遥奠，问阿嫂因何沉香，为何堕玉；
> 他年六花纷飞，痛大哥有处踏雪，无处寻梅。

白幡飘飘，哀乐阵阵，曾经英姿飒爽的"洛东女侠"长眠了，有谁知道她心中的悲痛呢？

据说筑墓期间，砖块被盗，看管人随口说是叫花子偷了。郭坚大开杀戒，到处捕杀乞丐，大约杀了六七十人，造成极坏的影响。

五

1921 年六月，郭坚被冯玉祥诱杀，头颅挂在高杆上示众。是他的家人和部下冒死偷回，葬在蒲城老家的原野上。

乡党党晴梵又亲自为他写了《墓志铭》：

> 何意事成罗织，变起仓皇？长安一去，征人不复，玉帛俯伏祸机，流血傍于酒宴。断王琳之首，犹识生颜；化望帝之魂，难忘遗恨！嗟乎，叔季之情，翻云覆雨；古今目论，胜败是非。彼屠户余孽，道也肖孙；卷土重来，专图报复。公以诚涉世，以理规人，竟坠蛛螫，铸成铁错！无情铁，无情血，沧海横流天柱折，盗憎主人，狼伏困阒！此恨悠悠何时雪……

党晴梵化文章为投枪、为匕首，刺向敌方。那辞章铿锵若铁，刀戈齐鸣，沉郁悲壮，泪血合流，足见郭坚之死带给他的弟兄与部下多大的震撼与痛心。

关云长败走麦城，无头的他，骑赤兔马驰骋天地，悲愤高喊“还我头来”。遇高僧问曰：五关六将、颜良文丑之头向谁索去？关公幡然醒悟，被点化成佛。

郭大侠，那丧于你手下的多少冤魂，向谁索命去？

六

一代枭雄终于躺在家乡的土地上。昔日的纵横驰骋、南征北战都成往事，飘散在风里。家中冷清，车马遁迹，只有两个夫人相依为命，艰难地抚养养子。大夫人姓阴，小夫人就是羌白女儿李二珊，年龄二十来岁。

正当青春的李二珊，从此青灯孤守，任劳任怨，她把全部心血都给了儿子。几十年孤苦光阴缓缓流过。儿子大了，淳厚朴实性格开朗，他经常来往于郭家村与羌白镇，走外婆家，与街坊邻居混得很熟。有时就送母亲来"熬娘家"。人们经常会看到，李家门前坐着一位白发老妪，她沉静刚毅，眼光冷若深潭。非同一般的气质，依然那么高贵，那么从容淡定，卓尔不群。

郭坚的指挥刀最后落在二珊的侄儿手中。侄儿仰慕姑父的气概，向姑妈要了那把指挥刀收藏。可惜三年困难时期，侄儿把它卖给北潘驿戏班，换了粮食。

郭坚与两个同州女人的故事结束了，带给人们无限的叹息。因咏朝坂女儿杨玉梅：

> 美艳惊人出秦东，枪林弹雨伴夫行。
> 豪杰纵使轻颜色，悲歌一阕低凤城。

咏羌白女儿李二珊：

> 出身宦门品自高，漂泊江湖伴雄枭。
> 终成桑间罗敷女，孤雁秋风一梦遥。

同州《兰亭序》

一

提起《兰亭序》，人们是非常熟悉的。那是号称"书圣"的东晋书法家王羲之的得意之作，被称为"天下第一行书"而流传于世。

东晋永和三年（347）三月三日，时任会稽内史的王羲之与友人谢安、孙绰等四十一人在会稽山阴的兰亭雅集，饮酒赋诗。王羲之将这些诗赋辑成一集，并当场作序，从而留下了这篇文、书俱佳的作品，成为光耀千古、独步古今的稀世珍宝。不过关于它的最终下落，至今仍然扑朔迷离，尚未有定论。

传说王羲之死后，《兰亭序》落到他的七世孙智永手里，智永少年出家，在永欣寺盖了一座小楼，于此苦练书法，誓言"书不成，不下此楼"。最终学有所成，写有《真书千字文》流传于世。智永临终，把《兰亭序》传给弟子辨才。辨才对书法也颇有研究，知道《兰亭序》的价值，因而将其珍藏于卧室内的壁洞内，从不示人。

唐太宗李世民非常喜爱《兰亭序》，多次派人索取而不得。乃派监察御史萧翼乔装成书生，接近辨才，几年后两人终成至交。辨才放松了警惕，在言谈甚欢之余，中了萧翼的激将法，竟以《兰亭序》真迹示萧。萧翼看后，马上笼入袖中，并出示诏书。辨才始知上当，后悔不已。一年后积忧成疾，撒手人寰。

李世民喜得珍宝，每日观赏不已。并敕令赵模、韩道政，冯成素、诸葛真等人各拓数本，赏赐诸皇子与近臣们。遗憾的是，据说李世民死时，《兰亭序》真迹被陪葬昭陵，成为千古悬案。此后所流传的《兰亭序》大都是唐人摹本。苏东坡诗云："兰亭茧纸入昭陵，世间遗迹犹龙腾。"可见《兰亭序》之美。

二

如此美的书法作品，在我们同州竟有石刻，而且声价非凡。《大荔县新志存稿·金石志》记载颇详：

> 晋，同州《兰亭序》，行草书。至元辛未，摹刻王羲之书，在同州文庙，字径三寸许，体兼行草，末有蔡挺、折叔宝跋，叙次颇详，录在左：
>
> 王右军《兰亭记》。按，唐逸文载：此书于太宗偕葬。又云：长公主以伪也。我祖使江南李国主，因举为赠受之，更为卧轴，庶便于观阅也。迩者定州石刻小字，朝廷尚取之而置之禁中，则此书犹可宝重也。昭圣二年六月既望，莆阳蔡挺子正书。

观东坡《兰亭记》，称真本已入昭陵。及观蔡枢使所跋，则二贤之语几若矛盾，余亦未能审于是非。三复沈学士跋云：字画壮丽，如饥鹰夜归，渴骥奔泉，俊逸有余，其妙不可得，而形容斯言也。与鄙见若和符节，昔陶学士曾得此本于江南李国主，今余又得之西蜀散乱图籍中，信斯显晦，各有其时哉。心乎爱矣，尚虑岁久缺坏，摹刻于所守同之郡学，别为四图，庶便于士君子文房瞻视云。至元辛未小春，府谷折叔宝。

细读这篇记载，我无比惊诧、兴奋，激动不已。反反复复，细细阅读、体会。

第一篇北宋枢密使蔡挺写于昭圣二年（1095）的跋文，文中否定传统说法，提出太宗姊妹曾置换真迹。也就是说，兰亭真品尚在世间，后落在南唐李后主手里。自己祖上得之，将其形制更变为卧轴，以便于观赏。蔡挺强调说：定州石刻小字《兰亭》现世，朝廷尚把它弄回皇宫珍藏，则此《兰亭》价值更为珍贵。

第二篇跋文作者是府谷折叔宝写于元代忽必烈至元七年（1270）初春。文中说，苏东坡和蔡挺关于《兰亭序》的观点互相矛盾，自己也无法确定。且说自己得于"西蜀散乱图籍中"，对其特别珍爱。考虑到年长月久，珍宝损坏，就把它摹刻在自己任职的同州，又将其分为四幅，以方便文人墨客瞻仰学习。

读罢此文，感觉同州《兰亭序》愈加神秘，我的热情与尊崇更加高涨。这幅被宋元名士看重的石刻，竟然就在我们县城！ 可惜的是，石刻所在地文庙在新中国成立初被改作了学校（学门前小学），庙中石刻，包括这块《兰亭序》，还有唐颜真卿《奉使书》、五代冯道《移文宣王庙记》、唐画家吴道子《孔子小影》等历代珍贵石刻 11 幅，都已不知去向。

愤怒、遗憾！ 无奈之余，只好上网搜寻了。

三

静下心来上网，输入"同州《兰亭序》"，细细搜寻。结果只有

《兰亭序》，没有同州的。心凉了半截。再搜，突然发现《中国第一将门折家将书法》中有"折叔宝书法"，赶快抓住。果然，这篇来自"府州"的文章很有价值。它介绍说，西安张晓鸿先生发表于1997年的文章称：1984年，西安市西大街拆除梁家牌楼时，在屋檐下发现了同州《兰亭序》的元代拓本。而且有四幅图，前两幅是《兰亭序》局部，后两幅是折叔宝的遗墨。末尾还写有刻工姓名：冯翊李善道，高陵汤世英刊。冯翊就是同州啊。这是《新志稿》没有记录的。

细细观赏这四幅图片，领略同州《兰亭序》王羲之手迹"翩若惊鸿，宛若游龙"的魅力。遗憾的是图片太少了，只能"管中窥豹，略见一斑"而已。

遁着这条线索，继续追。感谢网络的神奇，又追到了一篇：《台湾、西安发现晋、元时期〈兰亭序〉碑刻拓片》。文章称："晋、元两种碑刻拓片，打破了现今传世的《兰亭序》仅有数种唐人摹写本的传统意识。"文章惊呼这是"重大发现"。原来，四川美术出版社出版了《晋碑王羲之书兰亭序》碑帖，公布了在台湾的四川人家藏的晋碑拓片，上有国民党元老陈立夫与张爱萍将军的题字。

张晓鸿先生经过研究发现，台湾藏晋帖与西安藏元帖在书法风格、韵律、字迹大小上完全一致。可以肯定地说，这两件碑拓无疑来自同一祖本。

此后引发了大量的讨论。有学者认为，这两件碑拓应该来自王羲之墓府碑，因为它字大如拳（和《大荔县新志稿》记载的"字大三寸许"一致），共十四块，总长丈二。它将对其他不合丈二编目之轴的一系列《兰亭》提出质疑、否定、挑战。学者认为，晋拓之文字就是真迹，拓片是晋代墓被盗后拓印的，而且不止一份。台湾故人将其从一大捆封存若干年，与王献之、东晋哀帝、康帝、明帝等书之拓片捆在一起的古籍中检出，进而带回故乡使其最终面世。

那么，西安元拓拓自何方？ 张晓鸿先生认为：来自同州文庙石刻。就是同州《兰亭序》，这是毫无疑义的。

随后，又在网上发现，四川岳池在山岩上发现《兰亭序》残碑，有折叔宝的跋文。本地学者称，折叔宝曾在岳池做过官。这正对应了折叔宝"得之西蜀散乱图籍中"的说法。

四

几天追踪，大有斩获。再回过头来，寻找它在同州的蛛丝马迹，其最初记载于何时，消失于什么时候？

打开最早由马朴编的《同州志》，它成书于明朝天启四年（1625），其卷十七"艺文志"中写道："晋王羲之《兰亭记》石刻，在文庙土地祠。"

接着，贺云鸿编撰于乾隆五十一年（1786）的《大荔县志·碑碣附》记录："《稽古要论》云：'《兰亭诗序》，褚遂良临本，后有延陵之印，在同州学中。'注：《马志》：'在文庙土地祠。'"

道光二十六年（1846），大荔知县熊兆麟编撰的《大荔县志》卷十"艺文志·附石刻"记载："《兰亭序》，褚遂良临本，在同州府学；《孔子小影》，在文庙门下；《颜鲁公奉使帖》，在文庙门壁……"共计十一种。

再查清光绪七年（1882），同州知府饶应琪编撰的《同州府志·金石志》记载："前志载，《兰亭序》临本在同州府学，今在名宦祠；《孔子小影》在文庙门下，今在大成殿；《颜鲁公奉使帖》在府学，今在名宦祠。"看来，时隔三十六年，这些石刻都被移位了。

最后的记载，就是 1937 年完成的《大荔县新志存稿》，虽然光绪三十二年（1906）文庙曾遭火灾，但根据本书"金石志"的记载，庙内石刻没太受损失，只有大成殿《孔子小影》受火。为防止其坏裂，当时着人重新绘制刻石，嵌于原处。这些可敬的先辈啊！

可见，上世纪三十年代，同州《兰亭序》尚在。那么，西安有其拓片保存，也就很自然了。

五

我们有必要复述一遍《大荔县新志存稿·金石志》的前言，以表达我们对没有保护好珍贵文物的愧疚和羞惭。同时，也可以增进对大荔石刻、对地方文献的进一步了解，以期"知声价，补史传"，并对未来有所交代：

大荔石刻，近搜现多种，颇堪推重，而前志载者寥寥。今特详援各金石名家所考论者，补注各种，下按年代编次，俾邑人士知各金石声价之高。其文字多有补史传之功。而先贤名迹，稀世珍宝，听其埋没于荒烟蔓草，实为士林一大减色也。后载各碑，均有关于地方文献，亦非敢为滥收者。

这是八十多年前同州先辈们的肺腑之声和殷殷寄托，他们已经尽到了保护国宝、传之后人的责任。今天的我们，是否应该做点什么呢？

后记 ｜

记写乡土

一

小时候，站在家门前朝南望去，华山嵯峨冷峻，似墨玉屏风矗立；渭河明媚如带，汤汤蜿蜒东去。朝东望去，则是浑圆的中条山，北边是黄土高原过渡带的铁镰山，身后西边就是著名的关中平原。陇海线就在渭河南岸，一声凄厉的火车笛声，便会把孩子的心带出潼关，随火车向不可知的远方奔去，向外面大千世界奔去。

后来上学读贾谊，便被古人豪迈磅礴的气势所裹挟："秦孝公据函之固，拥雍州之地，君臣固守以窥周室，有席卷天下、包举宇内、囊括四海之意，并吞八荒之心。当是时也，商君佐之，内立法度，务耕织，修守战之具，外连横而斗诸侯，于是秦人拱手而取西河之外。……"

贾谊文采飞扬，语句铿锵，诱导着秦人子孙年少无知却激扬飞荡、蠢蠢欲动的心，立志要像祖先一样冲出关外，谋求参与治理天下大事。

正如哲人所言："不知天高地厚的少年英气是以尚未悟得历史定位为前提的，一旦悟得，英气也就消了大半。"之后，果然陷入人生泥塘，被纵横交错的水草团团缠住，动弹不得，少年英气就这样被消耗殆尽了。

我失魂落魄，萎靡不振，以为书本欺骗了我，遂把一腔怨恨发泄在书上，铆足劲把读过的课本及文学书籍，包括四十年代出版的《红楼梦》《落霞孤鹜》《聊斋志异》，五十年代出版的《青春之歌》《林海雪原》《红旗谱》等等，一股脑儿扔向家中仅有的两间厦屋的阁楼上。我惊诧自己如此决绝，竟以这种方式告别青春，埋葬理想。从此决心忘了学校，忘了书本，忘了一切，做一头蒙着眼罩没有思考能力只知道拉磨拉耙的驴子。而驴子是没有痛苦的，我以为找到了绝好的去除痛苦的方法。

随后，我就成为一个地地道道的农民躬耕陇上，每天只关心生产队的上工铃声，操心挣多少工分才能挣回脸面并维持生活。但我柔弱的双肩拉不动深陷拖拉机耕过的、绵厚土壤里沉重的架子车，纤细的瘦胳膊割不动生产队一眼望不到头的厚实麦行。队长马叔出于怜悯与信任，把记工的任务交给我。每天完成两晌正常出工，到下午跑遍每块地，给社员记工分账。这样的工作干了十年。我发现驴子尽管被蒙了双眼，在磨坊里、田野里按部就班被生活的皮鞭抽打着驱赶着，可大脑却一刻也没有停止思考；书被扔掉了，可书里的思想、精髓却仍然在影响着我，刺痛着我。

终于，在繁忙沉重万般无奈的生活中，我又重续旧缘，拾起被扔掉的书，珍惜看到的每一片报纸。每看到书籍，就想拿来一睹为快。那时新出的《虹南作战史》《金光大道》《艳阳天》《西沙儿女》等青年读物，不知哪儿借的破烂的《静静的顿河》《野火春风斗古城》《花城》，我都读得如饥似渴。曾经一个晚上看完一本二十万字的《一个女囚的自述》，因为天明是要还的。我热恋着书籍，她给我知识给我真理，给我光明给我希望。任凭人生风狂雨暴潮起潮落，这份与生俱来的爱，是再也不会轻易改变了。

八十年代初，我有幸当上幼儿教师，终于又和文化结缘。就非常珍惜这来之不易的新生活，读函授上进校，教小学教中学，一步一个脚印。我知道教学是我本职工作，就订了《语文报》《语文学习》《教师报》等辅导材料，来提高教学水平。这些过程，无疑对我后来写作起了相当大的奠基作用。

九十年代初，我调到乡镇当妇联干部，整天扑在中心工作上，包村包组天天下乡，催粮催款计划生育，修路修渠调解纠纷等等。所谓"万金油"干部，对国家政策、农村农民、城镇故事、乡土人物，有了进一步的了解。我把在妇女工作中遇到的问题写成调查报告，发表在《中国妇女报》上，后来又陆续在《中国妇女报》《农家女百事通》杂志上，接连发表关于农村妇女命运与思考的文章。1995年10月，受邀参加《农家女》杂志社在北京举办的研讨班。眼界得到了开阔，信心进一步增强，这成为我写作的起点。后来就陆续在《陕西日报》《渭南日报》《大荔报》发表文章，主要报道改革开放在农村的新动态，但都不多，因为首要任务是中心工作，写作毕竟是业余的。

后来调到计生局，大量的工作要下乡。这期间，我几乎跑遍全县每座村庄，每个角落，看到了黄渭洛三河交汇滔滔东去的浩荡壮阔，朝邑古城巍然屹立的金龙塔与沧桑斑驳的丰图义仓，镰山上古老魏长城剩下的一节土墙，沙苑多少个以马命名的村庄，这许许多多的人文古迹、传说故事，令我无比惊诧无比兴奋，我把它们放在心灵深处，加以储存。

退休后，有了属于自己的时间。于是便在《县志》《中国通史》《中国古代史》等古籍中开始了浏览和跋涉，寻找与故乡有关的东西，以期得到意外的发现。果然有了收获。许多传说得到印证，鲜为人知的故事得以重现并拓展，许多联想和猜测得到了史籍数据的支撑，越学越感到故乡历史文化的博大精深，应该挖掘，并把前人的精神弘扬出来，以弥补今天我们精神世界的荒芜与没落。我郑重地打开电脑，把我的发现与感慨敲在键盘上，记写历史人物，叙述村镇逸事，写成了这本书的前两部分"星耀长河""月迷津渡"。

二

几十年里，我一直都在农村浸润着、摸索着。养过鸡，种过瓜，育过芦笋，栽过枣树、苹果，深切体会到在土里刨食的不易和艰难。改革开放带来了新机遇，农村青年都像鸟一样飞走了，许多人一去不回，把曾经的巢留在这里。一些院落已经破败，农村从熙熙攘攘、人欢马叫到眼前的萧条、冷清、寂寞。村院中人越来越少，家家红漆大门，却有不少锁着，而我固守村庄，成了纯粹的"麦田守望者"。也许今天的都市繁华，是以农村的冷清、没落为代价的。不难想象，在我们归去尘埃后的若干年里，农村可能会成为真正的大"空巢"，我们曾赖以生存的农耕文明会彻底消失，很有可能。

忐忑留恋中，我总会想起过去，怀念人老几辈的农村时光，约定俗成的村规民约、家训家规；想起根连着根、蔓连着蔓的村落及街坊亲戚；想起曾经哺育我们成长的童谣、指导我们春种秋收的谚语民歌；想起打麦场热火朝天的游戏和一同挖菜、纺线结下的最淳朴的友谊。这一切曾经的温暖，像无形的覆盖天地的丝绵被，是那样亲切地覆盖、包容了我们所有农村人的少年岁月。"慈母手中线，游子身上衣。"这一缕缕难以割舍的乡愁，令我动容，令我怀恋不已，促使我拿起笔来追忆，追忆那如花美眷，似水流年，追忆那艰难困苦的农耕时代所包含的温暖与真诚、真理与正义，以期那些如光如烛如歌的往昔，照亮和温暖我们离去后并不遥远的未来，这就是我在"老村时光"里所反映的内容。

至于"沙苑故事"，这是十多年来拉拉杂杂写下的风格很难统一的篇什，主要记写了大荔抗战故事、大荔商人八女井李家与同里村赵家的故事、"关中怪杰"郭坚在大荔的故事，用以填补志书未载的散落在民间的历史原貌，虽然有些碎片化，但有助于我们对那个时代的某些细节的了解。是非对错，希望能给今天的我们以启迪、以思索。

三

我就像是几十年前村头大槐树下的老者，坐个小板凳，手摇大蒲扇，絮絮叨叨地诉说着乡土上的陈年旧事。不管别人听与不听，或着迷或鄙夷，只自顾自地讲着说着。老者自己就是听着这些故事长大的，她还想讲给后人们听。或好或坏，公道自在人心。就好比看戏，看了你才知道忠义奸。而乡土的"陈年旧事"，就是祖先的身世来源，家族的开端繁衍，地方的盛衰兴亡，世道的风水流转。车过会留有辙印，雁过会留有叫声，茫茫夜空会有星光点点。我们走了长长的路，从哪里来，到哪里去？也许"辙印""雁声""星光"会为我们指点，提供思考、经验。那么，就让我唠叨吧，叙述前人的生活方式，诉说祖先的人生观点，描绘古村的乡情世风，连接前世今生的心理血缘。然后，留给人们去分辨，什么该继，什么该弃，什么该扬，什么该贬。

这，也许就是大槐树下老者唠唠叨叨的初衷，娓娓说道的意愿。

2021 年 5 月